新版

落窪物語 上

現代語訳付き

室城秀之＝訳注

凡例

一　本書は、宮内庁書陵部蔵『おちくぼ』（図書分類番号一六七九六・四・四五九・三）を底本として、注釈と全文訳を試みたものである。脚注、補注、現代語訳、解説のほかに、資料を付した。できるだけ底本に忠実に解釈することにつとめたが、校注者の判断で、校訂したところがある。校訂箇所は、「本文校訂表」として、一括して掲げた。

一　上巻には、巻一および巻二を収録した。

一　本文の表記は、読みやすくするために、歴史的仮名遣いに改め、句読点・濁点、送り仮名・読み仮名をつけ、会話文と手紙文には、「　」を付した。「々」の踊り字以外は仮名に改め、漢字や仮名の表記を統一した。

一　和歌は二字下げ、手紙は一字下げにして、改行した。

一　内容がわかりやすいように、章段に分けて、表題をつけた。

一　脚注は、作品の内容の読解・鑑賞の助けとなるように配慮した。注番号は、章段ごとにつけた。脚注欄で、同じ章段の別の注を参照させる場合には注番号だけ、同じ巻の別の章段の注を参照させる場合には章段数と注番号、別の巻の注を参照させる場合には巻数・章段数・注番号を指示した。

一　本文を制定する際に、永正・天文年間頃（一五〇四―一五五五）、あるいは、室町時代末期に書写されたとされる九条家本（吉田幸一『おちくほ　九条家本と別本草子』〈一九八六年一一月　古典文庫　古典聚英〉収録、新日本古典文学大系の底本）を参照した場合が多い。必要に応じて、脚注に九条家本の本文をあげた。

一　脚注欄ではおさまりきらないものに関して、補注をつけた。補注は、単なる脚注の補助ではなく、それだけでも読めるようにした。補注は、全般にわたるものが多いので、下巻に一括して収録した。

一　現代語訳は、原文に忠実に訳すことを原則としたが、自然な現代語となるように、言葉を補ったり、語順を入れ替えたりした部分がある。本文が確定できないが、前後の文脈から内容を推定して訳した場合には、脚注でことわった。また、推定も不可能な場合には、底本の本文をそのまま残して、（未詳）と記した。

新版 落窪物語 上 目次

巻二

新版　落窪物語　上

巻一

一　姫君の生い立ち

今は昔、[一]中納言なる人の、娘あまた持給へる、おはしき。大君《おほいぎみ》、中の君には婿取りして、西の対《たい》、東《ひんがし》の対に、はなばなとして住ませ奉り給ふに、三、四の君、[二]裳《も》着せ奉り給はむとて、かしづきそし給ふ。

また、時々通ひ給ひける[三]わかうどほり腹の君とて、母もなき御娘おはす。[四]北の方、心やいかがおはしけむ、仕うまつる[五]御達《ごたち》の数にだに思《おぼ》さず、寝殿《しんでん》の[六]放出《はなちいで》の、[七]また一間《ひとま》なる、[八]落窪なる所の[九]二間《ふたま》なるになむ住ませ給ひける。「[一〇]君達《きんだち》」とも言はず、「[一一]御方」とは、まして言はせ給ふべくもあらず。[一二]名をつけむとすれば、さすがに、おとどの思す心あるべし

一　大納言とともに、太政官の次官。従三位相当。
二　裳着をさせる。裳着は、女性の成人式。裳着をすませると、結婚が日程にのぼる。
三　「わかうどほり」は、皇室の血筋につながる人の意。以下、ほかの女君たちと区別するために、物語中にその呼称はないが、この女君を、姫君と呼ぶ。
四　中納言の北の方。大君たちの実母。以下、継母と呼ぶ。
五　上級の侍女。
六　↓［補注1］
七　さらに一間隔てた。
八　ほかから一段低く造った所。
九　間口が二間。
一〇　貴族の子弟に対する敬称。↓［補注2］
一一　ここは、貴族の女君の敬称。
一二　名をつけるのは、侍女として扱うことになる。

と慎《つつ》み給ひて、[継母]「落窪の君と言へ」とのたまへば、人々も、さ言ふ。おとども、児《ちご》より、らうたくや思しつかずなりにけむ、まして、北の方の御ままにて、[一三]わりなきこと多かりけり。

[一四]はかばかしき人もなく、乳母《めのと》もなかりけり。ただ、親のおはしける時より使ひつけたる童の、されたる女、[一五]「後見《うしろみ》」とつけて使ひ給ひける、あはれに思ひ交はして、片時離れず。さるは、[一六]この君のかたちは、かくかしづき給ふ御娘どもよりも劣るまじけれど、出《い》で交じらふことなくて、あるものとも知る人もなし。

やうやう[一七]もの思ひ知るままに、世の中のあはれに心憂《う》きをのみ思されければ、かくのみぞうち嘆く。

[姫君][一八] 日に添へてうさのみまさる世の中に心づくしの身をい
　かにせむ

と言ひて、いたうもの思ひ知りたるさまにて[一九]。

一三 姫君にとってつらいこと。
一四 世話をしてくれるしっかりとした人。
一五 「後見」という名は、姫君の後見をすることを願ってつけた名。
一六 落窪の君。姫君。
一七 自分のおかれた境遇が理解できるようになるにつれて。
一八 「うさ」に「憂さ」と「宇佐」、「心尽くし」の「つくし」に「筑紫」を掛ける。「心尽くし」は、もの思いの限りを尽くすことの意。地名を詠みこんだ歌。
一九 接続助詞「て」で止めた表現と解する説に従った。
一 ここは、後の「箏の琴」に対して、「琴（きん）の琴」をいう。中国伝来の、七絃で、琴柱のない琴。『うつほ物語』の俊蔭の娘とは異なる姫君の創造

二　姫君の才芸―箏の琴と裁縫

おほかたの心ざま聡《さと》くて、一琴《こと》なども、二習はす人あらば、いとよくしつべけれど、誰かは教へむ。母君の、三六つ七つばかりにておはしけるに習はし置い給ひけるままに、四箏《しやう》の琴《こと》をよにをかしく弾き給ひければ、五向かひ腹の三郎君、十ばかりなるに、琴《こと》心に入れたりとて、「これに習はせ」と、北の方のたまへば、時々教ふ。

つくづくと暇《いとま》のあるままに、物縫ふことを習ひければ、いとをかしげに六捻《ひね》り縫ひ給ひければ、継母「いとよかめり。七八殊なる顔かたちなき人は、ものまめやかに習ひたるぞよき」。九二人の婿の一〇装束《さうずく》、いささかなる暇《ひま》なく一一掻き合ひ縫はせ給へば、しばしこそもの忙しかりしか、夜《よる》も寝《い》も寝《ね》ず縫はす。いささか遅き時は、継母「かばかりのことをだに一二1承けがてにし

である。
二　姫君が、琴の伝授を受ける資質に恵まれていることをいう。
三　姫君が。
四　中国伝来の、十三絃で、琴柱を立てて弾く琴。
五　正妻から生まれること。ここは、北の方（継母）の子。
六　「捻り縫ふ」は、布の縁を内側に折り込んで縫うの意。
七　助動詞「めり」は、視覚的判断を表す。
八　前の語り手の言葉との違い。実の娘かわいさの継母の主観。
九　大君と中の君の婿。大君の婿は不明、中の君の婿については、【一〇】の注一八参照。
一〇　→［補注3］
一一　「掻き合はせ縫はせ給へば」に同じ。「掻き合はす」は、手でかき集めるの意。
一二　底本「うけかく」。「承けがて」の誤りと解する説に従った。

給ふは、何を役《やく》にせむとならむ」と責め給へば、うち嘆きて、いかでなほ消え失せぬるわざもがなと嘆く。

三の君に御裳着せ奉り給ひて、やがて一三蔵人《くらひと》の少将逢はせ奉り給ひて、いたはり給ふこと限りなし。落窪の君、まして、暇《いとま》なく苦しきことまさる。若くめでたき一四人は多く、かやうのまめわざする人や少なかりけむ、侮《あなづ》りやすくて、いとわびしければ、うち泣きて縫ふままに、

姫君一五世の中にいかであらじと思へどもかなはぬものは憂き
　身なりけり

三　姫君の侍女あこきのこと

後見《うしろみ》といふ、髪長くをかしげなれば、三の君の方に、ただ召しに召し出《い》づ。後見、いと本意《ほい》なく悲しと思ひて、一「わが君に仕《つか》うまつらむと思ひてこそ、親しき人の迎ふる

一三　五位の蔵人を兼ねた近衛少将。少将は、正五位下相当。底本「蔵人」は、「くらひと」と読む。→［補注4］
一四　侍女。
一五　「あらじ」は、生きていたくないの意。参考、「わび人は憂き世の中に生けらじと思ふことさへかなはざりけり」（拾遺集・雑上・源景明）。
一　姫君。
二　「異君取り」は、ほかの主人に仕えること。
三　後見は、三の君に仕えるようになったことで、美しい装束などが与えられたのだろう。
四　姫君がおっしゃるとおり。
五　三の君が。
六　姫君が。
七　後見は、自分よりもみすぼらしい装束を身につけている姫君を気の毒に思う。

にもまからざりつれ。何のよしにか、[二]異《こと》君取りはし奉らむ」と泣けば、君、「何か。同じ所に住まむ限りは、同じことと見てむ。衣《きぬ》などの見苦しかりつるに、[三]なかなかうれしとなむ見る」とのたまふ。[四]げに、[五]いたはり給ふことめでたければ、[六]あはれに心細げにておはするをまもらへ馴らひて、[七]いと心苦しければ、常に[八]入り居れば、[九]さいなむこと限りなし。落窪の君も、これを、[一〇]今さへ呼び込め給ふこと腹立たれ[一一]給へば、[一二]心のどかに物語もせず。

後見といふ名、いと便《びん》なしとて、[一三]「あこき」と[一四]つけ給ふ。

四　あこきの夫帯刀のこと

かかるほどに、蔵人の少将の御方なる、[一]小《こ》帯刀《たちはき》とて、いとされたる者、このあこきに文《ふみ》通はして、[二]取らへて後、いみじう思ひて[三]住む。かたみに隔てなく物語しけるついでに、

八　姫君のもとに。
九　「さいなむ」は、主体敬語に準ずる語。
一〇　三の君に仕えるようになった今でも。
一一　「れ」は、受身の用法。
一二　後見は。
一三　「あこき」の名は、三の君の立場で、私の大切な子といった意味の名。この名が、物語の巻末まで続くことになる。
一四　継母が。

一　「帯刀」は、「帯刀舎人」の略。刀を帯びて、春宮坊を警護する。「小帯刀」は、小男ゆえの呼称か。【六一】の注一七に、「丈は一寸ばかりなり」とある。
二　妻として「取らへて」。結婚して。底本「とらへて」を「年経て」の誤りと解する説もある。
三　夫として通うの意。

このわが[四]君の御ことを語りて、北の方の、御心のあやしうて、あはれにて住ませ奉り給ふこと、さるは、御心ばへ、御かたちのおはしますやうと語る。うち泣きつつ、「《あこき》いかで、思ふやうならむ人に[五]盗ませ奉らむ」と、明け暮れ、[六]「あたらもの」と言ひ思ふ。

五　左大将の息子少将、姫君のことを知る

この帯刀の女親《めおや》は、[一]左大将と聞こえける御息子、[二]右近少将にておはしけるをなむ[三]養ひ奉りける。まだ妻《め》もおはせで、よき人の娘など、人に語らせて、人に問ひ聞き給ふついでに、帯刀、[四]落窪の君の上を語り聞こえければ、少将、耳とまりて、静かなる[五]人間《ひとま》なるに、細かに語らせて、「あはれ、いかに思ふらむ。さるは、わかうどほり腹[1]ななりかし。我に、[六]かれ、みそかに逢はせよ」とのたまへば、《帯刀》「ただ今は、

四　姫君。
五　「盗む」は、親の許可なしに、ひそかに女性を連れ出すの意。
六　あんなに気だてもよくお美しい方なのに。

一　「左大将と聞こえける（方の）御息子」の意。左大将は、左近衛府の長官。従三位相当。
二　【五四】の注一三と、巻二【二九】の注一一には、「左近少将（殿）」とある。
三　帯刀の母は、少将の乳母である。帯刀は、少将の乳母子。
四　落窪の君に関すること。
五　ほかの人がいない時。
六　姫君を。
七　異例な敬語。「思す」の複合動詞にさらに「給ふ」がつく例は、『源氏物語』にも、かなりある。→［補注5］
八　そのうちに、こうだと、ご

よにも思[七]しかけ給はじ。今[八]、かくなむとものし侍らむ[2]」と申せば、少将「入れに入れよかし。離[九]れて、はた、住むなれば」とのたまひて、帯刀、あこきに、かくなむと語れば、あこき「ただ今は、さやうのこと、かけても思したらぬうちに、いみじき色好みと聞き奉りしものを」と、もて離れていらふるを、[一〇]帯刀恨むるは、あこき「よし。今、御気色[一一]見む」と言ふ。

[一二]この御方の続きなる廂二間《ひさしふたま》、曹司《ざうし》には得たりければ、あこき「[一三]同じやうなる所はかたじけなし」とて、落窪一間[一四]をしつらひてなむ臥しける。

六　姫君、わが身を嘆く

[一]八月ついたち頃なるべし、君[二]、一人臥して、寝《い》も寝《ね》られぬままに、「母[1]君、我を引[三]かへ給へ。いとわびし」と言ひつつ、

意向をお伝えしましょう。
九　親とは離れて住んでいるということだから。帯刀が語った、姫君の身の上の話にあったのであろう。
一〇　帯刀が恨むことに対しては の意か。九条家本「うらむれは」。
一一　姫君のご意向。
一二　三の君の居所。
一三　三の君と同じような所。口実である。
一四　あこきの曹司。この「落窪一間」がどこにあるか不明だが、姫君の落窪の間の近くらしい。

一　初めて、月が明らかになる。仮に、この年を物語一年目とする。
二　姫君。
三　底本「ひかへ」。九条家本「むかへ」。

姫君[四]我につゆあはれをかけば立ち返りともにを消えよ憂き
離れなむ

心慰めに、いと効《かひ》なし。

つとめて、物語してのついでに、「これ《あこき》[五]が、[2]かく申すは、いかがし侍らむ。かくてのみは、いかがはし果てさせ給はむ」と言ふに、いらへ[六]もせず。言ひわづらひて居たるほどに、「三の君の御手水《てうづ》[七]参れ」とて召さるれば、立ちぬ。[八]心のうちには、[九]とありともかかりとも、[3]よきことはありなむや、女親《めおや》のおはせぬに、幸ひなき身と知りて、いかで死なむと思ふ心深し。[一〇]尼になりても、殿の内離るまじければ、ただ消え失せなむわざもがなと思ほす。

七　少将、姫君に文を贈る

帯刀、[一]大将殿に参りたれば、少将「いかにぞ、かのことは」、

四 「つゆ」に副詞「つゆ」と「露」を掛ける。「露」「かく」「消ゆ」は縁語。
五 帯刀。帯刀が夫であるための呼称。
六 姫君は。
七 「手水」は、手や顔を洗うための水。ここは、朝の洗顔である。
八 姫君の心のなかでは。
九 このままこの屋敷で養われていても、結婚しても。どうあっても。
一〇 当時は、尼になっても、そのまま屋敷内に住む例が多かった。
一 左大将邸。独身である少将は、左大将邸に住んでいた。巻二【六四】で、西の対に住んでいたことが知られる。
二 「遥けげなり」は、隔たり

〔帯刀〕「言ひ侍りしかば、しかしかなむ申す。まことにいと遥け[一一]げなり。[三]かやうの筋は、親ある人は、それこそ、ともかくも急げ。[四]おとども、北の方に[五]取り込められて、よもし給はじ」と申せば、〔少将〕「さればこそ、[六2]『入れに入れよ』とは。婿取らるるも、いとはしたなき心地すべし。らうたう、なほおぼえば、ここに迎へてむ」と、〔少将〕「さらずは、[七]『あなかま』とてもやみなむかし」とのたまへば、〔帯刀3〕「そのほどの御定め、よく承りてなむ。[4]仕うまつる[八]べかなり」と言へば、少将、「見てこそは定むべかなれ。[九]そらには、いかでかは。まめやかには、なほたばかれ。よに、ふとは忘れじ」とのたまへば、帯刀、「『ふと』ぞ、あぢきなき[一〇]文字ななる」と申せば、君、うち笑ひ給ひて、「『長く』と言はむとしつるを、[一一]言ひ違《たが》へられぬるぞや」などうち笑ひ給ひて、「これを」とて[一二]御文賜へば、渋々に取りて、[一三]あこきに、〔帯刀〕「御文」とて引き出でたれば、〔あこき〕「あな見苦し。何しにぞとよ。よしない

が大きくて実現の可能性が薄いの意。
三「かやうの筋」は、縁談、結婚をいう。
四 中納言。
五「取り込む」は、取り囲んで自由をきかなくさせるの意。
六【五】の「入れに入れよかし」の発言をいう。
七「あなかま」は、相手を制止する時の言葉。やかましい、もうこの件は口にするな。
八 助動詞「なり」は、少将の話を聞いての判断を表す。
九 逢わずには。
一〇「文字」は、言葉の意。
一一「言ひ違ふ」は、本来の意向と違うことを言うの意。
一二 姫君へのお手紙。
一三 以下、中納言邸に場面が変わる。

ことは聞[一四]こえで」と言へば、（帯刀）「なほ、御返りせさせ[一五]給へかし。よに悪《あ》しきことにはあらじ」と言へば、取りて参りて、（あこき）[一六]「かの聞こえ侍りし御文」とて奉れば、（姫君）「何しに。上[一七]も、聞い給ひては、『よし』とはのたまひてむや」とのたまひて、[一八]（あこき）[一九]「さてあらぬ時は、[二〇]よくやは聞こえ給ひてや。上の御心、な慎《つつ》み聞こえ給ひそ」と言へど、いらへもし給はず。あこき、御文を、[二一]紙燭《しそく》さして見れば、ただ、かくのみあり。

　（少将）[二二]君ありと聞くに心をつくばねのみねど恋しき嘆きをぞ
　　する

（あこき）[二三]「をかしの御手や」と独りごち居たれど、効《かひ》なげなる御気色なれば、押し巻きて、[二四]御櫛の箱に入れて立ちぬ。帯刀、「いかにぞ。御覧じつや」、（あこき）「いで。まだいらへをだにせさせ給はざりつれば、置きて立ちぬ」と言へば、（帯刀）「いでや。かくておはしますよりはよからむ。我らがため

一四　私が姫君に。下に、「ありなむ」などの省略があるか。
一五　「させ」を使役の用法と解する説に従った。
一六　「かの聞こえ侍りし（方の）御文」の意。
一七　中納言の北の方。継母。
一八　下の「いらへもし給はず」に係る。
一九　今回のような恋愛・結婚の件ではない時の意か。
二〇　「『よし』とやは聞こえ給ひてや」に同じ意か。
二一　「紙燭」は、松の木の脂（やに）の多い部分を削って束ね、手もとに紙を巻いて火を灯す照明具。灯台などがない、姫君の生活をいうか。
二二　「筑波嶺」の「つく」に「（心を）付く」、「みね」に「見ね」と「峰」、「嘆き」の「き」に「木」を掛ける。参考、「音に聞く人に心をつくばねのみねど恋しき君にもあるかな」

にも、思ふやうにて」と言へば、「《あこき》いでや。御心の頼もしげにおはせば、などかは、さも」と言ふ。

八　父中納言、姫君を見て、かわいそうに思う

つとめて、一おとど、二樋《ひ》殿《どの》におはしけるままに、落窪をさし覗いて見給へば、三なりのいと悪《あ》しくて、さすがに髪のいとうつくしげにて懸かりて居たるを、四あはれとや見給ひけむ、「《中納言》身なり、いと悪《あ》し。あはれとは見奉れど、まづ、五やむごとなき子どものことをするほどに、六え心知らぬなり。よかるべきことあらば、七心ともし給へ。かくてのみいまするがいとほしや」とのたまへど、恥づかしくて、ものも申されず。

帰り給ひて、北の方に、「《中納言》落窪をさし覗きたりつれば、いと八頼み少なげなる白き袷《あはせ》一つをこそ着て居たりつれ。九子

（拾遺集・恋一・詠人不知）。
二三　女君の気を惹く、あこきの演技である。
二四　姫君が大切にしている櫛の箱。後にも、しばしば見える。

一　中納言。
二　便所。場所は、未詳。
三　「なり」は、「身なり」に同じ。
四　挿入句。
五　北の方の実子をいう。
六　「心」は、姫君の心。「知る」は、関知するの意。あなたのことをかまってあげられないのだ。
七　「心と」は、あなた自身の判断での意。
八　「頼み少なげなり」は、寒さを凌げそうもない、暖かくもなさそうだの意。ここは、綿が入っていないことをいう。
九　北の方の実子の女君たち。

どもの古衣《ふるぎぬ》やある。着せ給へ。夜、いかに寒からむ」との
たまへば、北の方、「常に着せ奉れど、[一〇]ほほかし給ふにや、
[一一]飽くばかりも、え[一二]着つき給はぬ」と申し給へば、[中納言]「あなう
たてのことや。親に疾《と》く後《おく》れて、心もはかばかしからずぞ
あらむかし」といらへ給ふ。

九　姫君、蔵人の少将の上の袴を上手に縫う

[一]婿の少将の君の上[二]の袴縫はせにおこせ給ふとて、[継母]「これ
は、いつよりもよく縫はれよ。[三]禄《ろく》に衣《きぬ》着せ奉らむ」とのた
まへるを聞くに、[四]いみじきこと限りなし。いと疾《と》く清げに
縫ひ出で給へれば、北の方、[六]よしと思ひて、おのが着たる
綾の[五]張綿《はりわた》の萎えたるを着せさせ給へば、風はただ早になる
ままに、いかにせましと思ふに、少しうれしと思ふぞ、[七]心
地の屈《く》し過ぎたるにや。

一〇「ほほかす」は、ほうり捨てるなどの意か。『玉勝間』五に、「物を棄つることを、俗言にほかすといふは、おちくぼの物語にほゝかし給ふとあり」とある。

一一「飽くばかり」は、充分に満足するほどの意から、着古すことをいうか。

一二「着つく」は、身につくまで着るの意から、大切に着ることをいうか。

一　三の君の夫の蔵人の少将。
二　束帯の時に穿（は）く袴。
三　褒美として。
四「いみじ」を、下の「いと疾く」以下との関わりで、みじめだの意で解した。うれしいと解する説もある。

五「張綿」は、真綿の綿入れの衣か。【八】の注八の「頼み少なげなる白き袷」よりも暖か

この婿の君は、悪《あ》しきことをもかしかましく言ひ、よきことをば八掲焉《けちえん》に褒《ほ》むる心ざまなれば、《蔵人の少将》「この装束《さうぞく》ども、いとよし。よく縫ひおほせたり」と褒むれば、御達《ごたち》、北の方に、かくなむと聞こゆれば、《継母》「あなかま。落窪の君に聞かすな。心おごりせむものぞ。かやうの者は、九屈《く》せさせてあるぞよき。それを幸ひにて、人にも用ゐられむものぞ」とのたまへば、御達、「いといみじげにものたまふかな。あたら君を」と、忍びて言ふもありかし。

一〇　少将、姫君に文を贈り続ける

一かくて、少将、二言ひ初《そ》め給ひてければ、また、御文、薄《すすき》にさしてあり。

《少将》三ほに出でて言ふかひあらば花薄《はなすすき》そよとも風にうち靡か
なむ

い衣。

六「させ」は、使役の用法か。

七草子地。

八「掲焉なり」は、目立ってはっきりしているさまをいう。

九「屈す」は、「心おごりす」に対して、自分に自信がもてないでいるの意。

一「かくて」は、【七】に直接話題を続ける叙法。

二歌を贈り始めなさったので。

三「ほに出づ」に、秘めた思いを表に現すの意と、（薄が）穂として出るの意。「かひ」に「効」と「穎」（穂）、「そよ」に「そうですよ」の意と葉擦れの音、「靡く」に、風に靡くの意と相手の意に従うの意を掛ける。「穂」「穎」「花薄」「そよ」「靡く」は縁語。参考、「虫の音の悲しき野辺の花薄こち吹く風にうち靡かなむ」（重之集）。

御返りなし。

時雨《しぐれ》いたくする日、

少将「さも聞き奉りしほどよりは、四もの思し知らざりける」

とて、

少将五 雲間なき時雨の秋は人恋ふる心のうちもかきくらしけり

御返りもなし。また、

少将六 天の川雲の架け橋いかにしてふみみるばかり渡し続けむ

日々にあらねど、七絶えず言ひわたり給へど、絶えて御返りなし。

少将「いみじうものの慎《つつ》ましきうちに、かやうの文もまだ見知らざりければ、いかに言ふとも知らぬにやあらむ。もの思ひ知りげに聞くを、などかは、はかなき返り言《こと》をだに、絶えてなき」と、帯刀にのたまへば、帯刀「知らず。北の方の、

四「もの思し知る」は、男女の情けがわかるの意。

五「雲間」は、雲の晴れ間の意。「時雨の秋」は、時雨が降る秋。「時雨の秋」の語は、『万葉集』巻一三にも一例見える。

六「雲の架け橋」は、雲で造って架けた橋。「ふみみる」に、「踏みみる」と「文見る」、「渡す」に橋を渡すの意と手紙を渡すの意を掛ける。引歌、「ふみみれど雲の架け橋危ふしと思ひ知らずも頼むなるかな」（蜻蛉日記）。

七「絶えず」「（言ひ）わたり」は、前の歌との縁での表現か。

いみじく心悪しくて、[八]我許さざらむこと、つゆにてもしてはいみじからむと、[九]明け暮れ思《おぼ》いたるに、怖《お》ぢ慎《つつ》み給へるとなむ聞き侍る」と申せば、[少将一〇]「我を、みそかに」と[一一]言ひわたり給へば、[一二]わが君の御言《こと》を否びがたくやありけむ、いかでと見ありく。

十日ばかり音づれ給はで、思ひ出でてのたまへり。

[少将一三]「日ごろは、

[一四]かき絶えてやみやしなましつらさのみいとどます田の[1]池の水茎

思う給へ忍びつれど、さてもえあるまじかりければなむ。[一五]

人知れず、人悪《わろ》く」

とあれば、帯刀、「このたびだに、御返り聞こえ給へ。しかしかなむのたまひて、[少将一六]『心に入れぬぞ』と[一七]さいなむ」と言へば、あこき、「[姫君]『まだ言ふらむやうも知らず』とて、いと難げに[2]思ほしたるものを」とて、参りて見奉れど、中の

八　底本「我」。「わが」と読むこともできる。
九　明けても暮れても。いつも。
一〇　私を、こっそりと、姫君に逢わせてくれ。
一一　底本は、「いひ」の「い」の右に「と」があるが、「といわたり」として、本文化した。
一二　挿入句。
一三　「日ごろは」は、歌の後の「思う給へ忍びつれど」に係る。
一四　「かき」に「書き」と「掻き」、「益田」の「ます」に「増す」を掛ける。「掻き絶ゆ」の「掻き」は接頭語。「益田の池」は、大和国の歌枕。「水茎」は、池の堤などから漏れ出た細い水の流れ、転じて、手紙の意。
一五　下に、「お手紙をさしあげました」の内容の省略がある。
一六　「心に入る」は、熱心にする、一生懸命にするの意。
一七　「さいなむ」は、主体敬語に準ずる語。

君の御夫《をとこ》[一八]右中弁とみにて出で給ふ[一九]袍《うへのきぬ》縫ひ給ふほどにて、御返りなし。

一一　中納言家石山詣で、姫君とあこきは残る

少将、げに言ひ知らぬにやあらむと思へど、いと心深き御心も[一]聞き染みにければ、[二]さる心ざまやふさはしかりけむ、[三]帯刀、少将[四]「遅し遅し」と責め給へど、[五]御方々住み給ひて、いと人騒がしきほどなれば、[六]さるべき折もなくて、思ひありくほどに、[七]この殿、[八]古き御願果たしに[九]石山に詣で給ふに、御供に慕ひ聞こゆるままに[一〇]もておはすれば、[一一]嫗《おんな》さへとどまらむことを恥と思ひて詣づるに、落窪の君、数《かぞ》へのうちにだに入らねば、[一二]弁の御方、中の君「落窪の君率ておはせ。一人とまり給はむがいとほしきこと」と申し給へば、継母「さて、それが、いつか歩《あり》きしたる。[一三]旅にては、縫ひ物やあらむとす

一八　中の君の夫は、巻三【二九】注四、巻四【一四】注五には、「左少弁」。中弁は、太政官の第三等官で、正五位上相当。
一九　束帯の時の表着。文官の袍は、縫腋の袍。
一　「聞き染む」は、聞いて、強く関心をもつの意。
二　挿入句。
三　帯刀を。後に、少将が帯刀を「惟成」と呼んでいるので、「帯刀」を地の文と解した。
四　【一〇】の注一〇の「我を、みそかに」を、さらに催促した。
五　婿君たちが通って来ていらっしゃって。
六　しかるべき機会。少将を姫君と逢わせることのできる機会。
七　中納言。
八　かけた願が成就したためのお礼参り。
九　近江国の石山寺。
一〇　「もて」は、連れての意。

る。なほ歩《あり》かせ初《そ》めじ。一四うちはめて置きたるぞよき」とて、思ひかけでやみ給ひぬ。

あこきは、一五三の御方人にて、一六いときなく装束《きうぞ》かせて率ておはするに、一七おのが君のただ一人おはするに、いみじく思ひて、「《あこき》にはかに一八穢《けが》れ侍りぬ」と申してとまれば、「《継母》よに、さもあらじ。かの落窪の君の一人おはするを思ひて言ふなめり」と腹立てば、「《あこき》いとわりなきこと。よく侍《はべ》一九なり。候へとあらば、参らむ。かくをかしきことを見じと思ふ人はありなむや。嫗《おんな》だに慕ひ参る道にこそあめれ」と言へば、げに、さや思ひけむ、二〇はした童のあるに二一装束《さうぞ》き替へさせて、二二とどめ給ふ。

一二　あこき、帯刀に絵を所望する

ののしりて出で給ひぬれば、一かい澄みて心細げなれど、

『大和物語』一五六段「もていまして、深き山に捨てたうびてよ」。
一二　底本「をんな」。
一三　中の君。夫が、右中弁。
一四　「うちはむ」は、閉じ込めるの意。
一五　三の君づきの侍女。
一六　「いときなし」は、「いとけなし」に同じ。かわいらしい。
一七　姫君。
一八　「穢る」は、不浄になるの意。ここは、月の障り。神仏への参詣を慎む。
一九　「なり」は、北の方の話を聞いての判断を表す。
二〇　下働きの童。
二一　あこきのための装束に着替えさせたことをいう。
二二　あこきを。
一　「かい澄む」は、ひっそりとする、静まりかえるの意。

わが君とうち語らひて居たるほどに、帯刀がもとより、

「御供に参り給はずと聞くは、まことか。さらば、参らむ」

と言ひたれば、
あこき二「御方の悩ましげにおはしてとまらせ給ひぬれば、何しにかは。三いとつれづれなるをなむ慰めつべくておはせ。四ありとのたまひし絵、必ず持ておはせ」

と言ひ五けるは、帯刀六「女御殿の御方にこそ、いみじく多く候へ。七君おはし通はば、見給ひてむかし」と言へるなりけり。

帯刀、この文を、やがて少将の君に見せ奉れば、少将「これや、八惟成《これなり》が妻《め》の手。いたうこそ書きけれ。よき折にこそはありけれ。行きてたばかれ」とのたまふ。帯刀「絵一巻、下ろし賜はらむ」と申せば、君、九「かの言ひけむやうならむ折こそ見せめ」とのたまへば、帯刀一〇「さも侍りぬべき折にこそは侍るめれ」。

二 姫君。
三 下に、「石山に参らむ」の意の省略がある。
四 この絵のことは、これまで見えなかった。
五 底本「ける」。九条家本「たる」。
六 「女御殿」は、左大将の大君。少将の姉妹。妹と解した。
七 少将。以下、草子地。
八 帯刀の名。ここに初めて見える。
九 帯刀の「君おはし通はば、見給ひてむかし」の発言をいう。
一〇 石山詣でをして、中納言邸に人が少ない今が。
一一 少将の居所。
一二 底本「こゐひさして」未詳。「こゐひ」を「小指」の誤りと解

うち笑ひ給ひて、御方におはして、白き色紙に、こゐひさして口すくめたる形《かた》を描《か》き給ひて、
「《少将》召し侍るは、
　つれなきを憂しと思へる人はよにゐみせじとこそ思ひ
　　顔なれ
幼《おさな》」
と書い給へれば、出づとて、親に、「《帯刀》をかしきさまならむ果物《くだもの》一餌袋《ゑぶくろ》して置い給へれ。今ただ今取りに奉らむ」と言ひ置きて往《い》ぬ。

一三　帯刀、絵を持って、中納言邸へ行く

あこき呼び出でたれば、「《あこき》いづこ、絵は」と言へば、「《帯刀》くは、この御文見せ奉り給へ」、「《あこき》いで、そらごとにこそあらめ」と言へど、取りて往ぬ。

する説もある。
一三　「口すくむ」は、しょんぼりとした悲しげな様子か。
一四　底本「めし侍は」。ご所望になりました絵は。
一五　「ゐみせじ」に、「笑みせじ」と「絵見せじ」を掛ける。
一六　姫君のことをいうと解した。
一七　帯刀の母親。少将の乳母。
一八　「餌袋」は、鷹狩りの鷹の餌を入れて携帯する袋。転じて、食べ物を入れて携帯する袋としても用いられた。

一　帯刀は、中納言邸に行き、姫君のもとにいるあこきを、あこきの曹司に呼び出す。
二　「絵（ゑ）」は、底本「へ」。
三　「くは」は、相手に注意を促す時の発語。ほら。
四　女御殿のもとにある絵を見せてくれるというのは嘘だったのでしょう。少将が描いた絵を見た発言と解した。

君[五]、いとつれづれなる折にて、見給うて、[姫君][六]「絵や聞こえつる」とのたまへば、「帯刀《あこき》が[1]もとに、しかしか言ひて侍りつるを、御覧じつけけるに侍るめり」と言へば、[姫君]「うたて、[七]心なと見え[八]られたるやうにこそ。人に知られぬ人は、[九]有心なるこそよけれ」とて、ものしげに思ほしたり。帯刀呼べば、往ぬ。

[一〇]物語して、[帯刀]「誰々かとまり給へる」と、[一一]さりげなくて案《あ》内《ない》問ふ。[帯刀][一二]「いとさうざうしや。[一三]嫗《おんな》どもの御《み》もとに、果物取りに遣《や》らむ」とて、「何も、あらむ物賜へ」と言ひに遣りたれば、[一四]餌袋《ゑぶくろ》二つして、[一五]をかしきさまにして入れたり。いま一つの大きやかなるには、さまざまの果物、色々の餅《もちひ》、[一六]薄き濃き、入れて、紙隔てて、[一七]焼米《やいごめ》入れて、[乳母]「ここにてだに、[一八]あやしく、慌たたしき口つきなれば、旅にてさへ。いかに見給ふらむ。恥づかしう。この焼米は、[一九]つゆといふらむ人にものし給へ」

五　姫君。
六　絵を見せてくれるように、少将殿にお願い申しあげたのですか。
七　「心な」は、「心なし」の語幹。
八　「見えられ」の語法不審。「見しられ」の誤りと解する説もある。
九　「有心なり」は、「心なし」の対義語。
一〇　以下、あこきの曹司の場面。
一一　少将を来させようと思っているそぶりも見せずに。
一二　あこきの返事を聞いたうえでの発言。
一三　帯刀の母。「ども」は、卑下の表現。
一四　帯刀が要求した「一餌袋」に対して、母親の配慮でふやしたもの。
一五　帯刀が依頼したように。
一六　「色々の餅」の説明。
一七　籾のまま煎った新米を搗い

と言へり。[二〇]さうざうしげなる気色を見て、いかではかなき心ざしを見せむと思ひてしたるなりけり。

女、[二一]見て、《あこき》「いで、あやし。[二二]まめ果物や。けしからず。そこにし給へるにこそあめれ」と怨ずれば、帯刀、うち笑ひて、「知らず。まろは、かやうに見苦しげにはしてむや。媼《おんな》どもの御《み》さかしらなめり。[二三]つゆ、これ取り隠してよ」とて遣《や》りつ。

二人臥して、かたみに、[二四]君の御心ばへどもを語る。今宵、雨降れば、よもおはせじとて、[二五]うち弛《たゆ》みて臥したり。

一四　少将、中納言邸を訪れる

女君、人なき折にて、[一]琴《こと》、いとをかしうなつかしう弾き伏し給へり。

帯刀、をかしと聞きて、「かかるわざし給ひけるは[1]」と

て殻を取ったもの。
一八　下に省略があると解した。
一九　「つゆ」は、あこきの召し使う童女の名。ここに初めて見える。
二〇　草子地。
二一　あこき。
二二　「まめ果物」は、特に焼米をいうか。
二三　童女の名。
二四　それぞれの仕える主人たちのお人がら。
二五　帯刀は、少将から、「行きてたばかれ」と言われていたので、少将がみずから勝手に来ることはないと思っていた。

一　箏の琴。【二】の注四参照。

言へば、[あこき]「さかし。故上[二]の、六歳[三]におはせし時より教へ奉り給へるぞ」と言ふほどに、少将、いと忍びておはしにけり。人を入れ給ひて、「聞こゆべきことありてなむ。立ち出で給へ」と言はすれば、帯刀、心得て、おはし[四]に[2]けると思ひて、心慌たたしくて、[帯刀]「ただ今対面す」とて出でて[五]往ぬれば、あこき、御前《おまへ》[六]に参りぬ。

少将、「いかに。かかる雨に来たるを、いたづら[七]にて帰すな」とのたまへば、帯刀、「まづ御消息《せうそこ》を賜はせて[八]。音なくてもおはしましにけるかな。人の[九]御心も知らず。いと[一〇]難きことにぞ侍る」と申せば、少将、「いといたく、なすぐだちそ」[一一]とて、しとと打ち給へば、[帯刀]「さはれ、下り[一二]させ給へ」[3]とて、もろともに入り給ふ。御車は、「まだ暗きに来」とて帰しつ。

[一三]わが曹司《ざうし》の遣戸《やりど》口にしばし居て、あるべきことを聞こゆ。人少ななる折なれば、心やすしとて、[少将][一四]「まづ垣間見《かいばみ》をせさ

二 姫君の亡き母君。
三 姫君の年齢。【二】参照。
四 少将殿がおいでになったのだと思って。
五 帯刀があこきの曹司から出て行ってしまったので。
六 姫君の御前。
七 姫君に逢えないまま。
八 下に、「おいでくだされば よろしかったのに」の意の省略がある。
九 姫君のお気持ち。
一〇 「すぐだつ」は、きまじめな態度をとるの意。
一一 「しとと」は、勢いよく叩くさま。
一二 車から。少将はまだ車に乗っていた。
一三 「帯刀の曹司」の意だが、実際には、あこきの曹司。【五】の注一四参照。【三四】の注一に、「帯刀が曹司」ともある。
一四 少将は、【七】で、「見てこそは定むべかなれ」と言って

せよ」とのたまへば、帯刀「しばし。心劣りもぞせさせ給ふ。一五物忌みの姫君のやうならば」と聞こゆれば、少将一六「笠も取りあへで、袖を被《かづ》きて帰るばかり」と笑ひ給ふ。
一七格子の狭間《はさま》に入れ奉りて、留守の宿直人や見つくると、一八おのれとしばし簀子《すのこ》にをり。

一五　少将、姫君を垣間見る

一君見給へば、二消えぬべく火灯したり。几帳・屛風、殊になければ、よく見ゆ。向かひ居たるは、あこきなめりと見ゆる、1様体《やうだい》・頭《かしら》つきをかしげにて、三白き衣《きぬ》、上に艶《つや》やかなる四掻練《かいねり》の衵《あこめ》着たり。添ひ臥したる人あり。五君なるべし。白き衣《きぬ》の萎えたると見ゆる着て、六掻練の張綿《はりわた》なるべし、腰より下《しも》に引き懸けて、側《そば》みてあれば、顔は見えず。頭つき・髪の七懸かりは、いとをかしげなりと見るほどに、火消えぬ。

いた。
一五「物忌みの姫君」は、散佚物語の名で、醜女の姫君が主人公の物語か。
一六 帯刀の発言を引き継ぐ形での発言。「物忌みの姫君」の内容によろう。
一七 →［補注6］
一八 自分自身の判断で。「おのれも」の誤りと解する説もある。

一 少将。
二 姫君の不如意な生活をいう。
三 白い単衣。
四「掻練」は、練って柔らかくした絹。「衵」は、童女の正装である汗衫（かざみ）の下に着た衣。ここは、汗衫を略したくつろいだ姿。
五 姫君。
六「張綿」は、【九】の注五参照。
七「懸かり」は、髪が肩のあたりに垂れ懸かったさま。

くちをしと思ほしけれど、つひにはと思しなす。「《姫君》あな暗のわざや。[八]人ありと言ひつるを、[九]はや往《い》ね」と言ふ[一〇]声も、いといみじくあてはかなり。「《あこき》人に会ひにまかりぬるうちに、御前《おまへ》に候はむ。[一一]おほかたに人なければ、恐ろしくおはしまさむものぞ」と言へば、「《姫君》なほ、[一二]はや。恐ろしさは目馴れたれば」と言ふ。

一六　帯刀、少将を手引きする

[一]君出で給へれば、「《帯刀》いかが。[二]御送り仕うまつるべき。[三]御笠は」と言へば、「《少将》妻《め》を思へば、いたく[四]方引く」と笑ひ給ふ。心のうちには、衣《きぬ》どもぞ萎えためる、恥づかしと思はむものぞと思ほしけれど、「《少将》はや、[五]その人[六]呼び出でて寝よ」とのたまへば、曹司に行《ゆ》きて呼ばすれど、「《あこき》今宵は、御前に候ふ。早う、[七]侍《さぶらひ》にまれ、おはしね」と言へば、「《帯刀》ただ今、

八　帯刀。
九　自分の曹司に。
一〇　火が消えたので、声だけが聞こえる。
一一　屋敷全体に。
一二　「はや往ね」の意。
一　「格子の狭間」の所から。[補注6]参照。
二　このままお帰りになるなら、お送りしますよ。
三　笠はどうしましょうか。
四　【一四】の注一六参照。「方引く」は、一方だけを贔屓するの意。「片引く」とも。
五　愛する妻。あこき。
六　曹司に。
七　「侍にもあれ」の転。「侍」は、侍所。

八人の言ひつる言《こと》聞こえむ。ただあからさまに出で給へ」と2聞こえさすれば、九「何《あこき》ごとぞとよ。3かしかましや」とて、一〇遣戸を押し開けてさし出でたれば、一一帯刀取らへて、一二「『雨降る夜なめり。一人な寝そ』と言ひつれば、いざ給へ」と言へば、女、笑ひて、「《あこき》一三そよ。事なかり」と言へど、4しひて一四率て行《ゆ》きて臥しぬ。もの言はで、寝入りたるさまを作りて臥せり。

一七　少将、姫君に逢う

女君、なほ寝入らねば、琴《こと》を、臥しながらまさぐりつつ、

姫君一 なべて世の憂くなる時は身隠さむ巌《いはほ》の中の住みか求めて

と言ひて、とみに寝入るまじければ、二また人はなかりつと思ひて、三格子を、木の端にて、いとよう四放ちて、押し上げ

八　訪れた人。
九　「さすれ」は、使役の用法。
一〇　落窪の間の遣戸。【五二】の注三にも見える。
一一　帯刀は、遣戸の所で待ちかまえていた。
一二　こんな雨の夜に行って共寝をすれば、愛情がまさるといった冗談か。
一三　ほら。特別な用事などなかったのですね。
一四　あこきの曹司に。

一　引歌、「いかならむ巌の中に住まばかは世の憂きことの聞こえ来ざらむ」（古今集・雑下・詠人不知）。
二　あこき以外の人。
三　落窪の間の格子。ここは、一枚格子で、内側に押し開ける。ここで、初めて格子が開けられる。［補注6］参照。
四　「放つ」は、柱から格子を引き離すの意。

て入りぬるに、いと恐ろしくて起き上がるほどに、ふと寄りて[五]取らへ、あこき、[六]格子を上げ[七]らるる音を聞きて、[1]いかならむと[2]驚き惑ひて起くれば、[3]帯刀、さらに起こさず。「《あこき》こは[八]、なぞ。御《み》格子の鳴りつるを、なぞと見む」と言へば、「《帯刀》犬ならむ、鼠ならむ」と、「驚き[九]給ひそ」と言へば、「《あこき》なでふことぞ。[一〇]したるやうのあれば、言ふか」と言へば、「《帯刀》何わざかせむ。寝なむ」と抱《いだ》きて臥したれば、「《あこき》あなわびし。あなうたて」と、いとほしくて腹立てど、動きもせず抱《いだ》き込められて、効《かひ》もなし。

少将、取らへながら装束《さうぞく》解きて臥し給ひぬ。女、恐ろしうわびしくて、わななき給ひて泣く。少将、「[一一]いと心憂く思したるに、世の中のあはれなることも聞こえむ、[一二]巌《いはほ》の中求めて奉らむとてこそ」とのたまへば、誰ならむと思ふよりも、衣《きぬ》どものいとあやしう、袴のいと悪《わろ》び過ぎたるも思ふに、ただ今も死ぬるものにもがなと泣くさま、いといみ

五 底本「とらへ」。九条家本「とらへ給ふ」。
六 あこきの曹司は落窪の間に近いので、小さな音でも聞こえるのである。
七 「らるる」は、尊敬の用法か。
八 帯刀が起こそうとしないことに対して言う。
九 底本「給そ」。副詞「な」を伴わずに、終助詞「そ」だけで、禁止となる表現。→[補注7]
一〇 何かたくらんだことがあるから。
一一 以下、姫君の「なべて世の」の歌に対する返事のような発言。
一二 「巌の中」は、注一の、『古今集』の「いかならむ」の歌により、嫌な思いをせずにすむ所の意。

じげなる気色なれば、わづらはしくおぼえて、ものも言は[4]で臥いたり。

一八　あこき、帯刀を恨む

一あこきが臥したる所も近ければ、二泣い給ふ声[1]もほのかに聞こゆれば、三さればよと思ひて惑ひ起くるも、さらに起こ四させねば、「《あこき》わが君をいかにしなし奉りて、かくはするぞや。あやしとは思ひつ。いと愛敬《あいぎやう》なかりけるものかな」五とて腹立ち六かなぐりて起くれば、帯刀笑ふ。「《帯刀》事細かに知らぬことも、ただ、負[2]《お》ほせに負ほせ給ふこそ。七そゐに、この時、盗人入らむやは。男にこそおはすらめ。今は、参り給ひても、効《かひ》あらじ」と言へば、「《あこき》いで、なほ、八つれなく、ものな言ひそ。誰とだに言へ。いといみじきわざかな。いかに思ほし惑ふらむ」とて泣けば、「《帯刀》あな童げや」と笑ふ。

一　あこきの曹司。
二　姫君が。
三　思った通りだ、帯刀が何かたくらんだのだ。
四　底本「おこさせねは」。「起こす」は、あこきが身を起こすの意。「起きさせねば」の誤りと見る説もある。
五　底本「ものかな」は、九条家本「心もたりけるものかな」。
六　帯刀の手を払いのけて。
七　「そゐに…むやは」は、だからと言って、…はずがないの意の慣用的な表現。男性語。
八　自分は関係ないかのようにしらばっくれて。

[九]ねたきこと添ひて、[一〇]あひ思さざりける人に見えけることと、いとつらしと思ひたれば、心苦しうて、「《帯刀》[一一]まことに、少将の君なむ、もののたまはむとておはしたりつるを、いかならむことならむ。[一二]あなかま。とてもかくても、御宿世《すくせ》ぞあらむ」と言ふを、「《あこき》いとよし。気色をだに[一三]下に知らせねど、君は、心合はせたりと思さむが、わびしきこと」と、「何しに、今宵、ここに来つらむ」と恨むれば、「《帯刀》[一四]知らぬ気色をだに見給はずやある。腹立ち恨み給ふ」と、腹立たせもあへず、[一五]戯《たはぶ》れしたり。

一九　少将、姫君と歌を詠み交わして帰る

男君、「いとかうしも思《おぼ》いたるは。[一]いかなる人数にはあらねど、また、いとかうまでは嘆い給ふほどにはあらずとおぼゆる。たびたびの御文、[二]『見つ』とだにのたまはざり

九 帯刀に対する忌々しい思いも加わって。

一〇「あひ思す」は、「あひ思ふ」（自分と同じように愛情をもつ）の意の主体敬語。

一一「まことに」は、話題を変えたり追加したりする時の発語。「まことや」に同じ。

一二「あなかま」は、相手を制止する時の言葉。騒ぎたてないほうがいい。

一三 底本「したに」。「下に」は、こっそりとの意。九条家本「したに」なし。

一四「知らぬ気色」は、「気色知らぬ（こと）」と同じ意か。

一五「戯る」は、みだらな行為をするの意で、抱きすくめることなどをいうのだろう。

一「いかなる人数にはあらねど」は、「一人前と言えるほどの身ではないが」といった意か。

二『平中物語』第二段「『こ

しに、便《びん》なきことと見てき。聞こえでもあらばやと思ひしかども、[三]聞こえ初《そ》め奉りて後、いとあはれにおぼえ給ひしかば。かく憎まれ奉るべき宿世《すくせ》のあるなりけりと思う給へらるれば、[四]憂きも憂からずのみなむ」と[五]かいらせ奉りて臥し給へれば、女、死ぬべき心地し給ふ。[六]単衣《ひとへぎぬ》はなし、袴一つ着て、所々あらはに身につきたるを思ふに、いといみじとは疎《おろ》かなり。涙よりも汗にしとどなり。男君も、その気色を、ふと見給ひて、いとほしうあはれに思ほす。よろづ多くのたまへど、[1]御いらへあるべくもおぼえず。恥づかしきに、あこきを、いとつらしと思ふ。

からうして明けにけり。鳥の鳴く声すれば、男君、

少将「君がかく泣き明かすだに悲しきにいと恨めしき鳥の声
　　かな

[七]いらへ、時々はし給へ。御声聞かずは、いとど[八]世づかぬ心地すべし」とのたまへば、[2]からうして、[九]あるにもあらずい

の、奉る文を見給ふものならば、賜はずとも、ただ、「見つ」とばかりはのたまへ」とぞ言ひ遣りける。されば、『見つ』とぞ言ひやりける」。『うつほ物語』の「国譲・下」の巻にも、「立ち返り聞こえても、おぼつかなく、度々のを、『見つ』とだにあらざりしかば」などと、似た表現がある。

三　「聞こえ初め奉る」は、異例な敬語か。→［補注8］

四　引歌、「忘れなむと思ふ心の悲しきは憂きも憂からぬものにぞありける」（大和物語・第一四三段）。

五　底本「かいらせ」未詳。

六　袿の下に着る裏のない衣。

七　「いらへ」は、声を出しての返事の意。

八　「世づかぬ心地」は、一人前の男として扱われていない気持ちの意。

九　茫然とした状態で。

らふ。

《姫君》人心憂きには鳥にたぐへつつ泣くよりほかの声は聞か
　せじ

と言ふ君[一〇]、いとらうたければ、少将の君[一一]、なほざり[一二]に思ひしを、まめやかに思ふべし。

《従者》「御車率て参りたり」と言ふを聞きて、帯刀、あこきを[一三]、「参りて申し給へ」と言へば、「《あこき》昨夜《よべ》は参らで、今朝参らむ、げに、まろが知りたることとこそ思ほさめ。[一四][3]腹汚く、人に疎《うと》ませ奉ること」と怨ずる、いはけなきものから、をかしければ、帯刀、うち笑ひて、「君疎み給はば、まろ思はむかし」と言ひて、格子[一五]のもとに寄りて声《こわ》[一六]作れば、少将起き給ふに、女の衣《きぬ》を引き着せ給ふに、一[一七]つもなくて、いと冷たければ、一[一八]つを脱[一九]ぎすべして置きて出で給ふ。女君、いと恥づかしきこと限りなし。

一〇 底本「君」を「声」の誤りと解する説もある。
一一 草子地。
一二 姫君のことをいいかげんに思っていたが。
一三 あこきに対して。
一四 底本「はちきたなく」。「腹汚く」の誤りと解する説に従った。
一五 落窪の間の格子。
一六 「声作る」は、人の注意をひくために咳払いをするの意。
一七 まともな衣は一つもなくて。底本「ひとつ」を「単衣」の誤りと解する説もある。
一八 底本「ひとつ」。この「ひとつ」も「単衣」の誤りと解する説がある。【六二】の注一〇参照。
一九 「脱ぎすべす」は、衣を脱いですべらせるように身から放す、衣をすべらせるように脱ぐの意。

二〇　帯刀と少将からそれぞれ手紙がある

あこき、あいなくいとほしけれど、さては[一]這入《はひ》り居たらねば、参りて見れば、まだ臥し給へり。いかで言ひ出でむと思ふほどに、帯刀のも君のもあり。

帯刀のには、

「夜一夜、知らぬことにより[二]打ち引き給ひつるこそ、いとわりなかりつれ。[三]御ために少しにても[四]疎《おろ》かならむ時には参らじ。まいて、いかなる目見せ給はむと。[五]御心ばせかな。[六]御前《おまへ》にも、いかに、[七]よくもあらざりける者かなと思しのたまはすらむと思う給ふれば、この[八]宮仕ひ、いとわづらはしく侍れど。[九]御文侍るめり。御返り聞こえ出で給へ。この[一〇]世の中は、さるべきぞや。何か思ほす」

と言へり。

一　底本「ゝいり」を「這入り」と解した。「這入り」は、「這ひ入り」の転。入り込む、閉じ籠るの意。

二　「打ち引く」は、責めさいなむの意。

三　あなた（あこき）のために。

四　「疎かならむ時」は、姫君から疎ましく思われるようなおそれがある時などの意。

五　「御心ばせかな」は、あれがあなたのご気性なのですねなどの意か。

六　「御前」は、姫君をいう。

七　あこきのことをいう。

八　「宮仕ひ」は、「宮仕へ」に同じ。少将と姫君を取り持つためのご奉公の意。また、結婚の意を言い掛けるか。

九　下に、「少将殿のご依頼ですからしかたありません」の内容の省略がある。

一〇　「世の中」は、特に、男女の仲をいう。

持て参りて、「《あこき》ここに、御文侍るめり。昨夜《よべ》、いとあやしく、思ひかけずて臥し侍りしほどに、はかなく明け侍りにけり。聞こえさすとも、[一一]あらがふとぞ推し量らせ給ふらむ」と、「推し量り、ことわりなれど、[一二]この気色をだに見て侍らば[一三]」と、よろづに[一四]誓ひ居たれど、いらへもせず、起きも上がり給はねば、「《あこき》なほ、知りて侍りと思ほすにこそ侍るめれ。心憂く。ここらの年[2]ごろ仕うまつり侍りて、か[3]く後ろめたきことはし侍りなむや。一人おはしまさむを思う給へて、をかしき[一五]御供にも参り侍らずなりにし効《かひ》なく、かかることを聞かせ給はず、便《び》なき御気色ならば、[一六]候はむも、いといといとほしう侍り、いづちもいづちもまかりなむ」とてうち泣けば、君、いといとほしうて、「[一七]そこに知りたらむとも思はず。いとあさましう、思ひもかけぬことなれば、いと心憂く思ふうちに、いといみじげなる袴、ありさまにて見えぬるこそ、いと言はむ方なくわびしけれ。[一八]故上

一一 「あらがふ」は、抗弁する、言い訳するの意。
一二 今回の事情をせめて事前に知っておりましたら。
一三 下に、「必ずお知らせいたしましたのに」などの内容の省略がある。
一四 「誓ふ」は、神仏にかけて自分が関わっていたわけではないと誓約するの意。
一五 石山詣でのお供。
一六 私はこれ以上おそばにいるのもまことにつろうございます。挿入句。
一七 あなたが。
一八 亡き母上。

おはせましかば、何ごとにつけても、かく憂き目見せましや」とて、いみじう泣き給へば、「《あこぎ》げに、ことわりに侍れど、[一九]いみじき継母《ままはは》と言へど、北の方の御心のいみじうあさましきよしは、[二〇]さきざきも聞かせ給へれば、[二一]さこそは思すらめ。ただ、[二二]御心だに頼み奉りぬべくは、いかにうれしからむ」、「《姫君》[二三]それこそは、まして。かく異《こと》やうにあらむ人を見て、心とまりて思ふ人はありなむや。[二四]ものの聞こえあらば、北の方、いかにのたまはむ。『我《わ》が言はざらむ人のことをだにしたらば、[二五]ここにも置いたらじ』とのたまひしものを」とて、いみじと思ひ給へれば、「《あこぎ》されば、なかなか、[二六]思ひ離れ奉りたらむがよからむ。かくて言はれおはしますは、いづくの世にぞ。[二七]もしよくもならせ給はば、かくても世におはしまさじ。[二八]かくて込め据ゑ奉り給ひて、使ひ奉り給はむの心のいと深くて、あらせ聞こえ給ふにはあらずや」と、おとなおとなしう言ひ居たり。

一九　継母というものはとても意地の悪いものだと言っても。
二〇　少将殿は、これまでもお聞きになっておいでですから。
二一　身なりがみすぼらしいのは北の方（継母）が大切に扱わないからだと思っていらっしゃるでしょう。
二二　少将殿のお心。
二三　そんなことは、まして、期待できないでしょう。
二四　今回のことが耳に入ったら、北の方は、どんなにお叱りになることでしょう。
二五　「ここ」は、落窪の間をいう。
二六　「思ひ離る」は、北の方に対する遠慮を捨て去るの意か。
二七　「よくなる」は、少将と結婚することをいうか。
二八　落窪の間に。

使二九「御返り言は」と請《こ》へば、あこき「早う、御文も御覧ぜよ。今は、思し嘆くとも、効《かひ》あらじ」とて、御文広げて奉れば、うつ伏しながら見給へば、ただ、かくのみあり。

少将三〇 いかなれや昔思ひしほどよりは今の間《ま》思ふことのまさるは

とありけれど、「いと心地悪《あ》し」とて、御返り言《こと》なし。

あこき、三一返り言《こと》書く。

「いでや、心づきなく。こは、何ごとぞ。昨夜《よべ》の三二心は、限りなくあいなく、心づきなく、腹汚しと三三見てしかば、今行く先も、いと頼もしげなくなむ。三四御《お》前《まへ》には、いと悩ましげにて、まだ起きさせ給はざめれば、三五御文も、さながらなむ。いとこそ心苦しけれ、御気色を見るは」

と言へり。

少将の君に、かくなむと三六聞こゆれば、我を、いとものしと思はむやは、ただ、かの衣《きぬ》どもを、いといみじと思ひた

二九 使いの者の、返事をせがむ言葉。
三〇 参考、「逢ひ見ての後の心にくらぶれば昔はものを思はざりけり」(古今六帖・第五・藤原敦忠・朝(あした)、拾遺集・恋二・藤原敦忠、第四句「昔はものも」)。
三一 帯刀の手紙への返事。
三二 あなた(帯刀)の心。
三三 見ていてはっきりわかりましたから。
三四 姫君は。
三五 少将殿のお手紙も、そのままで、まだお見せ申しあげていません。姫君の返事がないことの言い訳。
三六 帯刀が。
三七 「名残り」は、ある時の感情が、そのままずっと続いていることをいう。
一 ひどくつらそうにしていた(昨夜の)あなたのご様子。

りつる[三七]名残《なご》りならむと、あはれに思す。

二一　昼間に、また、帯刀と少将から手紙がある

昼間に、また、御文書き給ふ。

少将「などか、今だに、いと[一]わりなげなる御気色のいとほしさは。[二]二人だに、

[三]恋しくもおぼほゆるかなささがにのいと解けずのみ見
　ゆる気色に

[四]ことわりな」

とあり。

[五]帯刀が文、

「こたびだに御返りなくは、便《びん》なかりなむ。今は、ただ[六]思すかし。[七]御心はいと長げになむ、[八]見奉り、のたまはする」

二「二人だに」は、「二人一緒にいてさえそうなのだから、まして、一人の時は」の意で歌に続くか。
三「おぼほゆ」は、「おもほゆ」の転。「おぼゆ」に同じ。「ささがにの」は、「いと（糸）」の枕詞。「解く」は、うち解ける、心を許すの意。「糸」「解く」は縁語。
四「な」を終助詞と見て、あなたが心を許してくれないのも当然ですねの意と解した。形容動詞「ことわりなし」の語幹と解する説もある。
五 少将の手紙とともに贈られてきた帯刀の手紙。
六 底本「おほす」を「思せ」の誤りと解する説もある。
七 少将殿の姫君に対するお気持ち。
八 私はお見受けいたしますし、また、少将殿ご自身もそうおっしゃっています。

と言へり。

あこき、「なほ、こたみは」と言へども、いかに九思ひ果てて給ふらむと思ふに、恥づかしう慎ましくわびしくて、返り言書くべくもおぼえねば、ただ衣《きぬ》を引き被《かづ》きて臥したり。

聞こえわづらひて、あこき、一〇返り言書く。

「御文は御覧じつれど、まめやかに苦しげなる御気色にてなむ。一一御返り言も。さて、一二いと長げには、などか。いつのほどにかは、一三短さも見え給はむ。また、一四頼もしげなくとも、後ろやすくのたまふらむ」

と書きて遣《や》りつ。

帯刀一五見せ奉りたれば、「《少将》いみじくされて、ものよく言ふべき一六者かな。一七むげに恥づかしと思ひたりつるに、一八気《け》の上《のぼ》りたらむ」と、ほほ笑《ゑ》みてのたまふ。

九 「思ひ果つ」は、見切りをつけるの意。
一〇 帯刀の手紙への返事。
一一 お返事もお書きになれそうにありません。
一二 「いと長げに」は、帯刀の手紙にあった言葉。
一三 「短さ」は、「長げに」に対していう。「短さ」は、すぐに心変わりすることの意。
一四 実際は「頼もしげなくとも」、今のうちは「後ろやすくのたまふらむ」の意。
一五 あこきの返事を少将に。底本「みせ」は、「人を」にも読める。
一六 あこきをいう。
一七 姫君は。
一八 「気上る」は、神経が高ぶって気分が悪くなるの意。

二二　あこき、一人、少将を迎える準備をする

　さて、あこき、ただ一人して、言ひ合はすべき人もなければ、心一つを千《ち》[一]ぎになして立ち居つつ、御座所《おまし》[二]の塵払ひ、[三]そそくりて、屛風・几帳なければ、しつらひなさむ方もなければ、いとわりなけれど、君はものもおぼえで臥し給へるを、御座《おまし》直さむと引き起こし奉れば、面《おもて》赤みて、げに苦しげなるまで、御目も泣き腫《は》れ給へり。いとほしうあはれにて、「《あこき》御髪《みぐし》[四]掻き下《くだ》し給へ」と、おとなおとなしう繕へど、「《姫君》心地悪《あ》し」とて、ただ臥しに臥しぬ。

　この君は、いささか、よき御調度持給へりける、母君[五]の御物なりけり。鏡などなむ、まめやかにうつくしげなりける。「《あこき》これをだにも持給へらざらましかば」と言ひて、掻き拭《のご》ひて、枕上に置く。かく、大人になり、童になり、一

一　「千ぢ」の「ぢ」は、「はたち」などの「ち」と同じ接尾語。
二　御座所の塵を払うのは、少将が来るための用意。参考、「塵をだに据ゑじとぞ思ふ咲きしより妹とわが寝るとこ夏の花」（古今集・夏・凡河内躬恒）。
三　底本「めたへり」未詳。九条家本「そゝくり」に従った。「そそくる」は、せわしなく立ち働くの意。
四　「掻き下す」は、櫛で髪を梳（と）かすの意。
五　姫君の亡き母君。

人急ぎ暮らしつ。

今はおはしぬらむとて、「《あこき》かたじけなくとも、[六]まだいたう身にも馴れ侍らず、いとほしう、昨夜《よべ》をだに、[七]さて見え奉り給ひけむを」[八]とて、おのが袴の、二たびばかり着て、いと清げなる、[九]宿直物《とのゐ》にて持たりける、一つを持たりけるを、[一〇]いと忍びて奉るとても、「《あこき》いと馴れ馴れしう侍れども、また[一一]見知る人の侍らばこそあらめ。いかがはせむ」と言へ[一二]ど、かつは恥づかしけれど、今宵さへ同じやうにて見えむことを、わりなく思ひつるに、あはれにて着給ひつ。「《あこき》薫《たき》物《もの》は、[一三]この御裳着に賜はせたりしも、[一四]夢ばかりづつ置きて侍り」とて、いと香ばしう薫《た》き匂はす。

二三　あこき、叔母に几帳などを借りる

[一]三尺の御几帳一つぞ要《い》るべかめる、いかがせむ、誰に借

六　この袴はまだそんなに何度も穿（は）いたものではありません。挿入句。
七　その袴を穿いた状態で。
八　下に、「この袴をお穿きください」の内容の省略がある。あこきは、袴のみすぼらしさではなく、同じ袴を二晩続けて穿かないようにすることを口実に、着替えを勧めた。
九　「宿直物」は、宿直の時に身につける装束。夜具。
一〇　「忍びて」は、姫君を傷つけないように感情を抑えることをいうか。
一一　見て、私が穿いていた袴だとわかる人。
一二　底本「いへと」を「言へば」の誤りと解する説もある。
一三　三の君の裳着。
一四　いくつかの薫物をほんの少しずつ。底本「つゝ」を「包み」の誤りと解する説もある。

らまし、御宿直物もいと薄きを[二]思ひまはして、[三]叔母《をば》の、[四]殿ばら宮仕へしけるが、今は和泉守の妻《め》にて居たりけるがり、文遣《や》る。

《あこき》「とみなることにて、[五]とどめ侍りぬ。恥づかしき人の、[六]方違《たが》へに曹司《ざうし》にものし給ふべきに、几帳一つ。さては、宿直物に、人の請ふも、便《び》なきは、え出だし侍らじと思ひ侍りてなむ。さるべきや侍る。賜はせてむや。[七]折々は、あやしきことなれど、とみにてなむ」

と、走り書きて遣りたれば、

《叔母》「音づれ給はぬをこそ、いと心憂く思ひ給ふれ。何も何も、[八]なほ、のたまへとのたまへれば、よろづとどめつ。いとあやしけれど、おのが着むとてしたりつるなり。[九]さはしも、ものし給ふらむ。几帳奉る」

とて、[一〇]紫苑《しをん》色の[一一]張綿などおこせたり。いとうれしきこと限りなし。取り出でて見せ奉る。

一 「三尺の几帳」は、高さが三尺の几帳。以下、あこきの心内。
二 心内から地の文に移る。
三 底本「おは」。「叔母」と解した。
四 「殿ばら宮仕へ」は、宮中への宮仕えや宮家への宮仕えに対して、身分の高い貴族への宮仕えと解した。
五 ご挨拶は省略させていただきます。
六 →［補注9］
七 いつもお願いばかりして、申しわけないことですがの意か。
八 「のたまへ」は、今は急いでいるので後でお話しくださいの意と解した。
九 こんな物は、持っていらっしゃるでしょうね。
一〇 「紫苑色」は、襲の色目の名。表は薄紫、裏は青という。
一一 「張綿」は、【九】の注五参照。

二四　少将、二日続けて訪れる

[一]几帳の紐解き下ろすほどに、君おはしたれば、入れ奉りつ。

女、臥したるがうたておぼゆれば、起くれば、「苦《少将》しうおぼえ給はむに、何か起き給ふ。[二]やがて」とて臥し給ひぬ。今宵は、袴もいと香ばし。袴も[三]衣《きぬ》も単衣《ひとへ》もあれば、[四]例の人心地し給ひて、[五]男も慎ましからず臥し給ひぬ。

今宵は、時々、御いらへし給ふ。[六]いと世になう、あるまじうおぼえ給ひて、よろづに語らひ給ふほどに、夜も明けぬ。

二五　翌朝、あこき、少将の世話に奔走する

一　几帳の紐を解いて、帷子（かたびら）を下ろす。
二　そのまま横になっていらしてください。
三　「衣」と「単衣」は、あこきの叔母から贈られた物。この「衣」は、袙のことか。
四　人並みになったようなお気持ちになって。
五　「男も」を、「男に対しても」の意と解した。
六　姫君のことを、こんなにすばらしい方はこの世にほかにいるはずもないというお気持ちになって。

一　底本「やとて」を、「やみて」の誤りと解して、「今、雨やみて。しばし待て」と読む説もある。
二　「手水」は、【六】の注七

「《従者》御車率て参りたり」と申せば、「《少将》今、雨や」[一]とて、「しばし待て」とて臥し給へれば、あこき、御手水《てうづ》[二]・粥《かゆ》、いかで参らむと思ひて、御厨子《みづし》[三]にや語らはましと思へど、[四]おほかたにもおはしまさねば、御粥もよにせじと思へど、行《い》きて語らふ。

「《あこき》帯刀の友達なむ、昨夜《よべ》、もの言はむとて来《きた》りしを、雨に泊まりて、まだ帰らぬに、粥食はせむと思ふをなむ、なくて。[五]かはらけ、少し賜へ。さては、[六]引き干しなどや残りたる、少し賜へ」と言へば、「《御厨子》あないとほし。心急ぎを、かうしてし給ふがいとほしさ。[七]帰らせ給はむ料に、いま少しあらむ」と言へば、帰り給はむには、御落忌《とし》み[八]をぞし給はむ、[九]北の方、気色よろしと見て、傍らなる瓶子《へいじ》[一〇]を開けて、ただ[一一]取うに取れれば、「《御厨子》少しは残し給へ」と言へば、「さよさよ」と言ひて、[一二]紙に取り分けて、[一三]炭取りに入れて引き隠して持て行《い》きて、[一四]つゆ[1]に、「《あこき》御粥、いとよくして持て来《こ》」と

参照。
三 「御厨子」は、御厨子所（食べ物を調理する所）の下女。
四 屋敷にはどなたもおいでにならないから。
五 「かはらけ」は、素焼きの盃。ここは、酒の意。
六 「引き干し」は、海藻などを干した食べ物。
七 中納言殿たちがお帰りになった時のための物よりも、多少余分にあるでしょう。
八 「落忌み」は、精進落としの宴。
九 底本「北方」。「北の方」として解したが、「とて」の誤りと見る説もある。
一〇 「瓶子」は、酒を入れる器。
一一 「取うに」は「取りに」に同じか。九条家本「とりに」。
一二 米と引き干しを。
一三 「炭取り」は、炭を運ぶ器。
一四 「つゆ」は、あこきの召し使う童女の名。

て、をかしげなる御台[一五]求めありく。[2]
御手水《てうづ》参らむと求めありく。[3] 御方[一六]には、いづくの半挿《はざふ》[一七]・盥《たらひ》かあらむ、三の御方のを取り持て来て、御前に参らむとて、頭《かしら》[一八]掻い下《くだ》しなどして居たり。

二六　少将、あこきが用意した粥を食べて帰る

女君は、わりなう苦しと思ひ臥し給へり。

あこき、いと清げに装束《さうぞ》きて、いと清げに化粧《けさう》じて、帯[一]ゆるるかに懸けて参る後《うし》ろ[二]で、髪、丈に三尺ばかりあまりて、いとをかしげなりと、帯刀も見送る[三][1]。

「《あこき》この御《み》[四]格子は参らでやあらむずる」と独り言《ごと》して参るを、[五]少将の君も、ゆかしう[六]て、「『いと暗し。上げよ』と[七]のたまふめり」とのたまへば、物[八]踏み立てて上げつ。

男君、起き給ひて、御装束《さうぞく》し給ひて、「車はありや」と

一五「御台」は、食べ物を載せる台。
一六 姫君のもとには。「あらむ」まで、挿入句。
一七「半挿」は、湯水を注ぐ器。
一八 それまで忙しく立ち働くために上げていた髪を下ろす。
一 この「帯」は、裳の代用としての懸け帯。
二「後ろで」は、後ろ姿。
三 帯刀はあこきの曹司にいて見送る。
四「御格子参る」は、ここは、格子を上げることをいう。「格子」は、落窪の間の格子。
五「少将の君も」は、帯刀があこきを見たのと同じように、少将もの意。
六 姫君を見たいと思って。
七 姫君が。
八「物踏み立つ」は、何かを踏んで体を立てるの意で、何かを踏み台にして伸び上がること

問ひ給ふ。従者「御門《みかど》に侍り」と申せば、出で給ひなむとするに、いと清げにて、御粥参りたり。御手水《てうづ》[九]取り具して参りたり。あやしう、[一〇]便《び》なしと聞きしほどよりはと思す。女君は、いとあやしう、いかでと思ひ給へり。

[一一]雨少しよろしうなれば、人騒がしうあらねば、やをら出で給ひなむとす。女君の御方を見給へば、まめやかにいとうつくしければ、いとど限りなく思ほしまさりて、いとあはれと思す。

[一二][2]粥など少し参り[一三]て、臥し給ひぬ。

二七　あこき、叔母に三日夜の餅を依頼する

夜《よ》さりは[一]三日の夜《よ》なれば、いかさまにせむ、今宵、餅《もちひ》[二]、いかで参るわざ[1]もがなと思ふに、また言ふべき方もなければ、[三]和泉殿へ文書く。

をいうか。
九　半挿や盥を取り揃えて。
一〇　「便なし」は、生計の手だてがないの意で、貧しいことをいうか。
一一　雨が少し小降りになったので。
一二　少将が帰った後で、姫君も。
一三　「参る」は、「食ふ」の主体敬語。
一　新婚三日目の所顕（ところあらわ）しにあたる日。
二　所顕しの夜に、男が、女の家で用意した餅を食べる習俗があった。
三　あこきの叔母の和泉守の妻のもとへ。

「い《あこき》とうれしう、聞こえさせたりし物を賜はせたりしなむ、[四]喜び聞こえさする。また、あやしとは思さるべけれ[五]ば、今宵、餅なむ、いとあやしきさまにて用侍る。[六]取り交ずべき果物《くだもの》など侍りぬべくは、少し賜はせよ。客人《まらうと》なむ、しばしと思ひ侍りしを、[七]四十五日の方違ふるになむ侍りける。されば、[八]この物どもは、しばし侍るべきを、いかが。盥《たらひ》、半挿《はざふ》の清げならむと、しばし賜はらむ。[九]取り集めて、いと傍らいたけれど、頼み聞こえさするままに」

とて遣《や》りつ。

二八　姫君、少将からの歌に初めて答える

[一]常の御もとより、

[二]「ただ今、

四　感謝いたしております。

五　下に、「申しあげにくいのですが」の内容を補い読む。

六　「取り交ず」は、取り合わせるの意。『源氏物語』「若菜・上」の巻に、「椿餅・梨・柑子やうの物ども、さまざまに、箱の蓋どもに取り交ぜつつあるを、若き人々そぼれ取り食ふ」とある。

七　四十五日間の方違え。邸内の、陰陽道で忌む方角に造作などする場合に多いという。

八　昨日お借りした物は、しばらく私の手もとに置いておきたいのですが、よろしいでしょうか。

九　何もかもお願いして。

一　いつもの（少将の）御もとの意。底本「つね」を「少将」の誤りと解する説もある。

二　今すぐにでもの意で、歌の「ならまし」に係ると解した。

少将[三]よそにてはなほわが恋をます鏡添へる影とはいかでならまし」

とあれば、今日なむ、御返り、

姫君[四]身を去らぬ影と見えては真澄鏡はかなくうつることぞ悲しき

いとをかしげに書きたれば、いとをかしげに見給へる気色も、[五]心ざしあり顔なり。

二九　叔母、あこきのもとに餅などを送る

あこきがもとには、[一]和泉の家より、

叔母[二]「昔の人の御代はりは、あはれに思ひ聞こえて、女子も侍らねば、娘にし奉らむ、身一つはいとやすらかにうちかしづきて据ゑ奉らむと思ひて、[三]さきざきも御迎へすれども、渡り給はぬこそ、恨み聞こゆれ。物どもは、[四]いと

三「真澄鏡」の「ます」に、「増す」を掛ける。「真澄鏡」は、曇りなく澄んだ鏡の意で、姫君の枕もとにあった鏡にちなんで詠んだもの。また、「真澄鏡」は、「影」の枕詞。

四「真澄鏡」は、「うつる（写る・移る）」の枕詞。「移る」は、心が移るの意。

五 姫君に対する愛情。

一 和泉守の家から。あこきの叔母のもとから。

二「昔の人」は、あこきの母。叔母の姉。

三【三】のあこきの発言に、「わが君に仕うまつらむと思ひてこそ、親しき人の迎ふるにもまからざりつれ」とあった。

四 挿入句。

よかなり、いかにもいかにも使ひ給へ。盥《たらひ》・半挿《はんざふ》奉る。あな異《こと》やう。宮仕ひする人は、かやうの物、必ずは持たるは。[五]なきか。今までは頼[1]まざりつる。身になきは、いと見苦しきを、[六]いとあやしきこと、奉る。餅《もちひ》は、[七]いとやすきこと、今ただ今して奉る。物の具・餅など召すは、御婿取りし給ひて、三日の設けし給ふか。まめやかに、いかで対面もがな。いと恋しくなむ。何ごとも、なほのたまへ。『[八]時の受領《ずりやう》は、よに[九]徳あるもの』と言へば、ただ今そのほどなめれば、仕まつらむ」

と、[2]頼もしげに[一〇][3]言へり。見るに、いとうれし。

君に見せ奉れば、《姫君》「餅は、何の料に請ひつるぞ」とのたまへば、うち笑みて、《あこき》「なほ、あるやうありてなむ」と聞こゆ。

[一一]台のいとをかしげなる、盥・半挿《はざふ》、いと清げなり。大きなる[一二]餌袋《ゑぶくろ》に、[一三]い米入れて、紙を隔てて、果物《くだもの》[一四]・乾物《からもの》包みて、

五 それとも、持っていないのですか。
六 挿入句。
七 挿入句。
八 羽振りのいい受領。「受領」は、国司。特に、遥任の国司に対して、実際に任地に赴いた国司をいう。
九 「徳」は、財産、収入の意。
一〇 底本「侍り」。「いへり」の誤りと解する説に従った。叔母からの次の手紙にも、「言へり」とある。「侍り」のままなら、「頼もしげに侍り。見るに、いとうれし」は、あこきの姫君への発言となる。
一一 以下、叔母から贈られた物。あこきが依頼した以上に贈られてきているが、餅はまだない。
一二 「餌袋」は、【一二】の注一八参照。
一三 底本「いこめ」未詳。【三八】の注一四に、「かの白き米」とあるから、「白米」(白い米)

いと[一五]くはしくなむおこせたりける。今宵はただをかしきさまにて餅を参らむと思ひて、取りて、よろづに、果物・栗など[一六]搔き居たり。

日やうやう暮るるほどに、少しやみたる雨降ること限りなし。餅や得ざらむと思ふほどに、男、傘ささせて、[一七]朴《ほほ》の櫃《ひつ》におこせたり。うれしきことものに似ず。見れば、[一八]いつの間《ま》にしたるにかあらむ、草餅二種《ふたくさ》、例の餅二種、小さやかにをかしうして、さまざまなり。文には、

「《叔母》にはかにのたまへりつれば、急ぎて。思ふさまにや[一九]あらむ。[二〇]心ざしくちをし」

と言へり。「《使》雨いたう降る」とて急げば、酒ばかり飲ます。

返り言《こと》、

「《あこき》[二一]すべて、聞こえさすれば、世の常なり」

と喜び遣《や》りつ。

[二二]しそしつとて、うれし。物の蓋《ふた》に少し入れて、君に参る。

の誤りか。「白い米」は精米した米。
一四「乾物」は、鳥や魚貝などを干した物。
一五「くはし」は、叔母の行き届いた配慮をいう。
一六「搔く」は、皮をむくの意。
一七 底本「ほう」。「朴」は、モクレン科の落葉喬木。材質が軟らかいので、さまざまな器物の材料とされた。
一八 挿入句。
一九 底本「あらん」。「あらざらん」の誤りと解する説もある。九条家本「あらさらん」。
二〇「心ざし（を充分に表せず）くちをし」の意。
二一 お礼の言葉を申しあげると、その言葉は、すべてありきたりの言葉になってしまいます。言葉で表現できないほど感謝いたしております。
二二 うまくいった。

三〇　少将、雨に行きわずらい、手紙を書く

暗うなるままに、雨、いとあやにく[一]に、頭《かしら》さし出づべくもあらず。

少将、帯刀に語らひ給ふ、「くちをしう、かしこ[二]には、え行《い》くまじかめり。この雨よ」とのたまへば、帯刀[三]「ほどなく、いとほしくぞ侍らむかし。さ侍れど、あやにくになる雨は、いかがはせむ」、少将[四]「心の怠りならばこそあらめ」、帯刀[五]「さる御文をだにものせさせ給へ」とて、気色いと苦しげなり。少将「さかし」とて書い給ふ。

少将「いつしか参り来むとてしつるほどに、かうわりなかめればなむ。心の罪にあらねど[六]。疎《おろ》[七]かに思ほすな」

とて、帯刀も、

帯刀「ただ今参らむ。君[八]おはしまさむとしつるほどに、かか

一 「あやにくなり」は、間(ま)が悪いの意。
二 「かしこ」は、姫君のもとをいう。
三 まだ通い始めて「ほどなく」の意。
四 以下は、少将の発言。「御心」とないことに注意。「心の怠り」は、なまけ心の意。
五 「さる御文」は、そのお気持ちを書いたお手紙の意。
六 下に、「申しわけなく思っています」の内容の省略がある。
七 「(私の愛情が) 疎かなりと思ほすな」の意。
八 少将。
九 こんな手紙が来たので。
一〇 引歌、「石上ふるとも雨に障らめや逢はむと妹に言ひてし

る雨なれば、くちをしと嘆かせ給ふ」

と言へり。

[九]かかれば、いみじうくちをしと思ひて、帯刀が返り言に、

「《あこき》いでや、『[一〇]降るとも』といふ言《こと》もあるを、[一一]いとどしき御心ざまにこそあめれ。さらに[一二]聞こえさすべきにもあらず。[一三]御みづからは、何の心地のよきにも、『来む』とだにあるぞ。かかる過《あやま》ちし出でて、[一四]かかるやうありや。さても、世の人は、『[一五]今宵来ざらむ』とか言ふなるを、おはしまさざらむよ」

と書けり。

[一六]君の御返りには、ただ、

姫君[一七]　世にふるをうき身と思ふわが袖の濡れ始めける宵の雨かな

とあり。

ものを」（拾遺集・恋二・大伴方（像）見、古今六帖・第一・雨、万葉集・巻四、第三句「つつまめや」、第四句「妹に逢はむと」）。

一一「いとどし」は、「通ってきて強引に関係を結んだだけでも思いやりがないのに、いよいよもって思いやりがない」の意。

一二　姫君に。

一三　あなた（帯刀）自身は。

一四「かかるやう」は、自分だけ来ることをいう。

一五「夕占（け）問ふ占（うら）にもよくあり今宵だに来ざらむ君をいつか待つべき」（拾遺集・恋三・柿本人麻呂）。『万葉集』『古今六帖』などにも類歌がある。

一六　姫君の少将へのお返事。

一七「ふる」に「経る」と「降る」、「うき」に「憂き」と「浮き」を掛ける。「降る」「浮く」「濡る」「雨」は縁語。

三一　少将、雨をついて出かける

一 持て参りたる、戌《いぬ》の時も過ぎぬべし。火のもとにて見給ひて、君も、いとあはれと思ほしたり。帯刀がもとなる文を見給ひて、いみじうくねりためるは、げに、今宵は三日の夜なりけるを、ものの初めに、もの悪しう思ふらむ、いといとほし。

雨は、いやまさりにまされば、思ひわびて、頰杖《つらづゑ》つきて、しばし寄り居給へり。帯刀、わりなしと思へり。うち嘆きて立てば、少将、「しばし居たれ。いかにぞや。行《い》きやせむとする」、「徒歩《かち》からまかりて言ひ慰め侍らむ」と申せば、君、「さらば、我と行《い》かむ」とのたまふ。うれしと思ひて、「いとよう侍るなり」と申せば、「大傘一つ設けよ。衣《きぬ》脱ぎて来む」とて入り給ひぬ。帯刀、傘求めに歩《あり》く。

一 底本「もてまいりたる」。九条家本「もてまいりたる程」。
二 少将。
三 あこきの手紙。
四 以下は、少将の心内に即した叙述。
五 「くねる」は、すねる、ひがむの意。
六 「ものの初め」は、通い始めたばかりの意。
七 「頰杖つく」は、もの思いのしぐさ。
八 中納言邸に。姫君の所に。
九 「徒歩から」は、「徒歩より」が一般的な表現。
一〇 助動詞「なり」は、少将の話を聞いての判断を表す。
一一 「大傘」は、長い柄のある大きな傘。後ろからさしかける。
一二 「衣」は、直衣か。

三二　姫君とあこき、雨が降るのを嘆く

あこき、かく出で立ち給ふも知らで、いといみじと嘆く。かかるままに、「《あこき》愛敬なの雨や」と腹立てば、君、[一]恥づかしけれど、「《姫君》など、かくは言ふぞ」[1]とのたまへば、「《あこき》なほ、[二]よろしう降れかし。折憎くもおぼえ侍るかな」と言へば、「《姫君》[三]降りぞまされる」と、忍びやかに言はれてぞ[四]、いかに思ふらむと恥づかしうて、添ひ臥し給へり。

三三　少将、盗人の嫌疑をかけられる

[一]我は、[二]ただ白き御衣《ぞ》一襲《かさね》を着給ひて、[三]いとかてうけに引き連れで、帯刀と、ただ二人出で給ひて[1]、大傘を二[2]人さして、門《かど》をみそかに開けさせ給ひて、いと忍びて出で給ひぬ。

一　姫君は、少将が雨のために来られないことを、あこきが腹立たしく思っていることに気づいて、恥ずかしく思う。
二　「よろしう降る」は、こんなにもひどくなく降るの意で、小降りに降ることをいう。
三　「数々に思ひ思はず問ひがたみ身を知る雨は降りぞまされる」（伊勢物語・一〇七段、古今集・恋四・在原業平）。
四　係助詞「ぞ」の結びは、「恥づかしうて」の部分で流れたか。

一　少将本人は。
二　直衣を着てないことをいう。
三　底本「かてうけに」未詳。供を連れないことをいうか。

[四]つつ闇にて、[五]笑ふ笑ふ、道の悪《あ》しきをよろぼひおはするほどに、[六]前追《さき》ひて、あまた火灯させて、[七]小路切りに、辻にさし会ひぬ。いと狭《せば》き小路なれば、え歩み隠れず。片側みて、傘を垂れかけて行《ゆ》けば、雑色《ざふしき》ども、「このまかる者ども、しばしまかりとまれ。[八]かばかり雨もよに、夜中に、ただ二人行《い》くは、[九]気色あり。捕らへよ」と言へば、わびしくて、しばし歩みとまりて立てれば、[一〇]火をうち振りて、「[一一]人々、足ども、いと白し。盗人にはあらぬなめり」と言へば、「[一二]真人《まうと》の小盗人は、足白くこそ侍らめ」と、行《い》き過ぐるままに、「[一三]かく立てるは、なぞ。居侍れ」とて、傘をほうほうと打てば、糞《くそ》のいと多かる上に屈まり居ぬ。また、うち逸《はや》りたる人、「しひて、この傘をさし隠して、顔を隠すは、なぞ」とて、行《い》き過ぐるままに、大傘を引き傾《かたぶ》けて、[一四]傘につきて糞の上を[一五]居たる、[一六]火をうち吹きて見て、「指貫《さしぬき》着たりけり。[一七]身貧しき人の、思ふ妻《め》のがり行《い》くにこそ」な

四 「つつ闇」は、真っ暗闇の意。
五 底本「わらふ〳〵」を「わぶ〳〵」の誤りと解する説もある。
六 「前追ふ」は、先払いをするの意。
七 「小路切り」は、小路が切れて大路に出ることをいうか。少将と帯刀は、人目を忍んで、小路を通っていた。
八 こんなに雨が激しく降っているのに。
九 「気色あり」は、あやしいの意。
一〇 「火をうち振る」のは、松明の火の勢いを強めるため。
一一 「人々」を、雑色同士の呼びかけの言葉と解した。
一二 「真人」は、貴人、身分の高い人の意か。
一三 この雑色たちの主人はまだ誰と語られていないが、それなりの身分の人で、その人の車が

ど、口々に言ひて、一八おはしぬれば、立ちて、「衛門督《ゑもんのかみ》のおはするなめり。我を、一九嫌疑《けんぎ》の者と二〇とや捕らふると思ひつるこそ、死にたりつれ。我、足白き盗人とつけたりつるこそ、をかしかりつれ」など、二一ただ二人語らひて笑ひ給ふ。少将「あはれ、これより帰りなむ。糞つきにたり。いと臭くて、行《い》きたらば、なかなか疎《うと》まれなむ」とのたまへば、帯刀、笑ふ笑ふ、「かかる雨に、かくておはしましたらば、御心ざしを思さむ人は、二二麝《ざ》香《かう》の香《か》にも嗅《か》ぎなし奉り給ひてむ。二三殿は、いと遠くなり侍りぬ。行く先は、いと近し。なほおはしましなむ」と言へば、かばかり心ざし深きさまにて二四下《お》り立ちて、いたづらにやなさむと思しておはしぬ。

三四　少将、姫君のもとを訪れる

門《かど》、からうして開けさせて、入り給ひぬ。

通る際に、少将たちをすわらせて控えさせるのである。
一四「傘につきて」は、傘を持ったままの意。
一五「を」は、「に」と同義だが、より継続性が強まるか。
一六「火をうち吹く」のも、松明の火の勢いを強めるため。
一七「身貧しき人」は、直衣や狩衣を着ず、車にも乗っていないことから言うか。
一八「おはす」は、雑色の主人への敬意の表現。
一九「嫌疑」は、疑わしいことの意。
二〇 底本「とゝや」を「とてや」の誤りと解する説もある。
二一 底本「た（堂）ゝ」は、「け（気）ゝ」とも読める。
二二「麝香」は、麝香鹿の雄の麝香嚢から作った香料。
二三 左大将邸。
二四「下り立つ」は、身を入れて事を行うの意。

[一]帯刀が曹司《ざうし》にて、「まづ、水」とて、御足清《す》まさす。また、帯刀も洗ひて、[二]「《少将》[三]暁には、いみじく疾《と》く起きよ。まだ暗からむに帰りなむ。とどまりてあるべきにもあらず。いと異《こと》やうなる姿なるべし」とのたまひて、[四]格子、忍びやかに叩《たた》い給ふ。

[五]女君は、今宵来《こ》ぬをつらしと思ふにはあらで、[六]おほかた[七]聞こえ出でば、いかに北の方のたまはむ、世の中のすべて憂きこと[八]思ひ乱れて、うち泣きて臥し給へり。あこき、思ひ設けける効《かひ》なげに思ひて、御前《おまへ》に寄り臥したれば、[九]ふと起きて、「《あこき》など、御格子の鳴る」とて寄りたれば、「《少将》上げよ」とのたまふ声に驚きて[一〇]引き上げたれば、入りおはしたるさま、[一一]しほるばかりなり。徒歩《かち》よりおはしたなめりと思ふに、めでたくあはれなること二つなくて、「《あこき》いかで、かくは濡れさせ給へるぞ」と聞こゆれば、「《少将》[一二]惟成が勘当重しとわびつるが苦しさに、[一三]括《くく》りを脛《はぎ》に上げて来つるに、倒れ

一 「帯刀が曹司」とあるが、あこきの曹司。【一四】の注一三参照。
二 接続助詞「て」の前後で、動作主が変わる。
三 「暁」は、夜が明ける前のまだ暗い時分。移動の時間である。
四 落窪の間の格子。
五 以下、少将が格子を叩く以前に時間を遡らせての叙述。
六 以下、姫君の心内。
七 「聞こえ出づ」は、事情が外部に漏れる、世間で噂になるの意。
八 心内から地の文に移る。
九 以下、少将が格子を叩いた所に時間を戻す。
一〇 落窪の間の格子は一枚格子で、内側に開ける。【一七】の注三参照。
一一 「しほる」は、濡れて雫が垂れるの意。
一二 「惟成が」は、「わびつる」

て、土つきにたり」とて脱ぎ給へば、女君の御衣《ぞ》を取りて着せ奉りて、「《あこき》干し侍らむ」と聞こゆれば、[一四]脱ぎ給ひつ。女の臥し給へる所に寄り給ひて、「かくばかりあはれにて来たりとて、ふと掻き抱《いだ》き給はばこそあらめ」とて[一五]掻い探り給ふに、[一六]袖の少し濡れたるを、男君、来ざりつるを思ひけるも、あはれにて、

　《少将》何ごとを思へるさまの袖ならむ

とのたまへば、女君、

　[一七]身を知る雨の雫《しづく》なるべし

とのたまへば、「《少将》今宵は、身を知るならば、いとかばかりにこそ」とて臥し給ひぬ。

三五　少将、三日夜の餅を食べる

あこき、[一]この餅《もちひ》を箱の蓋《ふた》にをかしう取りなして参りて、

に係る。「勘当」は、あこきの勘当。

一三「括り」は、指貫の裾についている紐。

一四 少将が着ていた「白き御衣」を。

一五「掻い探る」は、手で捜し求めるの意。落窪の間は灯りが暗いのだろう。

一六 姫君の衣の袖。涙で濡れていた。

一七「身を知る雨」は、自分が愛されているかいないかを知っている雨の意で、ここは、涙をいう。【三二】の注三の業平の歌による表現。

一 叔母から送ってもらった餅。

[二]「これ、いかで」と言へば、君[三]、「いと眠《ねぶ》たし」とて起き給はねば、「《あこき》なほ、今宵御覧ぜよ」とて聞こゆれば、「《少将》何ぞ」とて、頭《かしら》もたげて見上げ給へば、餅をかしうしたれば、少将、誰、かくをかしうしたらむ、かくて待ちけりと思ふも、されてをかしければ、「《少将》餅にこそあめれ。食ふやうありとか。いかがする」とのたまへば、あこき、「まだやは知らせ給はぬ」と申せば、「《少将》いかが。一人ある間《ま》は食ふわざかは」とのたまへば、「《あこき》[四]切らで、三つとこそは」と申せば、「《少将》まさなくぞあなる[五][1]。女は、いくつか」とのたまへば、「《あこき》それは、御心[六]にこそは」とて笑ふ。「《少将》これ参れ[七]」と、女君に参り給へど、恥ぢて参らず。いと[八]実法《じほふ》に三つ食ひて、「《少将》[九]蔵人の少将も、かくや食ひし[2]」とのたまへば、「《あこき》[一〇]さこそは」と言ひて居たり。

夜更けぬれば、寝給ひぬ。

二　これを、ぜひ召しあがってください。
三　少将。
四　「切る」は、かみ切るの意。『江家次第』第二十の「執取事」に、「聟公食二餅三枚一」とあり、「不二食切一云々」と割注がある。
五　助動詞「なり」は、あこきの話を聞いての判断を表す。
六　「御心」は、少将のお心か。
七　「参る」は、「食ふ」の主体敬語。
八　作法どおりに律儀に。
九　「蔵人の少将」は、三の君の夫。
一〇　「さこそは」は、「さこそはありけめ」の略。あこきは、三の君が蔵人の少将と結婚した後、三の君の侍女となった。
【二】【三】参照。

三六　あこきと帯刀、この日のことを語る

[一]帯刀がり行《い》きたれば、まだしとどに搔い屈《かが》まりて居たり。「《あこき》傘はなくやありつらむ、かく濡れたるは」と言へば、忍びて道のほどのこと言ひて笑ふ。「《帯刀》かばかりの[二]御心ざしは、今も昔もあらじ。[三]たぐひなしとは思ひ聞こえ給ふや」と言へば、「《あこき》少しよろしかんなり」と、[四]「《帯刀》なほ飽かぬぞな、少しよろしきは」と、「《帯刀》女は、おほけなきこそ憎けれ。いみじ[五]くつらき御心の続くとも、三十《みそ》たびばかりは、今宵に許し聞こえ給ひてむ」など言へば、「《あこき》[六]例の、おのが方ざまにもの言ふ」など言ひて寝ぬ。「《あこき》まめやかに、今宵おはせざらましかば、いみじからまし」など言ひ寝に寝ぬ。

一　帯刀は、あこきの曹司にいる。
二　「御心ざし」は、少将の姫君への愛情。
三　【三〇】の、あこきの帯刀への手紙の内容を受けての発言。
四　格助詞「と」の前後で、発言者が変わる。
五　少将殿のつれないお心。
六　いつものように、自分の主人に味方するようなことばかり言う。

三七　人々石山から帰り、少将帰る機会を失う

夜さへ更けぬれば、いと疾《と》く明け過ぎぬ[一]。少将「いかでか出でむとする。人静かなりや」など言ひ臥し給へるほどに、あこき、いといとほしきわざかな、石山[二]へも、今日は帰りおはしぬらむ、人もこそふと来れと思ふも、静心なくて、御粥[三]・御手水《てうづ》など思ふに、急ぎ歩《あり》けば、帯刀、「など、かく静心なくは歩《あり》き給ふ」と言へば、あこき「いかがは。[四]ほどもなき所に人を[五]据ゑ奉りたれば、人やふと来るとて、騒ぎ歩《あり》くぞかし」といらふ。

少将[六]「車取りに遣《や》れ。やをら、ふと出でなむ」とのたまふほどに、石山の人ののしりておはしぬ。少将[七]「不用なめり」とて出で給はずなりぬ。

一 「明け過ぐ」は、夜が明けてからさらに時間がたつの意。
二 底本「いし山へ」。「石山へ（行った人）」の意か。後に、「石山の人」とあるので、「石山人」の誤りと解する説もある。
三 粥や手水のお世話をしてさしあげなければなどと思って。
四 「ほどもなし」は、中納言邸の人々のふだんの生活空間と近いの意。【三八】の注一には、「隠れもなき所」ともある。
五 「人」は、少将をいう。
六 昨夜は帯刀と二人で歩いて来たから、左大将邸に車を取りに行かせる。
七 これで帰ることができなくなってしまったようだ。

一 「隠れもなき所」は、人目につく所の意。【三七】の注四参照。
二 粥と一緒に食べるおかず。

三八　あこき、姫君と少将の食事の世話をする

　女、かく隠れ[一]もなき所に、人もこそ来れ、いかにせむと胸つぶれて、いと恐ろし。あこきも、いと慌たたしくおぼゆ。[二]合はせいと清げにて、粥参り、御手水《てうづ》参り、急ぎ歩《あり》くが心もとなければ、人一人もがなと思ふに、[三]いとどしく、車より下り給ふや遅きと、北の方、「あこき」と呼びののしり給へば、[四]隔ての障子《しやうじ》を開けて[五]入るは、[六]さすべき人もおぼえず。

　[七]格子《かうし》の狭間《はさま》隔てに参りたれば、〔継母〕「来《き》極《ごう》じたる人は、苦しければ、うち休むに、この頃休みをりつらむ、[八]下《お》るる所に来ぬは、なぞ。すべて、[九]人のみ、人ばかり、[1]腹立たしく、よしなき者なし。いかで、これ[一〇]返し申してむ」とのたまへば、心地には、いとうれしきこと[2]と思ひながら、〔あこき〕「汚き物

三「いとどし」は、「少将と姫君のお世話をしているだけでも忙しいのに、いよいよもって忙しい」の意。

四「隔ての障子」も、遣戸とともに、落窪の間の仕切りか。【三九】の注二参照。

五「入る」は、寝殿を内と見ての表現。落窪の間から見れば、「出づ」となる。

六　ほかに閉めてくれる人のことにも気がまわらない。

七「格子の狭間」は、「補注6」参照。ここは、別の所の格子で、姫君の所にいたことが知られないように遠回りしたことをいうか。

八　車を下りる所。

九　底本「身」を仮名として読んで、「人のみ」「人ばかり」と繰り返して強調した表現と解してみた。「人」は、あこきをいう。

一〇　落窪の君に。

うち越[一一]し侍りつるほどなり」と聞こゆれば、《継母》「早う、御手水参れ」とのたまへば、立ちて歩《あり》く空もなし。

[一二]御《お》膳《もの》も出で来にければ、[一三]御厨子所に来て、《あこき》「あが君、あが君」と言ひて、[一四]かの白き米《こめ》多くに代へて、御台参りに来《き》ぬ。

[一五]ものきりは見馴らひたれば、少将の君、[一六]便《び》なしとのみ聞きしに、いと心憎く思す。女君も、いかなるならむと。男君も、をさをさ参らず、女君はた起き居給はねば、[一七]御まかりして、帯刀に、いと清げにして食はせたれば、言ふやう、《帯刀》「ここらの日ごろ候ひつれど、かく[一八]おろしなどや見えつる。なほ、[一九]わが君のおはしますけなりけり」と言へば、《あこき》[二〇]「うれしき御心見えむとするむまのはなむけ」と言へば、《帯刀》「あな恐ろしのことや」とて、[二一]誰も誰も笑ふ。

一一「越す」は、運ぶの意。
一二　精進落としのお食事。
一三【二五】の注三参照。
一四　あこきの叔母から送られた米。【二九】の注一三参照。
一五　底本「ものきり」未詳。
一六「便なし」は、【二六】の注一〇参照。
一七「御まかり」は、食事のおさがりの意。
一八「おろし」も、「まかり」に同じで、食べ物のおさがりの意。
一九　少将。
二〇　今後ともあなたのうれしいお心遣いを見ることができるようにと願って前途を祝う送別の宴です。
二一　二人とも。
二二　複合動詞「さし覗く」に、係助詞「も」が入った形。
二三「中隔ての障子」は、【三八】の注四参照。

三九　継母、落窪の間を訪れる

かうて、昼まで二所臥い給へるほどに、例[一]はさしも覗き給はぬ北の方、中[二]隔ての障子《さうじ》を開け給ふに、固[三]ければ、「《継母》これ開けよ」とのたまふに、あこきも君[四]も、いかにせむとわび給へば、[五]「《少将》さはれ、開け給へ。[六]几帳上げて、臥せ給へらば、物引き被《かづ》きて臥いたらむ」とのたまへば、さしもこそ覗き給へとわりなけれど、遣《や》るべき方もなければ、几帳面《つら》に押し寄せ[七]て、女君居給へり。北の方、「など、遅くは開けつるぞ」と問ひ給へば、「《あこき》今日明日、御物忌みに侍り」といらふれば、「《継母》あなことことし。なでふ、わが家などなき所にてか、物忌み侍る」とのたまへば、[八]「《姫君》あが君、なほ開けよ」とて、[九]さ[一〇]すれば、荒らかに押し開けて入りま[一一]して、つい居て見れば、例ならず清げにしつらひて、几帳

三　あこきが鎖をさしておいたのだろう。
四　姫君。
五　主体敬語「給ふ」は、姫君にあわせたもの。
六　「几帳上ぐ」は、几帳の帷子を上げるの意か。几帳の奥に誰も隠れていない潔白を示すため。ただし、後に、「几帳の綻び」から覗いているので、実際には上げられなかったらしい。
七　身を寄せて。几帳の向こうにいる少将を隠すための行為。
八　姫君の発言と見て、「あが君」を、あこきのことをいうと解した。
九　接続助詞「て」の前後で、動作主が変わる。
一〇　あこきがそうすると。「開けさすれば」の誤りと解する説もある。九条家本「あけさすれは」。
一一　「ます」は、主体敬語の補助動詞。

立て、君も、いとをかしげに取り繕ひて、おほかたの香《か》もいと香《かう》ばしければ、あやしくなりて、「《継母》など、ここのさまも[一二]身さまも、例ならぬ。もし、我なかりつるほどに、事やありつる」とのたまへば、面《おもて》うち赤みて、「《姫君》何ごとか侍らむ」といらへ給ふ。

少将、いかがあるとゆかしうて、[一三]几帳の綻びより、臥しながら見給へば、[一四]白き綾、搔練など、よからねど、重ね着て、面平《おもてひら》らかにて、北の方と[一五]見たり。口つき愛敬づきて、少し匂ひたる気つきたり、清げなりけり、ただ、眉のほどにぞ、およすげ、悪しげさも、少し出で居たりと見る。

四〇　継母、姫君の鏡の箱を持ち帰る

「《継母》参りたるやうは、今日、ここに買ひたる鏡のをかしげなるに、[一]この御箱の入りぬべく見えし、しばし賜へと聞こえ

一二「身さま」は、ここは、身なりの意。
一三「几帳の綻び」は、几帳の帷子の縫い合わせていない所。
一四 白い綾織りの袿と搔練の表着か。
一五 底本「みたり」を「見えたり」の誤りと解する説もある。
一 「この御箱」は、姫君の持っていた鏡の箱。【三二】に見

むとてなむ」、「《姫君》よう侍《はべ》なり」とのたまへば、「《継母》かう心やすくものし給へば、いとよくなむ。さは賜へ」とて、引き寄せ奉り給へり。[二]うち移して、[三][1]我持給へる入れ給へり。げに入りたれば、「《継母》かしこき物をも買ひて[2]けるかな。この箱のやうに、今の世の蒔絵《まきゑ》こそ、さらに、かくせね」とて掻き撫で給へば、あこき、いと憎しと見て、「《あこき》この御鏡の箱もなくてや」と言へば、「《継母》今、また求めて奉らむ」とて立ち給ふ。いと心行《ゆ》きたるさまにて、「《継母》かの几帳は、いづこのぞ。いと清げなり。[四]例に似ぬ物もあり。なほ気色づきたり」とのたまへば、女君、いかに聞[五]くらむと恥づかし。「《あこき》なくて悪《あ》しければ、取りに遣《や》り侍り」と聞こゆ。

四一　あこき、継母の行為に腹立つ

なほ、気色を疑はしく思[一]ひ給ひぬる後に、あこき、「ま

えるように、姫君の亡き母君の遺品だろう。
二　箱の中の鏡を外に出して。
三　底本「我」は、「わが」とも読める。
四　「例に似ぬ物」は、盥や半挿のことをいうか。
五　少将殿が。
一　底本「思ひ給ぬるのちに」を「思ひ給（ふ）。往ぬる後に」の誤りと解する説もある。

めやかには、[二]をかしくこそ侍れ。[三]奉り給はむことこそなからめ。持たせ給へる御調度を、かくのみ取らせ給へるよ。前々《さきざき》の御婿取りには、[四]『し替へて』『ただ、[五]しばし』と、屛風よりはじめて取り給ひて、ただわが物の具のやうにて[六]立て散らしておはします。[七]御器《ごき》をだに[八]きたに聞こえ取り給ひてき。今、[九]殿にも出でまうで来なむ。[一〇]御方の[1]物は、ただ、見るままに、[一一]御方々の物にのみなり果てぬ。かく心広くおはしませども、人の[一二]御心ざしやは見ゆる」と腹立ち居たれば、女君、をかしくて、「さはれ、いづれもいづれも、用果てなば、賜びてむ」といらふれば、[一三]まことと聞き給ふ。

几帳押しやりて出でて、女君引き入れて、〔少将〕「まだ若うものし給ひければ。娘どもは、これにや似たる」とのたまへば、〔姫君〕「さもあらず。[2]皆、をかしげになむおはし合ふめる。あやしう、見苦しうても見給へるかな。聞きつけて、いかにのたまはむ」と言ふ。少しうち解けたるを見るままに、

二 「をかし」は、姫君の鏡の箱のことをいうと解した。
三 北の方の「今、また求めて奉らむ」の発言に対していう。
四 「し替ふ」は、取り替えるの意。
五 下に「貸し給へ」などの省略があると解した。
六 「立て散らす」は、あちらこちらに立てるの意。
七 →［補注10］
八 →［補注11］
九 いずれ、中納言殿もこちらにやって来るでしょう。仮に、北の方だけで埒があかないとなると、父の中納言までもやって来るだろうの意と解した。
一〇 「御方」は、姫君をいう。
一一 「御方々の物」は、中納言一家の物の意。
一二 姫君に対する感謝の気持ち。
一三 姫君はほんとうにお心が寛大だ。
一四 このままにしておけまいと

いとをかしげなれば、[一四]なほあらじにて、[一五]思ひやみなましかばと思ふ。

四二　一日逗留後、少将、夜が明けて帰る

鏡の箱の代はり、[一]このあこ君といふ童しておこせたり。[二]黒塗りの箱の、[1]九寸[三]ばかりなるが、深さは三寸ばかりにて、古めき惑ひて、所々はげたるを、「《継母》これ、黒けれど、漆つきて、いとよきなり」と[四]のたまへれば、「《あこき》[五]をかしげ」と笑ひて、御鏡入れて見るに、[六]こよなければ、「《あこき》いで、あな見苦し。なかなか、入れで持たせ給へれ。いとうたてげに侍り」と聞こゆれば、「《姫君》さはれ、な言ひそ。[七]賜はりぬ。げに、いとよう侍り」とて、使遣《や》りつ。少将、取り寄せて見給ひて、「いかで、かかる古体《こたい》の物を見出で給ひつらむ。置い[八][2]給へめるものを、[九]さる姿にて、世になき物も、かしこしか

いう気持ちになって。
一五　昨夜来ることを思いとどまったとしたら、どんなにか残念なことだったろうに。

一　北の方に仕えるあこ君という童。
二　黒い漆塗り。
三　「九寸」は、円形の鏡の箱の径。
四　あこ君が伝える、北の方の伝言である。
五　あこきの皮肉と解した。
六　「こよなし」は、鏡と、大きさが格段に違うことをいう。
七　以下は、北の方に対する伝言である。
八　「給へめる」は「給へるめる」の「る」の撥音便無表記。↓[補注12]
九　こんな無様な格好で。

し」と笑ひ給ふ。

明けぬれば、出で給ひぬ。

四三　姫君、あこきと語る

女君、起き給ひて、「いかにして、かく恥隠[一]すことはしつるぞ。几帳こそ、いとうれしけれ」とのたまふ。あこき、[二]「しかして侍りし」など語り聞こゆ。幼き心地にも、思ひ寄らぬこととし果てけるも、あはれにらうたくて、げに、[三]「後見《うしろみ》」とつけし効《かひ》ありと思ふ。[四]帯刀が語りしことどもを[五]語りて、いとあはれにて、《あこき》[六]「御心長くは、ねたく、[七]思ひ落としたる世に、いかにうれしからむ」と言ふ。

四四　帯刀、姫君の少将への返事を落とす

一 「恥隠す」は、あこきが少将に対して恥ずかしくないように、食事や調度などを用意したことをいう。
二 「しか」の内容は、叔母に頼んだことをいう。
三 【一】の注一五参照。
四 「帯刀が語りしことども」は、【三六】での発言をいう。
五 あこきが姫君に。
六 「御心」は、少将の姫君への愛情をいう。
七 「思ひ落とす」は、姫君のことを見下げるの意。
一 「勘当」は、【三四】の注一二参照。「勘当し侍りけむ」

その夜は、内裏《うち》に参り給ひて、えおはせず。

つとめて、御文あり。

「昨夜《よべ》は、内裏《うち》に参りてなむ、え参り来ずなりにし。いかに、あこき、惟成《これなり》[一]勘当侍りけむと思ひやりしも、をかしうこそ。[二]さがなさは、誰《た》がを習ひたるにかと思ふにも、恐ろしうなむ。今宵は、[三]『昔はものを』となむ。

[四]さらでこそそのいにしへも過ぎにしを一夜経にけること
　とぞ悲しき

慎《つつ》ましきことのみ多う思されためる世は離れ給ひぬべしや。心やすき所求めてむ」

と、細《こま》やかに聞こえ給へり。

「はや」とて、「持て参らむ」と、帯刀聞こゆ。御文を、あこき見て笑ふ。[五]「語《あこき》り申してけり」と、「言ふべき人のなきままにこそ、いさかはれ侍れ」と言ふ。

「昨《姫君》夜《よべ》は、[六]まだき時雨《しぐ》るる。

の誤りと解する説もある。
二　あこきの性格の悪さは、誰のを習ったのだろうか、あなたのだろうと思うにつけても。
三　引歌、「逢ひ見ての後の心にくらぶれば昔はものを思はざりけり」（古今六帖・第五・藤原敦忠・朝（あした）、拾遺集・恋二・藤原敦忠、第四句「昔はものも」）。
四　「さらで」は、「さあらで」の転。「さ」は、第五句の「悲しき」を指す。「そのいにしへ」は、前の引歌を受けて、逢わずにいた昔の意。
五　底本「わらふ」。「わろう」の誤りと見て、「悪う語り申してけり」と解する説もある。
六　引歌、「わが袖にまだき時雨の降りぬるは君が心にあきや来ぬらむ」（古今集・恋五・詠人不知）。この歌の「あき」に、「飽き」と「秋」を掛ける。「時雨」は、涙をたとえる。

[七]一筋に思ふ心はなかりけりいとど憂き身ぞわく方もなき

まこと、『[八]憂き世は門《かど》させりとも』と言ふやうに、[九]出でがたくなむ。あこきは、罪あらむ人は怖ぢ給ひぬべかめり」

とあるを[一〇]持ちて出《い》づるほどに、「[一一]蔵人の少将、まづ召す」と言ふめれば、[一二]え置きあへで、懐《ふところ》にさし入れて参りたり。[一三]御鬢《びん》参らせ給はむとてなりけり。[一四]御後ろを参るとて、[一五]君もうつ伏し、我もうつ伏したるほどに、懐なる文の落ちぬるも、え知らず。少将、見つけ給ひて、ふと取り給ひつ。

御鬢《びん》掻き果てて入り給ふに、いとをかしければ、三の君に、《蔵人の少将》「これ見給へ。惟成が落としたりつるぞ」とて奉り給ふ。《蔵人の少将》「手こそ、いとをかしけれ」とのたまふ。《三の君》「落窪の君の手にこそ」とのたまふ。少将、「[一六]とは、誰をかいふ。あや

七「いとど」の「いと」に「糸」、「わく」に「分く」と「籰」(糸を巻き返す道具)を掛ける。「一筋」「糸」「籰」は縁語。
八 引歌、「憂き世には門させりとも見えなくになどかわが身の出でがてにする」(古今集・雑下・平定文、平中物語)。
九 少将の手紙の「離れ給ひぬべしや」に答えたもの。
一〇 帯刀が。
一一 帯刀は、本来、蔵人の少将(三の君の夫)の従者。
一二 手紙を落窪の間(あるいは、あこきの曹司)に置く余裕もなく。
一三「鬢」は、頭の左右の側面、耳の上の髪。後れ毛のないようにきれいに撫でつける。朝の出勤前にさせるのだろう。
一四 首の後ろ。
一五 蔵人の少将。
一六「と」の上の引用文が省略

しの人の名や」。《三の君》「さいふ人あり。物縫ふ人ぞ」とてやみぬ。三の君は、文を取り給ひて、あやしと思う居給へり。

四五　帯刀、返事を落としたことに気づく

帯刀、御泔《ゆする》[一]の調度など取り置き[二]て、立つとて掻い探るに、なし[三]。心騒ぎて、立ち居振るひ、紐《ひも》解きて求むれど、絶えてなければ、いかになりぬらむと思ひて、顔赤めて居たり。身[四]よりほかに歩《あり》かねば、落つとも、ここにこそあらめとて、御座《おまし》[五]をまづ取り上げて振るへども、いづこにかあらむ。人や取りつらむ、いかなること出で来むと思ひ嘆きて、頬杖《つらづゑ》をつきて、惚《ほ》れて居たるを、少将、出づ[六]とて見給ひて、「など、惟成は、いたうしめやぎ[七]たる。物や失ひたる」とて笑ひ給ふに、この君取り隠し給へるなめりと思ふに、死ぬる心地す。いとわりなげなる気色にて、《帯刀》「いかで賜はり

された表現。「落窪の君」とはの意。

一　髪を梳かす時に用いる水。米のとぎ汁や強飯を蒸した後の湯などを用いた。また、これを用いて髪を梳かすこともいう。
二　「取り置く」は、片づけるの意。
三　姫君の少将への手紙がない。
四　身辺から離しての意か。底本「身」を「こゝ」の誤りと解する説もある。
五　蔵人の少将の御座。
六　宮中に出仕するのだろう。
七　「しめやぐ」は、ふさぎこむ、しょんぼりするの意。

侍らむ」と申せば、「我《蔵人の少将》は知らず。姫君[八]こそ、『末の松山』[九]と言ひつめれ」とて出で給ひぬ。

四六　帯刀とあこき、手紙の紛失を心配する

言はむ方なくて、あの君[一]と思はむこと恥づかしけれど、いかがはせむとて、あこきがもとに行《い》きて、「あり《帯刀》[二]つる御返り、みづから参らむに持て参らむとて出でつるほどに、しか召して、御鬢《びん》掻かせ給へるほどに、かうして取られ奉りぬ。いといみじうこそ」と、吾《あれ》にもあらぬ気色にて言へば、あこき、「いといみじきことかな。いかなるののしり出で来む[三]とすらむ。いとどしく、この御方[四]、気色ありと疑[五]ひ給ふものを、いかに騒がれ給はむとすらむ」と、二人、[六]汗になりていとほしがる。

八 「姫君」は、三の君をいうか。ただし、三の君に、「姫君」の呼称は、ここだけに見える。
九 引歌、「君をおきてあだし心をわが持たば末の松山波も越えなむ」（古今集・東歌）。ほかの女性を心にかけていることをいう。

一 「あの君」を、落窪の君と解した。蔵人の少将が「末の松山」と言ったことで、帯刀は、蔵人の少将が自分と姫君の仲を疑っていると思った。底本「あの君」を「あな若」の誤りと解する説もある。
二 先ほどの姫君の少将殿へのお返事。
三 「むとすらむ」は、現在の事実から確実に予想される近い将来の推量の表現。「むずらむ」に同じ。
四 「この御方」は、姫君をいう。下の「騒がれ給はむとすら

四七　継母、紛失した姫君の手紙を見る

三の君、この文を、北の方に、「しかしかしてありつる」とて見せ奉り給へば、[継母]「さればよ。気色ありと見つ。誰ならむ。帯刀が住[一]むにやあらむ、そが持たりつらむは。『迎へむ』と言ひたるにこそあめれ、『出でがたし』と言へるは。[二]男逢はせじとしつるものを、いとくちをしきわざかな。夫《をとこ》出で来なば、かうて、よにあらじ。迎へむ。[三]なくては、大事なり。[四]よき吾子《あこ》たちの使ひ人と見置きたりつるものを。いかなる[五]盗人の、かかるわざをし出でつらむ。まだきに言はば、隠し惑はむものぞ」。

この文も[六]出ださせで、気色を見るに、人も言ひ騒がねば、あやしう思ふ[七]。

女君には、「御文は、かうかうし侍りにけり。[八]面恥《おもて》づか

む」に係る。
五　北の方（継母）が。
六　「汗になる」は、汗をかくの意。

一　「住む」は、夫として通うの意。
二　結婚はさせまい。
三　あの子がいなくなったら、たいへんだ。
四　「よき」を「使ひ人」に係ると解した。
五　「盗人」は、人をののしって言う言葉。同時に、承諾もなしに、姫君を勝手に迎えようとしている者に対する非難の言葉でもある。
六　北の方（継母）が。
七　あこきと帯刀は。
八　「面恥づかし」は、顔向けができないほど恥ずかしい、面目ないの意。

しきやうなれど、侍りつるやうに、御文書かせ給ひて賜は[九]らむ」と言へば、君、いとわびしと思ひ給へりとは疎《おろ》かなり。北の方も見給ひつらむと思ふに、心地もいとわびしうて、《姫君》「またも、[1]え聞こゆまじ」と嘆き給ふこと限りなし。帯刀も、いといとほしくて、少将の君の御前《おまへ》にもえ参らず、籠り居たり。

四八　少将訪れて、姫君を連れ出す決意をする

暮れぬれば、[一]おはしぬ。《少将》「御返りは、など賜はざりつる」とのたまへば、《姫君》[二]「北の方のおはしつるほどに」とのたまひて、[三]御殿籠りぬ。

[四]ほどなく明けぬれば、出で給ふに、[五]明け過ぎて、人々騒がしければ、え出で給はで、[六]帰り入り給ひて臥し給ひぬ。あこき、例の、御台、[七]経営《けいめい》[1]しありく。

九 接続助詞「て」の前後で、動作主が変わる。

一 少将が、姫君のもとに。
二 北の方がおいでになっていた時でしたので、書けなかったのです。帯刀をかばうための嘘。
三 「御殿籠る」は、「大殿籠る」に同じ。↓[補注13]
四 時は、十一月。「ほどなく」は、少将や姫君の心内に即した表現か。
五 「明け過ぐ」は、夜が明けてからさらに時間がたつの意。
六 「帰り入る」は、ふたたび戻って、落窪の間に入るの意。
七 「経営す」は、忙しく立ち回る、準備に奔走するの意。

少将の君、静かに臥し給ひて、物語し給ひて、[少将]「四の君は、[八]いくら大きさにかなり給ひぬる」とのたまへば、[姫君]「十三、四のほどにて、をかしげなり」と言へば、少将、「まことにやあらむ。[九]まろに逢はせむなど、中納言のたまふなるとぞ。[一〇]乳母《めのと》なる人こそ、[一一]殿なる人を知りて、[一二]御文出で、『[一三]北の方も、いかでとなむのたまふ』とて、[一四]乳母なる人こそ、にはかに責めしか。[一五]かかると聞き給へと言はむよ。いかが思す」とのたまへば、[姫君]「心憂しとこそは思はめ」とのたまふ。子々しければ、らうたしと思ひて、[少将][一六]「ここは、いみじう、参り来るも[一七]人気《げ》なき心地するを、[一八]渡し奉らむ所におはしなむや」とのたまへば、[姫君]「御心にこそは」とのたまへば、[少将]「さらばよ」などのたまひて臥し給へり。

八　ここは、年齢を聞いているらしい。
九　私と結婚させようなどと、中納言がおっしゃっているそうだと聞きました。
一〇　四の君の乳母にあたる人。
一一　左大将（少将の父）邸の侍女。仲立ちの侍女。
一二　中納言殿のお手紙を持ち出して。底本「いて」を「もて」の誤りと解する説もある。
一三　中納言の北の方。継母。
一四　私の乳母にあたる人。帯刀の母。
一五　あなたとこういう関係になっていると知ってくださいとうち明けるつもりですよ。
一六　落窪の間。
一七　「人気なし」は、人並みでないの意。
一八　少将は、【四四】の手紙で、「心やすき所求めてむ」と言っていた。

四九　継母、姫君に上の袴を縫わせる

ほどは、十一月二十三日のほどなり。三の君の夫《をとこ》の蔵人の少将、にはかに臨時の祭り[一]の舞人[二]に任《さ》され給ひければ、北の方、手惑ひし[三]給ふ。あこき、論なう御縫ひ物出[1]で来なむものぞと胸つぶるるもしるく、上の袴[四]裁《た》ちて、[使][継母]「『これ、ただ今縫はせ給へ。御縫ひ物出で来なむ』となむ聞こえ給ふ」と言ふ。君は、几帳の内に臥し給へれば、あこきぞいらふる。[あこき]「いかなるにか、昨夜《よべ》より悩ませ給ひて、うち休ませ給へり。今起きさせ給ひなむ時に聞こえさせむ」と言へば、使帰りぬ。

女君、縫はむとて起き給ふ。[少将]「まろ一人は、いかで、つくづくと臥いたらむ」とて起こし奉り給はず。

北の方、「いかに。縫ひ給ひつや」と問ひ[五]給ふに、[使]「さも

一　賀茂の臨時の祭り。四月の例祭のほかに、十一月の下の酉の日に行われた祭り。

二　社頭で東遊びを舞う舞人。通常は、祭りの三十日前に選ばれるという。ここは、代役か。

三　「手惑ひ」は、何も手につかないほど慌てふためくことの意。

四　束帯の時に穿く袴。

五　使いの者に。底本「とひ給ふ」の「ふ」の右に、「へは」と傍書がある。

六　「御殿籠る（おやすみになっている）」だなんて、なんて言い方をするの。

七　言葉遣いを知らずにいるな。言葉遣いに気をつけよ。

八　耳障りだ。

九　「しが」は、自分自身のの意。

あらず。『まだ御殿籠りたり』と、あこきが申しつるは」と言へば、北の方、六「なぞの御殿籠りぞ。七物言ひ知らず、なありそ。我らと一つ口に、なぞ言ふは。八聞きにくく。あな若々しの昼寝や。九しが身のほど知らぬこそ、いと心憂けれ」とて、うちあざ笑ひ給ふ。

五〇　継母、さらに下襲を追加する

一下襲《したがさね》裁ちて持て二いましたれば、三驚きて、几帳の外《と》に出でぬ。四見れば、上の袴も縫はで置きたり。気色悪しうなりて、継母「手をだに触れざりけるは。今は出で来ぬらむとこそ思ひつれ。あやしう、おのが言ふことこそ侮《あなづ》五られたれ。この頃、御《み》心六逸《そ》り出でて、七化粧《けさう》ばやりたりとは見ゆや」とのたまへば、女、いとわびしう、いかに聞こえむと、我にもあらぬ心地して、姫君「悩ましう侍りつれば。八しばしためらひて」と

一　「下襲」は、束帯の時に、袍と半臂（はんぴ）の下に着る衣。後ろに長い裾（きょ）がついていて、袍の下から出して着る。
二　北の方は、使いの者の言葉を聞いて、今度は、自分自身で来る。
三　姫君は。
四　北の方が見ると。
五　「れ」を尊敬の用法と解した。受身と解する説もある。
六　「逸り出づ」は、とんでもない方向に向かうの意。男に手紙を贈っていることを当てこする。
七　「化粧」は、ここは、着飾るの意。「はやる」は、夢中になる、うつつをぬかすの意を添える。
八　下に「縫わずにいたのです」の内容の省略があると解した。

て、「[九]これは、ただ今出で来なむものを」とて引き寄すれば、[継母][一〇]「驚き馬のやうに、手な触れ給ひそ。[一一]人たぬのたくたるぞかし、かう[一二]承けがてなる人にのみ言ふは。この下襲も、ただ今縫ひ給はずは、ここにも、なおはしそ」とて、腹立ちて、[一三]投げかけて立ち給ふに、少将の直衣《なほし》の、後《あと》の方より出でたるを、ふと見つけて、[継母]「いで、この直衣は、いづこのぞ」と、立ちとまりてのたまへば、あこき、いとわびしと思ひて、「人の縫はせに奉り給へる」と申せば、[継母]「まづ、ほかの物をし給ひて、ここのを疎《おろ》かに思ひ給へる。[一四]もはら、かくておはするに効《かひ》なし。あな[一五]白々しの世や」とうちむつかりて行《い》く後《うし》ろで、子多く生みたるに落ちて、[一六]わづかに十筋ばかりにて、[一七]居丈なり。うちふくれて、いとをこがましと、少将、つくづくと垣間見《かいばみ》臥したり。

女、吾《あれ》にもあらで、[一八]物折る。少将、衣《きぬ》の裾を取らへて、[少将]「憎し。「まづおはせ」と引き責むれば、わづらひて入りぬ。

九　「これ」は、上の袴をいう。
一〇　「驚き馬」は、突然に目を覚ました馬の意か。
一一　底本「人たぬのたくたる」未詳。「人だねのたえたる」の誤りと解する説もある。九条家本「人たねのたえたる」。ほかに頼める人がいないなどの意か。
一二　底本「ゝけかへ」。「承けがて」の誤りと解する説に従った。【二】の注一二参照。
一三　下襲の生地を。
一四　「もはら」は、打消を伴って、打消を強める呼応の副詞。
一五　「白々し」は、興ざめだの意。
一六　髪の毛が。
一七　底本「いたけなり」を「痛げなり」と解する説もある。
一八　「折る」は、折り目をつけるの意。
一九　「荒立つ」は、怒らせるの意。
二〇　私だったら我慢できません。

な縫ひ給ひそ。いま少し荒立てて[一九]惑はし給へ。この言葉は、なぞ。この年ごろは、かうや聞こえつる。[二〇]いかで堪へ侍らむ」とのたまへば、女、「[二一]山なしにてこそは」と言ふ。

五一　少将、落窪の君の名を耳にする

暗うなりぬれば、格子下ろさせて、[一]灯台に火灯《とも》させて、いかで縫ひ出でむと思ふほどに、北の方、縫ふやと見に、みそかにいましにけり。見給へば、縫ひ物はうち散らして、火は灯して、人もなし。入り臥しにけりと思ふに、大きに腹立ちて、[継母]「おとどこそ[二]。この落窪の君、心の愛敬なく、見わづらひぬれ[三]、これいましてのたまへ。かくばかり急ぐものを、[四]いづこなりし几帳にかあらむ、[五]持ち知らぬ物設けて、衝《つ》い立てて、入り臥し入り臥しすること」などのたまへば、おとどは、「[六]近くおはしてのたまへ」とのたまへば、

二一　引歌、「世の中を憂しと言ひてもいづこにか身をば隠さむ山なしの花」（古今六帖・第六・山梨）。「山なし」に、「山無し」と「山梨」を掛ける。

一　室内用の照明具。台座に竿を立てて、上に油皿を置いて、灯心に火を灯して使う。

二　「こそ」は、呼びかけの間投助詞。中納言の居所は、落窪の間から大声をあげれば聞こえる、寝殿内にある。

三　已然形で接続する語法か。

四　挿入句。

五　「持ち知らぬ」は、持っていることを知らない、ふだんは持っていないの意か。

六　中納言は老いて耳が遠い。

[七]いらへ遠くなりぬれば、果ての言葉は聞こえず。
少将、「落窪の君」とは聞かざりければ、〔少将〕「何の名ぞ、落窪」と言へば、女、いみじく恥づかしくて、[八]「いさ」といらふ。〔少将〕「人の名に、いかにつけたるぞ。論《ろん》なう、屈《く》したる人の名ならむ。きらぎらしからぬ人の名なり。北の方、さいなみだちにたり。[九]さがなくぞおはしますべき」と言ひ臥し給ひけり。

五二　少将、落窪の君が姫君のことだと知る

[一]袍《うへのきぬ》裁ちておこせたり。また遅くもぞ縫ふと思して、よろづのこと、おとどに聞こえて、〔継母〕「行《い》きてのたまへ、のたまへ」と[二]責められて、おはして、[三]遣戸《やりど》を引き開け給ふより、のたまふやう、〔中納言〕[四]「否や。[五]この落窪の君の、[六]あなたにのたまふことに従はず、悪《あ》しかんなるは、なぞ。[七]親なかんめれば、

七　北の方は、返事をしながら中納言の居所に歩いて行くので、声が遠くなってゆく。
八　「いさ知らず」の意。
九　主体敬語が用いられていることから、北の方のことをいうと解する説に従った。「落窪の君」のことをいうと解する説もある。
一　束帯の時の表着。武官の袍は、闕腋の袍。
二　「らる」は受身の助動詞で、動作主体が変わる。
三　落窪の間の遣戸。
四　「否や」は、驚きの発語。
五　姫君に呼びかけた言葉。
六　「あなた」は、あちらにいる人の意で、北の方をいう。
七　「親」は、ここは、母親をいう。

いかでよろしく思はれにしかなとこそ思はめ。かばかり急ぐに、ほかの物を縫ひて、ここの物に手触れざらむや、何の心ぞ」とて、「夜《よ》のうちに縫ひ出ださずは、[八]子とも見えじ」とのたまへば、女、いらへもせで、つぶつぶと泣きぬ。おとど、さ言ひかけて帰り給ひぬ。

[九]人の聞くに恥づかしく、恥の限り言はれ、[一〇]言ひつる名を、我と聞かれぬることと思ふに、ただ今死ぬるものにもがなと、縫ひ物はしばし押しやりて、火の暗き方に向きて、いみじう泣けば、少将、あはれに、ことわりにて、いかに、[一一]げに、恥づかしと思ふらむと、我もうち泣きて、少将「しばし入りて臥し給へれ」とて、せめて引き入れ給ひて、よろづに言ひ慰め給ふ。落窪の君とは、この人の名を言ひけるなりけり、[一二]我言ひつること、いかに恥づかしと思ふらむと、いとほし。[一三]継母《まま》こそあらめ、中納言さへ憎く言ひつるかな、[一四]いといみじう思ひたるにこそあめれ、いかで、よくて[一五]見返

八　「子とも見えじ」を、中納言が「わが子とも思わないつもりだ」と解する説が一般だが、これまでの中納言の発言から考えて、「北の方から見てもらえなくなる」の意と解した。
九　「人」は、少将をいう。
一〇　北の方が言った「落窪の君」という名を、中納言の発言によって、自分のことだと知られてしまったこと。
一一　あんなに泣いているのだから。
一二　底本「我」。「わが」と読むこともできる。
一三　継母はともかくとして。底本「まゝ」は、「継母」の意か。「継母（ままはは）」の誤りと解する説もある。九条家本「まゝは」。
一四　中納言が、姫君のことを。
一五　底本「見返て」を「見せて」の誤りと解する説もある。九条家本「みせて」。

してしかなと、心のうちに思ほす。

五三　継母、少納言を手伝いによこす

北の方、[一]多くの物どもを、[二]一人はあり、腹立たしからむ、え一人は縫ひ出ででと思ひて、少納言とて、[三]かためなる人の清げなる、「《継母》行《い》きて、もろともに縫へ」とておこせたれば、来て、「《少納言》いづこをか縫ひ侍らむ。など か、[四]御殿籠りにける。さばかり、『《継母》遅からむものぞ』と聞こえ給ふものを」と言へば、「《姫君》心地の悪しければなむ。その縫ひさしたるは、[五]ひおまへ縫ひ給へ」と言へば、取り寄せて縫ひて、「《少納言》なほ、よろしうは、起きさせ給へ。ここの襞《ひだ》おぼえ侍らず」と言へば、「《姫君》いましばし。教へて縫はせむ」とて、からうして起きて、[1]居ざり出でたり。少将見れば、少納言、火影《ほかげ》に、いと清げなりと、よき者こそありけれと見給ふ。

一　依頼したままだ縫いあげていない、上の袴、下襲、袍をいう。
二　「一人はあり」「腹立たしからむ」は、ともに、挿入句。「腹立たしからむ」は、縫いあがらないと、腹立たしい思いをするだろうの意と解した。
三　底本「かためなる」未詳。「かたへなる」の誤りと見る説もある。
四　北の方は、姫君にこの言葉を使うのを叱っていた。【四九】の注六参照。
五　底本「ひおまへ」未詳。「襞前」「襞まづ」の誤りと解する説もある。仮に、「あなたが」と訳した。

五四　少納言、四の君と少将との縁談を語る

女君を[一]うち見おこせたれば、いといたう[二]艶めきたるを見て、あはれとや思ひけむ、言ふやう、《少納言》「聞こえさすれば、[三]言《こと》よきやうに侍り。さりとて、聞こえさせねば、[四]さる心ばへありとだに知らせ給はじと、くちをしさになむ。え避らず候ひ侍る御方よりも、この年ごろ、[五]御心ばへも見参らするに、仕まつらまほしう侍れど、世の中のうたてわづらはしう侍れば、慎ましうてなむ、人知れぬ宮仕へも、え仕うまつらぬ」と聞こゆれば、女君、「[六]さるべき人も、ことに真心なる気色も見えぬに、うれしくも思ひ[七]給へけるかな」といらへ給へば、少納言、「げにこそ、あやしうは侍れ。[八]上のあやしう[九]思はむは、例のこと。御はらからの君達《きんだち》さへ、みづから聞こえ給はざめるこそ、いと心づきなけれ。[一〇]あた

一　少納言が、縫い物から、姫君に目を向ける。
二　「艶めく」は、頬が涙で光っているの意。九条家本「なきつやめきたる」。
三　「言よし」は、口がうまいの意。
四　姫君の立場に立っての表現。少納言の立場では、「かかる心ばへ」。
五　姫君のお気だて。
六　私に好意を寄せてくれて当然の人。姉妹をいう。
七　「給へ」は、聞き手少納言に対する敬意の表現。
八　継母である北の方が。
九　底本「おもはん」を「おはせん」の誤りと解する説もある。九条家本「おはせん」。
一〇　姫君はこんなにお美しいのに。

ら御さまを、[一一]かくてつくづくとおはしますこそ、あいなけれ。四の君もまた御婿取りし給はむと設け給ふめり。北の方の御心に任せて[一二]延べしじめし給ふ」、[姫君]「めでたきや。誰をか取り給ふ」とのたまへば、[少納言]「左大将殿の[一三]左近少将とか。『かたちはいと清げにおはするうちに、ただ今なり出で給ひなむ』と、人々褒む。帝も、時めかし思す。御妻《め》はなし。いとよき、人の御婿なり。『「いかでこのわたりにもがなと思ふ」と、[一四]おとども常にのたまふ』とて、北の方、急ぎに急ぎ給ひて、四の君の御乳母《めのと》[一五]かのなりける人を知りけるを喜び給ひて、[一六]ささめき騒ぎ給ひて、文遣《や》らせ給ふめり」と言へば、[姫君][一七]「いとうれしく。[一八]さて」と言ひて、いとよくほほ笑みたるまみ・口つきの、火の明かきに映えて、匂ひたるものから、恥づかしげなり。[姫君]「少将の君は、いかが言ふ」と、君のたまへば、[少納言]「知らず。[少将]『よかなり』とやのたまふらむ。人知れず急ぎ給ふ」と言ふに、少将、「そらごと」と

一一 三の君に続いて。
一二 「しじむ」は、縮めるの意。延ばしたり縮めたりするの意から、年上の姫君の結婚を後回しにしておいて、年下の四の君の結婚を先にすることをいう。
一三 【五】の注二、巻二【二九】の注一一参照。
一四 中納言。
一五 「かの（殿）なりける人」の意。九条家本「かのとのなりける人」。左大将邸の仲立ちの侍女。【四八】の注一一参照。
一六 「ささめき騒ぐ」は、盛んにひそひそと話すの意。
一七 底本「いとうれしく」を、「いとうれしくて」の誤りと解して、地の文と見る説もある。九条家本「いとうれしくて」。
一八 それで、どうなったのですか。話の続きを促す言葉。

一 「客人」は、婿をいう。
二 底本「所」を仮名として読

いらへまほしけれど、念じ返して臥し給へり。

五五　少納言、交野の少将のことを語る

少納言、「[一]客人《まらうと》、また添ひ給はば、御前の御身ぞいと苦[二]しげにおはしますべかめる。[三]よきこともあらば、せさせ給へかし」と言へば、[姫君][1]「なでふ、かかる見苦しき人[四]が、さることは思ひかくる」と言へば、[少納言]「いで、あなけしからずや。など、かくは仰せらるる[2]。このかしづかれ給ふ御方々は、[五]なかなか」と言ひさして、[六]「まこと、この世の中に恥づかしきものとおぼえ給へる[七]弁の少将の君、世人は、[八]交野《かたの》の少将と申すめるを、[九]その殿に、かの男君の御方に、少将と申すは、少納言が従姉妹《いとこ》に侍り。殿の局《つぼね》に[一〇]まかり侍りしかば、[一一]かの君も、[一二]この殿の人と知りて、心遣《づか》ひし給へりき。御かたちのなまめかしさは、げに、たぐひあらじとこそ見侍り

んだ。
三　いい縁談があるなら、ご結婚なさったらどうですか。
四　「人」は、姫君自身をいう。
五　「かえって見劣りします」などの内容を言いさしたもの。
六　「まこと」は、話題を変えたり追加したりする時の発語。「まことや」に同じ。
七　弁官を兼ねた近衛少将。
八　散佚物語の主人公の名。『枕草子』や『源氏物語』にも、その名が見える。一三世紀中頃に成立した、『源氏物語』の注釈書『光源氏物語抄（異本紫明抄）』によれば、散佚した『狛野の物語』の初めの巻では、散佚した『隠蓑』の主人公、隠蓑の東宮亮（中将）の兄だという。
九　弁の少将の父の屋敷か。
一〇「まかる」は、中納言邸から行くの意。
一一　弁の少将。
一二　中納言邸。

しか。『《弁の少将》御娘多かりと聞きしは、いかが』とて、大君より
はじめて、くはしく問ひ聞こえ給ひしかば、片端づつ聞こ
え侍りしかば、[一三]御前《おまへ》の御上を申し侍りしかばなむ、いとい
たうあはれがり聞こえ給ひて、『《弁の少将》わがいと思ふさまにおは
[一四]すなるを、必ず御文伝へてむや』とのたまひしかば、『《少納言》か
く、いとあまたおはしますうちに、[一五]御母君などおはしまさ
ねば、心細げに思して、かかる筋のこと思しかけず』と申
し侍りしかば、『《弁の少将》その、[一六]御母におはせぬこそは、[一七]いと心苦
しく、あはれまさらめ。わがもとには、いとはなやかなら
ざらむ女の、もの思ひ知りたらむが、かたちをかしげなら
む[一八]こそ。[一九]唐土《もろこし》・新羅《しらき》まで求めむと思ふ。ここにおはする[二〇]御《み》
息所《やすどころ》放ち奉りては、父母おはする人やおはする。さて、
心に任せでおはすらむよりは、私《わたくし》ものにて、[二一]所に住ませ奉
らむ』など、いと細《こま》やかになむ、夜《よ》更くるまでのたまはせ
[二二]しか。[二三]参りて後も、『《弁の少将》かのことは、いかに。御文や奉るべ

一三 姫君のことを。
一四 助動詞「なり」は、少納言の話を聞いての判断を表す。
一五 結婚などに関すること。
一六 底本「御はゝにおはせぬ」を、姫君の母が実の母上ではいらっしゃらないこと、つまり、継母に育てられていることの意と解した。
一七 「はなやかなり」は、親に大切に育てられているさまをいう。
一八 下に「集めたい」などの内容の省略があると解した。
一九 「唐土・新羅まで」は、世界中どこまでもの意の慣用表現。
二〇 【五六】の注八の「帝の御妻」のことと解した。
二一 「所」は、私の所の意か。
二二 「か」を、詠嘆の終助詞と解した。格助詞「が」と解する説もある。
二三 「参る」は、注一〇の「まかる」に対して、中納言邸に帰

き』と二四のたまはせたりしかど、少納言『折悪しくて。今御覧ぜさせむ』と申しし」と言へど、いらへもし給はずなりぬるほどに、二五曹司より、人尋ね来て、「とみのこと聞こえむ」と言へば、二六出でたり。

使「人おはして。まづ出で給へ。聞こゆべきことなむある」と言へば、少納言「しばし待て。二七御消息《せうそこ》聞こえさせむ」とて入りぬ。

少納言「御二八あへつらひ仕まつり侍らむと思ひ給へ侍りつるを、『とみのこと』とて、人まうで来《きた》ればなむ。聞こえさせつることの残りも、まだいと多かり。艶《えん》にをかしうて侍りし、まめやかに聞こえさせ侍らむ。二九上には、かく三〇下《お》り侍りぬと、な聞こえさせ給ひそ。驚きさいなまむものぞ。さりぬべくは、参上《まうのぼ》らむ」とて下りぬ。

るの意。
二四　人を介しての伝言。
二五　少納言の曹司。
二六　落窪の間を出た。
二七　姫君にその旨お断り申しあげよう。
二八　「あへつらひ」は、「あへしらひ」と同じで、相手をすることの意か。
二九　「上」は、北の方をいう。
三〇　曹司に。

五六　少将、交野の少将のことを噂する

少将、[一]几帳押しやりて、「をかしく、もの、[二]聞きよく言ひつる人かな。かたちも清げなりと見つるほどに、交野の少将を、かたちよしと褒め聞かせ奉[1]りつるにこそ、見まうくなりぬれ。[三]さも、えいらへ給はで、こなたを見おこせ給ひて、心もとなげに[四]口縫ひし給へるかな。侍らざらましかば、[五]効《かひ》ある御いらへどももあらまし。文だに持て来初《そ》めなば、[六]限りぞ。[七]かれは、いとあやしき人の癖《くせ》にて、文一行遣《くだりや》りつるがはづるるやうなければ、人の妻《め》、[八]帝の御妻《め》も持たるぞかし。さて、身いたづらになりたるやうなるぞかし。[九]そがうちに、私《わたくし》ものと聞こゆなれば、いとおぼえ異《こと》におはするは」と、いとあいなくものしげに思してのたまへば、女、いとあやしと思して、ものものたまはず。（少将）「など、ものも

一　少将は、几帳の奥に隠れていた。

二　「もの、聞きよく言ひつる」は、「もの言ひつる」の間に、形容詞「聞きよし」が入った形と解した。「聞きよし」は、聞いていて感じがいいの意。

三　「さも」は、下に詠嘆の表現を伴って、感動の気持ちを表す。

四　「口縫ひ」は、言葉を取り繕うこと、下手なことを言わないように気をつけることの意。

五　交野の少将にとって意味のあるお返事。色よいお返事。

六　私たちの仲はおしまいです。

七　あの交野の少将は、まことに不思議な能力の持ち主で。

八　「帝の御妻」は、【五五】の注二〇の「御息所」のことと解した。

九　そんな愛人たちのなかで。

のたまはぬ。をかしう思ひ給へる[2]ことを、ものしう聞こゆるが、いらへにくく思さるるか。京の内に、女といふ限りは、交野の少将愛《め》で惑はぬなきこそ、いとうらやましけれ」とのたまへば、女君、[一〇]「その数ならねばにやあらむ」と、忍びやかにのたまへば、少将、「[二]この筋は、いとやむごとなければ、中宮ばかりにはなり給ひなむをや」とのたまへど、[3]をさをさ、さも、え知らぬことなれば、いらへず。物縫ひ居給へる手つき、いと白うをかしげなり。

五七　継母、落窪の間を覗き、少将を見る

あこきは、少納言ありと思ひて、帯刀が[一]心地悪《あ》しうしければ、しばしと思ひて[二]入りにけり。

下襲《したがさね》は縫ひ出でて、[三]袍《うへのきぬ》折らむとて、[姫君]「いかで、あこき起こさむ」とのたまへば、少将、「[四]引かへむ」とのたまへば、

一〇　私は、都の内の女性の数に入らないからでしょうか、なんとも思いません。
二　「この筋」を、「わかうどほり」（【二】の注三参照）である姫君の血筋と解した。姫君の「その数ならねばにやあらむ」に対する発言。

一　気分がすぐれずにいたので。
二　自分の曹司に。
三　「袍」は、【五二】の注一参照。
四　折り目をつけるためには、二人で向かい合って引っ張る。

女君、「見苦しからむ」とのたまへど、几帳を[五]戸《と》の方に立てて、起き居て、[少将]「なほ引かへさせ給へ。いみじき事の師[六]ぞ。[七]まづは」とて、向かひて折らせ給ふ。いとつれなげなるものから、[八]心しらひの用意過ぎて、いと[九]さかしらかなり。女君、笑ふ笑ふ、折る。[一〇][姫君]「四の君のことは、まことにこそありけれ」とのたまへば、[姫君]「御《おほん》[一一]許されあるを、知らず顔なりや」とのたまへば、[少将]「もの狂ほし。交野の少将の私《わたくし》もの設けむ時はしも、公《おほやけ》々しくて取られむ」と笑ふ。[少将]「夜、いたう更けぬ。[一二]多し。寝給ひね」と責むれば、[姫君]「いま少しなめり。早う寝給ひね。縫ひ果ててむよ」[1]と言へば、[少将]「二人起き給へるよ」とて寝給へるほどに、北の方、縫はで寝やしぬらむとて後ろめたうて、[一三]寝静まりたる心地に、[一四]例の、垣間見《かいまみ》の穴より覗けば、少納言はなし。こなたに几帳立てたれど、側《そば》の方より見入るれば、女、こなたの方に後ろを向け[2]て、持たる物を折る。[一五]向かひて引かへたる男あ

五　底本「と」を「戸」と解した。「外」と解する説もある。いずれにせよ、戸が開けられても見られないための配慮。
六　底本「ことのし」を「物師」(職人)の誤りと解する説もある。九条家本「ものし」。
七　底本「まつは」は、まず私にやらせてみてくださいの意か。「まろは」の誤りと解する説もある。九条家本「まろは」。
八　失敗しないように気をくばり過ぎて。
九　「さかしらかなり」は、形容詞「さかし」の語幹に「らか」がついた形容動詞か。
一〇　下の「のたまへば」とともに、「笑ふ」に係る。
一一　中納言家の婿となるご許可を得ているのに、知らないふりをしていたのですね。
一二　縫い物は、まだまだ終わりそうにない。
一三　落窪の間が寝静まっている

り。[3]なま眠《ねぶ》たかりつる目も覚め、驚きて見れば、白き袿《うちき》のいと清げなる、[一六]掻練《かいねり》のいと艶やかなる一襲《かさね》、[一七]山吹なる、また衣《きぬ》のあるは、女の裳着たるやうに、腰より下《しも》に引き懸けたり。火のいと明かき火影《ほかげ》に、いと見まほしう清げに、愛《あい》敬《ぎやう》づきをかしげなり。またなく思ひいたはる[一八]蔵人の少将よりもまさりて、いと清げなれば、心惑ひぬ。[一九]男したる気色は見れど、[二〇]よろしき者にやあらむとこそ思ひつれ、さらに、これはただ者にはあらず、かくばかり添ひ居て、女々《め》しく、[二一]もろともにするは、おぼろけの[二二]心ざしにはあらじ、いといみじきわざかな、よくなりて、わが[二三]進退《しだい》にはかなふまじきなめりなど思ふに、物縫ひのこともおぼえず、ねたうて、なほ、しばし立てれば、〔少将〕[二四]「知らぬわざして、まろも極《ごう》じにたり。[二五]そこも、眠《ねぶ》たげに思ほしためり。[4]なほ、縫ひさして、臥し給ひて、北の方、例の腹立て給へ」と言へば、〔姫君〕「腹立ち給ふを見るが、いと苦しきなり」とて、なほ縫ふに、あ

感じがするので。
一四　北の方が、【五二】で、落窪の間を覗いたのも、同じ「垣間見の穴」か。
一五　少将の横になりながらの動作か。
一六　「掻練」は、【一五】の注四参照。ここは、男性の袙か。
一七　「山吹」は、山吹襲（表は朽葉色、裏は黄色）の直衣か。
一八　三の君の夫。
一九　男を通わせている様子。
二〇　たいした男ではないだろうと思っていた。
二一　折り目をつけるのを手伝っているのは。
二二　「心ざし」は、愛情の意。
二三　「進退」は、自由に振る舞うことの意。「次第」と解する説もある。
二四　馴れないことをして、私も疲れてしまった。
二五　あなたも。

やにくがりて、火を扇ぎ消《け》ちつ。女君、「いとわりなきわざかな。取り[二六]だに置かで」と、いと苦しがれば、(少将)「ただ、几帳に懸け給へ」とて、手づからわぐみ[二七]懸けて、掻き抱きて臥しぬ。

五八　継母、姫君と典薬助を逢わせようと謀る

北の方、聞き果てて、いとねたしと思ふ。「[一]例の腹立てよ」と言ひつるは、さきざきわが[1]腹立つを聞きたるにやあらむ、語りにけるにやあらむ、いとねたし。[二]つくづくと臥して思ふに、[三]行く方なければ、なほ[四]おとどにや申してましと思へど、かたちはよし、さきざき直衣など見るに、よき人ならば、[五]持て出でやし給はむと危ふくて、なほ、[六]帯刀に逢ひたると言ひなして、[七]放ち据ゑたれば、かかるぞ、[八]部屋に込めてむ、いかでか、腹立たせよとは言は

二六 「取り置く」は、片づけるの意。
二七 「わぐむ」は、丸めるの意。
一 以下は、北の方の心内に即した叙述。
二 以下は、北の方が居所に戻った後の場面。
三 底本「行かた」。気が晴れる方法の意。
四 中納言。
五 「持て出づ」は、ここは、表沙汰にして婿にするの意。
六 北の方は、姫君の少将への手紙を見て、【四七】で、「帯刀が住むにやあらむ、そが持たりつらむは」と言っていた。
七 接続助詞「て」で止めた表現と解する説に従った。
八 「部屋」は、この物語では、落窪の間よりさらに劣悪な、物置部屋のような所をいう。
九 底本「おち」。「伯父」と解した。

すべきと、いとねたきままに思ひたばかる。込めたらむほどに、男は思ひ忘れなむ、わが伯父《をぢ》[九]なるが、ここに曹司《ざうし》して、[一〇]典薬助《てんやくのすけ》にて、身貧しきが、六十ばかりなる、[一一]さすがに[一二]たはしきに、[一三]からみまはさせて置きたらむと、夜一夜《よひとよ》思ひ明かすも知らで、少将、いとあはれにうち語らひて、明けぬれば、出で給ひぬ。

五九　翌朝、姫君、縫い物を縫い終える

やがて急ぎ縫ひかけ[一]つるほどに、北の方、起きて、縫ひさすと見しを、まだしく[二]は、血あゆ[三]ばかり、いみじく罵《の》[四]らむと思して、「縫ひ物賜へ。出で来ぬらむ」と言はせ[五]給へれば、いとうつくしげにし重ねて出だしたれば、本意《ほい》[六]なき心地して、くちをしく、《継母》「いかに。出で来にけり」とてやみぬ。

一〇「典薬助」は、典薬寮の次官。従六位上相当。
一一「さすがに」は、六十歳になってもまだの意。
一二「たはし」は、ふしだらだ、好色だの意。
一三「からみまはす」は、まとわりつかせる、つきまとわせるの意。

一「縫ひかく」は、縫い始めるの意か。
二 まだ縫い終わっていないならば。
三 血がしたたり落ちんばかりに。
四「罵る」は、叱りつける、ののしるの意。
五「せ」は、使役の用法。使いの者に言わせる。
六 北の方は。

六〇　姫君、帰った少将と贈答する

少将の御もとより、御文あり。

「いかにぞ、昨夜《よべ》の縫ひさし物は。腹[一]、[二]まだ立ち出でずや。いと聞かまほしくこそ。さて、笛忘れて来にけり。取りて賜へ。ただ今、内裏《うち》の御遊びに参るなり」

とあり。げに、いと[三]香ばしき笛あり。包みて遣《や》る。

姫君[四]「腹は、けしからず。人もこそ聞け。かう、な思し出でそ。[五]いとよう笑みてなむあめる。笛奉る。[六]これをさへ忘れ給ひければ、

　[七]これもなほあだにぞ見ゆる笛竹の手馴るる節を忘ると
　思へば」

とあれば、少将、いとほしと思ひて、

　[八]あだなりと思ひけるかな笛竹の千代もね絶えむふしは

一 「腹立ち出づ」は、怒りを外に表す、腹を立ててどなり散らすの意か。
二 底本「又」。「まだ」と読んだ。
三 深く香を薫（た）きしめた笛。
四 「腹を立ててどなり散らしているか」などとは、ひどいおっしゃりようです。
五 北の方は、縫い物ができたので、とても機嫌よくにこにこしているようです。
六 歌の「笛竹の手馴るるふしを忘ると思へば」とほぼ同義で、歌の「これもなほあだにぞ見ゆる」の部分に係る。
七 「笛竹」は、竹製の笛。「節」に、竹の「節」と音楽の「節」を掛ける。「笛竹」「節」は縁語。
八 「笛竹」は、「千代（節）」を導く序。「節（よ）」は、竹の節と節の間の意。「ね」に

あらじを
となむありける。

六一　継母、中納言に姫君のことを讒言する

[一]この少将出でぬるすなはち、北の方、おとどに申し給ふ、「さることはありなむやと思ふもしるく、この落窪の君の、[二]やさし、いみじきことをし出でたりける[1]が、いみじさ。さすがに、[三]さし離れたる人ならば、ともかくもすべきに、いとこそかたはなれ」とのたまへば、おとど、驚き惑ひて、「何ごとぞ」と問ひ給へば、〔継母〕「この蔵人の少将の方なる[四]小帯刀といふは、この月ごろあこきに住むと聞き思ひつるは、早う、[五]正身《さうじみ》に[六]立ちかかりにけり。[七]文の返り言《こと》を、痴《し》れたる者にて、懐《ふところ》に入れて持たりけるを、この少将の君の前に落としたりければ、見つけ給ひて、[八]くはしき心つきたる君に

「根」と「音」を、「ふし」に「時」の意と竹の「節」の意を掛ける。「笛竹」「節」は縁語。

一【六〇】の少将の手紙の「ただ今、内裏の御遊びに参るなり」を受けたものと解した。少将が姫君に手紙を書いて参内した頃、北の方は、【五八】で考えていたことを行動に移していた。

二「やさし」は、挿入句。

三 相手が私たちと無縁の人ならばどうにでもできますが、そうではないので、なんとも始末が悪いのです。

四「小帯刀」は、【四】の注一参照。

五「正身」は、姫君をいう。

六「立ちかかる」は、挑みかかる、無理やり関係を持つの意。

七 以下、【四四】参照。

八「くはしき心」は、詮索好きな心の意か。

て、『《蔵人の少将》誰がぞ』と、帯刀に問ひせ九ため給ひければ、隠さで、しかしかと申しければ、『《蔵人の少将》いと一〇清げなるあひ一一婿取り給ひてけりな。あな名立一二たし。人の見聞かむも、いといみじ。これ、な住ませ給ひそ』と、いと恥づかしげにのたまひ一三ける』と、くはしく申し給ひてければ、老い給へるほどよりは、一四爪弾《つまはじ》きをいと力々しうし給ひて、「《中納言》いと言ふ効《かひ》なきことをもしたるかな。かくてをれば、皆人は、子の数と知りたるに、一五六位といへど、蔵人《くら》にだにあらず、一六地下《つち》の帯刀の、歳二十《はたち》ばかり、一七丈は一寸ばかりなり、かかることはし出づべしや。さるべき受領《ずらう》あらば、一八知らず顔にて呉れて遣《や》らむとしつるものを」。北の方、「そが、いとくちをしきこと。おのが思ふやうは、あまねく人知らぬ前《さき》に、一九部屋に込めてまもらせむ。二〇女思ひたれば、出で逢ひなむず。さて、ほど過ぎて、ともかくもし給へ」と申し給へば、「《中納言》いとよかなり。ただ今追[2]ひもて行《い》きて、この北の部屋に込めてよ。二一物

九 「問ひせたむ」は、厳しく問い詰めるの意。
一〇 「清げなる」は、皮肉。
一一 「あひ婿」は、妻同士が姉妹である婿の意。
一二 主従で婿取られたという評判が立つことをいう。
一三 助動詞「けり」があるから、上の発言は、蔵人の少将が三の君に言ったものと解した。
一四 「爪弾き」は、人差し指の爪で、親指を強く弾くこと。立腹、非難、侮蔑などのしぐさ。
一五 下の「かかることはし出づべしや」に係ると解した。「六位といへど」以下は、挿入句。
一六 「地下」は、昇殿を許されない者。蔵人は、六位でも昇殿を許された。
一七 背が低いことの誇張表現。
一八 身分違いは不問にして。
一九 「部屋」は、【五八】の注八参照。
二〇 落窪の君は相手の帯刀のこ

な呉れそ。[二二]しをり殺してよ」と、老い惚《ほ》けて、もののおぼえぬままにのたまへば、北の方、いとうれしと思ひて、[二三]衣《きぬ》高らかに引き上げて、落窪にいまして、[二四]つい居給ひて、「いと言ふ効《かひ》なきわざをなむし給ひたる。子どもの面伏《おもてぶ》せにとて、おとどのいみじく腹立ち給ひて、《中納言》『[二五]こなたに、な住ませそ。疾《と》く[二六]置きたれ。[二七][3]我まもらむ。ただ今、追ひもて来』となむのたまへる。いざ給へ」と言ふに、女、[4]あさましく、わびしう悲しうて、ただ泣きに泣かれて、[二八]いかに聞き給ひたるならむ、いみじとは疎《おろ》かなり。

六二　継母、姫君を引き立てて連れて行く

あこき、惑ひて出でて、「いかなることを聞こし召したるぞ。さらに、し過《あやま》ちさせ給へることおはしまさざめるものを」と申せば、《継母》「いで、[一]このしをさきをかりて、[二]なさ

とを愛しているから。【四四】の姫君の手紙による判断。
二一　何も食べさせるな。
二二　「しをる」は、責めるの意。
二三　衣の裾を高く上げて。足早に行く動作。
二四　北の方は、足早に落窪の間に行って、疲れてすわりこんだのか。
二五　落窪の間をいう。
二六　どこかに閉じ込めてしまえ。
二七　九条家本により、「我まもらんたゝいまおいもてことなん」を補った。
二八　挿入句。
一　底本「しをさきをかりて」未詳。「しをさき」を「潮先」(潮の波頭)と見て、物事の初めの意と解する説もある。文脈から判断すると、ここは、あこきが突然現れたことをいうか。
二　「さくじる」は、さしでがましいまねをするの意。

くじりそ。いかにしたりつることにかあらむ、我には隠し隔て給へど、おとどの、外《と》より聞きてのたまふぞ。すべて、三いと悪《あ》しきも知らぬ主《しゅう》持たりて、四わきばみ思ふ君にまさらせむと思ひ五つる。六ここにのわらは、家の内に[1]、なありそ。七いざ給へ」と、「おとどのたまふことあり」とて、衣《きぬ》の肩を引き立てて立ち給へば、あこき泣くこといみじ。君、はた、さらに、我にもあらず。物も散らしながら、逃ぐる者からむるやうに袖を取らへ、前《さき》に押し立てて[2]おはす。八[3]紫苑《しをん》色の綾の[4]なよよかなる、九白き、また、一〇かの少将の脱ぎ置きし綾の単衣《ひとへ》着て、髪は、一一この頃しも繕《つくろ》ひたれば、いとうつくしげにて、丈に五寸ばかりあまりて、ゆらめき行《い》く後《うし》ろで、いといみじくをかしげなり。

あこき、見送りて、いかにしなし奉り給はむとするにかあらむと思ふに、目くるる心地して、一二足摺りして泣かるる心地を思ひ静めて、うち散らし給へる物ども取りしたたむ。

三「いと悪しきも知らぬ主」は、善悪の判断がまったくつかない主人の意で、姫君のことをいうか。
四「わきばみ思ふ君」は、三の君をいう。「わきばむ」は、特別に大切に思うの意という。
五 下に「おまえのせいだ」の内容の省略があると解した。
六 底本「こゝにのわらは」未詳。あこきのことをいうか。
七 以下は、姫君への発言。
八 北の方からもらった「紫苑色の張綿」のことか。【二三】の注一〇・一一参照。
九 姫君が、【八】で着ていた「白き袷」。
一〇【一九】の注一八参照。
一一 少将が通い始めたこの頃。
一二「足摺り」は、倒れこんで両足をこすり合わせる動作という。激しい嘆き・悲しみの表現。

六三　継母、姫君を部屋に閉じ込める

君は、吾《あれ》にもあらず、おとどの御前《おまへ》に一引き出で来て、二はくりとつい据ゑられて、継母三「からうして。足づから行《い》かずは、四います1まじかりけり」とのたまへば、中納言「はや込め給へ。我は見じ」とのたまへば、また引き立てて込め給ふ。五女の心にもあらずものし給ひけるかな。恐ろしかりけむ気色に、半らは死にけむ。

六樞戸《くるるど》の、七廂《ひさし》二間《ま》ある部屋の、酢・酒・魚《いを》など、まさなくしたる部屋の、ただ八畳一枚《ひら》、口のもとにうち敷きて、継母「わが心を心とする者は、かかる目見るぞよ」とて、いと荒らかに押し入れて、手づから突いさして、九鎖《じやう》強くさして往ぬ。

君、よろづに物の香臭く匂ひたるがわびしければ、いとあさましきには、涙も出でやみにたり。かく一〇罪し給ふこと、

一　北の方が。
二　巻二【七二】の注五には、「はく」という擬声語も見える。
三　下に、「連れて来ました」の内容の省略がある。
四　底本「いますこしかりけり」を「いますまじかりけり」の誤りと解する説に従った。
五　以下、草子地。「女の心」は、女性らしい心の意。北の方のひどいしうちに対する感想と、姫君への同情の表明。
六　「樞戸」は、「樞」（上下につけた突出部を穴にはめ込んで、それを軸に回転させる仕掛け）で開閉する戸。
七　（北の）廂にある、東西二間の部屋か。
八　「畳」は、薄縁（うすべり）。
九　底本「上」。「鎖」は、戸が開かないようにする金具。鍵穴に鍵をさし込んで開ける。
一〇　「罪す」は、罰するの意。

二そのことも聞かず、おぼつかなくあやし。あこきをだに、いかで会はむと思へど、見えず。三いと憂かりけると、身を思ひて、泣く泣くうつ伏し臥したり。

六四　継母、落窪の間を封鎖する

北の方、落窪におはして、「いづら、一櫛の箱のありつるは。あこきといふ、二さくじりをりて、早う取り隠してけり」とのたまふもしるく、三《あこき》「ここに取りて置きて侍り」と言へば、さすがに、え請ひ取らず。《継母》四「こなた、わが開けざらむ限りは開くな」とて、五さし固めておはしぬ。

六しつと思ひて、いつしか、このこと、七典薬助《てんやくのすけ》に語らむと思ひて、八人間《ひとま》を待つ。

二「そそ」を、代名詞「そ」を重ねた表現と解した。それぞれのこと。
三「(わが)身いと憂かりけると思ひて」に同じ内容。

一 姫君が大切にしていた櫛の箱。【七】の注二四参照。
二「さくじる」は、【六二】の注二参照。「さくじり」を名詞と解する説もある。
三 おっしゃると、果たしてそのとおり。
四 この落窪の間は。
五「開く」は、下二段活用の終止形。
六 北の方は、うまくいったと思って。
七【五八】の注一〇参照。
八 人目のない時。

六五　あこき、三の君に救いを求める

あこき、さし出だされて、いみじく悲しければ、なぞや、出でてや往なましと思へど、君のなり果て給はむ様体《やうだい》も見むとて、いかなるさまにておはすらむとゆかしければ、三の君の御もとに、

「ひとへにうち頼み奉る。いともあさましく、知り侍らぬことによりさいなみて、《継母》『まかでね』とのたまへれば、宮仕へをしさし侍りぬることと、いと悲しくなむ。いかで、なほ、いま一たびだに見奉り侍らむ。なほ、上に、よきさまに聞こえさせ給ひて、このたびの勘事《かうじ》許させ給へ。小さくてこそ仕うまつりしか。今は、あかれ、異《こと》になりにて侍れば、この落窪の君の御こと、まほに知り侍らず。いとわびしくなむ、あはれに召し使ひ、仕うまつ

一　北の方から、「家の内に、なありそ」と言われたことをいうと解した。落窪の間から閉め出されてと解する説もある。
二　私の身におぼえがありませんこと。
三　北の方がお叱りになって。
四　三の君へのご奉公。
五　北の方。
六　「せ」は、使役の用法。
七　私は、落窪の君には、小さい頃からお仕え申しあげてきました。
八　しかし、今では、落窪の君のもとを離れ、あなたさまにお仕えするようになっておりますので。

り侍りぬる御手をまかで侍りなば[九]」など、[一〇]よく契[一一]りて、みそかに奉りたれば、三の君、まことと思ひて、あはれにて、母北の方に、「あこきをさへ、何しにさいなむ。使ひつけて侍れば、なきは、いと悪《あ》し。召してむ」とのたまへば、《継母》「あやしく、あひ思ひ奉[一二]りたる童なめり。盗人がましき童にて、[一三]くやつが[一四]よくなさむとてしたるにこそあめれ。落窪は、よに、心とはせむと思はじ。[一五]男心は見えざりつ」とのたまへば、三の君、「なほ、こたびは許し給へ。らうたく[一六]わびおこせて侍りつ」と申し給へば、《継母》[一七]「ともかくも、御《み》心。さて、《三の君》『使ひよし』とはしも、なのたまひそ。いと痴《し》れがまし」と、心行《ゆ》かずのたまへば、[一八]さすがにわづらはしくて、えふとも呼ばで、《三の君》「しばし念ぜよ。今、よく申す」とのたまへり。

九 倒置法。
一〇「よく」は、「言よく」の意。九条家本「ことよく」。
一一「契る」は、ここは、従者として仕えたい旨を伝えるなどの意。
一二「奉る」は、あこきへの敬意の表現で、北の方の皮肉か。
一三 あいつ。あこきをいう。
一四 落窪の君を。
一五「男心」は、男に対する関心の意。
一六「わびおこす」は、許しを乞う手紙をよこすの意。
一七 どうなさるのも、あなたのお心次第です。
一八 北の方の了承は取りつけたもののやはり。

六六　姫君とあこき、ともども嘆く

あこき、思へど思へど、[一]尽きもせず、部屋に籠り給へる君、ただものもおぼえ給はず。

[二]あこき、はた、思ひ寄らぬことなく嘆く。[三]御台をだに参らで込め奉りつる、[四]をこのやつは、よも参らじ、[1]さばかりらうたげなりつる御さまを、[五][六]引き出で奉りつるほどの気色思ひ出づるに、いみじう悲し。[七]わが身、ただ今、人と等しくてもがな、報いせむと思ふ胸走る。[八]君や、夜《よ》さりおはせむとすらむ、いかに思ほさむずらむ。ことしも、亡くなりたらむ人を言はむやうに、ゆゆしう悲しうて、起き臥し泣き[2]焦らるれば、[九]仕う人もやすからず見る。

女君は、ほど経るままに、物臭き部屋に臥して、死なば、少将にまたも言はずなりなむこと、長くのみ言ひ契りしも

一　悲しみが。
二　以下は、あこきの曹司の場面。
三　「御台」は、食べ物を載せる台。転じて、お食事。以下、あこきの心内。
四　底本「おこのやつ」。「烏滸の奴」と見て、北の方への激しい憎しみの言葉と解した。
五　心内から地の文に移る。
六　姫君を落窪の間から引きずり出し申しあげた時の北の方の形相。
七　私は、今すぐにでも、人並みの身になりたい、もし、そうなったら、北の方にしかえしをしてやろうと思うと、胸がどきどきする。
八　少将。以下は、あこきの心内に即した叙述。
九　「仕ぅ人」を、「仕へ人」の転と解した。「つゆ」という名の童女。

のをと、いと悲しく、一〇昨夜《よべ》、物引かへたりしのみ思ひ出でられて、いとあはれなれば、一一いかなる罪を作りて、かかる目を見るらむ、一二継母《ままはは》の憎むは、例のことに、人も語るたぐひありて聞く、おとどの御心さへかかるを、一三いといみじう思ふ。

六七　少将訪れ、あこきに姫君への伝言を頼む

一かの少将、聞[1]きて、いとまばゆく、いかに女君思すらむ、とてもかくても、我ゆゑにかかることを見給ふことと、限りなく嘆く。少将「人間《ひとま》に寄りて、かくなむとも聞こえよ」とて、

少将二「いつしかと参り来《きた》る折、あさましとは世の常に、三夢のやうなることどもを承るに、ものもおぼえでなむ。いかなる心地し給ふらむと思ひやり聞こゆるも、思すらむに

一〇 【五七】参照。
一一 以下、姫君の心内。
一二 継母が継子を憎むのは。
一三 心内から地の文に移る。
一 例の少将が、やって来て、事情を聞いて。場所は、あこきの曹司か。
二 一刻も早くお逢いしたいと思って。以下、姫君への伝言。
三 夢のような、信じられないこと。

もまさりてなむ。対面は、いかでかあらむとすると、いとわびしくなむ」

とのたまへり。

六八　あこき、姫君に、少将の伝言を伝える

あこき、一鳴る衣《きぬ》どもを脱ぎ置きて、二袴引き上げて、三下《しも》廂《びさし》より巡りて行く。人も寝静まりにければ、四「や」《あこき》と、みそかに寄りて、打ち叩く。五音もし給はず。「御《あこき》殿籠りにけるか。あこきに侍り」と言ふ、ほのかに聞こゆれば、君、やをら寄りて、「いかに《姫君》来《きた》るぞ」と、泣く泣く、「いみじうこそあれ。いかなることにて、かくはし給ふにかあらむ」とも言ひやり給はで、泣き給へば、あこき、泣く泣く、「今朝よりこの部屋のあたりを駆けづり侍れど、七えなむ候はざりつるは。六いみじくも候ひつるものかな。しかしかの

一　衣擦れの音を立てる衣。
二　袴の裾をたくし上げて。
三　「下廂」は、中納言や北の方の居所から遠い廂の間（ま）か。姫君が閉じ込められた部屋と同じく、北の廂にあるのだろうが、あこきの曹司からは遠まわりになるらしい。
四　「や」は、呼びかけの言葉。
五　姫君は。
六　「いみじくも候ひつるものかな」を、姫君の「いみじうこそあれ」に応じた言葉と解した。
七　「しかしか」の内容は、姫君と帯刀が通じているということ。【六二】参照。

こと言ひ出でたるなりけり」と申せば、いとど泣きまさり給ふ。「《あこき》少将の君おはしたり。かくなむと聞かせ給ひて、ただ泣きに泣き給ふ。八かうかうなむ侍りつる」と申せば、いとあはれと思して、「《姫君》さらにものもおぼえぬほどにて、え聞こえず。九対面は、

一〇消え返りあるにもあらぬわが身にて君をまた見むこと
　難きかな

一一と聞こえよ。いみじう臭き物どもの並び居たる、いみじう一二みたしく苦しうなむ。一三生きたれば、かかる目も見るなりけり」とて、泣き給ふとは世の常なりけり。一四あこきが心地も、ただ思ひやるべし。一五人や驚かむ。一六みそかに帰りぬ。

六九　あこき、ふたたび、少将の伝言を伝える

一聞こゆれば、少将、いと悲しく、思ひまさりて、いとい

八　【六七】の少将の伝言をいう。
九　少将の伝言の「対面は、いかでかあらむとする」に対して、歌で答える。
一〇　参考、「消え返りあるかなきかのわが身かなうらみて返る道芝の露」（小大君集）。
一一　以下は、あこきへの発言。
一二　底本「みたしく」は、不快感を表すような語だろうが、未詳。
一三　死んでしまいたいという気持ちでの発言。
一四　草子地。
一五　あこきの心内に即した叙述か。「驚かむ」の下に「と」を補って、あこきの心内と解する説もある。九条家本「おとろかんと」。
一六　あこきの曹司へか。
一　あこきが、少将に、姫君からの伝言をお伝え申しあげると。

たう泣かるれば、直衣の袖を顔に押し当てて居給へれば[1]、あこき、いみじと思ふ。しばしためらひて、「なほ[二]、いま一たび聞こえよ。あが君や[三]、さらにえ聞こえぬものになむ。

[四]逢ふことの難くなりぬと聞く宵は明日を待つべき心こそせね

[五]かうは思ひ聞こえじ」とのたまへば、また参る道に、心に[六]もあらず[七]物の鳴りければ、北の方、ふと驚きて、「この部屋の方に物の足音のするは、なぞ」と言へば、あこき[八]、泣く泣く、「疾《と》くまかりなむ」と申せば、女君、

[九]「ここにも、

[一〇]短しと人の心を疑ひしわが心こそまづは消えけれ」

とのたまふも、え聞きあへず。

あこき[一一]「しかしか、驚きてのたまへれば、よろづもえ承らずなりぬ」と言へば、少将、ただ[2]今も這ひ入りて、北の方を打ち殺さばやと思ふ。

二　あこきへの発言。
三　以下、姫君への伝言。
四　「明日を待つべき心こそせね」は、生きて明日を迎えることができそうな気持ちがしないの意。底本「心」を「心ち」の誤りと解する説もある。
五　こんな不吉なことはお思い申しあげますまい。
六　不本意ながら。不覚にも。
七　北の方の次の発言によれば、足音を立てたことをいう。
八　あこきは、すでに、少将からの伝言は伝えてある。
九　少将への伝言。
一〇　「短し」は、すぐに心変わりすることをいう。
一一　「しかしか」の内容は、目を覚ました北の方の発言をいう。以下は、あこきが少将のもとに戻った場面。場所は、あこきの曹司か。

七〇　翌朝、少将、姫君の救出を決意して帰る

誰も嘆き明かして、明けぬれば、出で給ふとて、[少将][一]「率て出で奉らむ折を告げよ。いかに苦しう思すらむ」と、疎《おろ》かならず言ひ置きて出で給ひぬ。帯刀、かく[二]まばゆきことを、おとども聞き給ふらむに、ここにあらむことも便《びん》なければ、[三]御車の後《しり》に乗りて往ぬ。

七一　あこき、姫君に手紙と食事を渡す

あこき、いかで[一]物参らむ、いかに御心地悪《あ》しからむと思ひまはして、[二]強飯《こはひ》をさりげなく構へて、いかでと思へど、せむ方なければ、この語らふ[三]小さき子に、[あこき][1]「かの君の、かくておはしますをば、いかが思す。いとほしう思すや」と

一　姫君を連れ出し申しあげることのできる機会があったら知らせてくれ。
二　きまりの悪いこと。自分と姫君が通じたと疑われたことが今回の騒動の原因になったために、帯刀は中納言邸にいられなくて帰る。
三　「車の後」は、車の屋形の後部。牛車は前部が上席。
一　食べ物をさしあげたい。
二　「強飯」は、米を甑（こしき）で蒸した飯。「こはひ」は、「こはいひ」の転。
三　三郎君。三郎君は、姫君から琴を習っていた。【二】参照。
四　「これ」と「御文」を同格の表現と解した。「この」の誤りと解する説もある。九条家本「この」。
五　「あやにくに」は、だだをこねる感じでの意。下の「言へば」に係る。

言へば、「《三郎君》いかがは」と言ふ。「《あこき》さらば、人に気色見せで、四これ、御文奉るわざし給へ」と言へば、「《三郎君》いで」とて取りて、五あやにくに、かの部屋に行きて、「六これ開《あ》けむ、開けむ。いかで、いかで」と言へば、北の方、いみじくさいなみて、「何しに開《あ》くべきぞ」とのたまへば、「《三郎君》杳《くつ》を、七これに置きて、取らむ」とののしりて、八打ちこほめかしてののしれば、おとど、九乙子《おとご》にて愛《かな》しうし給へば、「《中納言》一〇おごり歩《あり》かむと思ふにこそあらめ。早う開《あ》け一一させ給へ」とのたまへど、いみじくのたまひて、「《継母》いましばしありて、開《あ》けむついでに」とのたまふに、一二おそばへて、「《三郎君》吾《あれ》押し毀《こほ》ちてむ」と一三腹立ちののしれば、おとど、手づから、いまして開《あ》けて、入り給へれば、杳《くつ》[2]も取らで、つい屈《かが》まりて、さし取らせて、「あやし。なかりける」とて出でぬれば、「《継母》一四まさにさかしきことせむや」とて、走り、打ち給ふ。

かの文を、狭間《はさま》より一五日の光の当たりたるより見れば、[3]あ

六 底本「これあけむ〳〵」。
七 「これに置きて」を、挿入句と解した。
八 戸を叩いて、ごとごとと音を立てて。「こほめかす」は、「こほ」と音を立てるの意。
九 「乙子」は、末っ子の意。
一〇 杳を履いて得意そうに歩きまわろうと思っているのだろう。
一一 「させ給へ」を二重敬語と解した。
一二 「おそばふ」は、ふざける、調子に乗るの意。
一三 わざわざ来て戸を開けた中納言は、居所に戻った。「(三郎君を) 入れ給へれば」の誤りと解する説もある。
一四 「まさに…むや」は、反語表現。「さかしきこと」は、気のきいたことの意で、中納言の言った「おごり歩かむ」とすることをいうか。何が魂胆があったのだろうという気持ちか。
一五 「日」は、底本「火」。

こきが、よろづのこと書きて、[一六]はかなきさまにしておこせたるなりけり。されども、物食はむともおぼえで置きつ。

七二　継母、典薬助を語らう

北の方、[一]さすがに、日に一たび物食はせむ、[二]物縫ひによりて、命は殺さじと思ひて、典薬助《てんやくのすけ》[三]を日々に呼びて、[四]「かうかうなむ。[五]しかしかのことあれば、込め置きたるを、さる心思ひ給へ」と語らひ給へば、いともいともうれし、いみじと思ひて、口は耳もとまで[六]笑み設《ま》けて居たり。「夜《よ》さり、かの居たる部屋へおはせ」など契り頼め給ふに、人来れば、去りぬ。

七三　少将から手紙が届く

一六　強飯を目立たないように包んで。
一　【六一】の、中納言の「物な呉れそ」の発言を受ける。
二　縫い物の仕事があるのだから、殺しはすまい。
三　底本「日ゝに」未詳。「人間(ひとま)に」の誤りと解する説もある。【六四】に、「典薬助に語らむと思ひて、人間を待つ」とあるので、仮に、そう訳した。
四　「かうかう」の内容は、典薬助と姫君を結婚させようということをいう。【五八】参照。
五　「しかしか」の内容は、姫君と帯刀が通じているということ。【六二】参照。
六　「笑み設く」は、笑みを浮かべるの意。「笑み曲ぐ」と解する説もある。

あこきがもとに、少将の御文あり。

「いかに。その部屋は開《あ》くやと、いみじくなむ。なほ、便宜《びんぎ》あらば、告げられよ。さりぬべくは、必ず必ず奉り[一]給ひて。御返りあらば、慰むべき。いとあはれなることを思ふに」

とあり。

[二]正身《さうじみ》に、疎《おろ》かならずいみじきことを書き給ひて、

少将「いと心細げなりし御[三]消息《せうそこ》を思ひ出づるに、いとわりなくなむ。

　命だにあらばと頼む逢ふことを絶えぬと言ふぞいと心憂き

わが君、心強く思[四]し慰め。[五]もろともだに込めなむ」

と書き給へり。

帯刀も、

「さらに、このことを思ふに、心地もいと悪《あ》しくてなむ

一　私の手紙を。

二　姫君本人。

三　「消息」は、【六八】の注一〇の歌を含む、姫君の少将への伝言をいうのだろう。【六九】の注一〇の歌を含む伝言は、あこきが最後まで聞くことができなかった。

四　連用形で言いさしたものか。四段動詞の命令形か。九条家本「おほしなくさめよ」。

五　「もろとも」は、「もろともに」の誤りか。

臥して侍る。いかに思ほすらむと、[1]傍らいたくいとほしきに、[六]法師《ほうし》にもなりぬべくなむ」

と書きておこせたり。

あこき、[七]御返り、

「[八]かしこまりてなむ。[九]いかでか御覧ぜさせ侍らむ。戸はいまだ開《あ》き侍らず。さらに、[一〇]いと難くなむ。いかにし侍らむ。[一一]御文も、いかでか御覧ぜさせ侍らむとすらむ。[一二]御返りは、これよりも聞こえさせ侍らむ」

と聞こゆ。帯刀がもとにも、同じさまに、いみじきことをなむ言へりける。
[一三]二の巻にぞことごともあべかめるとぞある。

六 「法師」の字音として、「ほうし」を認めた。→［補注14］
七 少将へのお返事。
八 お手紙をいただいて恐縮しております。返事の起筆の慣用表現。
九 少将殿のお手紙を、姫君に。
一〇 「固く」と解する説もある。
一一 姫君からのお返事。
一二 私が、ご伝言として。姫君は返事を書くことができない状況だから、今後は、伝言でということ。少将の「御返りあらば、慰むべき」に応じたもの。
一三 この物語は、さらに続くということで、物語の巻末の常套的な表現。『うつほ物語』の「俊蔭」の巻の巻末に「次々にぞ」、「国譲・中」の巻の巻末に「残りは、次々にあるべしとぞ」などともある。

巻二

一　少将と帯刀、姫君を連れ出す相談をする

あこき、いかで[一]この御文奉らむと、握り持ちて思ひありくに、さらに[二]部屋の戸開《あ》かず、わびしと[三]。

少将と[1]帯刀とは、ただ盗み出でむたばかりをし給ふ。我ゆゑにかかる目も見るぞと思ふに、いとどあはれにて、〔少将〕「いかで、[四]これ盗み、後に、[五]北の方に、心惑はするばかりに、ねたき目[2]見せむ」と思ひ言ふほど、執念《しふね》く、心深くなむおはしける。

一　巻一【七三】で、少将から姫君に贈られた手紙。
二　巻一【六三】で、姫君が閉じ込められた部屋。この「戸」は、その部屋の「樞戸」（巻一【六三】の注六）か、【三】の注五に見える「遣戸」か。
三　下に、「思ふ」などの省略がある。九条家本「とおもふ」。
四　姫君。
五　中納言の北の方。継母。

二　姫君に、交野の少将から手紙が贈られる

[一]かの語らひせし少納言、交野《かたの》の少将の文持て来たるに、かくも籠りたれば、あさましく、[二]くちをしうあはれにて、あこきと、《少納言》「いかに思すらむ。など、[三]かかる世ならむ」とうち語らひて、[四]忍びて泣く。

三　継母、姫君に、笛の袋を縫わせる

日の暮るるままに、いかで[一]奉らむと思ふ。

[二]少将の[三]笛の袋縫[1]はするに、取り触れむ方のおぼえぬままに、とみに手も触れぬ[四]後《あと》に、北の方、部屋の[五]遣戸《やりど》を開けて入りおはして、「これ、[六]ただ今の、縫ひ給へ」と言へば、《姫君》「心地なむ、いと悪しき」とて臥したれば、《継母》「これ縫ひ給は

一　あの親しく話をした少納言。巻一【五三】～【五五】参照。
二　姫君に手紙を渡せないことが「くちをしく」、姫君が部屋に閉じ込められていることが「あはれにて」。
三　「世」は、姫君の境遇の意。
四　継母に気づかれないための配慮。

一　あこきが少将の手紙を姫君に。
二　蔵人の少将。三の君の夫。
三　蔵人の少将は、巻一【四九】で、賀茂の臨時の祭りの舞人に任命された。横笛は、それに必要な物か。
四　底本「あと」を、「ほど」の誤りと見る説もある。九条家本「ほと」。
五　巻一【六三】の注六には、「樞戸」とあった。これ以降、この部屋の戸は、すべて遣戸とあって、樞戸の存在は確認でき

ずは、七下部屋《しもべや》に遣《や》りて込め奉らむ。かやうのことを申さむとて、八ここには置き奉りたるにこそあれ」と言へば、まことにさもしてむとわびしくて、吾《あれ》にもあらず、苦しけれど、起き上りて縫ふ。

四　姫君、少将の手紙に返事を書く

あこき、部屋の戸開きたりと見て、一例の、三郎君呼びて、「いとうれしくのたまひしかばなむ。二これ、北の方の見給はざらむ間《ま》に三奉り給へ。ゆめゆめ四気色見え奉り給ふな」と言へば、「よかなり」とて取りつ。

行《い》きて、傍らに居て、笛取りて見など遊び居て、五衣《きぬ》の下に六さし入れつ。

いかで見むと思ふに、袋縫ひ果てて、七見せに持て行《い》きたるほどに、からうして見て、あはれと思ふこと限りなし。

ない。「樞戸」は母屋側、「遣戸」は簀子側にあると解する説もある。
六　「ただ今の物なり」の省略で、挿入句と解した。
七　下女たちの部屋。寝殿とは、別にある。さらに劣悪な部屋。
八　この部屋。

一　巻二【七二】でも、少将の手紙を三郎君に頼んで渡してもらった。二度目でも、「例の」という。
二　下に、「またお願いします」の内容の省略がある。
三　姫君に。
四　見られ申しあげなさるな。「奉る」は北の方、「給ふ」は三郎君に対する敬意の表現。
五　姫君の衣。
六　少将の手紙を。
七　継母が、蔵人の少将に、縫い終えた笛の袋を見せるために。

硯・筆もなかりければ、あるままに、針の先して、ただ、
かく書きたり。
[八]「《姫君》人知れず思ふ心も言はでさは露とはかなく消えぬべき
　かな
　と思ひ給ふるこそ[九]」

とて[一〇]見たり。

北の方いまして、「ありつる袋は、いとよく縫ひたり。『遣戸《やりど》開けたり』とて、[一一]おとどさいなむ」とて、[一二]引き立てて[一三]鎖《じやう》ささむとすれば、「《女君》いかで、[一四]『あなたに侍りし[一五]箱取りて』と、あこきに告げ侍らむ」と言へば、立てさして、「《継母》『あの櫛の箱得む』とあめり」とのたまへば、[一六]惑ひ持て来て、さし入るる手に[一七]入れたれば、[一八]引き隠して立ちぬ。

「《あこき》からうして、御笛の袋縫はせ奉り給ふとて開け給へる[一九]ままになむ」

と言ふ。少将、いとどあはれと思へること限りなし。

八　「露」と「消ゆ」は縁語。
九　下に、「つらけれ」「心憂けれ」などの省略がある。
一〇　少将に渡すすべがなく、手紙を持ったまま見ている。底本「みたり」を「もたり」の誤りと解する説もある。九条家本「もたり」。
一一　中納言。
一二　遣戸を閉めて。
一三　「鎖」は、巻一【六三】の注九参照。
一四　落窪の間。
一五　姫君が大切にしていた櫛の箱。巻一【七】の注二四参照。継母に奪われそうだったのを、あこきが守った。巻一【六四】参照。
一六　あこきが。
一七　姫君が少将への手紙を。
一八　あこきがその手紙を。
一九　底本「まゝ」を「ま」の誤りと見る説もある。九条家本「ま」。

五　あこき、典薬助のことを知る

暮れぬれば、典薬助《てんやくのすけ》、いつしかと[一]心化粧《げさう》し歩《あり》きて、あこきが居たる所に寄りて、いと[二]心づきなげに笑みて、「あこきは、今は、翁を思ひ給は[三]むずらむな」と言へば、あこき、いとむくつけく思ひて、「などか、さあるべき」と言へば、典薬助「落窪の君を、おのれに賜へれば。[四][五]この御方の人にはあらずや」と言ふに、驚き惑ひて、ゆゆしく思ふに、涙も包みあへず出づれど、つれなくもてなして、あこき[六]「男君おはせずと、つれづれなりつるに、頼もしの御ことや。さても、[七]おとどの許し聞こえ給へるか、北の方のたまふか」と言へば、典薬助「おとどの君も恵み給ふ。[八]あが北の方は、ましてと、いとうれしと思へり。あこき、よろづのことよりも、いかさまにせむ、いかで、かくとだに[九]告げ奉らむと思ふに、静心

一　「心化粧」は、これから起こることへの緊張感からそわそわしたり心をときめかしたりすること。
二　「心づきなげなり」は、あこきの心内に即した表現。
三　助動詞「むずらむ」は、現在の事実から確実に予想される近い将来の推量の表現。
四　下に省略があると判断した。
五　落窪の君に仕える人（童）。
六　夫君。婿君。
七　中納言。
八　私の大切な北の方（継母）。「あが」は、親愛の情を表す。
九　姫君に。

なくて、「《あこき》さて、いつか」と言へば、「《典薬助》今宵ぞかし」と言へば、「《あこき》今日は御忌日《きにち》[一〇]なるを。何か[一一]疑ひあらむ」と言へば、「《典薬助》されど、[一二]人持給へるなれば、[一三]危ふし、疾《と》くなむ」と言ひて立ちぬ。

あこき、わびしきこと限りなし。

六　あこき、姫君に典薬助のことを知らせる

北の方、[一]殿の御台参るほどに、[二]這ひ寄りて、打ち叩く。「《姫君》誰《た》ぞ」と言へば、「《あこき》かうかうのこと侍るなり。さる用意せさせ給ひて。『御忌日』となむ申しつる。いみじくこそ侍れ。いかがせさせ給はむ」と、[三]え言ひやらで立ちぬ。

女君、聞くに、胸つぶれて、[四]さらにせむ方なし。さきざき思ひつることと、ものにもあらずおぼえてわびしきに、[1]逃げ隠るべき方はなし、いかでただ今死なむと思ひ入るに、

一〇「忌日」は、命日か。命日ならば、亡き実母の命日だろう。物忌みをする日の意で、生理日をいうと解する説もある。
一一 嘘ではありませんよ。
一二 通っている人。典薬助は、継母から、姫君を部屋に閉じ込めた理由を聞いていた。巻一【七二】参照。
一三「危ふし」は、挿入句。

一 中納言のお食事の世話をしてさしあげている間に。
二 あこきは、姫君が閉じ込められている部屋にそっと近寄って。
三 それ以上言葉を続けることができずに。
四 あこきの「いかがせさせ給はむ」の発言に対して、姫君の心内に即した表現。

1「夕惑ひ」は、老人などが夜になるとすぐに眠たがること。

胸痛ければ、押さへて、うつ伏し臥して泣くこといみじ。

七　継母、典薬助を姫君のもとに導く

火など灯《とも》してければ、おとどは、[一]夕惑ひし給ひて、臥し給ひぬ。

北の方は、かの典薬助のことにより、[二]起きまして、部屋の戸引き開けて見給ふに、うつ伏し臥して、いみじく泣く。[三]いといたく病《や》む。「《継母》など、かくは[四]のたまふぞ」と言へば、「《姫君》胸の痛く侍ればと、[五]息の下に言ふ。「《継母》あないとほし。[六]物の罪かとも。典薬のぬし、薬師《くすし》なり。[七]搔い探らせ給へ」と言ふに、たぐひなく憎し。「《女君》何か。[八]風邪にこそ侍らめ。薬師《くすし》要《い》るべき心地し侍らず」と言へば、「《継母》さりとも、胸は、恐ろしきものを」と言ふほどに、典薬来《[1]きた》れば、「《継母》こちいませ」と呼び給へば、ふと寄りたり。

二　北の方（継母）も、「夕惑ひ」する中納言につき添って、いったんは一緒に寝たらしい。「ます」は、尊敬の補助動詞。
三　「いといたく病む」を、北の方（継母）の発言に含める説もあるが、敬語がないので、「いみじく泣く」とともに、地の文と解する説に従った。
四　「のたまふ」は、ここは、姫君が泣いていることをいうか。
五　「息の下」は、息の音よりも声のほうが小さいさまをいう。息の音によって消されて聞こえるか聞こえないかのようなかすかな声の状態である。
六　何かの罰が当たったのかもしれませんね。帯刀をひそかに通わせたではないかという皮肉。
七　「搔い探る」は、胸もとをさわるの意。
八　四時の気が人に当たって起こると考えられた病気の総称。現在の風邪よりも広くいう。

継母九「ここに、胸病《や》み給ふめり。物の罪かと。掻い探り、薬などども参らせ給へ」とて、やがて預けて立ちぬれば、典薬助「薬師なり。御病も、ふとやめ奉りて。今宵よりは、一〇一向《いかう》にあひ頼み給へ」とて、胸掻い探りて、手触るれば、女、おどろおどろしう泣き惑ふと、一一言ひ制すべき人もなし。こしらへかねて、せめてわびしき[2]ままに思ひて、泣く泣く、姫君「いと頼もしきことなれど、ただ今、さらに、ものなむおぼえぬ」といらふれば、典薬助一二「さや。一三などてか思すらむ。今は、御代はりに、翁こそ病まめ」とて、抱《かか》へてをり。

北の方は、典薬ありと思ひ頼みて、例のやうに一四鎖《じやう》などもさし固めで寝にけり。

八　あこき、典薬助に焼石を所望する

あこき、典薬や入りぬらむと惑ひ来て見るに、遣戸《やりど》、一細

九　こちらの方が。
一〇　「一向に」は、一つの方向に関心を向けるさまをいう副詞。
一一　「と」は、逆説仮定条件の接続助詞か。「泣き惑へど」の誤りと解する説もある。
一二　姫君の「いと頼もしき」に応じた言葉と解した。
一三　姫君の「ただ今、さらに、ものなむおぼえぬ」に応じた言葉。
一四　底本「上」。
一　「細め」は、動詞「細む」の連用形の転成名詞で、戸や障子を細く開けた状態をいう。

めに開きたり。胸つぶるるものから、うれしくて、[一]引き開けて入りたれば、典薬屈まりをり。入りにけりと、[二]心地もなくて、「《あこき》今日は御忌日と申しつるものを、心憂くも入り給ひにけるかな」と言へば、「《典薬助》何か。[三]近々しくあらばこそあらめ。『御胸[四]まじなへ』と、[五]上の[六]預け奉り給ひつなり」とて、まだ[七]装束《さうぞく》も解かでをり。

君は、いといたう悩み給ふに添へて、泣き給ふこと限りなし。あこき、[八]取り分きて、などしも、ものを、かくいみじく思して、かかるは、いかなるべきにかと思ひて、心細く悲し。

「《あこき》御[九]焼石《やきいし》当てさせ給はむとや」と聞こゆれば、「《姫君》よかなり」とのたまへば、あこき、典薬に、「ぬしをこそ、今は頼み聞こえめ。御焼石求めて奉り給へ。皆人も寝静まりて、あこきが言はむに、よも取らせじ。これにてこそ、[一〇]心ざしありなし、見え始め給はめ」と言へば、典薬、うち笑ひて、

二　気が気でなくて。
三　「近々し」は、ここは、男女が親しい関係にあるさま、男女の関係になることをいう。
四　「まじなふ」は、加持祈禱によって病いや災いを除くことをいうが、広く、治療して直すことにもいうらしい。
五　中納言の北の方。継母。
六　人を介して依頼されたという口振りか。底本「給つなり」を「給ひつるなり」の誤りと解する説もある。
七　装束の帯紐も解かずにいる。あこきは、典薬助の発言がほんとうだとわかる。
八　「取り分きて」は、下の「思して」に係ると解した。
九　「焼石」は、焼いて暖めた石を布などにくるんだ物。体を温めて治療するのに用いる。
一〇　姫君への愛情。

「さなり。残りの齢《よはひ》少なくとも、一筋に頼み給はば、仕うまつらむ。一一岩山をもと思へば、まして、焼石は、いとやすし。一二思ひに[2]さし焼きてむ」と言へば、「同《あこき》じくは、疾《と》く」と責め一三られて、一四[3]そゑに逃げむやは、一五入り立ちたるやうなれば、いとやすし、心ざし・情けを見えむとて、石求めむとて立ちぬ。

九　典薬助、姫君が嘆く間に焼石を持って来る

あこき、「この年ごろ、いみじく侍りつることのなかに、わびしくもいみじくも侍るかな。いかがせさせ給はむずる。何の罪にて、かかる目を見給ふらむ。さても、一何の身にならむとて、かかるわざをし給ふらむ」と言へば、君、「さらになむ、ものもおぼえぬ。今まで死なぬことの心憂き」と、「心地は、いと悪《あ》し。この翁の近づき来るになむ、い

一一「岩山をも」を、『列子』湯問の「愚公移山」の故事による表現と解する説もある。
一二「思ひ」の「ひ」に「火」を掛けた表現。
一三「らる」は受身の助動詞で、動作主体が変わる。
一四 底本「そいに」を、「そゑに」の誤りと解してみた。巻一【一八】の注七参照。以下、「見えむ」まで、典薬助の心内。
一五「入り立つ」は、親しくなるの意。
一 北の方（継母）は死後にどんな身に生まれ変わろうとして。転成の思想による。
二 私を部屋のなかに入れたまま、その遣戸の鎖をさして。
三 今日のところは、やはり典薬助の機嫌を取っておきなさいませ。
四 助けを期待できる人。
五「立て込む」は、閉めきる

とわびしき。その遣戸《やりど》[二]掛け込めて、な入れそ」とのたまへば、「さて、腹立ちなむ。[三]なほなごめさせおはしませ。[四]頼む方のあらばこそ、[五]今宵は立て込めて、明日は、[六]その人に言はむとも思ひ侍らめ。少将の君嘆きわび給へども、[七]いかでかは。ただ今、あたりにだに[八]思し寄らむこと、難くなむ。[九]御心のうちも、仏神を念ぜさせ給へ」と言へば、君、[一〇]げに、頼む方なく、[一一]はらからとても、[一二]あひ思ひたることなし、はしたなげにのみあれば、その人と言ふべきこともおぼえず、いみじう悲しくて、ただ頼むこと[一三]とは、涙とあこきとぞ、[一四]心にかなひたるものにて、さらにここに今宵は[一五]あれば、[一六]誰も誰も泣くほどに、翁、焼石包みて持て来たるを、[一七]わびて、[一八]手づから取る心地、恐ろしうわびしくおぼゆ。

の意。
六　その人に相談しよう。
七　どうして頼りになるでしょうか、頼りにはならないでしょう。
八　「思し寄る」は、姫君がこんな状態になっていることを想像して近寄るの意の主体敬語。
九　私と一緒に。
一〇　あこきの言うとおり。
一一　北の方（継母）腹の兄弟姉妹。
一二　挿入句。
一三　底本「とは」。九条家本「とては」。
一四　自分の心がわかってくれるもの。
一五　あこきが。
一六　姫君もあこきも二人とも。
一七　どうせ焼石を持っては来られないだろうという期待を裏切ったために、困って。
一八　姫君自身が取るのは、典薬助の機嫌を取ることの一つ。

一〇　典薬助、姫君に添い寝をする

翁、装束《さうぞく》解きて臥して、掻き寄すれば、女、「《姫君》あが君、かく、なし給ひそ。いみじく痛きほどは、起きて押さへたるなむ、少し休まる心地する。後《のち》を思さば、今宵は、[一]ただに臥し給へれ」と言ふ。いとわびしくて、いたう病《や》む。あこき、「今宵ばかりにてこそあれ。[二]御忌日なれば、なほただ臥し給へれ」と言へば、[三]さもあることとや思ひけむ、「《典薬助》さらば、これに寄り懸かり給へ」とて、前に寄り臥せば、わびし。[四]押し懸かりて泣き居たり。あこきも、[五]居て、憎けれど、うれしき翁の徳に、御あたりに今宵参りたることと思ふ。ほどなく寝入りて、[六]くつち臥せり。女、少将の君のけはひ思ひ合はせられて、いとどあいなく憎し。あこき、[七]いかにして出でなむのたばかりをす。

一　ただ何もせずに。
二　この日一日だけの「忌日」のようだから、この「忌日」は、命日か。【五】の注一〇参照。
三　それももっともなことだと思ったのだろうか。挿入句。
四　「押し懸かる」は、もたれかかるの意。
五　同じ所にすわって。底本「ゐて」を副詞「いと」の誤りと解する説もある。
六　「くつつ」は、いびきをかくの意。『新撰字鏡』「鼾　久豆知又　伊比支」。ただし、動詞の例はほかに見えないという。
七　姫君と一緒にこの屋敷を出よう。

翁のうち驚く時は、いとどいたく苦しがり病み給へば、典薬助「あないとほし。[八]翁の侍る夜しもかう病み給ふがわびしさ」とては、また寝入りぬ。

一一　夜が明けて、典薬助帰る

明けぬれば、いとうれしと、[一]誰も誰も思ふ。翁を突き驚かして、あこき「いと明かくなりぬ。出で給ひね。しばしは、[二]人に知らせじ。[三]長く思ひ給はば、[四]のたまはむことに従ひ給へ」と言へば、典薬助「さかし。我も、さ思ふ」とて、眠《ねぶ》たかりければ、[五]目くそ閉ぢ合ひたる払ひ開けて、[六]腰はうち屈まりて、出でて往ぬ。

八　私がおそばにおります夜に限って。

一　姫君もあこきも二人とも。
二　昨夜のことは。結局、男女の関係にならなかったこと。「人」は、特に、北の方（継母）を意識していう。
三　姫君のことを末長くお思いになるならば。
四　「しばしは、人に知らせじ」というのは、姫君のお考えでもあるという気持ちでの発言。
五　目脂がふさいで合わさっている目を手でぬぐって開けて。
六　姫君をもたれかけさせて身動きできずに寝ていた典薬助は、まだ腰が伸びずにいる。

一二　姫君、少将からの手紙に返事を書く

あこき、遣戸《やりど》引き立てて、ここにありけりと[一]見え奉らじと思ひて、急ぎて曹司[二]に行《い》きたれば、帯刀が文あり。見れば、

帯刀[三]「からうして参りたりしかど、御門《みかど》さして、さらに開けざりしかば、わびしくてなむ帰りまうで来にしや。疎《おろ》[四]かにぞ思すらむ。少将の君の思したる気色を見侍るに、[五]心の暇《いとま》なくなむ。これは、御文[六]なり。いかで、夜《よ》さりだに参らむ」

と言へり。

[七]御文奉らむよき隙《ひま》なりと、急ぎ行《い》きて見れば、北の方、部屋さし給ふ。あなくちをしと思ひて帰る道に、典薬行き会ひて、[八]文呉れたるを取りて、走り帰りて、北の方に、

一　北の方に。
二　自分の曹司。
三　巻一【七〇】に、「ここにあらむことも便なければ」とあった。姫君の少将への手紙を帯刀が落としたことが、姫君が部屋に閉じ込められる原因になった。
四　昨夜顔を見せなかったことで。
五　心の休まる間（ま）。
六　少将殿からのお手紙。
七　あこきは、北の方（継母）がまだ起きてきていないと思っていた。
八　後朝の文のつもりである。
九　北の方は、後朝の文だと思って、男女の関係になったと考えて満足する。
一〇　姫君の気分、容態。
一一　底本「心ち」を「戸口」の誤りと解する説に従った。

「[あこき]ここに、典薬のぬしの文あり。いかで奉らむ」と言へば、北の方、うち笑みて[九]、「心地問ひ給へるか[一〇]。いとよし。まめやかにあひ思ひたるぞよき」とて、さし固めし戸口[一一]を引き開けければ、いとをかしうて、少将の君の文取り添へてさし入れたり。

少将の君の文見給へば、

「いかが。日の重なる[一二]ままに、いみじくなむ。

君[一三]が上思ひやりつつ嘆くとは濡るる袖こそまづは知りけれ

いかにすべき世[一四]にかあらむ」

とあり。女、いとあはれと思ふこと限りなし。

「[姫君]思しやるだに[一五]、さあんなり。

嘆く[一六]こと隙《ひま》なく落つる涙川うき身ながらもあるぞ悲しき」

と書きて[一七]、翁の文見むことのゆゆしうて、「[姫君]あこき、返り[一八]

一二　少将が姫君と逢えないまま二晩過ぎた。
一三　「濡るる袖こそまづは知りけれ」は、あなたと一緒に泣きたいが、それができずに、真っ先に袖が知ることになったの意。
一四　「世」は、二人の仲の意。
一五　私のことを遠く離れて思ってくださるあなたでさえ、そうなのですね。ですから、まして、私は。歌に続く。
一六　「隙なく」は、「嘆くこと隙なく」と「隙なく落つる」の両意を含む。「うき」に、「浮き」と「憂き」を掛ける。
一七　【四】では、針で返事を書いていた。典薬助への返事を書くために、北の方が筆や硯を与えたのか。それとも、ここも、針で書いたのか。【四】で取り寄せた櫛の箱に筆や硯が入っていたと解する説もある。
一八　私に代わって、典薬助への返事を書いてください。

言《こと》せよ」と書き[一九]つけてさし出でたれば、ふと取りて立ちぬ。

一三　あこき、典薬助からの手紙に返事を書く

あこき、翁の文を見れば、

典薬助「いともいともいとほしく。夜《よ》一夜《ひとよ》悩ませ給ひけることをなむ、翁のものの悪《あ》しき心地し侍る。あが君あが君、夜《よ》さりだに、[一]うれしき、見せ給へ。御あたりにだに近く候はば、命延びて、心地も若くなり侍りぬべし。あが君あが君。

[二]老い木ぞと人は見るともいかでなほ花咲き出でて君にみなれむ

なほなほ、な憎ませ給ひそ」

と言へり。あこき、いとあいなしと思ふ思ふ書く。

あこき[三]「いと悩ましくせさせ給ひて、御みづからは、え聞こえ

一九　書いた少将への手紙を添えての意か。

一　底本「うれしき」。底本のまま、「うれしき目」の意で解した。九条家本「うれしきめ」。

二　「みなれ」に、「実成（れ）」と「見馴れ」を掛ける。「花咲き出づ」は、若返ることをたとえる。「花」「実」は縁語。

三　以下、姫君に代わっての代筆であることの断り。

給はず。

[四]枯れ果てて今は限りの老い木にはいつかうれしき花は
　咲くべき」

と書きて、腹立ちやせむと恐ろしけれど、[五]おぼゆるままに取らせたれば、翁、[六]うち笑《ゑ》みて取りつ。

[七]帯刀御返り言書く、

あこき「昨夜《よべ》は、[八]ここにも、[九]言ふ方なきことを聞こえてだに慰めばと思ひ聞こえしに、効《かひ》なくてなむ。[一〇]御文、[一一]からうしてなむ。いといみじきことども出で来て。対面になむ」

とて遣《や》りつ。

一四　あこき、姫君の部屋の遣戸口を固める

北の方は、典薬に預けつと思ひて、いとありしやうにも

四　「うれしき」は、典薬助の手紙の言葉を借りたもの。
五　やはりこのまま渡してしまえと思って、そのまま。
六　手紙をもらっただけで満足したとも考えられるが、内容を見たうえで、意味がよくわからずに喜んだと解した。
七　帯刀への返事の意味。「帯刀が返り言」の誤りと解する説もある。
八　私も。
九　どう言っていいかわからない今回のひどいできごとについて、せめてご相談申しあげて、心を慰めることができたら、どんなにいいか。
一〇　少将殿の姫君へのお手紙。
一一　くわしいことはお目にかかってお話し申しあげます。

遣戸《やりど》さし固めさせねば、あこき、うれしと思ふ。

暮れゆくままに、いかにせむと思ひわぶ。内ざし[一]にさし籠らじと思ひて、よろづに開くまじきやうに構ふ。

翁、「あこき。いかにぞ、御心地は[二]」と言へば、《あこき》「いみじくなむ悩み給へ[三]」と言へば、《典薬助》「いかにおはせむずらむ」と、[四]わが物顔にうち嘆くを、愛敬《あいぎやう》なしと見る。

《継母》「明日の臨時[五]の祭りに、三の君に見せ奉らむ、蔵人の少将の渡り給ふを」と、北の方はねきり[六]をるを、あこき聞きて、いとうれしき隙《ひま》あるべかなりと、胸うちつぶれて思ふ。今宵だにのがれ給ひなばと思ひて、[七]遣戸《やりど》の後《しり》さすべき物求めて、脇に挟みて歩《あり》く。「御殿油《となぶら》参れ」など言ふ紛れに這ひ寄りて、遣戸の方の[八]樋《ひ》に添へて、え探らすまじくさしくさ[九]りぬ。

内なる君は、いかにせむと思ひて、大きなる杉[一〇]唐櫃《からひつ》のありけるを、[一一]後《あと》を舁《か》きて、遣戸口に置きて、とかうして押さ

一 「内ざし」は、部屋の内側から鎖をさすこと。「内ざし」によって籠ることはできないだろう。あこきは、「内ざし」以外の方法を思案する。
二 姫君のご気分、容態。
三 底本「給へ」。已然形で接続する語法で、下に続く発言を、典薬助がさえぎったものか。九条家本「給ふ」。
四 姫君が自分の妻であるかのように。
五 「臨時の祭り」は、巻一【四九】の注一参照。
六 「はねきる」は、鳥が羽ばたいてしぶきをあげるの意。転じて、忙しく立ち回るの意とも。
七 「遣戸の後」は、遣戸を閉めた時に左右の戸が重なる部分。
八 「樋」は、敷居の溝。
九 「くさる（鎖る）」は、左右の戸を繋ぎ合わせるの意。
一〇 「透き唐櫃」と解する説もあるが、この部屋に置かれてい

へ、わななき居て、《姫君》「これ開けさせ給ふな」と願を立つ。

一五　典薬助、部屋に入れずに帰る

北の方、鍵《かぎ》を典薬に取らせて、「人の寝静まりたらむ時に入り給へ」とて寝給ひぬ。

皆人々静まりぬる折に、典薬、鍵を取りて来て、さしたる戸[一]開《あ》く。いかならむと[二]胸つぶる。[三]鎖《じやう》開けて遣戸《やりど》[四]開くるに、いと固ければ、立ち居[五]ひろろくほどに、あこき聞きて、少し遠隠れて見立てるに、[六]鎖しも探れど、[七]さしたるほどを探り当てず、《典薬助》「あやし、あやし」と、「内にさしたるか。翁を、かく苦しめ給ふにこそありけれ。人も皆許し給へる身なれば、えのがれ給はじものを」[1]と言へば、誰かはいらへむ。打ち叩き、[八]押し引けど、[九]内外《うちと》に[一〇]詰めてければ、揺るぎだにせず。今や今やと、夜更くるまで板の上に居て、冬の夜な

る物としては、「杉唐櫃」がふさわしい。ただし、いずれにしても、遣戸を閉じるのには、あまり効果がない。
二一 「舁く」は、ここは、持ち上げるの意。

一 開けようとする。
二 姫君は。
三 底本「上」。
四 開けようとするが。
五 「ひろろく」は、手を広げてもだえるの意。『名語記』巻九「ヒロハ広歟　手足ヲヒロケテモタユル也」。
六 底本「上」。
七 あこきが「え探らすまじくさしくさりぬ」と工夫した所。
八 「押し引く」は、強く引くの意。【一四】の注九参照。
九 内からは姫君が、外からはあこきが。
一〇 物で固めてあったので。

れば、身もすくむ心地す。その頃、腹損なひたるうへに、[一一]衣《きぬ》いと薄し。板の冷え上りて、腹こほこほと鳴れば、翁、「あな[一二]さがな。冷えこそ過ぎにけれ」と言ふに、しひて[一三]こほめきて、[一四]ひちひちと聞こゆるは、いかになるにかあらむと疑はし。掻い探りて、[一五]出でやするとて、尻をかかへて惑ひ出づる心地に、[一六]鎖を突いさして、鍵をば取りて往ぬ。あこき、鍵置かずなりぬるよと、あいなく憎く思へど、開かずなりぬるを、限りなくうれしくて、遣戸《やりど》のもとに寄りて、あこき[一七]「ひりかけして往ぬれば、よもまうで来じ。大殿籠《おほとのごも》りね。曹司《ざうし》に帯刀まうで来《きた》れるを、[一八]君の御返り言も聞こえ侍らむ」と言ひかけて、[一九]下《しも》に下《お》りぬ。

一六　あこきと帯刀、姫君救出を計画する

帯刀、「など、今までは下り給はぬぞ。少将[一]『世の中、いか

一一 典薬助は、「身貧しき」と紹介されていた。巻一【五八】参照。
一二 「さがなし」は、事態がよくないさまをいう。
一三 「こほめく」は、ごろごろと鳴るの意。
一四 「ひちひち」は、「ひりかけ」た音。
一五 糞が漏れ出たらどうしよう。
一六 底本「上」。鍵を押し込んで鎖をさして。
一七 動詞「ひる」は、排泄するの意。
一八 「君の御返り言」は、【一二】の返事か。だとすれば、まだ贈っていなかったことになる。
一九 「下」は、自分の曹司。
一 「世の中、いかが」を、少将の発言と解した。「世の中」は、姫君が置かれた状況の意。
二 少将。
三 「さらに、いとこそ難けれ」

が』とある」と、「まだ出だし奉らずや。いみじくこそおぼつかなけれ。[二]君の思し嘆くこと、いみじくなむ。『夜《よる》など、みそかに盗み出で奉りぬべしや。そのこと案内《あんない》して来《こ》』とのたまはせつる」と言へば、あこき[三]「さらに、いとこそ。いみじき。日に一度《ど》なむ、御台参りに[四]開《あ》け給ふ。かくて構[五]ふるやうは、北の方の、御伯父《をぢ》にて、いみじき翁のあるに[六]なむ逢はせ奉らむとて、今宵も、[七]部屋に入るとて、鍵を取らせ給へれど、[八]内外《うちと》に、しかしか固めたれば、立ち居ひろろき開けつるに、冷えて、[九]かうかうして往ぬ。君は、[一〇]このこと聞き給ひしより、御胸をなむいみじく病み給ひし」と、泣きつつ言ふ。帯刀、[一一]いみじきことに合はせて、ひりかけのほど、え念ぜで笑ふ。帯刀「『いつしか、盗み出で奉りて、この北の方の[一二]答《たふ》せむ』となむ、君はのたまふ」と言へば、あこき「明日、[一三]祭り見に出で給ひぬべかめり。その隙《ひま》におはしませ」と言へば、帯刀、「いとうれしき隙にもあなるかな。

の省略と解した。「こそ」を「ぞ」の誤りと解して、下に続ける説もある。
四　中納言の北の方（継母）が。巻一【七二】に、「日に一たび物食はせむ」とあった。
五　「構ふ」は、主体敬語がないことと、【一四】に「よろづに開くまじきやうに構ふ」とあったことから、あこきの動作と考え、下の「内外に、しかしか固めたれば」に係ると解した。
六　「ある」は、この屋敷に住んでいるの意。
七　部屋に入れるために。
八　あこきは、姫君が内からしたことは知らなかったはず。
九　「かうかう」の内容は、「ひりかけ」したこと。
一〇　典薬助との結婚の件。
一一　姫君が置かれたひどい状況に心を痛めると同時に。
一二　「答」は、しかえしの意。
一三　賀茂の臨時の祭り。

いつしか夜も明けなむ」と、心もとなく言ひ明かす。翁は、袴にいと多く[一四]しかけてければ、懸想《けさう》の心地も忘れて、まづ、とかく[一五]かれ洗ひしほどに、うつ伏し臥しにけり。

一七　少将、二条殿に姫君を迎える準備をする

明けぬれば、帯刀、[一]急ぎ参りぬ。

少将、「[二]いかが言ひつる」とのたまへば、帯刀「しかしかなむ、あこきが言ひし」と申すに、[三]典薬助のことを、あさまし、ねたし、[四]げに、いかにわびしからむと思ひやるも、いとあはれなり。少将「[五]ここには、[六]しばしは住まじ。[七]二条殿に住まむ。行《い》きて、[八]格子上げさせよ、清めせよ」[九]と、帯刀遣《つか》はしつ。

[一〇]胸うち騒ぎて、うれしきこと限りなし。

あこき、人知れず[一一]心地騒ぎて、せむやうを構へありく。

一四　「しかく」は、糞をかける意。
一五　「かれ」は、汚れた袴をいう。
一　少将のもとに。少将は、父左大将邸に住んでいる。
二　あこきは。
三　典薬助のことを（聞いて）。
四　姫君は。
五　左大将邸。
六　いずれこの屋敷を伝領することを念頭に置いての発言か。
七　二条殿は、少将の母北の方の屋敷である。【四五】参照。
八　二条殿は、現在、誰も住んでいない。
九　底本「と」。九条家本「とて」。
一〇　「胸うち騒ぐ」は、ここは、期待感で胸が騒ぐ、胸がおどるの意。
一一　「心地騒ぐ」も、ここは、期待感で心がはずむの意。

一八　中納言家の人々、祭り見物に出かける

午《むま》の時ばかりに、車二つ、三、四の君、[一]我やなど乗りて出で給ふ騒ぎに合はせて、北の方、典薬がもとに鍵請ひに遣《や》りて、「《継母》危ふし。我《わ》がなきほどに、人もぞ開くる」とて、鍵持ちて乗り給ひぬることを、いみじく憎しと、あこき思ふ。

[二]おとども、[三]婿出だし立てて、ゆかしがりて出で給ひぬ。

一九　少将、姫君を救出する

皆、ののしりて、[一]ささとして出で給ふすなはち、あこき、[二]告げに走らせ遣《や》りたれば、少将、[三]心地違《たが》ひて、[四]例乗り給ふ車にはあらぬに、[五]朽葉《くちば》の[六]下簾《したすだれ》懸けて、男《をのこ》ども多くておはし

一　「我」は、北の方（継母）自身。「やなど」は、…やなんかの意。『源氏物語』の「宿木」の巻にも、一例、「栗やなどやうのもの」の例がある。
二　中納言。
三　婿の蔵人の少将を舞人として送り出して。

一　「ささと」は、騒がしく立てる音を表す。がやがやと。
二　少将に告げるために。
三　「心地違ふ」は、ふだんと違う気分になるの意。それまで心配でふさぎこんでいた少将が、姫君救出のために逸る気持ちになったことをいう。
四　素性を隠すための配慮。後の【二一】の注一一に「網代車」とある。
五　朽葉色。赤みを帯びた黄色。
六　車の前後の簾の内側に懸けて外に垂らす絹布。女車のさま。

ぬ。帯刀、馬にて[七]先立ちて、[八]おこせ給へり。

中納言殿には、婿の御供、おとど、北の方の御供人、[九]三《み》方《かた》に男《をのこ》ども分かち[一〇]参りて、人もなし。御門《みかど》に、しばし立ちて、[1]帯刀、隠れより入りて、「御車あり。いづくにか寄せむ」と言へば、〔あこき〕「ただ、[一一]この北面《きたおもて》に寄せよ」と言へば、引き入りて寄するを、からうして、この男《をのこ》一人出で来て、「なぞの車ぞ。皆出で給ひぬる所には[2]」と咎むれば、〔供人〕[一二]「あらず。御達《ごたち》の参り給ふぞ」と言ひて、ただ寄せに寄す。御達のとまりたりけるも、皆、下《しも》に下りて、[一三]人もなきほどなり。
あこき、「早う下り給へ」と言へば、少将、下り走り給ふ。部屋には[一四]鎖《じやう》さしたり。これにぞ籠りけると見るに、胸つぶれて、いみじ。這ひ寄りて、[一五]鎖捻りみ給ふに、さらに動かねば、帯刀を呼び入れ給ひて、[一六]打ち立てを二人して打ち放ちて、[一七]遣戸《やりど》の引き放ちつれば、帯刀は[一八]出《いだ》でぬ。いともらうたげにて居たるを、あはれにて、掻き抱《いだ》きて、車に乗

七　先導して。
八　「おこす」は、中納言邸に視点を置いた表現。
九　婿の蔵人の少将、中納言、北の方の三方に。
一〇　「参る」は、祭りが神事ゆえの表現。
一一　姫君の閉じ込められている部屋の近くの。巻一【六一】に、「この北の部屋」とあった。
一二　あやしい車ではない。
一三　寝殿には。
一四　底本「上」。
一五　底本「上」。
一六　「打ち立て」は、戸がはずれないように、遣戸の左右の柱に添えて立てる副木か。
一七　底本「やりとの」。底本のまま「遣戸の（戸を）」の意で解した。九条家本「やりとの戸を」。
一八　その場を離れた。姫君を見ることを遠慮し、少将と姫君二人だけにするための配慮。

り給ひぬ。少将「あこきも乗れ」とのたまふに、かの典薬が近々しくやありけむと、北の方思ひ給はむ、ねたういみじうて、かのおこせたりし文、[一九]二たびながら押し巻きて、[二〇]ふと見つくべく置きて、[二一]御櫛の箱引き下げて乗りぬれば、[二二]をかしげにて、飛ぶやうにして出で給ひぬ。誰も誰も、いとうれし。門《かど》だに引き出でてければ、男《をのこ》どもいと多くて、二条殿におはしぬ。

二〇　姫君たち、二条殿に着く

[一]人もなければ、いと心やすしとて、[二]下ろし奉り給ひて、臥し給ひぬ。日ごろのことども、かたみに聞こえ給ひて、[三]泣きみ笑ひみし給ふ。かのひりかけのことをぞ、いみじく笑ひ給ひける。少将[四]「不幸なりける御懸《け》想《さう》人かな。北の方、い

一九　物語に見える手紙は、一通だけ（【一三】参照）。あるいは、語られていないが、今朝も手紙が贈られてきていたか。最初の手紙の内容から、まだ男女の関係になっていないことがわかる。

二〇　すぐに北の方（継母）の目に見つくように置いて。

二一　「櫛の箱」は、姫君が大切にしていた物。【四】の注一五参照。

二二　「をかしげなり」を、人々の晴れやかな気持ちをいうと解した。

一　二条殿には。

二　少将は姫君を。

三　少将は。

四　底本「ふかう」を「不幸」と解する説に従った。「不覚」のウ音便と解する説もある。

かに、あさましと思ひ給はむ」と、うち解けて言ひ臥し給へり。

帯刀、あこきと臥して、今は思ふ[五]こともなきよしをいら[六]へ、暮れぬれば、御台参りなどして、帯刀、あるじ[七]だちてしありく。

二一　中納言家の人々、姫君の失踪を騒ぐ

かの殿[一]には、物見て帰り給ひて、御車より下り給ふままに見給へば、部屋[二]の戸うち倒して、打ち立てもうち散らしければ、誰も誰も、驚き惑ひて、見れば、部屋には、人もなし。いとあさましく、「こは、いかにしつることぞ」と、騒ぎ満ちてののしる。中納言「この家には、むげに人はなかりつるか、かく寝る所[三]まで入り立ちて、打ち破《わ》り引き放ちつらむを咎めざりつらむは[四]」と腹立ちて、「誰かとまりたりつ

五　心配すること。
六　底本「いらへ」を、「言ふ」の誤りと見る説もある。九条家本「いふ」。
七　主人のように振る舞って。

一　中納言邸。
二　姫君を閉じ込めていた部屋。
三　「寝る所」を、寝殿のことをいうと解した。姫君が閉じ込められていた部屋は、寝殿の北の廂の間にあった。
四　倒置法。
五　叔母の和泉守の妻から借りた几帳と屏風。几帳は、巻一【二三】参照。継母は、巻一【四〇】で、その几帳を見てい

らむ」と尋ねののしる。

北の方、言はむ方なき心地して、ねたくいみじきこと限りなし。あこきを尋ね求むれど、いづくにかあらむ。落窪を開けて見給へば、[五]ありと見し几帳・屏風、一つもなし。北の方、「あこきといふ盗人[六]の、かく人もなき折を見つけてしたるなり。やがて[七]追ひ棄《う》てむと思ひしものを、[八]『使《三の君》ひよし』とのたまひて、かく、つひに負けぬること」と、[九]「心肝もなく、あひ思ひ奉らざりしものを、しひて使ひ給ひて」と、[一〇]三の君を、いみじく申し給ふ。

おとど、とまりたりける男《をのこ》一人尋ね出でて問ひ給へば、「《男》さらに知り侍らず。ただ、いと清げなる[一一]網代車《あじろぐるま》の、下簾《したすだれ》懸けたりし、出でさせ給ひてすなはち入りまうで来て、ふと[一二]率てまかりにし」と申す。「《中納言》ただ、それにこそあな[一三]れ。女は、え、さは打ち破《わ》りて出でじ。男《をのこ》のしたるなめり。何ばかりの者なれば、かく、わが家を、[一四]明昼《あかひる》入り立ちて、か

る。屏風に関しては見えない。これらは、物語には語られていないが、あこきが事前に返したのか。【三五】の注二参照。

六　巻一【六五】では、「盗人がましき童」と言っていた。

七　巻一【六二】で、継母から、「家の内に、なありそ」と言って追い出されそうになったあこきは、巻一【六五】で、三の君に救いを求めた。

八　巻一【六五】参照。

九　「心肝」は、ここは、童としてしっかり仕える気持ちの意か。

一〇　【一九】で対応した男。

一一　「網代車」は、「網代」を屋形に張った質素な牛車。「網代」は、薄く削った檜や竹などを編んだもの。

一二　「率る」は、車を引くの意。

一三　助動詞「なり」は、男の話を聞いての判断を表す。

一四　真っ昼間。

くして出でぬらむ」と、ねたがり惑ひ給ふ効《かひ》もなし。

二二　継母、典薬助を責める

北の方、この置きたる文[一]を見給ひて、[二]まだ寝ざりけりと思ふに、ねたさまさりて、典薬を呼び据ゑ給ひて、「かうかうして逃げにけり。ぬしに預けし効《かひ》もなく、かく逃がし給へる。近々しくはものし給はざりけるか」とのたまひて、「置きたる、そこの文どもを見れば」と言へば、典薬がいらへ、「いとわりなき仰せなり。その、胸病み給ひし夜は、いみじう惑ひて、[三]御あたりにも寄せ給はず。あこきも、つと添ひて、『御忌日なり。今宵過ぐして』と、[四]正身《さうじみ》ものたまひし。いみじく惑ひ給ひしかば、やをらただ寄り臥しにき。[五]後《のち》の夜《よ》、責め[六]そさむと思ひて、まうで[七]開くるに、[八]内ざしにさして、さらに開けぬを、板の上に夜中まで立ち居、

一　【一九】の注一九参照。
二　姫君と典薬助はまだ男女の関係になっていなかったのだ。
三　底本「身あたり」の「身」を仮名として読んで、「御（み）あたり」と解する説に従った。【一〇】【一三】にも「御あたり」とあった。ただし、ともに、底本「御あたり」。
四　姫君自身。「御忌日」と言ったのは、あこきだった。典薬助は、姫君の発言として言ったのか。それなら「御」の敬語は、亡くなった人への敬意の表現となる。あるいは、「御忌日なり」はあこき、「今宵過ぐして」は姫君の発言で、【一〇】の「今宵は、ただに臥し給へれ」をいうか。
五　「後の夜」は、「後の朝」に対して、逢った翌日の夜の意か。
六　「そす」は、過度に熱心にするの意を添える補助動詞。

開け侍りしほどに、[九]風邪ひきて、腹こほこほと申ししを、一、二度《ど》は聞き過ぐして、なほ執念《しふね》く開けむとし侍りしほどに、[一〇]乱れがはしきことの出でまうで来にしかば、ものもおぼえで、まづまかり出でて、[一一]し包みたりし物を洗ひしほどに、夜は明けにけり。翁の怠りならず[1]」と述べ申して居たるに、[一二]腹立ち叱りながら、笑はれぬ。まして、ほの聞く若き人は、死に返り笑ふ。継母「いでや。[一三]よしよし。立ち給ひね。いと言ふ効《かひ》なくねたし。異人《ことひと》にこそ預くべかりけれ」とのたまふに、典薬、腹立ちて、「わりなきことのたまふ。心には、いかでいかでと思へど、[一四]老いのつたなかりけることは、過《あやま》ちやすくて、ふとひりかけらるるをば、いかがせむ。翁なればこそ、開けむ開けむとは[2]せしか」と腹立ち言ひて、立ちて行《い》けば、いとど人笑ひ死ぬべし。

七　底本「まうて」。九条家本「まうできて」。
八　実際は「内ざし」以外の方法によったのだが、典薬助はそれを知らない。【一四】の注一参照。
九　「風邪」は、【七】の注八参照。
一〇　糞をしたことをいう。
一一　「し包む」は、衣（袴）の中にしてしまったの意。
一二　中納言の北の方（継母）は。
一三　もうわかりました。相手の発言を、軽くさえぎろうとする。
一四　これまで婉曲的に言っていたことを、怒りながら、はっきり口にする。「らるる」は、自発の用法。

二三　三郎君、母を批判する

童《わらは》[一]なる子の言ふやう、〔三郎君〕「すべて、上[二]の悪《あ》しくし給へるぞ。何しに、部屋に込め給ひて、かくをこなる者に逢はせむとし給ひしぞ。いかにわびしく思し[三]けむ。御娘ども多く、まろらも行く先侍れば、[四]行《い》き会ひ来会ひ、聞[五]こえ触ることもこそあれ。いみじきことなりや」と、およすげ言へば、北の方、「す[六]やつは、いづち行くとも、よくありなむや。行《い》き会ふとも、我らが子ども、いかがせむ」といらへ給ふ。男子《をのこ》三人ぞ持給へりける。太郎は[七]越前守《ゑちぜんのかみ》にて国に、二郎は法師《ほうし》、三郎ぞ、この童なりける。かく言ひ騒げど、効《かひ》なければ、皆臥しぬ。

一　三郎君。
二　母上。
三　姫君は。
四　私たちが行って会ったり、姫君が来て会ったりするの意。どこかで偶然出会って。
五　「聞こえ触る」は、「言ひ触る」（言葉をかける）の客体敬語。姫君に対する敬意の表現。身分の高くなった姫君を想定していうか。
六　「すやつ」は、人を卑しめて言う語。そいつ。あいつ。
七　越前の国は大国で、守は従五位上相当。

二四　少将、あこきに侍女を集めさせる

二条には、御殿油《となぶら》参りて、少将の君、臥し給ひて、あこきに、「日ごろのこと、よく語れ。[一]ここには、さらにのたまはず」とのたまへば、あこき、北の方の心を、ありのままに言へば、君、あさましかりけることかなと[二]思し臥し給へり。[少将三]「人少なにて、いと悪《あ》しかめり。あこき、人求めよ。[四]殿なる人々も聞こえむと思へども、[五]ゆかしげなき。あこき、[六]大人になりね。[七]いと心およすげためり」と言ひ臥し給へれば、[あこき七]「[八]かくうれしくのたまはせて[九]」。

明けぬれば、いとのどかなる心地して、巳《み》、午《むま》の時まで臥し、昼つ方、殿に参り給ふとて、帯刀に、[少将一〇]「近く居たれ。ただ今来む」とて出で給ひぬ。

一　こちらの姫君は。
二　「思し臥し給ふ」は、異例の敬語。→［補注5］
三　侍女たちが少なくて。
四　少将の父の左大将邸。
五　「ゆかしげなし」は、見知った者たちばかりで心が惹かれないの意。
六　「大人」は、成人した侍女。あこきは、これまで童だった。
七　心が充分に成長している。もう充分に大人としての思慮分別がある。
八　以下を、あこきの発言と解した。「のたまはす」の敬語は、これまで、すべて会話と手紙にしか用いられていない。
九　下に、「ありがたく思います」の内容の省略がある。
一〇　姫君のおそばにいてくれ。ただし、客体敬語がない。

二五　あこき、叔母に侍女を求める

あこき、叔母[一]のもとへ、文遣《や》る。

「急ぐこと侍りてなむ、昨日今日[二]、聞こえざりつる。今日明日のほどに、清げならむ童・大人求め出で給へ。そこにも、よき童あらば、一、二人、しばし賜へ。あるやうは、対面に聞こえむ。あからさまにおはせよ」

と言ひやりつ。

二六　少将に、四の君との縁談が進む

少将の君、殿におはしたれば、かの、中納言殿の四の君[一]のこと言ふ人[二]出で来て、「物承《ものけたまは》[三]る。かのこと、一日《ひとひ》ものたまへりき。『年返らぬ前《さき》にしてむと思ふやうなむある。御[四]

一　和泉守の妻。
二　少将が通って来て三日目に、餅を所望する手紙を書いて以来、手紙のことは見えない。物語には語られていないが、几帳と屏風を返した時に添えた手紙があったか。【二一】の注五、【二七】の注二参照。
一　四の君と少将の縁談。
二　左大将邸の仲立ちの侍女。巻一【四八】の注一一、巻一【五四】の注一五参照。
三　「ものうけたまはる」の転。
四　少将殿のお手紙をお願いして。男性が女性に手紙を贈ることから縁談が始まる。ここは、その手続きをふもうとした。
五　中納言の北の方（継母）が。
六　少将の母北の方。
七　「逆さま」は、女性の方から男性に手紙を贈ることを催促することをいう。

文聞こえて』と、いみじく責[五]め侍り」と言へば、殿[六]の北の方、「逆[七]さまにも言ふなるかな。しひてかう言ふことを聞きてよかし。人[八]のためにはしたなきやうなり。今まで一[九]人ある、見苦し」とのたまへば、少将、「さ[一〇]思はば、早う取りてよかし。文は、今[一一]とて遣《や》らむ。今様は、殊[一二]に文通はしせでもしつなり」とて、笑《ゑ》みて立ち給ひぬ。

[一三]わが御方におはして、常に使ひ給ふ調度ども、厨子など、[一四]かしこに遣り給ふ。御文、

「《少将》今の間《ま》、いかに。後ろめたうこそ。内裏《うち》に参りて、ただ今帰り出で侍[一五]り。

唐[一六]衣きて見ることのうれしさを包まば袖ぞ綻びぬべき

なかなか慎ましとなむ、今[一七]日の心地は」

とあり。

御返り、

「《姫君》ここには、

八　「人」は、四の君をいう。
九　独身でいること。
一〇　以下は、仲立ちの侍女に対する発言。
一一　「今とて」は、もう通い始めたという時になっての意。
一二　特に事前に手紙を贈ったりしなくても結婚すると聞いている。後の、四の君の大宰帥との結婚がそれにあたるか。巻四【二五】の注二参照。
一三　左大将邸の、少将の居所。
一四　二条殿。
一五　「侍り」は、近い未来に確実に起こることとしての表現。
一六　「唐衣」は、「着」の枕詞。「き」に、「着」と「来」を掛ける。「唐衣」「包む」「袖」「綻ぶ」は縁語。引歌、「うれしきを何に包まむ唐衣袂豊かに裁てと言はましを」（古今集・雑上・詠人不知）。
一七　一緒に暮らすようになった今日の気持ちは。

[一八]憂きことを嘆きしほどに唐衣袖は朽ちにき何に包まむ」

と聞こえ給へるを、あはれに思す。

帯刀、[2]心しらひ仕うまつること、ねむごろなり。

二七　叔母から返事が届く

[一]和泉守の返り言《こと》、

叔母[二]「おぼつかなさに、これより、昨日聞こえたりしかば、『早う、すまじきわざして[三]逃げ給ひにき』とて、使をも、[四]ほとほと打たれぬべかりけるを、からうしてなむ逃げて来たりしかば、いかならむと思う給へ嘆きつるに、うれしく、平らかにものし給へること。人は、今、案内《あない》して聞こえむ。ここに侍る、はかばかしき者なし。この守《かみ》の従妹《いとこ》にて、ここにおはするこそ、さやうにものしつべけ

一八「朽つ」は、涙で朽ち果てるの意。参考、「人知れぬ涙に袖は朽ちにけり逢ふ世もあらば何に包まむ」（拾遺集・恋一・詠人不知）。

一「和泉守の妻」の意。あこきの叔母。

二 事情がわからずに気になって。突然、几帳と屏風を返してきたことをいうか。【二五】の注二参照。

三 叔母からあこきへの、間接話法的な敬意の表現。

四「ほとほと」は、もう少しのところでの意。

れ」

と言へり。

二八　少将、継母への復讐を誓う

暮るれば、君[一]おはしたり。

少将「かの四の君のことこそ、しかしか[二]言ひつれ。我と言ひて、人求めて逢はせむ」とのたまへば、女君、「いとけしからず。否と思さば、おいらかにこそ[三]□はめ。本意《ほい》なく、いかに、いみじとおも[四]□」とのたまふ。少将、「かの北の方に、いかでねたき目見せむと思へば[五]なり」とのたまへば、女、「これ、はや忘れ給ひね。かの君や憎かりし」とのたまへば、少将、「いと心弱くおはしけり。人の憎きふし、思し置くまじかりけり」と、[六]「いと心やすし」とのたまひて、臥し給ひぬ。

一　少将が内裏から二条殿に。
二　「しかしか」の内容は、早く婿に迎えればいいということ。
三　底本三字分程度空白。九条家本「おいらかに侍らめ」。仮に、「おっしゃればいいのに」と訳した。
四　底本三字分程度空白。九条家本「をもはむ」。仮に、「お思いになるでしょう」の意に解した。
五　四の君。
六　今後、もし、自分が何かしても、恨まれずにすみそうだという冗談。

二九　少将と四の君の結婚の準備が進む

かの中納言殿には、「『よかなり』となむのたまふ[一]」と言[二]ひやりたれば、喜びて、設けしののしるにつけては、落窪といふ者のあらば、うち預けて縫はせまし、いかによからまし、仏、生けしは、くるをし[三]□。蔵人[四]の少将の君も、「御衣《ぞ》ども悪《わろ》し」とて、出[五]づと入ると、むつかりて着給はずなどある時は、わびしうて、もの[六]せむ人もがなとて、こかしこ、手を分かちて求め給ふ。

「《中納言》『よかなり』とのたまふ時に取りてむ。思ひもぞ返る」とて、おとど[七]、居[八]立ち急ぎ給ふ。師[九]走のついたち五日と定めたるほどは、霜月のつごもりばかりより急ぎ給ふ。

[一〇]御婿の少将、「誰を取り給ふぞ」《蔵人の少将》と問ひければ、「《三の君》左大将殿の左[一一]近少将殿とかのたまへば[一二]」、「いとをかしき君ぞかし。

一　少将殿が。
二　仲立ちの侍女が。四の君の乳母に言ったのだろう。
三　底本二字分程度空白。九条家本「仏これいけらはくるをし(空白ナシ)」。この部分で、北の方(継母)の心内が終わる。
四　三の君の夫。
五　帰るにつけ来るにつけ。
六　縫い物が上手な人がいたらなあ。
七　中納言。
八　「居立ち」は、すわったり立ったりしての意。熱心に世話などをするさまをいう。
九　十二月の上旬の五日。つまり、十二月五日。
一〇　三の君の婿の蔵人の少将。
一一　巻一【五】の注二、巻一【五四】の注一三参照。
一二　「のたまへば」を地の文と解する説もある。
一三　「うち語らふ」は、ここは、親しくつきあうの意。

[一三]うち語らひて出で[一四]入りせむに、いとよきことかな」と許[一五]しければ、北の方、映えありてうれし[1]と思ふ。
[一六]かの少将は、北の方の、いとねたく憎くて、いかで、わびしと思はせむと思ひ染《し》みにければ、心のうちに思ひたばかるやうありて、「[一七]『よかなり』と言ふなり」と言ふなりけり。

三〇　あこき、大人になって、衛門となる

かくて、二条殿には、[一]十日ばかりになりぬれば、今参りども十余《よ》人ばかり参りて、いと今めかしうをかし。和泉守の従妹《いとこ》なる、[二]かうかうと聞きて、参らせて、[三]□兵庫といふ。あこきは、[四]大人になりて、[五]衛門《ゑもん》といふ。小さくをかしげなる若人《わかうど》にて、思ふことなげにて歩《あり》く。[六]男も女もたぐひなく思したる、ことわりぞかし。

一四　同じ婿として。
一五　「許す」は、高く評価するの意。
一六　左近少将。以下、草子地。
一七　底本「よかなりといふなりといふなりけり」。「といふなり」を衍字と解する説もある。九条家本「よかなりといふなりけり」。

一　「十日」は、「下の十日」で、十一月二十日と解する説に従った。【二五】のあこきの手紙に「今日明日のほど」とあって、それから二日ほどたったことになる。
二　和泉守が。
三　底本二字分程度空白。
四　【二四】の注六に、「大人になりね」とあった。
五　この後も「あこき」と呼称されることがあるので、そのまま「あこき」と呼称しておく。
六　少将も姫君もあこきを。

三一　少将、母北の方に、姫君のことを告げる

少将の君の母北の方、「二条殿に人据ゑたりと聞くは、まことか。さらば、[一]中納言には、『よかなり』とはのたまふか」。少将、「[二]御消息《せうそこ》聞こえてと思う給へしかど、人も住み給はぬうちに、ただしばしと思う給へてなむ。[三]問はせ給へ。中納言は、[四]なかにも、[五]さ言ふと聞き侍りしかば[六]。男《をのこ》は、一人にてや侍る。[七]うち語らひて侍れかし」と笑ひ給へば、北の方、「いで、あな憎。人あまた持たるは、嘆き負ふなり。身も苦しげなり。なものし給ひそ。[八]その据ゑ給へらむに思しつかば、さてやみ給ひね。今、訪《とぶら》ひ聞こえむ」とて、後は、をかしき物奉り給ひて、聞こえ交《か》はし給ふ。

母北の方「この人、よげにものし給ふめり。[九]御文書き、手つき、いとをかしかめり。誰《た》が娘ぞ。これにて定まり給ひね。[一〇]女子《をんなご》

一　今でも、中納言殿には、四の君との縁談を、「すばらしい話だ」とおっしゃるのですか。
二　母上へのご連絡。
三　その女性（姫君）を。
四　「なかにも」は、とりわけの意の副詞か。
五　「さ」の内容は、年内の結婚を急いでいることをいうか。
六　下に「特に断りの連絡をしていません」の内容の省略があると解した。
七　二人の妻が。
八　その二条殿に住まわせた方に好意をお持ちになったなら。
九　手紙の書きぶりも筆跡も。
一〇　私も娘がいますから。
一一　二条殿にいる方（姫君）。

持たれば、人[二]の思さむことも、いとほしう、心苦しうなむおぼゆる」と、少将に申し給へば、ほほ笑《ゑ》み給ひて、[一二]「《少将》これも、よも忘れ侍らじ。[一三]またもゆかしう侍り」と申し給へば、「《母北の方》いかでか。けしからず。さらに思ひ聞[一四]こゆまじき御心なめり」と笑ひ給ふ。[一五]御心なむ、いとよく、かたちもうつくしうおはしましける。

三二　少将、面白の駒を身代わりに立てる

かくて、[一]月立ちて、「《母北の方》[二]明後日《あさて》なむ。[三]さは知り給へりや」[四]と、いとほしく思したれば、[五]かくなむと申[六]せば、「《少将》よかなり。[七]参らむ」といらへ給ひて、心のうちには、いとをかし。思しけるやう、[八]北の方の御[九]叔父にて、世の中に、[一〇]僻《ひが》み痴《し》れたる者に思はれて、[一一]治部卿なるが、交じらふこともなき人の太郎、[一二]兵部少輔といふ人ありけり。

一二　二条殿にいる人（姫君）。
一三　ほかの女性も。
一四　主体敬語がないので、母北の方自身のことと解した。
一五　母北の方のお心。

一　十二月になって。
二　四の君のもとにお通いになるのは。
三　二条の方は。
四　と、少将におっしゃって。
五　「かくなむ」の内容は、「明後日なむ」に同じ。
六　主体敬語がないので、仲立ちの侍女がと解した。
七　中納言邸に。
八　少将の母北の方。
九　底本「おち」。「叔父」と解した。
一〇　性格がひねくれた愚か者。
一一　治部省の長官。正四位下相当。
一二　兵部省の次官。大輔は正五位下、少輔は従五位下相当。

少将、おはして、「少輔は、ここにか」とのたまへば、治部卿「曹司《ざうし》の方に侍らむ。人笑ふとて、え[一三]出で立ちもし侍らず。[一四]君たち、御顧みありて、これ交じらひつけさせ給へ。おのれも、しか侍りにき。笑ひ立てられたるほどだに過ぎぬれば、宮仕へしつきぬるものなり」と申せば、少将、うち笑ひて、「[一五]いかが。ようなし侍らむ」とて、立ちて、曹司におはして、見給へば、まだ臥し給へり。[一六]また、痴《し》れがましうをかしうて、「やや、起き給へ。聞こゆべきことありてなむ。[一七]申してき」とのたまへば、足手合はせて、いとよく伸び伸びして、からうして起き出で、手洗ひ居たり。

少将、「などか、[一八]かしこにも、さらにおはせぬ」とのたまへば、少輔《せう》のいらへ、「人の、ほほと笑へば、恥づかしうて」と言へば、少将「疎き所[1]ならばこそ、恥づかしからめ」とて、「君は、妻《め》は、などて今まで持給へらぬぞ。[一九]やまめ臥ししては、いと苦しきものを」とのたまへば、少輔《せう》のい

一三 「出で立つ」は、出仕する、宮仕えするの意。
一四 「君たち」は、二人称の代名詞。底本「君たち」は「きんだち」と読むか。→〔補注2〕
一五 反語表現で、「どうしてお世話せずにおりましょうか」の意と解した。
一六 父の治部卿と同じようにの意と解した。
一七 父上には、今、ご挨拶申しあげました。
一八 左大将邸の少将の曹司か。
一九 「やまめ臥し」は、やまめの一人臥しの意。「やまめ」は、ここは、未婚の成人をいう。

らへは、「逢はする人のなきうちに。二〇一人臥して侍るも、さらに苦しくも侍らず」と言へば、少将、「さは、苦しからずとて、妻《め》も設けでやみ給ひなむや」。少輔《せう》、「逢はする人や侍るとて待ち侍るなり」。少将、「いで、まろ逢はせ奉らむ。いとよき人あり」とのたまふに、二一さすがに笑《ゑ》みたる顔、色は雪の白さにて、首いと長うて、顔つきただ二二駒のやうに、鼻の二三いららぎたること限りなし。二四いうといなきて、二五引き離れて往《い》ぬべき顔したり。向かひ居たらむ人は、二六げに、笑はではえあるまじ。

面白の駒

「いとうれしきことに侍るなり。誰《た》が娘ぞ」と言へば、少将、「源中納言の四の君なり。まろに逢はせむと言へども、二七え思ひ捨つまじき人の侍れば、君に譲り聞こえむと思ひて。明後日《あさて》となむ定めたる。さる[2]用意し給へ」。少輔《せう》のいらへ、「本意なしとて笑ひもこそすれ」と言へば、少将、二八笑ふがあるまじきことと思ひけるこそ、あはれにをかしけれど、

二〇　下に、「結婚できずにいるのです」の内容の省略がある。
二一　一人寝をつらく思わないとは言ったもののやはり。
二二　「駒」は、「馬」に同じ。
二三　「いららぐ」（四段）は、大きくふくれあがるの意。
二四　馬のいななく声。ヒン。
二五　「引き離る」の「引き」は、接頭語。「駒」の縁語か。参考、「綱絶えて引き離れにし陸奥（みちのく）の尾駮（をぶち）の駒をよそに見るかな」（相模集）。
二六　「げに」は、兵部少輔自身が言うようにの意。
二七　私には見捨てることのできない人がおりますので。
二八　こんな顔をしていても、人が自分のことを笑うのはけしからんことだと考えていたことが。

つれなくて、「《少将》よも笑はじ。のたまはむやうは、『《面白の駒》[二九]おのれなむ、忍びて、この秋より通ふを、[三〇]少将取り給ふと聞きて、おのれに[三一]離れぬ人なれば、「《面白の駒》[三二]かうかうなり。いかで得給ふぞ」と恨みしかば、「《少将》いとことわりなり。さらば、[三三]不用にこそは。かの親たち知り給はねば、[三四]まろならぬ人も取り給ひてむも、をこなり。このたび、[三五]あらはれ給ひね」と言ひしかばなむ』といらへ給へ。さらば、なでふことか言はむ。よも笑はじ。さておはし通ひなば、[三六]人もおぼえありて思ひなむ」と言へば、「《面白の駒》さなり」とうなづき居たり。「《少将》さらば、明後日《あさて》、夜うち更かしておはせ」と言ひ置き給ひて、出で給ひぬ。[三七]女いかが思はむと思へども、まさりて、[三八]憎しと思し置きてければなりけり。

三三　少将と姫君の連歌

二九　以下、少将がふきこんだ嘘。
三〇　左近少将を婿としてお迎えになる。
三一　「離れぬ人」は、縁続きの人の意。
三二　「かうかう」の内容は、四の君は自分が通っていた女性だということ。
三三　「不用なり」は、結婚できないの意。
三四　（私が断ったら）私以外の人をきっと婿にお迎えになるでしょうが、それもまたばからしいことです。
三五　表だった関係になってしまったらどうですか。
三六　「人」は、四の君をいう。
三七　「女」も、四の君をいう。以下、草子地。
三八　中納言の北の方（継母）のことを。

二条におはしたれば、雪の降るを[一]見出だして、火桶に押しかかりて、灰まさぐりて居給へる、いとをかしければ、向かひ給へるに、

[二]姫君　はかなくて消えなましかば思ふとも

[三]と書くを、あはれに見給ふ。まことにと思して、男君、

[四]言はでをこひに身をこがれまし

[五]とて、やがて、男君、

[六]埋《うづ》み火の生きてうれしと思ふにはわが懐に抱《いだ》きてぞ寝る

とて、掻き抱きて臥し給ひぬ。女君、「いと[七]さしことなり」とて笑ひ給ふ。

三四　面白の駒、四の君のもとに通う

中納言殿には、[一]その日になりて、しつらひ給ふこと限り

一 「見出だす」は、ここは、部屋の中から見るの意。
二 姫君は、中納言邸で、消えることをいく度も願っていた。巻一【六】の注四など参照。「消え」は、火桶の火の縁。
三 火桶の灰に火箸で書いた。
四 姫君の歌の「思ふとも」に、自分を主語に変えて続ける。「を」は、間投助詞。「恋」の「ひ」に「火」を、「こがれ」に「焼けこげる」の意と「恋いこがれる」の意を掛ける。「火」「こがる」は縁語。
五 底本「とて」。これは、口に出したものか。九条家本「とかくお（を）」。
六 「埋み火（の）」は、灰に埋めた炭火で、「生き」の序。灰に埋めた火が消えないことからいう。
七 底本「さしことなり」未詳。

一 婚儀の当日。十二月五日。

なし。

「今日」《仲立ちの侍女》[二]と言へば、少将、兵部[三]のもとへ、「かの聞こえしことは、今宵なり。戌《いぬ》[四]の時ばかりにおはせよ」[五]とのたまへば、「ここにも、しか思ひ侍り」と言へり。

父《てて》[六]に、かうかうと言ひければ、便《びん》[七]知れば、便《びん》なからむとも思はで、「労《らう》[八]《治部卿》ありて人に褒《ほ》められ給ふことは、よも悪しからじ。早う行《い》け」とて、装束《さうぞく》のこと急ぎ、出だし立てたりければ、うち装束《さうぞ》きて往《い》にけり。

人々、装束《さうぞ》きそして待つに、「おはしたり」と言へば、入れ奉りつ。

その夜は痴《し》れも見えで、火のほの暗きに、様体細《やうだいほそ》やかにあてなりければ、御達《ごたち》は、人に褒《ほ》められ給ふ君ぞかしと思ふに、うちつけに[九]、「細やかになまめきても入り給ひぬるかな」と言ひ合へるを聞き給ひて、北の方、笑《ゑ》み設《ま》けて、「かしこくも取りつるかな。我は幸ひありかし。思ふやう

二 仲立ちの侍女の発言と解した。
三 兵部少輔。単独の「兵部」の呼称は、ここだけ。
四 午後八時頃。【三二】で、少将は、「夜うち更かしておはせ」と言っていた。
五 手紙か、使いを送っての伝言だろう。
六 物語中、「てて」は、ここだけに見える。
七 底本「ひんしれは」。少将が配慮してくれたいい機会だとわかっていたからと解してみた。
八 「労」は、官人の在任中の功労の意。それを、婚家への誠意のような意に転じたものだろう。「労ありて人に褒められ給ふ(人がした)こと」の意で、少将のことをいうと解する説もある。
九 あまりよく考えもせずに。

なる婿どもを取るかな。ただ今、この君、大臣がね[一〇]」と吹[一一]き散らし給へば、人々、「げに」と聞こゆ。

女[一二]、かかる痴《し》れ者とも知らで臥し給ひにけり。

明けぬれば、出でぬ。

三五　少将、面白の駒に後朝の文を書かせる

少将、いかならむと思ひやられてをかしければ、女君に、1
「中納言殿には、昨夜《よべ》、婿取りし給ひにけり」、姫君「誰《たれ》ぞ」とのたまへば、少将「まろが叔父にて治部卿なる人の手児《てこ》[一]、兵部少輔、かたちいとよく、鼻[二]いとをかしげなるを、婿取り給へる」とのたまへば、女君、「殊に、人の取り分きて褒めぬ所よ」とて笑ひ給へば、「なかに、すぐれてをかしげなる所を聞こゆるぞかし。今見給ひてむ」とて、侍《さぶらひ》[三]に出で給ひて、少輔のがり文遣《や》り給ふ。

一〇　大臣候補。
一一　「吹き散らす」は、盛んに言いたてるの意か。
一二　四の君。

一　「手児」は、手もとに置いて大切にしている子の意で、宮仕えもできずに家にいることを皮肉ったものか。九条家本「子」。
二　鼻は。
三　侍所。侍所で手紙を書くのは、手紙の内容を姫君に見られないための配慮か。

少将「いかにぞ。[四]文遣り給ひつや。まだしくは、かう書きて遣り給へ。いとをかしき[五]言《こと》ぞ」

とて、書きて遣り給ふ、

「[六]世の人の今日の今朝には恋すとか聞きしに違《たが》ふ心地こ
　そすれ

[七]たまたまなきの」

と書きて遣《や》り給へれば、少輔《せう》、文遣らむとて、歌を[八]によひをるほどに、かくて賜へれば、よきことと思ひて、急ぎ書きて遣りつ。

少将の返り言《こと》には、

面白の駒「昨夜《よべ》は、事なりにき。笑はずなりにしかば、うれしくなむ。[九]くはしくは、対面に。文はまだしく侍りつるほどに、喜びながら、[一〇]これをなむ遣はしつる」

と言へば、少将、いとほしく、[一一]女に恥を見するぞなど思へども、疾《と》く、いかで、[一二]これが報いせむと思ひしほどに、遂《と》

四　後朝（きぬぎぬ）の文。ここで、初めて四の君に手紙を贈る。【二六】の注二二参照。
五　「言」は、歌の意。
六　「今日の今朝には」は、それまでは恋しくなど思わなくてもの意を含むか。見ず知らずの関係であったことを暗に言うのだろう。
七　底本「たま〱なきの」。歌の一節であろうが、未詳。「たままくくずの」の誤りと見て、「秋萩の玉まく葛のうるさうるさ我をな恋ひそあひも思はず」（古今六帖・第四・ないがしろ）を引くと解する説もある。
八　「によふ」は、（歌を）詠むのに苦労するの意。
九　くわしいことはお目にかかってお話し申しあげます。
一〇　少将が教えた「世の人の」の歌。
一一　四の君。
一二　姫君が受けたことに対する

げて後に、引き替へて顧みむと思すこと深くてなりけり。

女君は、なほ思ひわびたる気色いとほしうて、聞かせ給はず。心一つにをかしければ、帯刀になむ語りて笑ひ給ひければ、帯刀、「いとうれしうせさせ給ひたり」と喜ぶ。


しかえしをしよう。

三六　中納言家、面白の駒の文に嘆く

[一]かの殿には、[二]御文待つほどに持て来たれば、いつしか取り入れて[三]奉る。
見給ふに、[四]かかれば、いみじう恥づかしうて、えうちも置き給はず、[五1]すくみたるやうにて居給へり。北の方、「御[六]手は、いかがある」とて見給ふに、[七]死ぬる心地すること、[八]かの落窪といふ名聞かれて思ひしよりもまさる心地すべし。

北の方、うち見て、あやしう、さきざきの婿取りの文見るなかに、かかれば、いかならむと胸つぶれぬ。[九]おとど、

一 中納言邸。
二 後朝の文。
三 四の君にお渡しする。
四 こんな歌が書かれているので。
五 底本「くみ」。「すくみ」の誤りと解する説に従った。
六 「手」は、筆跡の意。
七 四の君が。
八 姫君が、「落窪の君」と呼ばれていることを少将に知られた時のことをいう。巻一【五二】参照。草子地。
九 中納言。

押[一〇]し放ち引き寄せて見給へど、え見給はで、[中納言][一一]「色好みの、いと薄く書き給ひけるかな。これ読み給へ」とのたまへば、ふと取りて、蔵人の少将のつとめて[一二]の文のおぼえけるをうち読みて、[継母]「『堪[一三]へぬは人の』となむ書き給へる[2]」と言へば、おとど、うち笑ひて、「好き者なれば、言ひ知りためり。はや、御返り言《こと》、をかしくし給へ」とて立ち給ふを聞くに、四の君、傍らいたく、わびしくおぼえて寄り臥しぬ。

北の方、三の君と、「いかにのたまへるならむ」と嘆けば、娘[一四]の御方、[三の君][一五]「いみじく思ふとも、かう言はむやは。なほ、押しなべて、『今[一六]日は恋し』など言はむ言《こと》の古めきたれば、[一七]様《やう》変へてと思ひ給へるにや。心得ず。あやしくもあるかな」とのたまふ。北の方、「さ[一八]なり。色好みは、人のせぬやうをせむとなむ思ひなる」と言ひて、[継母]「はや返り言《こと》し給へ」と申し給へど、親はらから、居[一九]立ちて、かくあやしがり嘆き給ふを聞[二〇]くに、さらに起き上がるべき心地も

一〇　歳老いたために目も衰えて見えないさま。
一一　少将は、色好みとして評判だった。巻一【五】参照。
一二　通い初めた翌朝の後朝の文。
一三　「今日そゑに暮れざらめやはと思へども堪へぬは人の心なりけり」（後撰集・恋四・藤原敦忠／御匣殿に初めて遣はしける）による。ただし、『敦忠集』では、詞書きは、「御匣殿に、またの日」とある。
一四　三の君。「娘」は、底本「女」。
一五　どんなに嫌だと思ったとしても。
一六　参考、「石上ふるき道とは知りながら惑ふばかりぞ今日は恋しき」（実方集／同じ女に大将住みて、さらに逢はせざりしを、からうしてものなど言ひて、つとめて）。
一七　ちょっと変わった趣向で。
一八　三の君の「様変へてと思ひ

あらで臥し給へれば、「我《継母》聞こえむ」とて、北の方書き給ふ。

「[二一]老いの世に恋もし知らぬ人はさぞ今日の今朝をも思ひ分かれじ

くちをしうとなむ、[二二]娘は思ひ聞こゆる」

とて、使に物被《かづ》けて遣《や》りつ。

四の君は、起き上がらで臥し暮らしつ。

三七　新婚二日目の夜

暮れぬれば、いと疾《と》くおはしぬ。北の方、「されば[一]よ。ものしく思さましかば、遅くぞおはせまし。[二]げに、様《やう》変へてのたまへるなりけり」とて、喜びて入れ奉り給ひつ。

四の君、恥づかしけれど、いかがはせむにて、出で給ひにけり。ものうち言ひたる声、けはひ、[三]惚《ほ》れ惚れしく後《おく》れ

給へるにや」の発言に同意したもの。

一九　立ったりすわったりする意から、ここは、落ち着かないさまをいう。

二〇　四の君が。

二一　「し知る」は、しかたを知っているの意。古風な言い方か。「道の中国つ御神は旅行きもし知らぬ君を恵み給はな」（万葉集・巻一七・大伴坂上郎女）。

二二　四の君。底本「女」。

一　四の君のことを。

二　三の君が言ったとおり。

三　ぼうっとしていて頭の足りない感じなので。

たれば、女君、四蔵人の少将などに聞き合はするに、あやしげなれば、我こそ、「恋ひ覚め」六とは言はまほしけれと思す。

夜深く出でぬ。

三八　新婚三日目の所顕し

一三日の設け、いと厳めしうし給ふ。二侍《さぶらひ》の居るべき所、三雑《ざふ》色所《しきどころ》など、さまざまに物据ゑなどして待ち給ふ。四御婿の少将まで出で給ひて急ぎ給ふ。ただ今の御代、おぼえのたぐひなき君なれば、六もてはやさむとて、おとども出で居て待ち給ふに、七「まづ、こなたに入り給へ」と呼ばすれば、八ゆくりもなく上りて居ぬ。

火のいと明かきに見れば、首よりはじめて、いと細く小さくて、面《おもて》は、九白き物つけ、化粧《けさう》じたるやうにて白う、鼻

四　四の君。
五　三の君の夫。
六　「恋ひ覚め」は、恋しい思いが覚めることの意。

一　新婚三日目の所顕（ところあらわ）しの宴の用意。
二　婿君の従者。
三　婿君の雑色たちが待機している所。
四　「物」は、ここは、食べ物や飲み物をいう。
五　蔵人の少将。蔵人の少将は、【二九】で、「うち語らひて出で入りせむに、いとよきことかな」と言って喜んでいた。
六　丁重に迎え入れようと思って。
七　下に、婿君がやって来たのでの内容を補い読む。
八　挨拶もなく不意に。
九　「白き物」は、白粉（おしろい）。

一〇をいらがし、さし仰ぎて居たるを、人々あさましうてまもるに、この兵部少輔に見なしては、念ぜず、ほほと笑ふなかにも、蔵人の少将は、はなばなともの笑ひする心にて、笑ひ給ふこと限りなし。蔵人の少将一一「面白の駒なりけりや」と、扇を叩きて笑ひて立ちぬ。一二殿上にても、ものより殊に。蔵人の少将「面白の駒、一三離れて来たり」とて笑ふなりけり。隠れに居て、蔵人の少将「こは、いかなることぞ」とも言ひやらず笑ふ。

　おとどは、あきれて、えものも言はれず、人の謀《はか》りたりけるなめりと思すに、ただ腹立ちに腹立たれ給へど、いと人多く見ると思し静めて、中納言一四「こは、いかで、かくおぼえなくてものし給へるぞ。いとあやしく」とのたまへば、一五かの少将の教へしままに、惚《ほ》れて言ひ居たれば、一六言ふ効《かひ》なしとて、一七盃《さかづき》もささで入り給ひぬ。

　一八供の人々は、かく笑はるるを知らで、一九添へける所どもに着きて食ひののしりて、座《ざ》に居並みたり。

一〇「いらがす」は、大きくふくらませるの意。【三二】の注二三参照。
一一 兵部少輔のあだ名。
一二 宮中の清涼殿の殿上の間。
一三【三二】の注二五参照。
一四 いったい、どうして、こうして思いがけなくもあなたがおいでになったのですか。
一五【三二】の注二九参照。
一六 中納言は、兵部少輔の発言を信じて、今さら言ってもしかたがないと思う。
一七 盃をさすのは、舅と婿の間の儀式。
一八 兵部少輔の供の侍と雑色。
一九 底本「そへける所」。食べ物や飲み物をそばに用意しておいた所の意か。「そへける」を「すへたる」の誤りと見て、「据ゑたる」と解する説もある。九条家本「すへたる所」。

[二〇]人一人もなく立ちぬれば、少輔《せう》、はしたなくて、例の方より[二一]入りぬ。

北の方、[二二]聞きて、さらにものもおぼえず、あきれ惑ふ。おとど《中納言》は、「老いの上に、いみじき恥見つる世かな」と、[二三]爪弾《つまはじ》きをし入りて居給へり。

四の君は、[二四]帳《ちやう》の内に据ゑたりけるに、ふと入り来て臥しにければ、え逃げず。

御達《ごたち》は、いとほしがり合へり。[二五]仲立ちしたる人とても、仇《あた》にもあらず、四の君の乳母《めのと》なれば、言ふべき方なし。誰も誰も嘆き明かすに、[二六]四日よりはとまると言ひしと思ひて、無期《むご》に臥せり。

三九　四の君の嘆き

蔵人の少将の君、「世に、人こそ多けれ。かかる面白の

二〇 所顕しの宴の席に。
二一 四の君のいる寝所に。
二二 婿が面白の駒だったと聞いて。
二三 「爪弾き」は、巻一【六一】の注一四参照。
二四 「帳」は、帳台。
二五 今回の結婚は、四の君の乳母が、左大将邸の侍女と知り合いだったことから進められた。巻一【四八】参照。
二六 所顕しを終えると、婿は、早朝に帰らなくてもよかった。
一 「引き寄す」は、「駒」の縁語。参考、「引き寄せばただには寄らで春駒の綱引きするぞなはたつと聞く」（拾遺集・雑賀・平定文）。
二 【三九】の注一四参照。

駒をば、いかで引[一]き寄せ給ひしぞ。いと言ふ効《かひ》なかりけるわざかな」と、「かかる者と出[二]で入りせむこそわびしけれ。[三]殿上のまりとつけて、[四]頭《かしら》もえさし出でぬ痴《し》れ者の、いかで寄り来にけむ。[五]そこたちの見はかりてし給へるならむ」と笑ひ嘲弄《てうろう》し給へば、三の君、[六]さらに知らぬよしを、[七]いとほしがり嘆き給ふ。かかる僻者《ひがもの》なれば、[八]世づかぬ文は書き出だしたるなりけりと、[九]人知れず思ひて、いみじくいとほし。

[一〇]北の方の心地、ただ思ひやるべし。

巳《み》、午《むま》の時まで、手も洗はせず、粥《かゆ》も食はせで、ありとある限り、[一一]その御方にとて多かりし[一二]人々も、誰かその痴れ者に使はれむとて出で来にも出で来ず。

[一三]つくづくと臥したるに、四の君見るに、顔の見苦しう、鼻の穴よりは人通りぬべく、[一四]吹きいららげて臥したるに、心づきなく、愛敬《あいぎやう》なくなりて、やをら、[一五]ものするやうにて起きて、出でたるを、[一六]北の方待ち受けてのたまふこと限り

三　底本「殿上のまり」未詳。「まり（鞠）」を「駒」の誤りと解する説もある。
四　「頭」「寄り来」も、「駒」の縁語か。
五　あなたたち。三の君にいう。
六　「『さらに知らず』と」に同じ。下の「嘆き給ふ」に係る。
七　四の君のことを。
八　男女の情けを解さない手紙。
九　奇妙な後朝の文のことを蔵人の少将には言えずに。
一〇　草子地。
一一　侍女たち。
一二　少将と結婚した四の君。
一三　「つくづくと」を「見るに」に係ると解する説もある。
一四　「いららぐ」（下二段）は、大きくふくれあがらせるの意。
一五　何か用事がある様子で。
一六　北の方（継母）は、少将がふきこんだ嘘を信じている。【三二】の注二九、【三八】の注一五参照。

なし。「《継母》おいらかに、初めより、かうかうしたりと言はましかば、忍びてもあらましを。所顕《ところあらは》しをさへして、かくののしりて、我も人[一七]も、ゆゆしき恥を見ること。[一八]誰《た》が仲人《なかうど》してし始めしぞ」と、「言へ」と責むれば、四の君[一九]、あさましういみじうなりて、ただ泣きに泣く。我、かかる者あらむとも知らぬに、かく[二〇]つきづきしく言ひければ、あらがふべき方なし。蔵人の少将いかに思ひ給ふらむと、「《四の君》女の身は心憂きものにこそありけれ」と泣けば、[二一]言ふ効《かひ》なし。

四〇　面白の駒、昼過ぎて帰る

少輔《せう》、いつとなく臥したりければ、おとど、「いとほし。かれに手洗はせよ、[一]物呉れよ。かかる者に捨てられぬと言はむは、また、[二]たてもなくいみじかるべし。宿世《すくせ》や、さしもありけむ。今は、泣きののしるとも、[三]事の清まはらばこ

一七　「人」は、家族の者をいうか。
一八　いったい誰があなたと兵部少輔の間を取り持って、こんなふうになったのですか。
一九　四の君は、昨夜の面白の駒の発言を聞いていない。
二〇　兵部少輔が、いかにも事実であるかのように言ったので。
二一　北の方（継母）の心情。

一　食べ物。
二　底本「たてもなく」未詳。このうえなくなどの意か。「たぐひもなく」の誤りと解する説もある。
三　この恥ずかしい事態がそそがれるのならともかく、そうではないからしかたがない。

そあらめ」とのたまへば、北の方、[四]「あたら吾《あ》が子を、何のよしにてか、さる者に呉れては見む」と惑ひ給へば、[中納言][あ]「悪しきこと、なのたまひそ。かかる者に捨てられぬと言はれむは、いかがいみじかるべき」。北の方、「来ずならむ時や、さも思はむ。ただ今は、[五]させまほしくぞある」とのたまへば、未《ひつじ》の時まで、[六]人も[七]目見入れねば、少輔、[八]苦しうて出でて往《い》にけり。

四一　新婚四日目の夜

[一]夜《よう》さり来たるに、四の君、泣きて、さらに[二]出で給はねば、おとど、腹立ち給ひて、[三]「かくおぼえ給ひけむ者をば、[四]何しかは、忍びては呼び寄せ給ひし。[五]人の知りぬるからに、かく言ふは、親はらからに、[六]二方《ふたかた》に恥を見せ給はむとや」と、添ひ居て責め給へば、いみじうわびしながら、泣く泣

四　大切な娘を。
五　そうさせたい。「さ」の内容は、前の中納言の発言の「捨つ」か。
六　侍女。
七　世話をしないので。
八　居づらくなって。

一　底本「ようさり」。「よさり」の転とする説に従った。「夕さり」「宵さり」の転と解する説もある。底本に「ようさり」は、この一例のみ。
二　面白の駒のもとに。
三　こんなに厭わしくお感じになった者を。
四　底本「なにしかは」。「何しにかは」の誤りか。
五　所顕しをして世の人が知ることになってしまってすぐに。
六　「二方に」は、二重にの意。面白の駒を通わせた恥と、捨てられる恥をいう。

く出でぬ。
少輔《せう》、泣き給ふを、あやしと思ひけれど、ものも言はで臥しぬ。

四二　四の君懐妊する

かく、女[一]も、わびしと思ひわび、北の方も、取り放ちて[二]むと惑ひ給へど、おとどのかくのたまふに慎《つつ》みて。[三]
[四]出で給ふ夜、出で給はぬ夜《よ》ありけるに、[五]宿世《すくせ》心憂かりけることは、いつしかとつはり[六]給へば、（継母）[七]「いかでと、生ませむと思ふ少将[八]の君の子は出で来で、この痴《し》[九]れ者の広ごること」とのたまふを、四の君、ことわりにて、いかで死なむと思ふ。

一　四の君。
二　四の君と面白の駒を別れさせたい。
三　接続助詞「て」で止めた表現と解した。
四　四の君が面白の駒のもとに。
五　「宿世心憂かりけること」は、【三九】の、四の君の「女の身は心憂きものにこそありけれ」の発言を受けたもの。
六　「つはる」は、懐妊のきざしが表れるの意。名詞が「悪阻(つはり)」。
七　底本「いかてと」の「と」を衍字と解する説もある。
八　蔵人の少将。三の君の夫。
九　この愚か者の子孫が広まることよ。

四三　蔵人の少将、夜離れがちになる

蔵人の少将思ひしもしるく、殿上の君たち、「面白の駒は、いかに。この頃、年返らば、御引き[一]にて、白馬《あをむま》[二]に出だし給へ。[三]君とあれと、いづれかをか思[四]ひましたる」とて笑ふに、塵[五]もつかじと思ふ心に、いと苦しとおぼゆ。もとよりも、[六]いと思ふやうにはおぼえざりしかど、いみじういたはらるるに懸[七]かりてありつるを、これに言《こと》[八]つけて捨てむと思ひなりて、やうやう来ぬ夜《よ》のみ多かれば、三の君、もの思す。

四四　帯刀、面白の駒のことを、衛門に語る

かの二条には、日々にあらまほしくなりまさり、男君[一]の

一 「引き」に、「引き立て」の意と「（手綱を）引き」の意を掛ける。
二 一月七日の白馬の節会に引き出される馬。
三 面白の駒。
四 中納言殿は。
五 「塵」は、少しの欠点・汚点の意。人からどんな非難も受けたくないと思う心。
六 三の君のことをさほど申し分のない妻だと思ってはいなかったけれど。
七 世話を受けて。
八 「言つく」は、口実にするの意。

一 少将。

もてかしづき給ふこと限りなし。少将[二]「人は、いくらも参らせ給へ。女房多かる所なむ、心憎くはなやかにも聞こゆる」とて、[三]これかれにつきつつ、引き引きに参れば、二十余《よ》人ばかり候ふ[1]。[四]男君も、女君の御心のどやかによくおはすれば、仕うまつりよし。[五]参りまかで、装束《さうぞ》き替へつつ、今めかしきこと多かり。[六]衛門を、第一の者にし給へり。帯刀、面白の駒のことを妻《め》に語りければ、下心には、[七]いみじうねたかりし答《たふ》すばかりの身にもなど思ひししるしにやと、うれしけれど、あこき「あないとほしや。北の方、いかに思すらむ」と、「さいなまるる人多からむかし」と言ふ。

四五　つごもり

かくて、[一]つごもりになりぬ。[二]大将殿よりは、[三]「少将の君の御装束《さうぞく》、今は疾《と》くし給へ。ここには、[四]内裏《うち》の御ことに、

二 侍女。
三 さまざまな侍女たちに手づるを求めて、それぞれの縁故によって参上するので。
四 男君（少将）ももちろん。
五 二条殿に参上する際にも、里下がりする際にも。
六 あこき。帯刀の妻。
七 巻一【六六】の注七参照。

一 十二月の下旬。
二 「大将殿の北の方」の意で、ここは、少将の母北の方をいう。
三 少将の新年の装束を調えることは、北の方の仕事。少将の母北の方は、姫君を少将の北の方として認めたのである。
四 宮中にいる女御のこと。左大将の大君。

暇《いとま》なくなむ」とて、よき絹、糸、綾、茜《あかね》[五]、蘇芳《すはう》、紅《くれなゐ》など多く奉り給へれば、もとよりよくし給へりけることとなれば、急がせ[六]給ふ。[七]さて、少将の君につき奉りて、右馬允《むまのぜう》[八]になりたる、田舎《ゐなか》の人の徳ある、絹五十[九]参らせたれば、人々にさまざま賜はす。衛門、[一〇]取り配りし掟つるにも、目やすく見ゆ。

この二条殿は、[一一]北の方の御殿なり。女二所、大君は女御、男は、太郎はこの少将、二郎は侍従[一二]にて、遊び[一三]をのみし給ふ、三郎は、童[一四]にて、殿上[一五]し給ふ。児《ちご》におはしけるより、この少将を、世になく愛《かな》しうし奉り給ふに、人に褒《ほ》められ、帝も、よき人に思し召したれば、まして、いかならむことをし給へりとも、のたまふまじ。かの御ことになれば、お[一六]とど笑《ゑ》み設《ま》け給へれば、殿に仕うまつる人、雑色《ざふしき》、牛飼ひまで、この少将殿に靡き奉らぬ、なし。

五　以下は、染料である。
六　「せ」は、使役の用法。
七　「さての」と同じように、そのほかにもの意と解した。
八　右馬寮の第三等官。「大允」は正七位下、「小允」は従七位上相当。
九　五十疋。一疋は、一反に同じで、装束一着分に相当する。
一〇　「取り配り」は、分配の意の名詞。
一一　左大将の北の方。
一二　中務省に属し、天皇のそば近くに仕え、雑務を行う官人。従五位下相当。
一三　管絃の遊び。
一四　元服前。
一五　童殿上。貴族の子弟が、宮中の作法を見習うために、元服前から、殿上の間（ま）への昇殿を許されること。
一六　左大将。

四六　年が明けて、少将、三位の中将に昇進

かくて、[一]年返りて、一日《ついたち》の御装束《さうぞく》、色よりはじめて、いと清らにし出で給へれば、いとよしと思して、着て来給ふ。[二]御母北の方、見給ひて、「あなうつくし。いとよくし給ふ人にこそものし給ひけれ。[三]内裏《うち》の御方などの[四]御大事あらむには、[五]聞こえつべかめり。針目などの、いと思ふやうにあり」と褒め給ふ。[六]司召しに中将になり給ひて、[七]三位し給ひて、おぼえまさり給ふべし。

四七　蔵人の少将と左大将の中の君との縁談

三の君の蔵人の少将、[一]かの中の君を聞こえ給ふを、中将「い

一 以下、物語二年目。
二 底本「きたまふ」。（新年の挨拶に）左大将邸においでになる。九条家本「ありき給ふ」。
三 帝の女御である大君。
四 「御大事」は、立后などを念頭に置いたものか。
五 絹や染め草を贈った母北の方は、姫君に、北の方として、合格点を与えた。前に、歌や筆跡には合格点を与えていた。【三二】参照。
六 京官の除目。ここは、春。一般的には、春は県召しというが、ここは、春の司召し。
七 中将は、従四位下相当。中将で、三位に叙せられて、公卿（上達部）となった。→［補注15］

一 左大将の中の君。中将の妹。
二 結婚相手を、皇族ではなく、

とよき人ぞ。ただ人と思さば、これを取り給へ。見るやうあり」と、常に申し給ふ。かの北の方、これをいみじき宝に思ひて、これがことにつけて、わが妻《め》を調ぜしぞかしと思ふに、いと捨てさせまほしきぞかし。

　中将、かく言ふを、見るやうぞあらむとて、時々返り言《こと》せさせ給ふに、少将、頼みをかけて、三の君をただ離《か》れに離れゆく。よしと褒めし装束《さうぞく》も、筋交《か》ひあやしげにし出づれば、いとど言《こと》をつけて腹を立ちて、し懸けたる衣《きぬ》どもも捨て、《蔵人の少将》「こは、何わざしたるぞ。いとよく縫ひし人は、いづち往《い》にしぞ」と腹立てば、三の君、「男《をとこ》につきて往にしぞ」といらへ給へば、《蔵人の少将》「なぞの男につくべきぞ。ただにぞ出でにけむ。ここには、よろしき者ありなむや」とのたまへば、三の君、「されど、殊なることなき人もなかるべきにこそあめれ、御心を見れば」と言へば、《蔵人の少将》「さ侍り。面白の駒侍るめり。ようめでたき人も参りけりと、心憎く思

二　臣下とお考えになるならばの意。
三　中納言の北の方。継母。
四　「宝」は、とても大切なものの意。
五　この人のことを理由に。継母が蔵人の少将の装束を次々に縫わせたことなどをいう。
六　母北の方が中の君に。
七　巻一【九】参照。
八　「筋交ひ」は、斜めにずれていること。ここは、縫い目がゆがんで真っ直ぐに揃っていないことをいう。
九　それを口実にして。
一〇　仕立てて懸けてあったいくつもの衣も。
一一　「男につきて」ではなく、自分で。
一二　最近のあなたのお心を見ていると。
一三　いや、面白の駒がいるではないですか。「さ侍り（そのとおりですね）」と言いながら、思い出した趣の皮肉と解した。

ふ」など、まれまれ来ては、[一四]ねたましかけて往ぬれば、いみじうねたみ嘆けど、効《かひ》なし。

北の方、落窪のなきを、ねたういみじう、いかで[一五]くやつのために[一六]まはししきふせむと惑ひ給ふ。[継母][一七]「我は幸ひあり。よき婿取る」と言ひし効《かひ》なく、面《おも》起こしに思ひし[一八]君は、ただあくがれにあくがる。よきわざとて[一九]急ぎしたるは、世の笑はれ種《ぐさ》なれば、病まひ人になりぬべく嘆く。

四八　清水詣での際の車争い

正月つごもりに、よき日ありけるに、物詣でする人ぞよかなるとて、三、四の君、北の方などして、車一つして、忍びて[一]清水に詣づ。

折しもこそあれ、三位の中将の[二]北の方、男君も詣で給ふに、中納言殿の車は、疾《と》く詣で給ひければ、先《さい》立ち行く。

一四「ねたましかく」は、忌々しく思うようにし向ける、嫌みを言うの意。
一五 あいつ。
一六 底本「まはししきふせん」九条家本「しきふせん」。未詳。
一七【三四】参照。
一八 三の君の夫。蔵人の少将。
一九 急いで迎えた婿は。面白の駒のこと。

一 清水寺。本尊は十一面観音。
二 姫君。姫君に、「北の方」の呼称が、ここに初めて見える。
三「かいすむ」は、人が少なくてひっそりしているの意。
四 ご夫婦が揃っていらっしゃるので。

忍びたりとて、殊に御前《ごぜん》もなし。[三]かい澄みたり。中将殿は、[四]男女おはしければ、御前《ごぜん》いと多くて、前《さき》追ひ散らして、いと猛《まう》にて詣で給ふ。[五]前《さき》なる車は、[六]後早《しりばや》に越されて、人々わびにたり。[七]前松《きいまつ》の透《す》き影に、[八]人のあまた乗りたればにやあらむ、牛苦しげにて、[九]え上らねば、後《しり》の御車ども塞《せ》かれてとどまりがちなれば、[一〇]雑色《ざふしき》どももむつかる。中将の、人を呼びて、[中将]「誰《た》が車ぞ」と問はすれば、[供人]「中納言殿の北の方の、忍びて詣で給へる」と言ふに、中将、うれしく詣で合ひにけりと、[一一]下には、をかしくおぼえて、[中将]「男《をのこ》ども、『前《さき》なる車、疾《と》く遣《や》れ』と言へ。[一二]さるまじうは、傍らに引き遣らせよ」とのたまへば、[一三]御前《ごぜん》の人々、[一四]「牛弱げに侍らば、え前《さき》に上り侍らじ。傍らに引き遣りて、この御車を過ぐせ[1]」と言へば、中将、「牛弱くは、面白の駒にかけ給へ」とのたまふ声、いと愛敬《あいぎやう》づきて、よしあり。

[一五]車に、ほの聞きて、「あなわびし。誰ならむ」とわび惑

五　前を行く中納言の車。
六　「後早」は、後ろから来るものが前のものを追い越さんばかりに進むさま。「越されて」は、内容的に、「越されむとして」に同じ。
七　「前松」は、車を先導する者が持つ松明。以下、「あらむ」まで、挿入句。
八　車は定員四人。【四九】の注三七に、「六人」とある。三人は、侍女だろう。→［補注16］
九　清水寺に行く上り坂を。
一〇　中将方の雑色たち。
一一　「下には」は、心のなかでは の意。
一二　それができないようなら。
一三　中将方の御前の人々。
一四　この一文は、対者敬語「侍り」があるから、中将への発言か。「傍らに」以下は、中納言への発言。
一五　中納言方の車では。

ふ。[一六]なほ前《さき》に立ちて遣れば、中将殿の人々、「え引き遣らぬ、なぞ」とて、[一七]礫《たぶて》を投ぐれば、中納言殿の人々、腹立ちて、[一八]「事と言へば、大将殿ばらのやうに。中納言殿の御車ぞ。[一九]早う打てかし」と言ふに、この御供の雑色どもは、「中納言殿にも怖《お》づる人ぞあらむ」とて、礫を雨の降るやうに車に投げかけて、[二〇]片《かた》やうに、集まりて押しやりつ。[二一]御車ども先立《さき》てつ。御前《ごぜん》よりはじめて、人いと多くて、打ちあふべくもあらねど[二二]、[二三]片を堀に[二四]押しつめられて、ものも言はである、「なかなか無徳《むとく》なるわざかな」と、いらへしたる男《をのこ》どもを言ふ。[二五]

　乗りたる北の方をはじめて、ねたがり惑ひて、「誰《た》が詣で給ふぞ」と問へば、「左大将殿の三位の中将殿の詣で給ふなり。ただ今の第一[二六]の人にて。[二七]悪《あ》しくいらへたなり」と言ふを聞くに、北の方、「何の仇《あた》にて、[二八]とにかくに恥を見せ給ふらむ。この兵部少輔のことも、これがしたるぞかし。

一六　中将方にああ言われたのに、依然として。
一七　「礫」は、「つぶて」に同じ。投げつける小石。
一八　何かと言うと、大将殿たちのように威張り散らす。
一九　「早う打てかし」を、自分たちの従者に言った発言と解した。早くこちらも応戦せよ。上に続いて、中将方への発言と見て、勢いよく投げつけるものなら投げつけてみよと解する説もある。
二〇　底本「かたやふ」。「片様」で、(道の)片側の意という。
二一　中将方のお車。
二二　下に、「応戦したために、結局」の内容を補い読む。九条家本「あらねは」。
二三　底本「かた」。(車の)片側の意か。「片輪」の誤りと解する説もある。
二四　「押しつむ」は、追い込む、の意。ここは、その結果、堀においらかに、『否』と言はましかば、さてもやみなまし。二九よそ人も、かく敵《かたき》のやうなる人こそありけれ。何者ならむ」とて、北の方、三〇手を揉《も》み給ふ。

いと深き堀にて、とみにえ引き上げで、とかくもて騒ぐほどに、輪少し折れぬ。「いみじきわざかな」とて担《にな》ひ上げて、縄求めて来て、結ひなどして、「三一返らむやは」とて、三二やうやう上る。

中将殿の御車どもは、三三階殿《はしどの》に引き立てて、三四無期《むご》に立ち給へるに、やや久しうありて、[2]からうしてよろぼひ来ぬ。「いと猛《たけ》かりつる輪折れにけりや」とて、また笑ふ。

四九　清水寺での局争い

よき日にて、階殿《はしどの》に隙《ひま》もなければ、隠れの方より下りむと思ひて、過ぎて行《ゆ》く。

はまったことをいうか。
二五　中納言方の者同士で言っているものと解した。中将方がとする説もある。
二六　「第一の人」は、三位の中将をいうか。
二七　注一八の「事と言へば、大将殿ばらのやうに」の発言をいう。
二八　何かにつけ。
二九　縁のない他人でも。
三〇　「手を揉む」は、両手を擦り合わせることで、いぶかる動作という。
三一　これで車がひっくり返ることはないだろう。
三二　少しずつゆっくりと。
三三　「階殿」は、屋根のついた階段。『うつほ物語』の「楼の上・下」の巻にも例がある。『大和物語』一二二段には、志賀寺の例があり、局が設けられている。
三四　長い時間ずっと。

中将、帯刀を呼びて、「この車の下り所見て告げよ。そこに居む」とのたまへば、走り行《い》きて見れば、知りたる法《ほう》師《し》呼びて、継母「いと疾《と》く詣でつるを、この三位の中将とかいふ者の詣で合ひて、しかしかして、車の輪折れて、今まで侍りつる。局《つぼね》ありや」とて、「下《お》りなむ。いと苦し」と言へば、法師「いと不便《ふびん》なりけることかな。一さらに。二御堂《みだう》の間《ま》なむ、かねて仰せられ侍りしかば、取り置きて侍る。かの中将殿、いづこにか候ひ給はむずらむ。三案《あん》なう、四えせ者の、局襲ひ五領《し》かれむかし。あはれ、いと不便なる夜《よ》なめりかし」と言へば、「さは、疾《と》く下りなむ。人なき局とて取られなむ」とて急げば、男《をとこ》六三人、「御局見置かむ」とて行《い》く後《しり》につきて、帯刀、見置きて、走り帰りて、「かうかうなむ七申しつる。かれが行《い》かぬ前《さき》に」とて下《お》ろす。八御几帳さして、男君離れ給はずかしづき給ふこと限りなし。

中納言殿の北の方、中将殿の下りぬ前《さき》に、皆九歩《あゆ》び上るほ

一　「さらに」を、「さらにも言はず」に同じ意と解した。
二　本堂の参籠の間（ま）。
三　底本「あんなう」。考えるまでもなくの意か。「論なう」の誤りと解する説もある。九条家本「ひんなう」。
四　「えせ者」は、身分の低い者の意。
五　「領く」は、ここは、自分の物にするの意。
六　九条家本「一人」。
七　法師が。
八　さし几帳。北の方（姫君）を人目から隠すために、前後左右に几帳をさして移動する。
九　「歩ぶ」は、「歩む」の転。
一〇　こちら。中将の一行。
一一　衣擦れの音。
一二　どこに行っていいのかわからずにいる人々の意か。九条家本「道なる人〳〵」。
一三　車で「隠れ」にまわった中納言の北の方一行をいうか。

どに、[一〇]これ、はた、いと儀式殊に、[一一]そよそよはらはらと沓《くつ》擦《す》りて、帯刀、先に立ちて、[一二]道なき人々払ふ。[一三]車の人々騒ぎ立ち歩めば、道を塞《ふた》ぎて、さらに遣《や》らねば、はしたなくて、しばしかい群れて立ちたるを見て、[一四]「後追ひなる御物詣でなめりや。常に先立ち給ふとのみ[一五]思《おぼ》い給うためれども、遅れ[一六]給ふは」とのみ笑へば、誰も誰も、いとねたしと思ふ。とみにもえ歩み寄らず、からうして局に歩み行《い》きぬ。

[一七]法師《ほうし》童子《どうじ》一人ありけるは、[一八]かの局あるじのおはすると思ひて、出でて往《い》ぬ。皆入り給ひて、中将、帯刀を呼びて、[一九]わが局（中将）「かの人々笑はせよ」とささめき給ふをも知らで、[二〇]と頼みて、来て、入らむとするに、「あらはなり。中将殿おはします」と言ふに、あきれて立てれば、人々笑ふ。[二一]「いとあやしや。確かに案内《あない》せさせてこそ下りさせ給はましか」、「[二二]かく上《うは》の空に御局あるまじかめるものを。いといとほしきわざかな」、「[二三]仁王堂《にわうだう》の行ひをせさせ給へ。それぞ、

一四　「後追ひ」は、後ろから追っかけてばかりいるの意か。
一五　「思い給ふ」は、異例な敬語。→［補注5］
一六　底本「給は」。九条家本「給はゝ」。
一七　「法師童子」は、子どもの法師。以下は、中将の一行が局に着いた時に時間を遡らせての叙述。
一八　局のぬし。局を予約した人。
一九　中納言の北の方一行は。
二〇　以下、時間を戻す。
二一　以下、中将の従者たちが口々に言う言葉。何人のものか不明だが、試みに分けた。
二二　「上の空」は、いいかげんなこと、確かめもせずにやって来ることとの意。
二三　「仁王堂」は、仁王門に同じ。山門の左右に、二体の金剛力士像を安置した。本堂での参籠はあきらめよとの発言。ただし、清水寺にはないという。

[二四]所は広かなる」と、そら知らずして、帯刀は、我と知られむはいとほしくて、若う逸《はや》れる者をはやして言はせて笑ふに、はしたなきこと限りなし。泣くにもはしたに、わびしと言ふは疎《おろ》かなり。しばし立てるに、人騒がしく、突い倒《たふ》しつべく歩《あり》き違《ちが》へば、わびしく、歩み帰る心地も、[二五]ただ思ひやるべし。勢ひまさりたらば、いさかひ返しても[二六]居ぬべし。いとせむ方なし。

[二七]足を空に踏みて、車に帰り乗りて、ねたういみじう思ふこと限りなし。「なほ、[二八]ただに思はむ人、かくはせじ。[二九]おとどをや、悪《あ》しと思う給ふらむ。いかなることに当たり給ふらむ」と、集まりて嘆くなかに、四の君、面白の駒言はれて、いといみじと思ふ。

[三〇]大徳《だいとこ》呼びて、《継母》「かうかうして取られぬ。いみじき恥にこそあれ。また局ありぬべしや」と言へば、大徳、「[三一]さらに。今は、いづこのかあらむ。入り居たるをだに、殿ばらの君《きん》

二四　通るだけで、誰も籠らないから。
二五　草子地。
二六　局に。
二七　「足を空に踏む」は、地に足がつかないさまをいう。
二八　なんの恨みの気持ちもない人。
二九　中納言。
三〇　高徳を備えた僧。高僧。
三一　「さらに侍らず」の省略と解した。
三二　お車に乗ったまま。

達《だち》は押し居させ給ふに、遅く下りさせ給へるが、まして悪《あ》しきなり。いかがせむ。[三二]御車ながら明かさせ給ふべきなり。よろしき人ならばこそ、[三三]もしやと言ひ侍らめ。ただ今の[三四]一もの、太政大臣も、この君に会へば、音もせぬ君ぞや。[三五]御妹、限りなく時めき給ひて持給へり。[三六]わが御おぼえばかりと思すらむ人、打ちあふべくもあらず」など言ひて往ぬれば、効《かひ》なし。下りなむと思ひて、[三七]六人まで乗りたりければ、いと狭《せば》くて身じろきもせず。[三八]苦しきこと、落窪の部屋に籠り給へりしにもまさるべし。

五〇　継母たち、清水寺から帰る

からうして明けぬ。[一]この愛敬《あいぎやう》なしの出でぬ前《さき》に、疾《と》く帰りなむと急ぎ給へど、御車の輪結ふほどに、中将殿は御車に乗り給ひぬ。[二]例の便《びん》[1]なかめれば、中納言殿の御車、[三]遅れ

三三　ひょっとして局を返してくれるかと思って。
三四　底本「一もの」。【四八】の注二六の「第一の人」と同じ意か。あるいは、「逸物（いちもつ）」と関係のある語か。下の「太政大臣」と同格とも考えられる。
三五　左大将の大君。
三六　自分が一番帝のご寵愛を受けていると思っていらっしゃる人の意で、三位の中将をいうか。
三七　中納言の北の方（継母）、三の君、四の君と、三人の侍女たちであろう。牛車は、普通四人で乗る。→［補注16］
三八　草子地。
一　「この愛敬なし」は、三位の中将をいう。
二　「例の」は、来た時と同じようにの意。
三　三位の中将の車の後から行こう。

むとて立てれば、中将殿、[四]後にも思ひ合はせよ、むげにしるしなくは効《かひ》なしとや思しけむ、[五]小舎人童《こどねりわらは》を呼びて、[中将]「かの[六]車の口の方に寄りて、『懲《こ》りぬや』と言ひて来《こ》」とのたまひて、[七]ただ寄りに寄りて、かく言へば、「誰《た》がのたまふぞ」と言ふ。ただ、[小舎人童]「かの御車より」と言ふに、[継母八]「我は寄るを。思ふことありてするにこそありけれ」と、ささめきあやしがりて、北の方の、「まだし」と[九]言ひ出だしたりければ、童、かくなむと申せば、[中将一〇]「さがな者、ねたういらへたなり。[2][一一]かくておはすとも知らじかし」と[一二]笑ひ給ひて、[中将]「まだ死にせぬ御身なれば、またや見給はむ」と言はせたれば、北の方、[一三]「いらへ、なせそ。めざまし」と制せられて、[一四]せさせねば、[一五]帰り給ひぬ。

[一六]女君、「いと心憂く。けしからずはおはせしと、[一七]おとど、後に聞き給はむことあり。かく、なのたまひそ」と制し給ひければ、[中将一八]「これには、おとどやは乗り給へる」とのたま

四　以下、「思しけむ」まで、挿入句。
五　近衛少将、中将が召し使った童。
六　「車の口」は、「車の後」に対して、屋形の前部。車は、上位者が前方に乗る。継母がそこにいると判断した。→[補注16]
七　接続助詞「て」の前後で、動作主が変わる。
八　底本「われはよるを」。こちらの車は端に寄っているのに、わざわざ来て言うなんてなどの意か。九条家本「されはなを」。
九　車の中から、外の小舎人童に言う。
一〇　意地の悪い者。中納言の北の方（継母）をいう。
一一　北の方（姫君）が。
一二　また、小舎人童に。
一三　主体敬語がないから、中納言の北の方（継母）の発言。
一四　従者たちに、返事を。
一五　三位の中将の一行は。

へば、《姫君》「君[一九]たちおはすれば、同じこと」とのたまふを、《中将》「今、うち返し仕うまつらむに、[二〇]御心は行《ゆ》きなむ。思ひ[二一]置きしこと違《たが》へじ」とのたまふ。

五一　継母、中納言に報告する

北の方、帰り給ひて、中納言に申し給ふ、「この、大将殿の中将は、おとどをや悪しくし給ふ」とあれば、《中納言》「さもあらず。内裏《うち》などにても、[一]用意ありてこそ見ゆれ」[1]とのたまふ。《継母》「あやしきことかな。しかしかこそありつれ。またなう、ねたくいみじきことこそなかりつれ。[二]出づとて、言ひおこせたりつる[三]消息《せうそこ》よ。いかで、これに答《たふ》せむ」と[四]揉まれ給へば、中納言、「我は、老い癡《し》ひて、おぼえもなくなりゆく。かの君は、ただ今、大臣になりぬべき[2]勢ひなれば、いとい たう[五]しがたし。[六]さべうこそあらめ。[七]名立たしく、わ

一六　以下、「懲りぬや」と言わせた時に時間を遡らせての叙述。
一七　父中納言殿。
一八　この車には。
一九　三の君と四の君。
二〇　中納言殿のお心。
二一　心に決めていた北の方へのしかえし。
一　心遣い。
二　清水寺を。
三　伝言。「懲りぬや」「まだ死にせぬ御身なれば、またや見給はむ」の言葉をいう。
四　「揉む」は、「身を揉む」に同じか。「身を揉む」は、身をよじるように動かすことで、いらだつ動作という。「れ」は、自発の用法。
五　「答」を。
六　こうなる宿命だったのでしょう。
七　「名立たし」は、噂になりそうなさま。

が妻子《めこ》どもとて、さる恥を見、笑はれけむことよ」とて、
[八]爪弾《つまはじ》きをして、また嘆き給ふ。

五二　蔵人の少将、左大将の中の君と結婚

かかるほどに、六月[一]になりぬ。中将、せめて言ひそそのかして、蔵人の少将を中の君に逢はせ給へば、中納言殿に、聞きて、焦《い》られ死ぬばかり思ふ。かくせむとて、我はあし[二]かりをきしにこそありけれとて、いかでか[三]生霊《いきずたま》にも入りにしかなとて、手がらみ[四]をし入り給ふ。

二条殿には、思ひかしづき給ひし[五]ものを、いかに思すらむと思ひやりて[六]、いとほしがる。

三日の夜[七]《よ》、御装束《さうずく》は、物よくし給ふとて、この殿[八]になむ奉り給ひければ、女君、急ぎ染めさせ、裁ち縫ひし給ふにも、昔[九]思ひ出でられてあはれなれば、

八　巻一【六二】の注一四参照。

一　「六月」は、「二月」か「三月」の誤写か。【五五】の注一六に、「四月にも取らむ」とある。前段までは、一月。
二　底本「あしかりをきしにこそありけれ」未詳。
三　なんとしてでも生霊となって取り憑いて苦しめてやりたい。
四　「手がらみ」は、指をからみ合わせることで、怒り悔しがる動作という。「入る」は、強くする意を添える。
五　蔵人の少将を。
六　主体敬語がないが、中将の北の方（姫君）の動作と解した。
七　新婚三日目の所顕しの夜。
八　二条殿（の北の方）。
九　落窪の間で、蔵人の少将の装束を縫わされていた頃。
一〇　「唐衣」は、「たつ（裁つ・

[一〇]着る人の変はらぬ身には唐衣たち離れにしをりぞ忘れぬ

とぞ言はれ給ひける。いと清げに縫ひ重ねて奉[一一]らせ給へれば、[一二]大殿《おほいどの》の北の方、限りなく喜び給ひて。[一三]

中将、[一四]いと思ふやうにしつと思ひて、少将に会ひて、

「いと恐ろしき人[一五]持給へりと怖[一六]ぢ聞こえ給ひしかど、間《ま》近くて聞こえ語らはむの本意《ほい》ありてなむ、しひてそのかし聞こえたるを、わりなくとも、ゆめ、もと[一七]一つに思すな」と聞こえ給へば、少将、「あなゆゆし。よし、聞き給へ。文をだにものし侍りてむや。[一八]御用意ありと承りしよりなむ、限りなく頼み聞こえし」とのたまひて、げに、顧[一九]みもし給ふべくもあらず。[1]　[二〇]おぼえも、[二一]女君も、こよなくまさりたれば、何しにかは通[二二]はむ。

かかるままに、[二三]北の方、焦《い》られ惑ひて、物もやすく食はでなむ嘆きける。

立つ」の枕詞。「をり」に「折」と「折り」を掛ける。「着る」「身」「唐衣」「裁つ」「折る」は縁語。

一一　「奉らす」で客体敬語。

一二　左大将の北の方。

一三　接続助詞「て」で止めた表現。

一四　蔵人の少将と中の君の結婚は、継母に対する復讐の一環。

一五　「人」は、中納言の三の君をいう。

一六　妹の中の君がと解した。もとからの妻の嫉妬を恐れる。

一七　もとからの方（中納言の三の君）と同列に。

一八　私を婿にというご意向。

一九　「顧み」は、三の君のことを振り返って見ること。

二〇　「おぼえ」は、左大将家で大切に思われること。

二一　左大将の中の君。

二二　中納言邸に。

二三　中納言の北の方。継母。

五三　少納言、二条殿に雇われる

[一]中将殿に、よき若人ども参り集まりたる、いたはり給ふと聞きて、かの中納言殿の[二]少納言、かく落窪の君とも知らで、[三]弁の君が引きにて参りたり。

女君、[四]見給ふに、少納言なれば、あはれにをかしうて、衛門を出だして、「異人《姫君こと》かとこそ思ひつれ。[五]昔はさらに忘れずながら、慎ましきことのみ多くて、え、かくなむともものせで、おぼつかなく思ひつるに、いとうれしくもあるかな。早う、こなたにものし給へ」と言はせたれば、少納言、[六]あさましくなりて、[七]扇さし隠したりつるもうち置きて、居ざり出づる心地も違《たが》ひて、「いかなる《少納言》ことぞ。誰《た》がのたまふぞ」と言へば、「ただ《あこき》、かくて候ふに[八]思し出でよ。その[九]世には、[一〇]落窪の御方と聞こえしよ。私《わたくし》にも、いとこそう

一　三位の中将の二条殿。
二　中納言邸の侍女。巻一【五三】など参照。
三　ここにだけ見える侍女。
四　北の方（姫君）は、御簾越しに、侍女たちを引見する。
五　昔の厚情。
六　女主人が知り合いらしいことと、昔のあこきに会ったことで、びっくりしたのである。
七　「扇さし隠す」は、扇で顔を隠すの意。
八　「思し出づ」は、考えて答えを出すの意の主体敬語。
九　底本「夜」を仮名として読んだ。
一〇　「落窪の御方」とは呼ばれていなかった。
一一　「いで」は、「あな」とともに、感動を表す。
一二　巻一【五四】に、「え避らず候ひ侍る御方よりも、この年

れしけれ。昔見奉りし人は一人もなくて、変はりたる心地のし侍るに」と言へば、少納言、「一一いで、あなうれしや。一二わが君のおはしますにこそありけれ。よに忘れず、恋しくのみ一三おぼえさせ給へるに、仏の導き給へるにこそありけれ」と、喜びながら、御前《おまへ》に参りたり。

一四見るに、かの一五部屋に居給へりしほど、まづ思ひ出でらる。君は、まづねびまさりて、いとめでたうて居給へれば、いみじく幸ひおはしけるとおぼゆ。一六そよそよと装束《さうぞ》き、一七汗衫《かざみ》着たる人、一八いと若う清げなる、十余《よ》人ばかり物語して、いとなまめかしげなり。「一九いと疾《と》く御前《まへ》許され給ふ人、いかならむ」、「我らこそ、さもなかりしか」とうらやみ合へれば、姫君「さかし。こは、さるべき人ぞかし」と笑ひ給ふさまも、いとをかしげなり。

かかれば、父母の二〇立ちかしづき給ひし二一御はらからどもには、こよなくまさり給へるぞかしと、人の聞くほどは、う

ごろ、御心ばへも見参らするに、仕まつらまほしう侍れど」とあった。
一三「(わが君が)おぼえさせ給ふ」は、「(わが君を)思ひ奉る」に同じ。
一四 少納言が。
一五「部屋」は、落窪の間ではなく、閉じ込められた部屋。【二】参照。
一六 そよそよと柔らかい音を立てる装束を着て。
一七「汗衫」は、童女の正装の表着。
一八 童女ではなく、大人の侍女をいう。
一九 出仕早々に御前近くを許されなさった人。主体敬語があるのは、それなりに身分の高い人と判断したからである。
二〇「立ち」は、意味を強める接頭語。底本「のたち」を「居立ち」の誤りと解する説もある。
二一 ほかの侍女。

れしきよしを言ひて、人立ちぬるほどには、少納言、中納言殿の物語をくはしくす。[二二]かの典薬がいらへしこと語れば、衛門もいみじく笑ふ。[少納言][二三]「北の方、[二四]このたびの御婿取りの恥ぢがましきこと、宿世《すくせ》にやおはしけむ、[二五]いつしかと言ふやうに孕《はら》み給へれば、心地よげに見え給ひし北の方も、[二六]思ひまつはれてなむおはすめる」、[姫君]「四の君の御[二七]人は、[二八]あやしきことかな、[二九]これには、いみじう[三〇]褒《ほ》め給ふめるものを。『鼻[三一]こそ、なかに、をかしげにてある』とこそ言はるめれ」とのたまへば、少納言、「嘲弄《てうろう》し聞こえさせ給へる[三二]なり。御鼻なむ、なかにすぐれて見苦しうおはする。鼻うち仰ぎいららぎて、穴の大きなることは、左右に対建て、寝殿も造りつべく」など言へば、[姫君][三三]「いといみじきことかな。げに、いかにいみじうおぼえ給ふらむ」など語らひ給ふほどに、中将の君、内裏《うち》より、いといたう酔ひてまかで給へり。

二二 【一二】参照。
二三 下の「心地よげに見え給ひし北の方」と同格か。
二四 面白の駒を四の君の婿として迎えたこと。「宿世にやおはしけむ」とともに、挿入句。
二五 【四二】参照。
二六 「思ひまつはる」は、悩みが身から離れない、ずっと悩み続けているなどの意。
二七 婿君。面白の駒。
二八 挿入句。
二九 夫である三位の中将をいう。「私」と解する説もある。
三〇 【三五】参照。
三一 係助詞「こそ」の結び、不審。
三二 助動詞「なり」は、聴覚的判断を表す。
三三 面白の駒の鼻への感想。

五四　中将、少納言と会う

いと赤らかに清げにておはして、「《中将》御遊びに召さ[一]れて、これかれに[二]強ひられつるに、いとこそ苦しかりつれ。笛仕うまつりて、[三]御衣《ぞ》被けごと侍り」とて[四]持ておはしたり。[五]許し色のいみじく香《かう》ばしきを、「《中将》君に被け奉らむ」とて、女君にうち懸け給へば、「《姫君》何の禄ならむ」とて笑ひ給ふ。

少納言を見つけて、「《中将》これは、[六]かのわたりに見えし人にはあらずや」、「《姫君》さなめり」、「《中将》いかで参りつるぞ。[七]交野《かたの》の少将の艶になまめかしかりしことの残り、いかで聞き侍らむ」とのたまへば、少納言、言ひしこと忘れて、何ごとならむ、あやしと思ひて、かしこまり居たり。

「《中将》いと苦し。臥したらむ」とて、[八]御帳の内に二所ながら入り給ひぬ。

一　「れ」は、受身の用法。
二　酒を。
三　「御衣被けごと」で一語。
四　被け物を。
五　「許し色」は、誰でも着ることを許されている色。紅や紫の薄い色をいうことが多い。「禁色（きんじき）」の対。
六　中納言邸で。巻一【五三】参照。
七　少納言は、巻一【五五】で、「聞こえさせつることの残りも、まだいと多かり。艶にをかしうて侍りし、まめやかに聞こえさせ侍らむ」と言っていた。
八　「御帳」は、御帳台。

五五　中将に右大臣の娘との縁談が進む

少納言、めでたく清げにおはしける君かな、いみじく思ひ聞こえ給へるにこそあめれ、幸ひある人はめでたきものなりけりとおぼえ給へりけるほどに、右大臣にておはしける人の、御一人娘《右大臣》、「内裏《うち》に奉らむと思へど、我なからむ世など後ろめたなし。この三位の中将、交じらひのほどなどに心見るに、もの頼もしげありて、人の後見《うしろみ》しつべき心あり。これ逢はせむ。わざとの人の娘にはあらで、はかばかしき人の妻《め》もなかなり。年ごろ、かく思ひて、心とどめて見るに、思ふやうなる人なり。ただ今、なりもて出でなむ」とのたまひて、知りたる便りありて、男君の御乳母《めのと》のもとに、「かうかうなむ思ふ」と言はせ給へれば、御乳母、「かくなむ侍《はべ》る。いとやむごとなくよきことにこそ侍なれ」

一　三位の中将。
二　北の方（姫君）を。
三　語法不審。底本「思給へりける」。主語は少納言だが、「思」を「おぼえ」と読んで、三位の中将と北の方が少納言から思われていらっしゃるの意と解しておく。九条家本「思ひしりける」。
四　「内裏に奉らむと思へど」を地の文と見る説もあるが、「思へど」の敬語不審。
五　「後ろめたなし」は、「後ろめたし」に同じ。右大臣は、姫君に後見がないことを心配する。
六　右大臣は、三位の中将に妻がいることを知っている。
七　婿として申し分のない人だ。
八　あるいは、「仰せならましを」までは、対者敬語「侍り」があるから、右大臣方への伝言か。九条家本「おほせならましと」。

と言へば、中将、「[八]一人侍るほどならましかば、いとかしこき仰せならましを、今はかくて通ふ[九]所あるやうにほのめかし給へ」とて立ち給ひぬれば、御乳母の[一〇]思ふやう、[一一]この御妻《め》をば、父母もなきやうにて、ただ君にのみこそ懸かり給ひためれ、[一二]はなやかにかしづかれ給へらば、よからむかしと思ひて、君ののたまふやうには言はで、「いとうれしきことなり。今、[一三]よき日して、[一四]御文も取りて奉らむ」など言ひやりたりければ、[一五]この殿には、よしと思して、急ぎてと言はば、[一六]四月にも取らむと思して、御調度、あるよりも厳めしうし替へて、若き人求め、[一七]経営《けいめい》し給ふ。

五六　姫君、中将の縁談を知る

「君は、右大臣殿の婿になり給ふべかなり。[一]この殿に知り給へりや」と言へば、[二]衛門、あさましと思ひて、「《あこき》まだ、

九　中将はまだ左大将邸に住み、二条殿には通う形になっている。
一〇　「思ふやう、…と思ふ」の語法は、ここのみ。
一一　「この御妻をば」は、下の「思ひて」に係るか。「を」を衍字と解する説もある。
一二　右大臣殿の婿になって。
一三　吉日を選んで。
一四　三位の中将の右大臣の姫君へのお手紙。
一五　右大臣邸。
一六　【五二】の注一参照。
一七　「経営す」は、ここは、準備に奔走するの意。

一　二条殿（の北の方）。
二　衛門の知人の、右大臣邸の侍女が。後の衛門の発言に、「かの殿なる人」とある。注四参照。

さる気色も聞こえず。確かなることか」と言へば、「まことに。三この四月にとて急ぎ給ふものを」と告ぐる人ありければ、女君に、「《あこき》かうかうこそ侍るなれ。さは知ろし召したるにや」と申せば、まことにやあらむと、あさましく思ひながら、「《姫君》まだ、さることものたまはず。誰《た》が言ふぞ」とのたまへば、「《あこき》四かの殿なる人の、確かに知る便りありて。五月をさへ定めて申し侍り」と言へば、心のうちには、六この[1]母北の方、[2]しひてのたまふにやあらむ、さやうなる人の七押し立てのたまはば、聞かではあらじと、人知れず思して、八心尽きぬれど、つれなくて、のたまひやすると待てど、かけても言ひ出で給はず。

五七　中将、悩む姫君と贈答する

女、心憂しと思ひたる気色や、一なほ少し[1]見えけむ、中将、

三「この四月」とあるが、まだ四月にはなっていない。
四「かの殿」は、右大臣邸。そこに仕える侍女。
五 結婚の月まではっきりさせて。
六 中将殿の母北の方。左大将の北の方。
七「押し立てて」は、「押し立ちて」と同じで、強引に…するの意という。
八「心尽く」は、思い悩むの意。「心付く」と解する説もある。

一 隠そうとしてもやはり。
二「や」は、詠嘆。
三「初め」は、通い始めた当初の意。
四 巻一【三三】参照。
五「興ぜらる」は、おもしろがられる、からかわれるの意。
六「ほど」は、心のほどの意で、それでもまだ、あなたに対

「思すことやある。御気色にこそ、さりげなれ。まろは、世の人のやうに、『思ふぞや[二]』『死ぬや』『恋しや』なども聞こえず、ただ、いかでもの思はせ奉らじとなむ、初[三]めより思へば、かかる御気色の、このほど見ゆるは、いと苦しく。心憂しとや思さむとて、初めも、[四]さいみじかりし雨に、わりなくて参りしを、足白の盗人とは興《けう》[五]ぜられしぞかし。[六]ほど、疎かなりし。なほ[2]のたまへ」とのたまへば、女、「何ごとをか思はむ」、[中将七]「いさ。されど、御気色、いと苦し。思ひこそ隔て給ひけれ」とのたまへば、女、

[姫君八]　隔てける人の心をみ熊野の浦の浜木綿《はまゆふ》いく重《へ》なるらむ

男君、「あな憂。さればよな。なほ、思すことありけり。

[中将九]　真野の浦に生ふる浜木綿重ねなでひとへに君を我ぞ思へる

[一〇]心ならでや、ものしきことも聞き給は[一一]む。なほのたまへ[一二]」と聞こえ給へり。確かならぬことにもこそあれと思ひて、

する愛情が充分ではありませんでした（今は、もっとあなたを愛しています）などの意か。

七「いさ」は、相手の発言に否定的に応ずる言葉。

八「御熊野」の「み」に「見」を掛ける。「御熊野の浦」は、紀伊国の歌枕。紀伊半島南部の海岸の総称。「御熊野の浦の浜木綿」は、「いく重」の序詞。「さしながら人の心をみ熊野の浦の浜木綿いく重なるらむ」（拾遺集・恋四・平兼盛）と初句だけが異なる。

九「真野の浦」は、近江国、摂津国、下総国の歌枕だが、特定できない。「真野の浦に生ふる浜木綿」は、「重ね」の序詞。「なで」は、助動詞「ぬ」の未然形に、接続助詞「で」がついたもの。

一〇　私の本意ではなく。

一一　九条家本「給ふらん」。

一二　北の方（姫君）は。

ものも言はでやみぬ。

五八　あこき、縁談の件で帯刀を問い詰める

明けぬれば、帯刀に、衛門が言ふ、「しかしかのことあるべかなるを、心憂くも言はぬにこそ。つひに隠れあるべきことかは」と言ひければ、「《帯刀》さらに、さること聞かず」と言へば、「《あこき》されど、ほかの人[一]さへ聞きて、人々[二]のもとに、いとほしがり、[三]訪《とぶら》ふものを、知らぬやうはありなむや」と言へば、「《帯刀》あやしきことかな。君の御気色、今見む」と言ふ。

五九　中将、縁談が進められていることを知る

中将、殿[一]に参りて、いとおもしろき梅のありけるを折り

一「ほかの人」は、この二条殿以外の人の意。
二　二条殿の人々。
三「訪ふ」は、心配して連絡するの意。

一　父左大将邸。
二　二条殿にいる北の方（姫

て、
「《中将》これ見給へ。世の常になむ似ぬ。御気色も、これに慰み給へ」
と言ふ。[二]
女君、ただ、かく聞こえ給ふ。
　[三]憂きふしにあひ見ることは[1]なけれども人の心の花はなほ憂し
とてなむ、[四]花につけて返し給へれば、中将、いとあはれにをかしと思す。

なほ、吾《あれ》、[五]異《こと》心ありと聞きたるにやと苦しうて、立ち返り、

「《中将》さればよ。思し疑ふことこそありけれ。[六]さらに罪なしとなむ、ただ今は思ひ給ふるを、まろが心のほどは、なほ見給へ」

とて、

君）に。手紙あるいは伝言である。
三 「人の心の花」は、うつろいやすい人の心を花にたとえたもの。参考、「色見えでうつろふものは世の中の人の心の花にぞありける」（古今集・恋五・小野小町）。
四 中将が贈ってきた梅の花か。
五 「異心」は、別の人を思う心、浮気心の意。
六 疑われるようなことはない。

——（二〇八ページ）——

七 「あたし」の「し」は風で、「仇なす風」「仇の風」の意か。「嵐」の誤りと解する説もある。
八 「誘ふ」は、花が散るのを誘うの意。自分のもとから中将を奪おうとする右大臣家の意向をたとえる。参考、「吹く風の誘ふものとは知りながら散りぬる花のしひて恋しき」（後撰集・春中・詠人不知）。

憂きことに色は変はらず梅《むめ》の花散るばかりなるあたしなりけり

と、「推し量り給へ」とのたまへれば、女、

「誘ふなる風に散りなば梅の花我や憂き身になり果てぬべき

とのみぞ、あはれに」

とあるを、いかなることを聞きたるにかあらむと思ひ給へるほどに、御乳母《めのと》出で来て言ふやう、「かの右の大殿のことは、のたまひしやうにものし侍りしに、『わざとやむごとなき妻《め》にものし給はざなり。時々通ひてものし給へかし。殿に聞こえて、四月となむ思ふ』と急がせ給ふなり。さる心し給へ」と聞こゆれば、いと恥づかしげに笑みて、「なでふ、男《をのこ》の、否と思ふことを、しひてするやうかはある。世の人に似ず、よき身にもあらねば、さのたまふ人もあらじ。かかること、なまねび給ひそ。かたはなり。わざとの

九 右大臣殿の姫君とのご結婚の件は。
一〇 乳母の噓。【五五】参照。
一一 中将の父左大将。
一二 乳母が気おくれする感じで。
一三 私を婿に迎えたいとおっしゃる人。
一四 「まねぶ」は、聞いたことをそっくりそのまま伝えるの意。
一五 「かたはなり」は、常軌を逸している、どうかしているの意。
一六 「言ふばかりなし」は、言いようもないほどひどいの意。
一七 「もとも」は、平安時代の女性の言葉としては珍しい語。「急ぎ給ふものをば」に係る。
一八 「しかと」は、副詞。はっきりと。
一九 下に、「断れません」の内容の省略がある。
二〇 「いかがはせむ」の主体敬語。
二一 「何かは迷ひ給はむ」など

妻《め》にもあらざなりとは、いかで知り給ふ。いと、さ[一六]言ふばかりなき人にもあらぬを」とのたまへば、乳母、「あなわりな。[一七]もとも、[一八]しかと思し立ちて急ぎ給ふものをば。[一九]よし、御覧ぜよ。やむごとなき人のしひてのたまはむことをば、[二〇]いかがはせさせ給はむ。[二一]何かは。[二二]君たちは、はなやかに、御妻方《めかた》のさし[二三]合ひてもてかしづき給ふこそ、今めかしけれ。[二四]思ほす人あり、さても、[二五]それをばさるものにて、[二六]御文など奉り給へ。[二七]かの君も、思ふ時は、[二八]上達部の娘にはあんなれど、『落窪の君』とつけられて、[二九]なかの劣りにて、[三〇]うちはめられてありける[3]ものを、かく、たぐひなく思しかしづくこそ、あやしけれ。人は、[三一]かたへは、父母居立ちてかしづかるるこそ、心憎けれ」と言ふに、中将、面《おもて》うち赤めて、「古めかしき心なればにやあらむ、今めかしく好もしきこ とも欲しからず、[三二]おぼえも欲しからず、父母具したらむをともおぼえず。落ち窪にもあれ、上がり窪にもあれ、[三三]忘れ

の省略。
二二　上流貴族の子息。
二三　「さし合ふ」は、重なり合うの意。実家に加えて婚家が重なり合うことをいうか。
二四　挿入句。
二五　その方のことはそれとして。
二六　右大臣殿の姫君に。
二七　二条殿にいる北の方。姫君。
二八　北の方の父中納言は、従三位相当。乳母は、北の方の素性について、いろいろ知っていたことになる。
二九　女君たちのなかでも劣ったものとして。
三〇　「うちはむ」は、閉じ込めるの意。
三一　「かたへは」は、中将のような女性の愛し方を認めたとしても、一方ではの意味か。
三二　「おぼえ」は、婚家からの寵愛の意。
三三　この人のことは生涯愛し続けようと思った女性を。

じと思はむをば、いかがはせむ。[三四]人の言はむも多く、[三五]そこにさへかくのたまふこそ、心憂けれ。ただ、御ために心ざしなきに思すとも、今、[三六]かれも仕うまつるやうありなむ」とて、いと頼もしげなる気色にて立ち給ふめるを、帯刀、つくづくと聞きて、[三七]爪弾《つまはじ》きを、はたはたとして、「なでふ、かかること申し給ふ。[三八]君と申しながらも、恥づかしげにおはすとは見奉らずや。ただ今の[三九]御仲は、[四〇]人放ちげに。かののたまひつるやうに、[四一]心ざし違《たが》はず。はなやかなる方に遣《や》り奉りて、御徳見むと思したるか。あな心憂。少しよろしき人の、さる心[4]持たるやはある。なでふ[四二]御名立ての落ち窪ぞ。老い僻《ひが》み給ひにけり。これを、[四三]かのあたりに聞き給ひて、いかが思すべき。今より、かかることのたまふな。[四四]君の思したること、いと恥づかしくいとほし。[四五]この御妻《め》のいたはり方や、いと得まほしくおはする。さらずとも、惟成ら侍らば、御身一つは仕うまつりてむものを。かやうの御

三四 人はあれこれいろいろなことを言ったとしてもの意か。
三五 「そこ」は、乳母をいう。
三六 二条殿の北の方。姫君。
三七 「爪弾き」は、巻一【六一】の注一四参照。
三八 養い君。
三九 中将殿と北の方の仲。
四〇 「人放ちげなり」は、ほかの人がまわりに近づけないほど親密そうだの意か。
四一 前の中将の発言のなかの「心ざし」と同じと解した。
四二 「御名立て」は、不名誉な名の意。
四三 二条殿にいる当の北の方。
四四 「君」は、三位の中将。
四五 「この御妻」を、右大臣の姫君と解する説に従った。「いたはり方」は、世話のし方の意か。

心持たる人は、いと罪深かなり。また聞こえ給はば、惟成、法師《ほうし》[四六]になりなむ」と、帯刀「いといとほし」と言ふ。乳母「いらへもせさせずも言ひなすかな」、帯刀「なほ、人の思ふ仲放くるは、大事にはあらずや」と言へば、[四七]おとど、「誰かは、『ただ今[四八]去り給へ』『捨て給へ』と聞こゆる」、帯刀「さて、さにはあらずや、妻《め》[四九]逢はせ奉り給ふは」、乳母「いで。あなかしかまし。取[五〇]り果てでも、さま悪《あ》しからむか。などか、おどろおどろしうは言ふべからむは。かたへは、妻《め》[五一]を思ふなめり」。いとほしと思ひながら、口塞《ふた》[五二]げに言へば、帯刀、笑ひて、「よしよし。なほ、申しそのかさむと思し召したり。ただ、惟成、法師《し》になり侍りなむ。御罪[五三]、いといとほし。親の御世をば、いかでか知らざらむ」とて、剃刀《かうぞり》[5]、脇に挟みて持たり。「[五四]また言ひ出で給はむなり。ふと掻《そ》き削がむ」とて立てば、おとど、一人子なりければ、かく言ふを、いといみじと思ひて、乳母「口から、いとゆゆしきことをも聞くかな。

四六　母上の「罪」を除くために。
四七　「おとど」は、乳母をいう。
四八　「去る」は、遠ざける、離縁するの意。
四九　二条殿の北の方とは別の妻。
五〇　中将殿のお手紙を受け取ることのないまま終わってもの意か。「取り出でても」の誤りと解する説もある。九条家本「とりいてゝも」。
五一　衛門（あこき）。
五二　「口塞げ」は、口を封じること、だまらせることの意。
五三　親が死後に受ける罪障が心配だの意。
五四　またこの話題を口になさるつもりなのですね。「なり」は、聴覚的判断を表す。底本「なり」を「お（を）り」の誤りと見る説もある。九条家本「おり」。

挟みたらむ剃刀《かみそり》、五五打ちや折らぬと心見よ」と言へば、帯刀、みそかに笑ふ。

五六君は、さらに動じ給ふべきにもあらず、わが子のかく言ふと思ひて、不用なるよし五七聞こえ奉らむと思ふ。

六〇　中将、姫君の誤解を解く

中将の君は、女君の、例のやうならず思ひたるは、このこと聞きたるなめりと思しぬ。

二条におはして、中将「御心の行かぬ罪を聞き明らめつるこそうれしけれ」。女、「何ごとぞ」、中将「右の大殿《おほいどの》のことなりけりな」とのたまへば、女、一「そらごと」とてほほ笑《ゑ》みて居給へれば、中将「もの狂ほし。帝の御娘賜ふとも、よも得侍らじ。二初めも聞こえしを、ただ、つらしと思はれ聞こえじとなむ三思へば、女の思ふことは、四また人設くることこそ嘆く

五五　「刑（つみ）せらるるに臨みて寿（いのち）終らむと欲（せ）むに、彼の観音の力を念ぜば、刀（つるぎ）は尋（にはか）に段々に壊（お）れなむ」（法華経・観世音菩薩普門品）による表現と解する説もある。
五六　三位の中将。
五七　「聞こえ奉る」は、異例な敬語か。→［補注8］
一　そうではありませんの意か。
二　【五七】に、「ただ、いかでもの思はせ奉らじとなむ、初めより思へば」とあった。
三　「思へば」は、下の「聞きしかば」とともに、「絶えにたり」に係る。
四　別の女性。
五　そう思いたくても、下が崩れている岸のようにあてにならないのではありませんか。引歌、「あだ人は下崩れゆく岸なれや思ふと言へど頼まれずして」

なれと聞きしかば、その筋は絶えにたり。人々、とかう聞こゆとも、よもあらじと思せ」とのたまへば、「（姫君）[五]さ思はむも、下崩れたるにや」と言へば、「（中将）[六]『思ひ聞こゆ』と聞こえばこそ、『[七]危ふし』とものたまはめ。『ただ、つらき目見せ奉らじ』と聞こゆれば、[八]心ざしのあるかは」など聞こえ給ふ。

帯刀、衛門に会ひて、「[九]さらになむ。思ひ疑ひ給ひそ。[一〇][一一]この世には、御心憂かるべきにあらず」と言ふ。御乳母《めのと》、いとほしく言はれて、またもうち出でず。[一二]かの殿に、かくおはし通ふ所ありけりと聞こえて、[一三][一四]思し絶えにけり。

六一　姫君懐妊する

かく、思ふやうに、のどやかに、思ひ交《か》はして住み給ふ

（古今六帖・第五・思ひわづらふ）。
六　前の引歌の「思ふと言へど」による表現。
七　下崩れしてあぶない。
八　「心ざしのあるかなきかは」に同じか。下に「おわかりでしょう」などの内容の省略があると解する説に従った。
九　右大臣の姫君との縁談のことは、まったく事実無根です。
一〇　底本「給そ」。終助詞「そ」だけで、禁止となる表現。↓［補注7］
一一　この世で生きている限り、北の方がつらい思いをなさることは絶対にありません。
一二　右大臣殿。
一三　接続助詞「て」の前後で、動作主が変わる。
一四　右大臣は姫君と中将の結婚を断念なさった。

ほどに孕《はら》み給ひにければ、[一]まして疎《おろ》かならず。

六二　中将の母君、姫君との対面を望む

四月、大将殿の北の方、宮たち[一]、桟《さ》敷《じき》[二]にて物見[三]給ふに、中将の君に、〔母北の方[四]〕「二条に物見せ聞こえ給へ。[五]よくものし給ふ人は、物見まほしくし給ふものを。おのれも、今まで対面せぬ、心もとなきに、かかるついでにとなむ思ふ」と聞こえ給へば、中将、いとうれしと思ひ給へる気色にて、〔中将〕「いかなるにか侍らむ、人のやうに物ゆかしうもし侍らざめり。今、そそのかして参らむ[六]」と聞こえ給ひて、二条におはして、〔中将[七]〕「上は、かくなむのたまふかし」と聞こえ給へば、〔姫君[八]〕「心地の悩ましうて、あやしげになりたるも思ひ知られて。物見に出でたらば、我見えたらむに、いとわりなからむ」とても物憂げなれば、中将、「誰か見む。上[1]、中の君こそは。

一　中将は、これまで以上に北の方を大切になさる。

一　中将の妹の女御（大君）が生んだ姫宮。ただし、姫宮は、物語に、一人しか確認できない。「たち」は、「北の方と姫宮」たちの意か。

二　物見のために仮設した床。一段高く構えられた。檜皮で葺いた屋根があることが知られる。

三　四月の中の酉の日に行われる賀茂祭りの行列を見る。【六三】の注一参照。

四　二条殿の北の方。姫君。

五　「よくものし給ふ人」は、上達部の娘であることをいうか。底本「よく」を「わかく」の誤りと解する説もある。

六　一緒に参上いたしましょう。九条家本「まいらせん」。

七　母上。左大将の北の方。

八　北の方（姫君）は懐妊中。

それ、まろが見奉る、同じこと」とて、しひてそそのかし聞こえ給へば、「[九]御心」と聞こえ給ふ。

北の方、御文にも、

「なほ渡り給へ。をかしき[一〇]見事《みごと》も、今は、もろともにとなむ思ひ給ふる」

と聞こえ給へり。

[二]見給ふにつけても、[三]かの石山詣での折、一人選り捨て給ひしも思ひ出でられて、心憂し。

六三　祭りの日、母君と姫君、桟敷で対面する

一条の大路《おほち》に、[一]檜皮《ひはだ》の桟敷《さじき》いと厳めしうて、御前《おまへ》に皆砂《すな》子《ご》敷かせ、前栽植ゑさせ、久しう住み給ふべきやうにしつらひ給ふ。

[二]暁に渡り給ひぬ。衛門、少納言、[三]一仏浄土《いちぶつじやうど》に生《む》まれたる

九　ご判断におまかせします。
一〇　「見事」は、見るべきことの意。「見物」に同じ。
二　母北の方からのお誘いのお手紙を御覧になるにつけても。
三　巻一【二一】参照。
一　檜皮で屋根を葺いた桟敷。
二　「暁」は、移動の時間。巻一【三四】の注三参照。
三　「一仏浄土」は、「一仏世界」に同じで、一体の仏が支配する世界。特に、阿弥陀仏が支配する西方極楽浄土をいう。

にやあらむとおぼゆ。四この君にいささか心寄せあらむ人を
ば、ねたきものに言ひののしりしを五見馴らひたるに、六対の
御方の人たち、いたはり、1用意し給ふさま、いとめでたし
と思ふ。
乳母《めのと》のおとど、さこそ言ひしか、出で来て、心しらひ仕
うまつりて、「いづれか、惟成があるじの君」と問ひあり
きて、若き人々に笑はる。
七女君は、（中将）「何か、疎々しくは思ひ聞こえむ。八思ふべき仲
は、むつましくなりぬるのみなむ、後も、後ろやすく心や
すき」とて、上や中の君などおはする所に入れ奉り給ふ。
九見給ふに、わが御娘、一〇姫宮にも劣らず、をかしげにて見ゆ。
紅《くれなゐ》の綾の打ち一一袷《あはせ》一襲《かさね》、二藍《ふたあゐ》の織物の袿《うちき》、一二薄物《うすもの》の濃き二藍の
小袿《こうちき》一三着給ひて、恥づかしと思ひ給へる、いとをかしう匂へ
り。姫宮は、げに、ただの人ならず、あてに気高くて、十
二ばかりにおはしませば、まだいと若ういはけなうをかし

四　北の方（姫君）。
五　中納言邸にいた時には。
六　【六四】に、中将が左大将邸の西の対に住んでいたことが知られる。ここは、西の対で中将に仕えていた侍女たちをいう。「用意し給ふ」と、主体敬語で表現されている。
七　「女君は」は、下の「入れ奉り給ふ」に係る。
八　「思ふべき仲」は、母北の方とは義理の母子、中の君とは義理の姉妹になったことをいう。
九　母北の方が。
一〇　女御腹の姫宮。【六二】の注一参照。
一一　「打ち袷」は、砧で打って艶を出した「袷」の衣か。衣更え後の装束。
一二　「薄物」は、薄い絹織物。
一三　裳唐衣よりも略式の礼装。母北の方たちに会うための配慮。

げなり。中の君は、[一四]わが御心に、をかしと思して、細《こま》やかに語らひ聞こえ給ふ。

六四　姫君、左大将邸に、四、五日滞在する

物見果てぬれば、[一]御車寄せて帰り給ふ。

中将の君、[二]やがて二条にと思せど、[三]北の方、「[四]騒がしうて、思ふこと聞こえずなりぬ。[五]いざ給へ。一、二日も、心のどかに語らひ聞こえむ。中将のもの騒がしきやうに聞こゆるは、なぞ。おのが聞こえむことに従ひ給へ。中将は、いと憎き心ある人ぞ。な思ひ給ひそ」とて、笑ひ給ひて居給へり。

御車寄せたれば、[六]口には、[七]宮、中の君、後《しり》には、[八]嫁の君と我と乗り給ふ。次々に、[九]皆乗り給ひて、[一〇]中将殿、皆、乗りて、引き続きて、大将殿におはしぬ。寝殿の[一一]西の方を、

一四　底本「わか」。ご自分の心でもの意か。九条家本「わかき」。
一　桟敷に車を寄せて、（その車に乗って）左大将邸にお帰りになる。
二　そのまま二条殿に帰ろう。
三　母北の方。
四　以下は、中将の北の方（姫君）への発言。
五　左大将邸に、さあおいでください。
六　車の口。→［補注16］
七　姫宮。
八　中将の北の方と母北の方。「嫁」の呼称は、ここのみ。
九　西の対の侍女たちがか。「乗り給ひて」と、主体敬語で表現されている。
一〇　「中将殿の人々」の意と解した。衛門や少納言たちをいう。
一一　「西の方」は、西の廂の間（ま）。

にはかにしつらひて、下ろし奉り給うつ。

一二御《ご》達《たち》の居所には、中将の住み給ひし西の対の端《つま》をしたり。いみじくいたはり給ふ。大将殿も、いみじき思ふ子の御ゆかりなれば、御達にいたるまでいたはり騒ぎ一三、四、五日おはして、姫君一四「いと悩ましきほど過ごして、のどやかに参らむ」とて帰り給ひぬ。

まして、対面し給ひて後は、あはれなるものに思ひ聞こ一五え給へり。

六五　年が明けて、姫君、若君を出産する

かくて、たとしへなく思ひかしづき聞こえ給ふ。君の御心は一今はと見給ひてければ、中将の君に聞こえ給ふ、姫君「今は、いかで殿に二知られ奉らむ。老い給へれば、夜中、三暁のことも知らぬを、見奉らでややみなむと、心細くなむ」。

一二　二条殿から来た御達。
一三　底本「さはき」。九条家本「さわき給ふ」。
一四　中将の北の方は懐妊中。
一五　母北の方が中将の北の方を。
一　もう落ち着いて、しかえしをすることなどお忘れになっただろう。
二　北の方の父中納言。
三　「夜中、暁のことも知らず」は、いつ亡くなるかわからないの意。
四　底本「おしおはす」。「押す」は、強く主張するなどの意か。「さはおぼす」の誤りと解する説もある。上の「中納言も」の係助詞「も」によれば、中納言が北の方と同じ思いでいることをいう地の文の可能性も

中将殿も、「[四]押しおはすべけれども、なほ、しばし念じて、な知られ奉り給ひそ。知られて後は、いとほしくて、え、北の方調ぜじ。いま少し調ぜむと思ふ心あり。また、まろも、いま少し人々しくなりて。[五]中納言は、よに、とみに死に給はじ」とのみ言ひわたり給ふに、慎《つつ》みてのみ過ぐし給ふに、はかなくて[六]年返りて、正月十三日、いと平らかに男《をのこ》子《ご》生み給へれば、いとうれしと[七]思して、若き人の限りして後ろめたしとて、[八]男君の御乳母《めのと》迎へ給ひて、[九]（中将）「上などのし給ひけむやうに、[1]よろづ仕うまつれ」とて預け奉り給ふ。[一〇]御湯殿などし居たり。女君の[一一]うち解け給へるを見て、むべなりけり、君の[一二]あだわざをし給はぬはと思ふ。

[一三]御産養《うぶやしなひ》、我も我もとし給へれど、[一四]くはしく書かず。思ひやるべし。ただ[一五]白銀《しろかね》をのみ、よろづにしたりける。遊びののしる。

かくめでたきままに、衛門、いかで[一六]北の方に知らせばや

ある。
五　下に、「中納言殿にお目にかかりたいと思っています」の内容の省略があると解した。
六　物語三年目。
七　中将は。
八　中将の乳母。帯刀の母。
九　私が生まれた時に、母上などがなさったように。
一〇　「湯殿」は、新生児に産湯をつかわせること。
一一　乳母に。
一二　「あだわざ」は、ほかの女性に目を向けることの意。
一三　「産養」は、子どもの誕生を祝う儀式。誕生後、三日、五日、七日、または、九日の夜に、親族が贈り物などをして祝い、祝宴を行った。
一四　以下、「思ひやるべし」まで、草子地。
一五　産養の際の調度類は、白銀を用いた。
一六　中納言の北の方（継母）。

と思ふ。

御乳母は、[一七]少納言、[一八]子生み合はせたりければ、せさせ給ふ。

[一九]これを、うつくしがり、[二〇]かしづきものにし給ふ。

六六　中将、中納言兼衛門督に昇進する

[一]司召しに、[二]引き越え、中納言になり給ひぬ。[三]蔵人の少将、中将になり給ひぬ。大将殿は、[四]かけながら、大臣になり給ひぬ。

[五]右のおとどののたまふ、「かく、子の生《む》まれたるに、祖《おほ》父《ぢ》・父、[六]喜びをする、かしこき子なり」と申し給ふ。

今は、まして、おぼえは殊に、はなやぎまさり給ふ。[七]衛《ゑ》門督《もんのかみ》さへかけ給ひつ。中将は、[八]宰相になり[1]給ひぬ。

[九]中納言は、かく少将なり上がり給ふにつけても、三の君、

一七　中納言邸から迎えた侍女。
一八　ちょうど同じ時期に自分も子を生んでいたので。
一九　男御子。太郎君。
二〇　中将は。

一　春の司召し。【四六】の注六参照。
二　中納言は、従三位相当。中納言には、参議、大弁、近衛中将、検非違使別当のいずれかを務めた者がなる。三位の中将が中納言に任ぜられるのは、順当な人事だが、年齢などで上席の者が何人もいたのだろう。
三　左大将の中の君の夫。
四　左大将を兼任したまま。
五　右大臣。中納言の父。
六　「喜び」は、昇進の意。
七　衛門府の長官。正五位上相当。参議や中納言の兼官が多か

北の方、「などか、名残りありてだに、時々[2]来まじき」と、いみじくねためども、効《かひ》あるべくもあらず。

衛門督、おぼえのまさり、わが身の時になり給ふままに、中納言殿に、吹く[一〇]風につけて侮《あなづ》り調じ給ふことしも多かれど、同[一一]じことのやうなれば、書かず。

六七　翌年の秋、姫君、再び男君を出産する

[一]またの年の秋、また、男君うつくしう生み給へれば、右[二][1]の大殿《おほいどの》の北の方、「御[三]産屋《うぶや》に、うつくしう、忙しうも取り続き給へるかな。このたびは、ここに預かり奉らむ。御乳母具して迎へ奉り給へ」。

帯刀は、左[四]衛門尉《ぜう》にて、蔵人す。

かく、思ふやうにてめでたくおはすると、中[五]納言殿にまだ知られ奉り給はぬことを、飽[六]かず思す。

った。
八「宰相」は、参議の唐名。中将は従四位下相当だが、参議となることで、上達部に列せられた。
九 姫君の父の中納言。
一〇「吹く風につけて」は、何か事あるごとにの意の慣用表現。
一一 草子地。

一 物語四年目。
二 底本「右大将との」。「右（の）大ゐとの」の誤りと解する説に従った。
三 以下を右大臣への発言と解する説に従った。
四「左衛門尉」は、左衛門府の第三等官。大尉は従六位下、少尉は正七位上相当。ここは、大尉で、六位の蔵人になったことをいう。
五 姫君の父の中納言。
六 衛門督の北の方（姫君）は。

六八　中納言、姫君伝領の三条殿を造営する

中納言は、老い惚《ほ》け給へるうへに、もの思ひのみして、をさをさ一出で交じらひ給ふこともなし。つくづくと入り居給へり。

落窪の君の伝へ得給へりける家、三条なる所にて、いとをかしかりける、落窪の君になむ二取らせたりけるを、「《中納言》今は、世に亡くなりにたれば、我こそ領《りやう》ぜめ」とのたまへば、北の方、「さらなること。世に生きたりとも、さばかりの三家領ずばかりにはあらまし。よき吾子《あこ》たち、我らが住まむに、いと広うよし」と言ひて、二年《ふたとせ》出で来る荘《さう》の物を尽くして、四築地《ついぢ》よりはじめて、新しく築《つ》きまはして、五古木一つ交じらず、これを大事にて造らせ給ふ。


一「出で交じらふ」は、世に出て交際する、宮中に出仕するの意。

二「取らす」は、地券の管理などをまかせていたことをいうか。

三 自分の家として所有する身の上でしょうか。助動詞「まし」は、それは無理だという気持ちでの発言。「あらまし」は、九条家本「あらさらまし」。

四『うつほ物語』の「蔵開・上」の巻でも、京極邸を、まず築地から造っている。

五 古い材木。

一 以下、物語五年目。
二 巻四【一七】によれば、二

六九　賀茂祭りでの車争い

[一]かくて、「今年の賀茂の祭り、いとをかしからむ」と言へば、衛門督《ゑもんのかう》の殿、「[二]さうざうしきに、御達《ごたち》に物見せむ」とて、かねてより御車新しく調じ、人々の装束《さうぞく》ども賜《た》びて、〔衛門督〕「よろしうせよ」とのたまひて、急ぎて、その日になりて、一条の大路《おほち》の[三]打ち杭打たせ給へれば、「[四]今は」とて言へども、誰ばかりかは取らむと思して、のどかに出で給ふ。

[五]車五つばかり、大人二十人、二つは、童四人・下仕ひ[六]四人乗りたり。男君具し給へれば、御前《ごぜん》、四位五位、いと多かり。[七]弟《おとと》の侍従なりしは、今は少将、[八]童におはせしは、[九]兵衛佐《のすけ》、「もろともに見む」と聞こえければ、皆おはしたりける車どもさへ添はりたれば、二十《はたち》あまりばかり引き続きて、皆、[一〇]進退どもに立ちにけりと見おはするに、わが杭し

郎君出産の翌年には、大君が誕生している。「さうざうし」は、あるいは、北の方が懐妊中のためか。『源氏物語』の「葵」の巻でも、大宮が、「（葵の上に）候ふ人々もさうざうしげなめり」と言って、葵の上の懐妊中に祭り見物をさせている。以下、北の方は同行していない。

三　車を停める場所を取るために打っておく杭。

四　「もうお出かけの時間です」と言って、従者が催促するが。

五　車は四人乗り。→［補注16］

六　「下仕ひ」は、「下仕へ」に同じ。

七　衛門督の弟。右大臣の二郎君。【四五】の注一二参照。

八　右大臣の三郎君。【四五】の注一四参照。

九　兵衛府の次官。正六位下相当。

一〇　まだ思い思いにの意か。

たる所の向かひに[一一]、古めかしき[一二]檳榔毛《びりやうげ》一つ、[一三]網代《あじろ》一つ立てり。

御車ども立つるに、[衛門督][一四]「男車の交じらひも、疎き人にはあらで、親しう立て合はせて、[一五]見渡しの[一六]北南に立てよ」とのたまへば、「この向かひなる車、少し引き遣《や》らせよ。御車[一七]立てせむ」と言ふに、[一八]執念《しふね》がりて聞かぬに、[衛門督]「誰《たれ》が車ぞ」と問はせ給ふに、「源中納言殿」と申せば、[一九]君、「中納言のにもあれ、大納言にてもあれ、かばかり多かる所に、いかで、この打ち杭ありと見ながらは立てつるぞ。少し引き遣らせよ」とのたまはすれば、雑色《ざふしき》ども寄りて車に手をかくれば、[二〇]車の人出で来て、「など、[二一]また、[二二]真人《まうと》たちの、かういたう逸《はや》る雑色かな。[二三]高家《かうけ》だつるわが殿も、中納言におはしますや。一条の大路も、皆領じ給ふべきか」。[二四]かうほう□笑ふ。[二五]「西東《にしひんがし》、[二六]斎院も、怖《お》ぢて、避《よ》き道しておはすべかなるは」と、口悪《あ》しき男《をのこ》[二七]、また言へば、「同じも

一一 一条大路をはさんで向かい側に。
一二 檳榔毛の車。檳榔の葉を糸のように細く裂いて編んだものを屋形に張った牛車。
一三 【三二】の注一一参照。
一四 男車を交じえての車の配置の意か。
一五 見渡せる所。
一六 一条大路の北と南。
一七 「車立て」を、車を立てさせることとの意の名詞と解した。九条家本「たてさせむ」。
一八 その場所に執着して。
一九 衛門督。
二〇 源中納言方の車の従者。
二一 清水詣での時と同じように。【四八】参照。衛門督（中納言）の雑色だと知っての発言。
二二 目下の者に対する敬称。
二三 権勢があると思って威張り散らす自分たちの主人。
二四 底本「かうほう」未詳。笑ったのは、底本一字分程度空白。

のを、殿を、一つ口に、な言ひそ」などいさかひて、えとみに引き遣らねば、[二八]男君たちの御車ども、まだ、え立てで、[二九]御前《ごぜん》の人々、君、[三〇]左衛門の蔵人を召して、「かれ、行ひて、少し遠くなせ」とのたまへば、近く寄りて、ただ引きに引き遣らす。男《をのこ》ども少なくて、えふと引きとどめず。御前、三、四人ありけれど、「用《よう》なし。[三一]旅のいさかひしつべかめり。ただ今の太政大臣の尻は蹴るとも、この殿の牛飼ひに手触れてむや」と言ひて、人の家の門《かど》に入りて立てり。[三二]目をはつかに見出だして見る。

[三三]少し[三四]早う恐ろしきものに世に思はれ給へれど、実《じち》の御心は、いとなつかしうのどかになむおはしける。

七〇　同じ日、典薬助も復讐される

「いと無徳《むとく》なるわざかな。今は、いかがいらふべき」など

衛門督方か。
二五　大路の西でも東でもの意か。源中納言方の発言と解した。
二六　今日の祭りの主宰者である斎院でさえも。
二七　清水詣での時と同じように。
二八　二郎君と三郎君方。
二九　「近くに寄りて」に係る。
三〇　かっての帯刀。
三一　出先でのいさかい。
三二　（体は隠して）目だけをわずかに門の外に向けて。
三三　以下、草子地。
三四　「早し」は、「逸る」と同じ語源の語。

一定むるに、この典薬助といふ痴《し》れ者翁ありければ、典薬助「いかでか、心に任せては引き遣《や》らせむ」と言ひて、歩み出でて、「今日のことは、二もはら、情けなくはせらるまじ。打ち杭打ちたる方に立てたらばこそ、さもし給はめ。向かひに三立てたり。車を、かくするは、なぞ。四後《のち》のこと思ひてせよ。五また、「せむ」と、痴れ者は言へば、六衛門尉《のぞう》、典薬と見て、年ごろ、くやつに会はむと思ふに、うれしと思ふに、七君も、また、典薬と見給ひて、衛門督「惟成、それは、いかに言はするぞ」とのたまへば、心得て、逸《はや》る雑色どもに八目をくはすれば、九走り寄るに、『後のことを思ひてせよ』と、一〇翁の言ふに、殿をば、いかにし奉らむぞ」とて、一一長扇をさし遣《や》りて、一二冠《かうぶり》を、一三はしと打ち落としつ。一四髻《もとどり》は塵ばかりにて、額《ひたひ》は、禿《は》げ入りて、艶々と見ゆれば、物見る人に、揺すりて笑はる。

翁、袖を被《かづ》きて惑ひ入るに、一五さと寄りて、一足づづ蹴る。

一 「定む」は、相談するの意。
二 「もはら」は、打消を伴って、打消を強める呼応の副詞。
三 九条家本「たてたる」。
四 後でどんな目にあうか考えてしろ。
五 今度は、こちらもやるぞ。
六 かつての帯刀。
七 衛門督。
八 目くばせすると。
九 雑色たちが。
一〇 「翁」は、ここは、二人称。
一一 長い柄のついた扇。「翳(さしば)」のことというが、未詳。
一二 「冠」は、頭にかぶるものの総称。ここは、烏帽子か。
一三 【七二】の注五参照。九条家本「はくと」。
一四 髪を集めて頭の上で束ねたもの。髻を人に見られるのは、恥ずかしいことだった。
一五 この「入る」も、「人の家の門に」か。

「後のこと、いかでぞある、いかでぞある」。しつつ、心の限りは、翁の[一六]しれぬかなりてきをともせず。君、「[一七]まなまな」とそら制止をし給ふ。いといみじげに踏み伏せて、車に[一八]懸けて引き遣るに、[一九]男《をのこ》ども、見懲《こ》りて、怖ぢわななきて、え車につかず。よそ人のやうに、さすがに添ひて、[二〇]ほかの小路《こうぢ》に引きもて来て、道中《みちなか》にうち捨てて往ぬる時にぞ、からうして男《をのこ》ども寄り来て、[二一]轅《ながえ》もたげたる気色、いと悪《あ》しげなり。

七一　同じ日、継母の乗った車壊される

[一]北の方よりはじめて、乗りたる人、「物も見じ。帰りなむ」。[二]牛懸けて、打ちはやして、追ひ惑ひて帰るは、いさかひしけるほどに、[三]一の車の[四]床縛《とこしば》りを、ふつふつと切りてければ、大路《おほち》中《なか》に、[五]はくと[六]引き落としつ。下臈の者、見む

一六　底本「しれぬかなりてきをともせす」未詳。「死にぬべかなりとて、息音もせず」の誤りと解する説もある。
一七　禁止、制止する時の言葉。
一八　「懸く」は、典薬助の上半身を車の屋形に乗せるようにすることをいうか。
一九　源中納言方の従者たち。
二〇　衛門督の雑色たちが。
二一　「轅」は、牛車の前方に長く突き出た二本の棒。牛を懸けるために持ち上げる。

一　源中納言の北の方（継母）。
二　轅に牛を懸けて。
三　第一の車。先頭の車。北の方たちの乗った檳榔毛の車。
四　「床縛り」は、車の屋形と車軸とを縛る縄。
五　【七〇】の注一三、巻一【六三】の注二一参照。九条家本「はらと」。
六　車の屋形を。

と、わななき騒ぎ笑ふこと限りなし。車の男《をのこ》ども、足を空にて惑ひ倒《たふ》れて、えふとも七かかげず。「出で給ふまじきにやありけむ。かくいみじき恥の限りを見ること」と、八爪弾《つまはじ》きをしつつ惑ふ。九乗りたる人の心地、ただ思ひやらむ。皆泣きにけり。なかにも、北の方、娘どもは一〇口の方に乗せて、我は後《しり》の方に乗りたりければ、こよなき一一軸《よこがみ》より引き落としけるに、一二一三轅ばかり出でたりける、からうして這ひ乗りにけれど、一四肱《かひな》突き損なひて、おいおいと泣き給ふ。「いかなるものの報いに、かかる目なるらむ」と惑ひ給へば、御娘ども、一五「あなかまあなかま」とのたまふ。

からうして、一六御前《ごぜん》の人々尋ね来て見るに、かかるはいみじと思ひて、一七「疾《と》う舁《か》き据ゑよ」と行ひ出でたるに、皆人々、一八いと無徳《むとく》にある御車のぬしたち笑ふ。いと恥づかしうて、爽《さは》やかにも言はぬに、面《おもて》を見交《か》はして立てり。からうして舁《か》い据ゑて遣《や》るに、北の方、一九「あらあら」と惑ひ給

七 車の屋形を持ち上げられない。
八 「爪弾き」は、巻一【六二】の注一四参照。
九 草子地。
一〇 車の口。→[補注16]
一一 車の心棒。
一二 下に、「北の方が一緒にころげ落ちたので」の内容を補い読む。
一三 屋形を残したまま轅だけが先に進み出た状態をいう。
一四 「肱突き損なふ」は、肱をぶつけて傷つく、くじくの意。
一五 騒ぐ北の方を制する言葉。
一六 源中納言の御前駆は、衛門督方の剣幕に驚いて隠れてしまったので、北の方たちとははぐれていた。
一七 屋形を担いで車軸に載せろ。
一八 「いと無徳にある御車のぬしたち」の部分を発言と解する説もある。
一九 応急処置の車で危ない思い

へば、練りつつ遣る。

七二　継母たち、やっとのことで邸に帰る

からうして殿[一]におはしたれば、御車寄せたれば、北の方、人に懸かりて、ただ時の間《ま》に泣き腫《は》れて下《お》り給へれば、「《中納言》なぞなぞ」と驚き給へば、かうかう、しかありつるよしを語り申せば、中納言、いみじと思したること限りなし。「《中納言》いみじき恥[二]なり。我、法師《ほうし》になりなむ」とのたまへども、かつは、いとほしうて、えなり給はず。

七三　姫君、賀茂祭りでの車争いを知って嘆く

世の中に、このことを言ひ笑ひののしれば、右[一]のおとど、聞き給ひて、「まことにや、しかしかはせし。女車を情け

での言葉。

一　源中納言邸。

二　後に残る妻子のことがとても気の毒で。

一　右大臣。衛門督の父。

なくしたりと言ふなるは[二]。そのうち、かの二条の者と聞きしは、いかに思ひてせしぞ」とのたまへば、衛門督、「情けなしと、人の言ふばかりのこともし侍らず。打ち杭打ち立て侍りし[三]所に立て侍りし、男《をのこ》ども、『所こそ多かれ、ここにしも』と言ひ侍りしを、やがてただ言ひに[四]言ひ上がりて、車の床縛りをなむ切りて侍り[五]ける。さて、人打ち[六]けるは、それは、なめげに[七]言ひ立てりしを、憎さに、冠《かぶり》をなむ打ち落として、男《をのこ》ども[八]引き触れ侍りき。おのづから、[九]少将・兵衛佐も見侍りき。いと、人、ものしと言ふばかりのこともし侍らざりき」とのたまへば、「人の誹《そし》り、な負ひそ。[一〇]さ思ふやうあり」とのたまへば、[一一][一二]女君はいとほしがり嘆き給へば、衛門、[一三]「さはれ、いたく、な思しそ。あいなし。[一四]おとどのおはせばこそあらめ。典薬が[一五]打たれは、[一六]かのしるしや」と言へば、女君、[一七]「挑むべきなかりける。わが人にはあらで、[一八]君の人になりね。それこそ、かく、ものは、

二　とりわけひどいことをしたのはなどの意か。
三　「立て侍りし車を」の意。
四　「言ひ上がる」は、言っているうちに気持ちが昂揚する、言いつのるの意。
五　助動詞「けり」は、車の床縛りを切ったところまでは見ていないという気持ちでの発言。
六　助動詞「けり」は、世間での噂をいう。人をやっつけたと噂されている件ですが。典薬助を蹴ったことをいう。
七　「言ひ立つ」は、盛んに言うの意。
八　「引き触る」の「引き」は接頭語か。
九　右大臣の二郎君と三郎君。
一〇　衛門督に将来自分の官職を譲ることを、暗にいう。
一一　以下、二条殿に場面が移る。本文上に問題があるか。「ば」で句点にする説もある。
一二　衛門督の北の方。姫君。

執念《しふね》く思ひ言へ」とのたまへば、「さは、衛門、一九わが君に仕うまつらむ。衛門が思ひし限りのことをせさせ給へば、げに、二〇御《お》前《まへ》よりも、二一宝の君となむ思ひ奉る」と言ふ。

二二あの北の方は、いみじう二三病み苦しがる。御子ども集まりて、願立てなどして、やめ奉りてけり。

一三 「さはあれ」の転。
一四 父の中納言殿。
一五 「打たれ」を名詞と解した。
一六 いつかしかえししたいと思っていたことがかなったのですよ。
一七 底本「いとむへきなかりける」。底本のまま、「挑むべき（こと）なかりける」の意と解してみた。「心づきなかりける」の誤りと解する説もある。
一八 衛門督。
一九 衛門督。
二〇 「御前」は、二人称の代名詞。敬称。
二一 大切な主人。
二二 中納言の北の方。継母。
二三 「病む」は、ここは、「肱突き損なふ」ことをいうか。

現代語訳

巻一

一　姫君の生い立ち

今では昔のことだが、中納言で、娘をたくさん持っている方がいらっしゃった。大君《おおいぎみ》と中の君には婿取りをして、西の対と東の対にはなやかに住まわせなさっているが、さらに、三の君と四の君を、裳着《もぎ》をおさせしようと言って、このうえなく大切に世話をしておいでになる。

中納言には、ほかにも、昔、時々通っていらっしゃった、皇室の血筋を引いた方がお生みになった姫君がおいでになる。その母君は、もう亡くなっていた。中納言の北の方は、どういう心の持ち主だったのだろうか、この姫君のことを、お仕えしている御達《ごたち》の一人とさえお思いにならず、寝殿の放出《はなちいで》の、さらに一間離れた所にある、間口が二間《ま》の落窪《ま》の間に住まわせていらっしゃった。「君達《きんだち》」とも呼ばず、「御方」とはまして呼ばせなさるはずもない。侍女としての名をつけようとすると、そんな継母《ままはは》でも、やはり、中納言殿が不快にお思いになるだろうと憚《はばか》って、「落窪の君と言え」とおっしゃるので、侍女たちもそう呼ぶ。父の中納言も、赤ん坊の時から、この姫君をかわいいと感じることのないまま過ごしてしまったのだろうか、まして、北の方のなさるがままで、姫君にとってつらいことが多かった。

この姫君には、世話をしてくれるようなしっかりとした人もなく、乳母《めのと》もいなかった。ただ、母君が生きていらっしゃった時から使いつけて、「後見《うしろみ》」と名づけてお使いになっていた、気のきいた女童が、姫君に同情して、姫君のそばを片時も離れずにお仕えしている。こんな扱いを受けている姫君だが、実は、この姫君の顔の美しさは、中納言がこんなにまで大切にしていらっしゃる女君たちよりも劣っているはずはないのだけれど、よその人とおつき合いすることがないので、姫君のことを知る人もいない。

姫君は、年ごろになってだんだんと自分の置かれた境遇が理解できるようになるにつれて、生きていることが悲しくつらいとばかり感じられるようになったので、こんな歌を詠んで嘆き悲しむ。

日がたつにつれてつらい思いばかりがつのるこの世の中で、もの思いの限りを尽くすこの身をどうしたらいいのだろうか。

と言って、この世で生きてゆくつらさを、ひどく身にしみて感じている様子でいた。

二　姫君の才芸―箏の琴と裁縫

姫君の心は、何に対しても聡明で、琴《きん》なども、もし教える人がいたら、とても上手に弾くことができるにちがいないが、教えてくれる人は誰もいない。姫君は、六歳か七歳くらいの時に、母君が習わせておおきになったまま、箏《しょう》の琴をとても上手にお弾きになった。十歳ほどの三郎君が、箏の琴に関心を持っているということで、母北の方が、「この子に習わせよ」とおっしゃったので、姫君は時々教える。

姫君は、何もすることもなく暇があった時に、縫い物を習得していて、捻《ひね》り縫いもとても上手になさったので、北の方は、「とても上手に縫うわね。特に顔が美しくもない人は、こうした縫い物のような実用的なことを身につけているのがいいのです」と言っていた。二人の婿の装束を掻き集めて、少しの暇も与えずに縫わせなさったので、姫君がなんだか忙しいと感じたのはしばらくの間だけで、その後は寝る間《ま》も与えず縫い物をさせる。少しでも遅い時は、北の方が、「この程度のことさえ嫌々なさるようでは、何を仕事にしようというつもりなのですか」と言ってお責めになるので、姫君は、悲しくて、やはりなんとしてでも消え失せてしまいたいと嘆く。

三の君に裳着《もぎ》をしてさしあげなさって、すぐに蔵人の少将を婿にお迎えして、とても大切にお世話なさる。落窪の君は、今まで以上に、暇がなく苦しいことが多くなる。中納言邸には、若く美しい侍女は多いのだが、このような実用的な仕事をする人が少なかったのだろうか、まわりの者たちも、縫い物に明け暮れる姫君のことを軽く見がちで、とてもつらいので、姫君は、涙を流して縫い物をしながら、その思いを、

こんな世の中にはもう生きていたくないと思うけれども、思うにまかせないものは、つらく悲しいこの身だったのだ。死ぬことさえできないとは。

と詠んだ。

三　姫君の侍女あこきのこと

後見《うしろみ》という童は、髪が長くてかわいらしいので、三の君のもとに、いつも呼び出してばかりいらっしゃる。後見本人は、まことに不本意で悲しいと思って、「姫君にお仕えしよ

うと思って、親しい人が迎えようと言ってきても行かなかったのです。どんな理由があっても、姫君以外の方にお仕えしたくはありません」と言って泣くので、姫君は、「そんなことを言ってはいけません。同じ所に住んでいれば、誰に仕えても同じことだと思います。あなたが着ている衣などがみすぼらしかったので、かえってうれしく思っています」とおっしゃる。姫君がおっしゃるとおり、三の君は後見をとても大切に扱いなさる。後見は、そのためにかえって、つらく心細そうにしていらっしゃる姫君を見ていて、とても気の毒に思うので、いつも姫君のもとに入り込んでいた。そのことを、北の方はひどくお叱《しか》りになる。落窪の君も、三の君に仕えるようになった今でも後見を呼び寄せて外に出さずにいることに対してお叱りを受けるので、姫君と後見はのんびりと話をすることもできない。

北の方は、後見という名はまことに不都合だと言って、名を、「あこき」とおつけになる。

四　あこきの夫帯刀のこと

こうしているうちに、蔵人の少将のもとに仕えている、とても気のきいた、小帯刀《こたちわき》という者が、このあこきに手紙を贈るようになって、妻とした後、とてもいとしく思って通うようになった。たがいになんでも包み隠さずにいろいろな話をするが、その際に、あこきが、姫君のことを話して、北の方が、ひどいお心の持ち主で、姫君を気の毒な状態で住まわせていらっしゃることと、とはいえ、姫君の気だてもよく、顔もお美しいことを話して聞かせる。あこきは、泣きながら、「なんとしてでも、望みどおりの方に、姫君を、この屋敷からひそかに連れ出させてさしあげたい」と言って、明けても暮れても、「あんなに気だてもよくてお美しい方なのに」と口にし、また、思いもする。

五　左大将の息子少将、姫君のことを知る

この帯刀の母親は、左大将と申しあげた方の男君で、右近少将でいらっしゃった方を、乳母《めのと》として養い申しあげていた。少将は、まだ北の方もおいでにならないので、親のある美しい女性のことを人に話させて、これはと思う人のことをお尋ねになっていたが、ある時、帯刀が、落窪の君のことをお話ししたところ、少将は、関心を持って、人目のない静かな折にくわしく話させて、「ああ、どんなにつらい思いをしていることだろうか。そん

な目にあっていても、実は、皇族の血を引いた方だということだね。私を、その人と、ひそかに逢わせてくれ」とおっしゃるので、「今は、まったくそんな気におなりにならないでしょう。でも、近いうちに、少将殿が逢いたがっていらっしゃると話してみましょう」と申しあげると、少将は、「とにもかくにも、姫君のいる所に入れてくれ。同じ寝殿とはいえ、親とは離れて住んでいるということだから」とおっしゃる。

帯刀があこきにこのことを話すと、「姫君は、今は、そのようなことはまったくお考えになっていませんし、そのうえ、少将殿はたいへんな色好みだとうかがっていますから」と、そっけなく答えるので、帯刀が不満を漏らすと、あこきは、「わかりました。いずれ、姫君のご意向を確かめてみましょう」と言う。

あこきは、仕えている三の君の居所の続きにある、間口が二間《ま》の廂《ひさし》の間《ま》を曹司としてもらったのだが、三の君と同じような所は畏《おそ》れ多いと言って、落窪の間《ま》の近くに、別に、間口が一間《ま》の落窪の間を自分の曹司にしたてて、そこで寝起きしていた。

六　姫君、わが身を嘆く

八月のついたち頃であろう、姫君は、一人で横になって、眠れないままに、「母君、私を母君のもとにお連れください。私はとてもつらいのです」と言って、
私のことを少しでもかわいそうだと思ってくださるならば、一度この世に戻って来て、私と一緒に亡くなってください。そうしたら、このつらい思いからきっとのがれることができるでしょう。

と詠む。こんな歌を詠んでみても、少しも心の慰めにはならない。

翌朝、あこきが、姫君といろいろと話をしていた時に、「夫の帯刀が、こんなことを申していますが、どのようにいたしましょうか。このままの状態でずっとお暮らしになるわけにはいかないでしょう」と話してみるが、姫君は返事もしない。あこきが、話してもその効果がなくて困っていると、「三の君の朝の手水《ちょうず》のお世話をしてさしあげよ」と言ってお呼びを受けたので、その場を立った。

姫君は、心のなかでは、「どうあっても、いいことなどあるはずがない。母君がおいで

にならないから運のない身なのだと悟って、なんとしてでも死んでしまいたい」と、強く思う。尼になっても、屋敷の内を離れることはできそうもないので、もうこのまま消え失せてしまいたいとお思いになる。

七　少将、姫君に文を贈る

帯刀が左大将邸に参上すると、少将が、「例の件は、いったいどうなった」とおっしゃる。帯刀が、「話はしましたが、こんなふうに申します。まことにとても可能性は薄そうです。このような縁談や結婚の件は、親がいる人は、その親がいろいろと事を進めるものです。でも、父の中納言殿も、北の方に言いくるめられて、よもや、話を進めはなさらないでしょう」と申しあげると、少将は、「だから、『とにもかくにも、姫君のいる所に入れてくれ』と言ったのだ。中納言などに婿取られるのも、まことに世間体が悪い思いがするだろう。逢った後でもまだかわいいと思われたら、ここに迎えてしまおう」と言い、「もし、かわいいと思われなかったら、『やかましい。もうこの件は口にするな』とでも言って終わってしまうことになるだろうね」とおっしゃるので、帯刀が、「そのあたりのはっきりしたお気持ちを、充分にうかがっておきたいと思います。お話しぶりでは、それから仲介のお世話をしたほうがよさそうです」と言うと、少将は、「いや、姫君に逢ってから気持ちを決めたほうがよさそうだ。逢わずには決めることなどできまい。冗談はさておき、やはり逢えるように計略をめぐらせてくれ。決して簡単に忘れたりはしないつもりだ」とおっしゃるので、「『簡単に』とは、聞き捨てならない言葉だと思います」と申しあげると、少将は、笑いながら、「『長く』と言おうと思ったのだが、思わず、思ってもいないことを口にしてしまったのだよ」などとおっしゃって、「これを」と言ってお手紙をお渡しになるので、帯刀は、気がすすまない様子で受け取って、中納言邸を訪れる。

帯刀が、あこきが、「少将殿のお手紙です」と言ってさし出したところ、あこきが、「まあ、そんな物は見るのも嫌です。なんのために、こんなことをするのですか。つまらないことは姫君のお耳に入れたくありません」と言うので、帯刀は、「やはり、姫君にお返事を書いていただいてください。決して悪い話ではないでしょう」と言う。

そこで、あこきが、その手紙を受け取って、姫君のもとに参上して、「この前お話しいたしました少将殿からのお手紙です」と言ってお渡しすると、姫君は、「どうしてこんな手紙を持って来たのですか。北の方だって、こんなことを耳になさったら、『すばらしい話だ』とはおっしゃらないでしょう」とおっしゃって、あこきが、「今回のような恋愛・結婚の件ではない時は、北の方が、『すばらしい話だ』などと申しあげなさるのですか。北の方のお気持ちなど気になさいますな」と言っても、お返事もなさらない。

あこきが、お手紙を、紙燭《ししよく》を灯《とも》して見ると、ただ、

私は、あなたのことを聞くだけであなたに思いを寄せて、まだお逢いしてもいないのに、恋しくてたまらない思いでいます。

とだけ書いてある。あこきは、「すばらしいご筆跡ですこと」と独り言を言いながらしばらくいたけれど、お返事をいただけそうもないご様子なので、お手紙を巻いて、姫君の櫛《くし》の箱に入れて、その場を立った。

帯刀が、「どうでしたか。姫君はお手紙を読んでくださいましたか」と言うと、あこきは、「いいえ。お話ししても、まだお返事もしてくださいませんでしたので、お手紙をそのまま置いて戻って来てしまいました」と言うので、帯刀が、「でも、このままこちらのお屋敷においでになるよりはすばらしい話でしょう。私たちのためにも、願ってもないことだし」と言うと、あこきは、「でも、少将殿のお心が頼りにできそうでいらっしゃったら、姫君も、そんな態度をおとりにならないでしょうに」と言う。

八　父中納言、姫君を見て、かわいそうに思う

翌朝、中納言が、便所においでになったついでに落窪の間《ま》を覗いてご覧になると、姫君が、とてもみすぼらしい衣を身につけながらも、その衣に懸かる髪はやはりとても美しい様子ですわっているので、かわいそうだとお思いになったのだろうか、「ほんとうにみすぼらしい衣を着ているね。見て、かわいそうだとは思うけれど、先に、大切な娘たちの世話をしていたので、あなたのことをかまってあげられなかったのだ。あなたは、こうしたいと思うことがあったら、なんでも、ご自分の判断でなさればいい。いつまでもこんなふうにしていらっしゃるのは気の毒だ」と言葉をおかけになるが、姫君は、恥ずかしく思って、何もお返事を申しあげることができない。

中納言は、居所にお戻りになって、北の方に、「落窪の間を覗いたところ、あまり暖かくもなさそうな白い袷《あわせ》の衣を一枚だけ着ていました。女君たちの古着がありますか。あったら、着せてやってください。夜は、さぞかし寒いでしょう」とおっしゃると、「いつも着せてさしあげているのに、それをほうり捨ててしまいになるのでしょうか、着古すま

で大切に着てくださらないのです」と申しあげなさるので、中納言は、「ああ困ったことだなあ。母親に早く先立たれて、しっかりとした分別もないのだろうな」とお答えになる。

九　姫君、蔵人の少将の上の袴を上手に縫う

婿の蔵人の少将の上の袴《はかま》を縫わせるために送って来た時に、北の方からの、「この袴は、いつもよりも上手に縫ってくださいね。褒美として衣を着せてさしあげましょう」というご伝言を聞いて、姫君は、とてもみじめな気持ちになる。早速、見た目にも美しく縫いあげなさったので、北の方は、上手に縫ったと思って、自分が着ていた、着古して糊気《のりけ》の落ちた綾の張綿《はりわた》を着せさせなさる。風がどんどんと激しくなるにつれて、どうしたらいいのだろうと思っていたので、こんな衣でも少しうれしいと思うとは、姫君の心も卑屈になり過ぎているのだろうか。

この婿の蔵人の少将は、悪いことはやかましく言いたて、いいことははっきりと褒める性格なので、「こちらの装束は、どれもとてもすばらしい。上手に縫いあげている」と言って褒めるので、御《ご》達《たち》が、北の方に、このことを申しあげると、「しいっ、静かに。落窪

の君に聞かせるな。思い上がると困る。このような者は、自分に自信を持たせないでおくのがいい。そのことがかえって幸いになって、人にも使ってもらえるものなのだ」とおっしゃるので、御達のなかには、「なんともひどいことをおっしゃるものですね。あんなに気だてもよくてお美しい方なのに」と、隠れて言う者もいた。

一〇　少将、姫君に文を贈り続ける

こうして、少将は、姫君に歌を贈り始めたので、また、お手紙を薄《すすき》につけてお贈りになる。

私の思いをはっきり書いてお手紙をお贈りしたので、その効《かい》がもしあるのならば、「私も同じ気持ちですよ」と言って、私の言うことに従ってほしいものです。

お返事はない。

時雨《しぐれ》が激しく降る日、

「あなたは、男女の情けがわかる方だとうかがっていましたが、実際には、それほどではなかったのですね」

と書いてお贈りになる。

雲の晴れ間のない、時雨の降る秋は、あなたを恋しく思う私の心のなかも、空と同じように真っ暗になってしまいました。

お返事もない。

また、

天の川の、雲で造って架けた危ない橋なのに、どのようにして、踏んでみるように渡し続けるのでしょうか。私は、お返事をいただけるあてのないまま、いつまでお手紙を贈り続けなければならないのでしょうか。

毎日というわけではないけれど、絶えることなく歌を贈り続けなさる。しかし、まったくお返事はない。

少将が、「いつもひどくまわりを気にしているうえに、こんな手紙もまだもらった経験がないから、どのように返事をしたらいいのかもわからないのだろうか。男女の情けがわかっている方だと聞いているが、どうして、ちょっとしたお返事さえまったくくれないのか」とおっしゃると、帯刀が、「わかりません。中納言殿の北の方が、とても性格が悪くて、『自分が許さないことを少しでもしたら、ひどい目にあわせてやろう』と、いつも思っていらっしゃるので、姫君は、恐ろしく思って、遠慮しておいでになると聞いています」と申しあげるので、少将は、「私を、こっそりと姫君に逢わせてくれ」と言う。少将が何度もおっしゃるので、帯刀は、自分の主君のご命令を断ることができなかったのだろうか、なんとしてでも逢わせてさしあげたいと思って、その機会を探り続けている。

少将は、十日ほどお手紙を贈らずにいて、思い出してお手紙をお書きになる。

「ここ何日間は、

書けば書くほどつらい思いばかりがますますつのるので、お手紙を書くのをすっかりやめて、このまま終わってしまおうかと思っていました。

じっと我慢していましたが、そのままでいられそうもなかったので、お手紙をさしあげました。こんなことは人に言うわけにもいきませんが、体裁《ていさい》の悪いことです」

と書いてあるので、帯刀が、「せめて、今回だけでも、お返事を書いてくださるようにお願いしてください。少将殿が、『姫君は、どうしてお返事をくださらないのか』と言って、『おまえが一生懸命に取り次がないのだな』とお叱《しか》りになるのです」と言うので、あこきは、「姫君は、『まだ返事のし方も知りません』と言って、とても難しそうに思っていらっしゃるのですから」と言って、姫君のもとに参上して、ご様子をうかがうけれど、中の君の夫の右中弁が急に出仕なさるための袍《うえのきぬ》を縫っておいでの時なので、お返事はない。

一一　中納言家石山詣で、姫君とあこきは残る

少将は、ほんとうに返事のし方を知らないのだろうかと思うけれど、姫君がとても思慮深い方だと聞いて、強く関心を持っていたので、そのような姫君の性格がお心にかなっていたのだろうか、帯刀に対して、「遅い遅い」と言って催促なさるけれど、中納言邸は、婿君たちが通って来ておいでで、とても人騒がしい頃なので、少将を姫君と逢わせることのできる機会もないまま、帯刀は、どうしたらいいのだろうかと思って過ごしている。

そのうちに、中納言が、昔にかけた願を果たすために石山に参詣なさることになって、お供について行きたいとお願いする者は誰でもお連れになるから、嫗《おうな》までもが屋敷に残ることを恥だと思って参詣しようとするのに、落窪の君は供人の数のなかにさえ入らないので、中の君が、「落窪の君を一緒に連れて行ってください。一人でお残りになるのは気の毒です」と申しあげなさると、北の方は、「そんなふうに落窪の君が外に出かけたことがありますか。出先では縫い物の仕事なんかありません。これまでと同じように、出歩く癖

はつけさせないでおきましょう。屋敷に閉じ込めておくのがいいのです」と言って、姫君を連れて行くことなどお心にもかけないままになってしまう。

あこきを、三の君の侍女として、かわいらしく着飾らせて連れて行こうとなさるけれど、あこきは、自分が慕う姫君がたった一人で屋敷にお残りになることを、とても気の毒に思って、「急に不浄の身になってしまいました」と申しあげて屋敷に残ろうとするので、北の方は、「嘘《うそ》に決まっている。あの落窪の君が一人お残りになるのを気の毒に思って、嘘をついているのだ」と言って腹を立てる。そこで、あこきが、「なんとも理不尽なことをおっしゃいますね。わかりました。お供せよということならば、一緒に参詣しましょう。こんなにすばらしい石山詣でにお供したくないと思う人などいるはずがありません。嫗《おうな》でさえ一緒について参詣したがっているではありませんか」と言うと、あこきの言うことを嘘ではないと思ったのだろうか、屋敷にいた下働きの童に着替えさせて、あこきを屋敷にお残しになる。

一二　あこき、帯刀に絵を所望する

中納言の一行が大騒ぎをして出かけておしまいになったので、屋敷の中は静まりかえっていて心細そうだけれど、あこきは、自分が慕う姫君と親しく話ができてうれしく思っていた。その時に、帯刀のもとから、

「石山詣でのお供として参詣なさらなかったと聞きましたが、ほんとうですか。それならば、おうかがいしたい」

と言ってきたので、あこきは、

「姫君の気分が悪くて屋敷にお残りになったのですから、どうして私がお供できましょう。姫君が何もすることがなくてとても寂しそうにしておいでですから、お慰めできるようにしておいでください。そちらにあるとおっしゃっていた絵を、必ず持って来てください」

と返事を書いた。あこきがこんな返事を書いたのは、かつて、帯刀が、「少将殿の妹君の女御殿のもとに絵がとてもたくさんあります。少将殿がそちらにお通いになるようになったら、姫君も必ず見ることがおできになりますよ」と言っていたからだった。

帯刀が、この手紙を、そのまま少将にお見せすると、「これが、おまえの妻の筆跡なのか。ずいぶんと上手に書いてあるな。ちょうどいい機会ではないか。中納言邸に行って、

姫君に逢えるように計略をめぐらしてくれ」とおっしゃる。帯刀が、「それでは、絵を一巻お下げ渡しください」とお願いすると、少将が、「おまえが言ったように、私が姫君のもとに通うようになったら、その時に見せよう」とおっしゃるので、帯刀は、「石山詣でに出かけて、中納言邸に人が少ない今が、それにふさわしい機会だと思います」と言う。

少将は、笑って、居所に戻って、白い色紙に、こゐひさして（未詳）口をすくめてしょんぼりとした悲しげな様子をした人の絵をお描きになって、

「ご所望になりました絵は、

冷淡な人のことをつらいと思っているこの絵の人は、絶対に笑みを見せまいと思っている顔つきをしています。私も、冷淡なあなたには、絶対に絵をお見せしたくはありません。

絵をご所望になるなんて、子どもっぽいことですね」

とお書きになる。帯刀は、この手紙を受け取って出かける際に、母親に、「見た目のいい果物を餌袋《えぶくろ》一つに入れて用意しておいてください。すぐに、取りに使いの者をさし向けます」と言い残して、中納言邸に行った。

一三　帯刀、絵を持って、中納言邸へ行く

帯刀があこきを曹司に呼び出すと、あこきが、「絵はどこにあるのですか」と言うので、「ほら、このお手紙を姫君にお見せください」と言う。あこきは、「なんだ、女御殿のもとにある絵を見せてくれるというのは嘘《うそ》だったのですね」と言いながらも、その手紙を受け取って、姫君のもとに行った。

姫君は、何もすることがなくて寂しい時だったので、その手紙をご覧になって、「少将殿に、絵を見せてくれるようにお願いしたのですか」とおっしゃるので、あこきが、「帯刀のもとに、絵を見せてくれるように手紙を書いたのですが、それを、少将殿が見つけなさったのでしょう」と言うと、姫君は、「困ったこと、慎みがないと思われたようです。人に知られずにひっそりと暮らしている人は、慎み深いのがいいのです」と言って、不本意に思っていらっしゃる。あこきは、帯刀が呼ぶので、曹司に行ってしまった。

帯刀は、あこきといろいろな話をして、「お屋敷には、どんな方々がお残りになっているのですか」と、それとなく屋敷の様子を尋ねる。あこきの返事を聞いて、「食べる物も

ろくにないみたいですね。母のもとに果物を取りに行かせましょう」と言って、「なんでもかまいませんから、そちらにある物をお送りください」と言うために人を行かせたところ、帯刀の母が餌袋《えぶくろ》を二つ送ってきて、一つには、帯刀が依頼しておいたように、果物を見た目よく入れてある。もう一つの大きめな餌袋には、さまざまな果物と、薄いものや濃いものなど、さまざまな色の餅《もち》を入れて、紙を隔てて、焼米《やいごめ》を入れて、

「ここにいる時でさえ、みっともないほどせわしない口つきで焼米を食べるのですから、よそさままでも、どんな格好で食べることやら。そちらでは、見て、どんなふうにお思いになるでしょうか。恥ずかしいことです。この焼米は、あなたが食べずに、つゆという人にお渡しください」

と書いた手紙がある。帯刀の母が、食べる物もろくになさそうな様子を感じ取って、ぜひちょっとした厚意を示したいと思って用意したのだった。

あこきが、これを見て、「まあ、みっともない。果物だと言っていたのに、焼米まで送ってもらうなんて。なんてことを。あなたがご依頼なさったのですね」と言って恨むと、帯刀は、笑って、「知りません。私は、こんなふうにぶざまにしたりはしませんよ。母上がおせっかいなことをなさったのでしょう。つゆよ、この焼米をどこかに持って行って隠

してしまえ」と言って行かせた。

帯刀とあこきは、二人で横になって、たがいに、自分たちの主人がどんなお人がらなのかを話す。帯刀は、「今夜は、雨が降っているから、少将殿はまさかおいでになるまい」と思って、気を許して横になっていた。

一四　少将、中納言邸を訪れる

姫君は、人がいない折ということで、ふだんは弾かない琴を、うつむきながら、とても上手に心惹《ひ》かれる感じに弾いていらっしゃった。

それを聞いた帯刀が、上手だと思って、「姫君は琴をお弾きになるのですね」と言うと、あこきは、「そうですよ。亡き母君が、姫君が六歳の時からお教えなさったのですよ」と答える。そうしている時に、少将が、たいそう人目を忍んでおいでになった。お供の人を邸内にお入れになって、「ぜひとも申しあげたいことがあって参りました。こちらに出ていらしてください」と言わせたので、帯刀は、少将殿がおいでになったのだとわかって、そわそわして、「今すぐに会います」と言って、曹司を出て行ってしまったので、あこきは姫君のもとに参上した。

少将が、「どんな様子だ。こんな雨のなかを来たのだから、姫君に逢えないまま帰すなよ」とおっしゃると、帯刀が、「まず連絡してから来てくだされればよろしかったのに。前触れのないまま来ておしまいになったのですね。姫君がどうお思いになるかもわかりませんよ。お逢いになることは、とても難しいと思います」と申しあげるので、少将は、「そんなにまじめくさったことを言うな」と言って、ぱしっとお叩《たた》きになる。帯刀は、「まあともかく、お車からお下りください」と言って、一緒に邸内にお入りになる。車は、「まだ暗いうちに迎えに来い」と言って帰した。

帯刀は、自分の曹司の遣戸《やりど》口にしばらくいて、これからの手はずを申しあげる。少将が、邸内に人が少ない折だから安心だと思って、「まず垣間見《かいまみ》をさせよ」とおっしゃるので、「しばらくお待ちください。姫君を見て、期待はずれでがっかりなさったら困ります。もしも物忌みの姫君のようだったら」と申しあげると、少将は、「笠を手に取るのももどかしく、袖をかぶって帰るだけだ」と言ってお笑いになる。

帯刀は、少将を落窪の間《ま》の格子と柱の間の隙間《すきま》のもとにお入れして、留守の宿直人《とのいびと》が見つけるのではないかと心配して、自分自身の判断で、しばらくの間簀子《すのこ》にいる。

一五　少将、姫君を垣間見る

少将が落窪の間《ま》の中をお覗きになると、今にも消えそうに火を灯《とも》している。几帳《きちょう》も屛風も殊にないので、中がよく見える。こちらを向いてすわっている人は、あこきだろうと思われる。その人は、全体的な雰囲気も髪の様子もかわいらしくて、白い単衣《ひとえ》の衣を着て、上に、光沢のある搔練《かいねり》の袙《あこめ》を着ている。何かにもたれて横になっている人がいる。この方が姫君なのだろう。着古して糊気《のりけ》が落ちた感じの白い衣を着て、搔練の張綿《はりわた》なのだろう、腰から下に引き懸けて、横を向いているので、顔は見えない。髪の形と髪が肩のあたりに垂れ懸かった様子は、とても美しそうだと思って見ているうちに、火が消えてしまった。少将は、残念だとお思いになったけれど、最後には見ることができるのだからとお考えになる。「まあ暗いことね。人が来ていると言っていたのですから、あなたも早く曹司に戻りなさい」と言う声も、ほんとうにとても上品な感じである。あこきが、「帯刀が、来た人に会うために出ていますので、その間、私は姫君のおそばにいましょう。お屋敷に人が誰もいないので、きっと恐ろしくお思いになるでしょう」と言うと、姫君は、「やはり、早く曹司に戻りなさい。恐ろしい思いは馴れていますから」と言う。

一六　帯刀、少将を手引きする

少将が出ておいでになったので、帯刀が、「どうでしたか。このままお帰りになるなら、お送りしますよ。笠は、どういたしましょうか」と言うと、「おまえは、自分の妻を愛しているから、えらく肩を持つな」と言ってお笑いになる。少将は、心のなかでは、「姫君は、着古して糊気《のりけ》が落ちた感じの衣を着ているから、きっと恥ずかしいと思うだろうな」とお考えになったけれど、「早く、おまえの愛する妻を曹司に呼び出して寝てしまえ」とおっしゃる。

帯刀が、曹司に戻って、あこきを呼ばせるけれど、あこきが、「今晩は、姫君のおそばにいます。あなたは、早く、従者たちの詰め所へでもどこでも、お行きください」と言うので、「今すぐに、来た人が言ったことをお話ししたいのです。ほんのちょっとでいいですから、こちらに出て来てください」と申しあげさせると、あこきが、「どんなことなのかしら。やかましいこと」と言って、遣戸《やりど》を押し開けて顔を出したので、帯刀は、あこきをつかまえて、「来た人が、『今夜は、雨が降っているな。だから、一人で寝てはいけないよ』と言いましたから、さあ一緒に曹司においでください」と言うので、あこきが笑って、「ほら、やっぱり。特別な用事などなかったのですね」と言うけれど、帯刀は、強引にあこきを曹司に連れて行って横になる。帯刀は、ものも言わずに、寝たふりをして横になっている。

一七　少将、姫君に逢う

姫君は、そのまま寝ずにいて、暗いなかで、琴を、横になったまま弾くともなしに弾きながら、

生きているのが何もかもつらくなる時は、世間の嫌なことが聞こえてこないという巌《いわお》の中の住みかを捜して、そこにわが身を隠してしまいたい。

と口ずさむ。姫君がすぐには寝そうもないので、少将は、落窪の間《ま》にはあこきのほかに誰もいなかったと思って、格子を、木の端でとても上手に柱から引き離して、押し上げて入ると、姫君が、とても恐ろしく思って起き上がろうとする間に、さっと近寄ってつかまえ

る。

一方、落窪の間の格子をお上げになった音を聞いて、あこきが、何が起こったのだろうかと、ひどく驚いて起きようとすると、帯刀は、つかまえて、まったく起き上がらせない。あこきが、「どうして起こしてくれないの。姫君の所の格子が音を立てたから、何が起こったのか様子を見て来ます」と言うと、帯刀が、「犬か鼠でしょう」と言って、「お驚きなさらないでください」と言うので、「どういうことなの。何かたくらんだことがあるから、そんなことを言うの」と言うと、帯刀が、「私は何もしていませんよ。寝ましょう」と言って抱いて横になるので、あこきは、「ああつらい。ああ困った」と言って、姫君のことを気の毒に思って腹を立てるけれど、動くこともできず抱きすくめられて、どうにもできない。

少将は、姫君をつかまえたまま装束の帯紐《おびひも》を解いて横におなりになった。姫君は、恐ろしくつらくて、震えながら泣いていらっしゃる。少将が、「とてもつらい思いをしていらっしゃるので、『この世の中の楽しいこともお話ししよう。嫌な思いをせずにすむ所を捜して、あなたにさしあげよう』と思って参上したのです」とおっしゃると、姫君は、誰なのだろうかと思いながらも、それ以上に、自分が着ている衣がとても粗末で、袴《はかま》があまりにもみすぼらしいことが恥ずかしくて、今すぐにでも死んでしまいたいと思って泣く。その様子がとてもいたわしいので、少将は、どうしていいのかわからず、何も言わずに横になったままでいる。

一八　あこき、帯刀を恨む

あこきが横になっている曹司も落窪の間《ま》から近いから、泣いていらっしゃる姫君の声もかすかに聞こえるので、あこきは、「思った通りだ。帯刀が何かたくらんだのだ」と思って、慌てて起きようとするけれども、帯刀がまったく起こさせないので、「私の大切な姫君をどんなふうにして、私にこんなふうにするの。変だと思った。まったく憎らしい人ね」と言って腹を立てて、帯刀の手を払いのけて起きようとすると、帯刀は笑う。帯刀が、「私が事情をくわしく知らないことまでも、ひたすら、何もかも私のせいになさるのですね。姫君の所で何か起こったからと言って、こんな時に、盗人が入るはずがない。どこぞの男君が通っていらっしゃったのでしょう。今はもう、あなたが姫君のもとに参上なさってもしかたがないでしょう」と言うと、あこきが、「いや、もうこれ以上、しらばっくれないで。せめて、どなたかとだけでも教えてください。ほんとうにたいへんなことになった。姫君は、どんなに途方にくれていらっしゃるでしょう」と言って泣くので、帯刀は、「まあ、子どもっぽいこと」と言って笑う。帯刀に対する忌々《いま》しい思いも加わって、自分と同じように愛情を持ってくれない人と結婚してしまったことよと、あこきがとてもつらく思っていると、帯刀も、気の毒に思って、「実は、少将殿が、姫君とちょっとお話ししたいと言っておいでになったのですが、どうなっているのでしょうか。でも、騒ぎたてないほうがいい。どのようになろうと、姫君の前世からの宿縁でしょう」と言うので、あこきは、「それはそれはすばらしいお話ですね。あなたは私にこっそりと事情さえ知らせてくれなかったけれど、姫君は、私が一緒にたくらんだとお思いになるでしょう。それがつらいのです」と言い、「どうして、今晩、姫君を一人残してここに来てしまったのだろうか」と言って恨むので、帯刀は、「あなたが事情を知らなかったことぐらいは、きっとわかってくださいますよ。それなのに、こんなに腹を立ててお恨みになる」と言って、腹を立てる間《ま》もあたえず、抱きすくめている。

一九　少将、姫君と歌を詠み交わして帰る

少将が、「これほどまでに私のことを疎《うと》ましく思っていらっしゃるとは。私は一人前と言えるほどの身ではありませんが、また、こんなにお嘆きになるほどの身ではないと思います。いく度もお手紙をさしあげたのに、『見た』とだけでも言ってくださらなかったので、お手紙をさしあげるのは不都合なのだと思っていました。さしあげずにすむならそうしたいと思ったのですが、お手紙をさしあげ始めて以後、とても恋しくてたまらなかったので、こうして来てしまいました。お逢いしたことで、私にはあなたからこのように憎まれて当然な前世からの宿縁があったのだとわかりましたので、もうあなたのことはあきらめようと思います。でも、いざあきらめようとすると、これほどつらいことはありません」とかいらせ（未詳）申しあげて横になっていらっしゃるので、姫君は、死んでしまいそうなほど恥ずかしいお気持ちになる。単衣《ひとえ》を着ないまま、袴《はかま》一つを穿《は》いて、ところどころ肌もあらわな状態で衣が身にまとわりついているのを思うと、なんとも言いようもないほど恥ずかしい。姫君は、恥ずかしさのあまり、涙よりも、汗でぐっしょり濡れている。

少将も、そんな姫君の様子をすばやく見て取って、気の毒でかわいそうにお思いになる。いろいろと多く言葉をおかけになるけれども、姫君はお返事をする気にもなれない。恥ずかしく思いながら、あこきのことを、とても恨めしく思う。

やっとのことで夜が明けた。鳥が鳴く声が聞こえるので、少将が、

「あなたが、こんなふうに泣きながら夜を明かすことだけでも悲しいのですから、夜明けを告げて鳴く鳥の声は、ほんとうに恨めしく思います。

あなた自身の声で、時々は、お返事をなさってください。あなたの声を聞かずにいると、ますます一人前の男として扱われていない気持ちがします」とおっしゃると、姫君は、やっとのことで、茫然《ぼうぜん》とした状態で、

あなたのお心が薄情なので、私は、わが身を鳥になぞらえて、鳥と同じように、泣く声以外の声をお聞かせすることができないのです。

と返事をする。そんな姫君がとてもいじらしいので、姫君のことをいいかげんに思っていた少将殿も、真剣に愛する気持ちになったにちがいない。

「お車を引いて参上しました」と、従者が言うのを聞いて、帯刀が、あこきに、「姫君のもとにうかがって、少将殿に、車が来たことをお伝えください」と言うと、「昨夜は参上

せずにいて、今朝になって姫君のもとに参上したら、姫君は、ほんとうに、私が関わっていたとお思いになるでしょう。姫君が私を疎《うと》ましく思うようにし向けるなんて、意地の悪いこと」と言って恨む。そんなあこきの様子が、子どもっぽくてかわいいので、帯刀は、笑って、「姫君があなたのことを疎ましくお思いになったら、その代わりに、私があなたのことをかわいく思ってあげますよ」と言って、落窪の間《ま》の格子のもとに近寄って咳《せき》払いをすると、少将がお起きになる。その時に、姫君の衣を引き寄せて着せようとなさるが、まともな衣は一つもなくて、とても体が冷たくなっているので、少将は、ご自分の衣を一つすべらせるように脱いで、それを残してお帰りになる。姫君は、恥ずかしくてたまらない。

二〇　帯刀と少将からそれぞれ手紙がある

あこきは、姫君にどう思われているのだろうかと思うと、ただもうつらいけれど、このまま曹司に閉じ籠《こも》っているわけにはいかないので、姫君のもとに参上して見ると、姫君はまだ横になったままでいらっしゃる。どんなふうに言葉をおかけしようかと思っているうちに、帯刀からも少将からもお手紙がある。

帯刀からの手紙には、

「昨夜は、一晩中、私の身におぼえのないことで責めさいなみなさったので、とてもつらい思いをしました。あなたのために少しでも姫君から疎《うと》ましく思われるようなおそれがある時にはうかがわないことにします。身におぼえのない時でさえああなのですから、まして、どんなひどい目にあわせなさることだろうかと心配ですので。あれがあなたのご気性なのですね。姫君も、さぞかし、あなたのことを、たちのよくない者だったのだなとお思いになり、また、口にもなさっているだろうと思いますと、今回の少将と姫君を取り持つためのご奉公は、まことにやっかいに思いますけれど、少将殿のご依頼ですからしかたがありません。少将殿からお手紙があります。姫君にお願いして、お返事を書いていただいてください。男女の仲は、なるようになるものですよ。何も案じることはありません」

と書いてある。

あこきが、少将の手紙を持って姫君のもとに参上して、「ここに、少将殿からのお手紙があります。昨夜は、まったくけしからんことですが、あんなことになろうとは思わずに横になっていたうちに、あっという間《ま》に夜が明けてしまいました。こう申しあげても、言い訳していると思っておいででしょうね」と言い、「そうお思いになるのも、もっともなことですが、今回のことをせめて事前に知っていましたら、必ずお知らせしましたのに」と言って、自分が関わっていたわけではないことを、あれこれと神仏にかけて誓うけれど、姫君は、返事もせず、起き上がりもなさらないので、あこきが、「やはり、私が関わっていたのだと思っていらっしゃるのですね。情けないこと。これまで何年もお仕えしてきて、こんなふうに姫君の将来にとって不安になるようなことはしたでしょうか。姫君が一人お残りになることを気の毒に思って、すばらしい石山詣でにもお供せずにいましたのに、その効《かい》もなく、こうしてお話しすることを聞いてくださらずに、不都合だと思っていらっしゃるなら、これ以上おそばにいるのもまことにつろうございます、お暇《いとま》をいただいて、どこへなりと行ってしまいましょう」と言って泣くと、姫君は、とてもかわいそうに思って、「あなたが関わっていただろうとも思いません。ほんとうにびっくりして、思いもかけないことだったので、ひどくつらいし、とてもみすぼらしい袴《はかま》を穿《は》いた姿を見られてしまったことが、なんとも言いようもなく恥ずかしいのです。亡き母上が生きていらっしゃったら、どんなことでも、こんなにつらい目にあわせはしないでしょうに」と言って、激しくお泣きになるので、あこきが、「ほんとうに、おっしゃることはもっともなことですけれど、継母《ままはは》というものはとても意地の悪いものだと言っても、こちらの北の方がひどくあきれるほどのお心の持ち主だということは、少将殿も、これまでもお聞きになっておいでですから、姫君の身なりがみすぼらしいのは、北の方が大切に扱わないからだと思っていらっしゃるでしょう。ただ、少将殿のお心だけでも信頼することができますなら、どんなにかうれしいことでしょう」と言うと、姫君は、「そんなことは、まして、期待できないでしょう。こんな風変わりな私を見て、思いをかけてくれる人などいるはずがありません。今回のことが耳に入ったら、北の方は、どんなにお叱《しか》りになることでしょう。『私が頼んでもいない人の用事をしたら、それだけで、ここにも置いておくまい』とおっしゃったのですから」と言って、たいへんなことになったと心配していらっしゃるので、あこきは、「ですから、かえって、北の方に対する遠慮など捨てておしまいになるのがいいのです。こんなふうに言われておいでては、いつになったら、いいことがありましょう。もし姫君が少将殿と結婚なさってお幸せになったら、こんな状態でお過ごしになるわけにはいかないでしょう。北の方は、このままここに閉じ込めて置いて、こき使おうというお気持ちがとても強くて、こんな所に住まわせなさっているのではありませんか」と、いかにも分別ありげに言ってすわっている。

使いの者が、「お返事はまだですか」とせがむので、「早く、少将殿のお手紙をご覧になってください。今は、お嘆きになってもしかたがありません」と言って、お手紙を広げてお渡しすると、姫君はうつむいて横になったままご覧になる。すると、手紙には、ただ、こんなふうにだけ書いてある。

どうしてなのでしょうか、あなたとお逢いする前に思っていた時以上に、お逢いした今、あなたを思う気持ちがこんなにもつのるのは。

しかし、姫君は、「とても気分がすぐれないのです」と言って、お返事なさらない。

あこきが、帯刀に、

「なんともまあ、不愉快です。あのお手紙は、どういうことですか。昨夜のあなたの心は、とても気にくわなく、不愉快で、あなたが意地の悪いことがはっきりとわかりましたから、これから先も、まったく信頼できそうにありませんね。姫君は、とても気分が悪そうなご様子で、まだ起きていらっしゃらないので、少将殿のお手紙も、そのままで、まだお見せしていません。姫君のご様子を見ていますと、とてもお気の毒で心が痛みます」

になる。

いと思っていた気持ちが、いまだに続いているのだろう」と、姫君のことを不憫《ふびん》にお思い

に不快だと思ったりするはずがない。ただ、あの時着ていた衣のことを、とても恥ずかし

帯刀が、少将に、手紙の内容をお伝えすると、少将は、「姫君が、私のことを、そんな

と返事を書く。

二一　昼間に、また、帯刀と少将から手紙がある

少将は、昼間に、また、姫君にお手紙を、

「今になってさえ、ひどくつらそうにしていた昨夜のあなたのご様子がこんなにもいとしく感じられるのは、どうしてなのでしょう。二人一緒にいてさえそうなのですから、まして、一人の時は、

まったく私に心を許してくれそうもないように見えるあなたのご様子なのに、あなたのことが恋しく思われてなりません。

あなたが心を許してくれないのも当然ですね」

とお書きになる。

帯刀からの手紙には、

「今回のお手紙にさえお返事がなかったら、不都合でしょう。少将殿は、今は、ひたすら姫君のことを慕っておいでですよ。姫君に対する少将殿のお気持ちはいつまでもお変わりにならないと思われますし、また、少将殿ご自身もそうおっしゃっています」

と書いてある。

あこきが、「やはり、今回はお返事をお書きください」と言うけれども、姫君は、「少将殿は、さぞかし、私のことなど見切りをつけていらっしゃるだろう」と思うと、恥ずかしく、気後れがして、つらくて、返事を書こうという気にもならないので、ただ衣をかぶって横になっている。

お返事を書くようにお願いしても書いてもらえないので、あこきは、帯刀に、

「姫君は、少将殿からのお手紙はご覧になったのですけれど、ほんとうに気分が悪そうなご様子なので、お返事をお書きになれそうにありません。ところで、姫君に対する少将殿のお気持ちがいつまでもお変わりにならないなどとは、どうしてわかるのですか。まだ一度しかお逢いしていないのですから、ほんとうはすぐ心変わりをする方だとして

も、そんなことはわからないではないですか。また、実際は信頼できそうになくても、今のうちは、安心できるような言い方をなさっているのでしょう」

と返事を書いて贈った。

その手紙を、帯刀がお見せすると、少将は、「とても気のきいて、弁の立ちそうな者だね。姫君は、ひどく恥ずかしいと思っていたから、神経が高ぶって気分が悪くなったのだろう」と、ほほ笑みながらおっしゃる。

二二　あこき、一人、少将を迎える準備をする

一方、あこきは、たった一人で、誰にも相談できないので、自分だけであれやこれやと心を砕いて忙しく動きまわって、ご座所の塵を払い、せわしなく立ち働く。屏風も几帳《きちよう》もないので、飾りたてるすべもなくて、どうしていいのかわからないが、姫君が茫然《ぼうぜん》として横になっていらっしゃるので、姫君の敷物をととのえようと思って引き起こそうとすると、姫君は、赤い顔をして、ほんとうに苦しそうなご様子で、目も泣き腫れていらっしゃる。あこきは、気の毒でかわいそうに思って、「櫛《くし》で髪をお梳《と》かしください」と言って、一人

前の侍女のように姫君の髪をととのえようとするが、姫君は、「気分が悪いのです」と言って、ただ横になっているばかりである。

この姫君は、亡き母君の形見として、ほんの少しだけだが、すばらしい調度を持っていらっしゃった。鏡などは、ほんとうに見た目にも美しい物だった。あこきは、「この鏡だけでもお手もとに残っていなかったとしたら」と言って、汚れを拭き取って、枕もとに置く。こんなふうに、あこきは、ある時には一人前の侍女になり、また、ある時には童になって、一人で一日中準備をしていた。

もうそろそろ少将殿がおいでになるだろうと思って、あこきは、姫君に、「畏《おそ》れ多いことですが、お気の毒なことに、昨夜も、その袴《はかま》を穿《は》いてお逢いになったのですから、今晩は、こちらの袴をお穿きください。この袴は、まだそんなに何度も穿いたものではありません」と言って、宿直物《とのいもの》として一つだけ持っていた、二度ほど穿いただけのとてもきれいな自分の袴を、申しわけない思いを抑えて、姫君にお渡しする。その際にも、「あまりに馴れ馴れしくて失礼だとは存じますが、見て、私が穿いていた袴だとわかる人はいないでしょうから、かまわないでしょう。いたしかたありません」と言う。姫君は、一方では気がひけるものの、今晩も同じようなみすぼらしい袴を穿いて逢うことになることを恥ずかしいと思っていたので、うれしく思ってお召しになった。「薫物《たきもの》は、三の君が裳着《もぎ》をなさった時にくださった物も、ほんの少しずつ残してあります」と言って、とてもいい香りに薫《た》き匂わせる。

二三　あこき、叔母に几帳などを借りる

あこきは、「三尺の几帳《きちょう》が一つ必要だが、どうしたらいいのだろうか。誰に借りようか。姫君の宿直物《とのいもの》も、とても薄い」と思って、あれこれと考えをめぐらせて、かつては身分の高い貴族に宮仕えしていたが、今では和泉守《いずみのかみ》の妻になっていた叔母《おば》のもとに、

「急なことで、ご挨拶《あいさつ》は省略させていただきます。ある身分の高い方が、方違《かたたが》えのために、私の曹司においでになることになったので、几帳を一つお貸しくださいませんか。ほかには、宿直物として、その方が貸してくれとおっしゃった時に、みっともない物はお出しできないだろうと思って、困っています。お出しできるような物がありますか。もしございましたら、お貸しいただけませんか。いつもお願いばかりして、申しわけないのですが、急なことなので、お願いいたします」

と、慌てて手紙を書いて贈ったところ、叔母は、

「お便りをくださらないことを、とてもつらく思っていました。お話ししたいことはたくさんあるのですが、『話は後で』とおっしゃるので、何もかも、私のほうでも、すべて省略いたします。とてもみすぼらしい物ですけれど、私が着ようと思って用意しておいた宿直物です。こんな物は、お持ちでしょうね。それから、几帳をお送りします」

と返事をして、紫苑《しおん》色の張綿《はりわた》などを送ってくれた。あこきは、とてもうれしく思う。送られた物を取り出して、姫君にもお見せする。

二四　少将、二日続けて訪れる

几帳《きちょう》の紐《ひも》を解いて、帷子《かたびら》を下ろしている時に、少将がおいでになったので、お入れした。姫君が、横になったままでいるのは失礼だと思って起きようとすると、「気分がお悪いのでしょうから、お起きにならなくて結構です。そのまま横になっていらしてください」と言って、ご自分も横におなりになった。今夜は、袴《はかま》も充分に香が薫《た》きこめてある。袴も袙《あこめ》も単衣《ひとえ》も身につけているので、姫君は、人並みになったようなお気持ちになって、少将

がおそばにいても恥ずかしく思うことなく、横になっていらっしゃった。

姫君は、今夜は、時々お返事をなさる。少将が、姫君のことを、こんなにすばらしい方はこの世にほかにいないだろうというお気持ちになって、いろいろとお話しなさっているうちに、夜も明けた。

二五　翌朝、あこき、少将の世話に奔走する

従者が、「お車を引いてお迎えに参りました」と申しあげると、少将が、「今、雨が降っているではないか」と言って、「しばらくの間待っていよ」と言って横になっておいでになるので、あこきは、「手水《ちょうず》や粥《かゆ》のお世話を、ぜひしてさしあげたい」と思って、「御《み》厨子《ずし》所の下女に相談してみようか」と考えたが、「屋敷にはどなたもおいでにならないから、粥も絶対に用意していないだろう」と思いながらも、御厨子所に行って相談してみる。

あこきが、「帯刀の友達が、昨夜、話があると言ってやって来たのですが、雨が降ったために泊まって、まだ帰らずにいるので、粥を食べさせたいと思っても、ないので困っています。お酒を、少しください。ほかに、引き干しなどが残っていますか、もし残ってい

たら、それも少し分けてください」と言うと、「まあ気の毒なこと。そんな食事の世話にまで腐心なさるとはお気の毒ですね。中納言殿たちがお帰りになった時のための物よりも、多少余分にあるでしょう」と言うので、「中納言殿たちがお帰りになった時には、精進落としの宴をなさるだろう。その時は、北の方も、機嫌がいいから大丈夫だ」と思って、あこきが、そばにある瓶子《へいじ》の口を開けて、酒をどんどん入れると、下女が、「少しは残しておいてください」と言うので、あこきは、「はいはい」と言って、次に、米と引き干しを紙に取り分ける。あこきは、それらを炭取りに入れて隠して持って行って、召し使いのつゆに、「粥を、とても上手に作って持っておいで」と言って、自分は立派な食台を捜しまわる。

あこきは、今度は、手水のお世話をしようと思って、その道具を捜しまわる。姫君のもとには、どこに半挿《はんぞう》や盥《たらい》があろうか、三の君の所にあった物を取って持って来て、姫君のもとに参上しようと思って、それまで忙しく立ち働くために上げていた髪を下ろしたりなどして、曹司に控えている。

二六　少将、あこきが用意した粥を食べて帰る

姫君は、とてもつらく苦しいと思って横になっておいでになる。

あこきが、とても美しく着飾って、たいへんきれいに化粧をして、帯をゆるやかに懸けて姫君のもとに参上する後ろ姿は、髪が背丈に三尺ほどあまっていて、ほんとうにかわいらしいと思いながら、曹司にいる帯刀も見送る。

あこきが、「この格子はお上げしないままでいようか」と独り言を言いながら参上したので、少将も、姫君を見たいと思って、「姫君が、『とても暗い。格子を上げよ』と言っておいでですよ」とおっしゃるので、あこきは、何かを踏み台にして伸び上がって、格子を上げた。

少将は、起きて、装束をお召しになって、「車は来ているか」とお尋ねになる。従者が、「ご門の所に来ています」と申しあげるので、少将が、姫君のもとをお出になろうとする時に、あこきは、とても美しくととのえて、お粥《かゆ》をさしあげた。手水《ちょうず》を、半挿《はんぞう》や盥《たらい》を取り揃《そろ》えてご用意した。少将は、「不思議なことだ。生計の手だてもないと聞いていたが、そ

れよりはまともな暮らしぶりだな」とお思いになる。姫君も、「とても不思議なこと。どうしてこんな用意ができたのかしら」と思っていらっしゃる。

雨が少し小降りになったし、屋敷にはあまり人がいないので、少将は、そっと姫君のもとをお出になろうとする。姫君の方をご覧になると、ほんとうにとてもかわいいので、それまでにもましてこのうえなく愛情がつのって、とてもいとしいとお思いになる。

少将が帰った後で、姫君も、粥などを少し召しあがって、横におなりになった。

二七　あこき、叔母に三日夜の餅を依頼する

今夜は三日目の夜なので、あこきは、「どうしようか。今夜は、ぜひ餅《もち》をさしあげたい」と思うが、ほかに頼むことのできる人もいないので、また、叔母《おば》の和泉守《いずみのかみ》の妻のもとに、

「お願いした物を送ってくださったことを、とてもうれしく思って感謝しています。引き続きのお願いで、けしからんとお思いでしょうから、申しあげにくいのですが、今夜は、まことに妙な事情で、餅が入り用です。取り合わせることのできる果物などがありましたら、少しお送りください。客人は、しばらくの間だけ滞在なさるのだと思ってい

ましたが、四十五日の方違《かたたが》えでした。ですから、昨日お借りした物は、しばらく私の手もとに置いておきたいのですが、よろしいでしょうか。見た目にきれいな盥《たらい》と半挿《はんぞう》を、しばらくの間お貸しください。何もかもお願いしてばかりで、ほんとうに心苦しいのですが、昨日お願いしたついでに、またお願いする次第です」

と、手紙を書いて贈った。

二八　姫君、少将からの歌に初めて答える

いつもの少将のもとから、

「今すぐにでも、

離れていると、いっそう私の恋しい思いがつのります。だから、こうして離れていないで、鏡に写る影のように、いつもあなたのそばにいる身に、なんとしてでもなりたいと思っています」

と、手紙が贈られてくると、今日は、姫君も、お返事を書く。

私の身を離れない影と見られるのでは、鏡に影が写るように、あなたのお心もはかな

く移るのだと思って悲しくなります。

とてもみごとに書いてあるので、少将は、この手紙を見て、とてもみごとだと思っておいでになる。その様子は、姫君への愛情がいかにも深そうに見える。

二九　叔母、あこきのもとに餅などを送る

あこきのもとには、和泉守《いずみのかみ》の家から、

「亡きお母上の代わりとして、あなたのことを慕わしく思って、私には娘もいませんから、『あなたを私の娘にしたい。あなた一人は何不自由ないようにお世話して住まわせたい』と考えて、これまでもお迎えしようとしたのに、来てくださらなかったことをお恨みしておりました。ご依頼の品々は、承知しました、お貸ししますから、どのようにでもどのようにでもお使いください。盥《たらい》と半挿《はんぞう》をお送りします。でも、変ですね。宮仕えをする人は、このような物は、必ず持っているものですよ。それとも、お持ちではないのですか。今まで頼んで来なかったとは。身近に持っていないと、まことにみっともないので、お送りします。それにしても変ですね。餅《もち》は、まことにたやすいことです、

今すぐにお送りします。調度品や餅などをお取り寄せになるのは、婿君をお迎えになって、三日夜の宴の準備をなさっているのですか。冗談はさておき、ぜひお会いしたい。とても恋しく思っています。なんなりと、これからもお頼みください。『羽振りのいい国司は、とても収入が多いものだ』と言いますから、ちょうど今その国司になっていますので、お世話しましょう」

と、とても頼りにできそうな手紙が届く。あこきは、この手紙を見て、とてもうれしく思う。

あこきが姫君に手紙をお見せすると、姫君は、「餅は、なんのためにお願いしたのですか」とおっしゃるので、あこきは、ほほ笑んで、「やはり、わけがあってお願いしたのです」と申しあげる。

見た目にとても立派な食台があり、盥と半挿も、とてもきれいな感じである。大きな餌《え》袋《ぶくろ》に、精米した米を入れて、紙を隔てて、果物と乾物《からもの》を包んであって、とても行き届いた配慮をして送ってくれた。あこきは、「今晩は、餅を見た目にも美しくととのえて、少将殿と姫君にさしあげよう」と思って、受け取って、果物や栗などの皮をむいたりして、いろいろと用意している。

日がしだいに暮れる頃になると、少しやんでいた雨がまたひどく降りだす。あこきが、餅は送ってもらえないのだろうかと心配していると、使いの男が、傘をささせて、朴《ほお》の櫃《ひつ》に入れて届けてくれた。うれしいことはたとえようもない。見ると、いつの間《ま》に用意したのであろうか、二種類の草餅と、二種類の普通の餅が、どれも、小さめに見た目にも美しく作ってある。手紙には、

「急なご依頼だったので、急いで用意しました。満足していただけるでしょうか。厚意を充分に表せずに残念です」

と書いてあった。使いの者が、「雨が激しく降っています」と言って、帰りを急ぐので、酒だけを飲ませる。

あこきは、返事として、

「言葉で表現できないほど感謝しています」

と、お礼の手紙を贈った。

うまくいったと思って、うれしい。あこきは、何かの蓋《ふた》に餅を少し入れて、姫君にさしあげる。

三〇　少将、雨に行きわずらい、手紙を書く

暗くなるにつれて、雨が、まことに間《ま》の悪いことに、頭を外に出すこともできそうにないほど激しく降る。

少将が、帯刀に、「残念なことに、あちらには行くことができそうもないな。こんなに雨が降っているのだから」とおっしゃるので、帯刀が、「通い始めてまだ日にちもあまりたっていないので、気の毒でしょう。そうではありますが、間《ま》が悪く降る雨では、いたしかたありません」と言うと、少将が、「私のなまけ心で行かないのならともかく、そうではないから、しかたがないな」とおっしゃる。帯刀は、「せめてそのお気持ちをお手紙にだけでもお書きください」と言って、ひどく困りはてた様子である。少将は、「そのとおりだ」と言って、姫君にお手紙をお書きになる。

「一刻も早くうかがおうと思って出かける用意をしていましたが、そのうちに、こんなにひどい雨になってしまったので、うかがうことができなくなってしまいました。私の心の罪ではありませんが、申しわけなく思っています。あなたへの愛情が薄いとはお思

いにならないでください」

と書いて、帯刀も、あこきに、

「私は、今すぐにおうかがいします。少将殿は、おいでになろうとしていたのですが、そのうちに、こんな雨になってしまったので、残念だと言って嘆いていらっしゃいます」

と書いた。

こんな手紙が来たので、あこきは、とても残念だと思って、帯刀への返事に、

「なんともまあ、『たとえ雨が降っても』という歌もありますのに、少将殿は、いよいよもって思いやりのないご性格なのですね。まったく姫君に申しあげる言葉もありません。あなた自身は、何をいい気になって、『来よう』とさえ言って来るのですか。こんな不始末をしでかして、ぬけぬけと自分だけ来るなんてことがありますか。それはそうと、世間の人は、『今夜訪ねて来ない人を』とか言うそうですから、少将殿はもうおいでにならないのでしょうね」

と書いて贈る。

姫君の少将へのお返事には、ただ、

この世に生きることをつらいと思っている私の袖が、雨が降ってあなたがおいでにならない今夜、涙で初めて濡れました。

とだけ書いてある。

三一　少将、雨をついて出かける

使いの者がこの手紙を少将殿のもとに持って参上した頃は、戌《いぬ》の時も過ぎてしまっていただろう。灯《あか》りのもとでご覧になって、少将も、姫君のことを、とてもかわいそうだとお思いになった。帯刀のもとに来たあこきの手紙をご覧になって、少将は、「あこきは、ひどくすねているようだな。なるほど、今夜は三日の夜だったから、通い始めたばかりで、縁起が悪いと思っているのだろう。とても気の毒だ」とお思いになる。

雨は、ますます激しく降るので、少将は、どうしようかと思い悩んで、頰杖《ほおづえ》をついて、しばらく物に寄りかかってすわっていらっしゃる。帯刀も、困ったことになったと思っている。帯刀が、ため息をついて立ち上がろうとすると、少将が、「もうしばらくすわっていよ。どうするつもりなのか。中納言邸に行こうとしているのか」とおっしゃるので、帯刀が、「中納言邸に歩いて行って、あこきを慰めてまいります」と申しあげると、少将は、「それなら、私と一緒に行こう」とおっしゃる。帯刀が、うれしいと思って、「とてもいいお考えです」と申しあげると、少将は、「大傘を一本用意せよ。衣を脱いで来よう」と言って、奥にお入りになった。帯刀は、大傘を捜しに歩きまわる。

三二　姫君とあこき、雨が降るのを嘆く

あこきは、少将がこうしてお出かけになろうとしているのも知らずに、とても困ったことになったと嘆いている。そうこうしているうちに、あこきが、「憎たらしい雨だこと」と言って腹を立てるので、姫君は、恥ずかしいけれど、「どうして、そんなふうに言うの」とおっしゃると、あこきが、「もっと小降りになればいいのに。まずい時に雨が降ったものですね」と言うので、姫君は、「降りぞまされる」と、思わず、古歌の一節を小さな声で口に出してしまって、「あこきは、聞いて、どんなふうに思っているのだろうか」と、きまりが悪く、何かにもたれて横になっていらっしゃる。

三三　少将、盗人の嫌疑をかけられる

少将は、ただ白い御衣を一襲《ひとかさね》だけお召しになって、誰もお供の者を連れずに、帯刀とたった二人で出て、大傘を二人でさして、門をこっそりと開けさせて、そっと人目を忍んでお出かけになった。

真っ暗闇の中を、笑いながら、ひどくぬかるんだ道をよろよろと歩いて行かれるうちに、少将たちが通っていた小路が大路に出る辻の所で、先払いをしてたくさん松明《たいまつ》を灯《とも》させた一行とばったり出会った。とても狭い小路なので、少将たちは歩いて隠れることもできない。道の片側に寄って、傘を垂れかけて行こうとすると、雑色《ぞうしき》たちが、「そこを行く者たちよ、そこにしばらくとまっていろ」と言って、「こんなに雨が激しく降っているのに、夜中に、たった二人で行くとは、あやしい。捕らえよ」と言うので、少将たちが、困って、しばらく立ちどまってそのまま立っていると、松明を振って灯《あか》りを強めて、「皆さん、この者たちの足は、真っ白だ。盗人ではないようだ」と言うと、別の者が、「身分が高くて、こそどろなどをはたらく者たちだから、足が白いのでしょう」と言って、少将たちの横を

通り過ぎながら、「なぜ、そうやって突っ立っているのだ。すわって控えていよ」と言って、傘をばんばんと叩くので、少将たちは、糞《くそ》がとてもたくさんある上に尻もちをついてしまった。さらに、気の逸《はや》った者が、「どうして、ことさらに、こんな傘をさして、顔を隠しているのか」と言って、横を通り過ぎながら、大傘を引っ張って傾けて、傘を持ったまま糞の上にすわっている少将たちを、火を吹いて明るくして見て、「指貫《さしぬき》を穿《は》いているぞ。貧しい男が、愛する妻のもとに行くのであろう」などと、口々に言って、行っておしまいになったので、少将は、立ち上がって、「衛門督《えもんのかみ》がお通りになるようだ。『私を、疑わしい者だと思って詮議《せんぎ》しようとして捕らえるのか』と思った時は、生きた気持ちがしなかった。私を足の白い盗人呼ばわりしたのは、おかしかったな」などと、二人だけで話しながらお笑いになる。少将が、「ああ、ここから帰ってしまいたい。糞がついてしまった。ひどく臭くて、このまま行ったら、せっかく雨のなかを来たのに、かえって嫌われてしまうだろう」とおっしゃると、帯刀は、笑いながら、「こんな雨に、こうまでしておいでになったら、少将殿の愛情がおわかりになるでしょうから、姫君は、糞の臭《にお》いを嗅《か》いでも、きっと麝香《じゃこう》の香りだとお思いになるでしょう。お屋敷は、もうずいぶんと遠くなってしまいました。これから行く中納言邸は、すぐ近くです。やはり、姫君の所においでになったほうがいいと思います」と言うので、「こんなに愛情をこめてわざわざやって来たのだから、このまま帰るわけにはいかないだろう」と思って、中納言邸においでになった。

三四　少将、姫君のもとを訪れる

少将は、門を、やっとのことで開けさせて、中納言邸にお入りになった。

少将は、帯刀の曹司で、「まず、水を」と言って、足を洗わせる。一緒に、帯刀も足を洗っていると、少将が、「明日は、夜が明ける前に、早く起きよ。まだ暗いうちに帰ってしまいたい。夜が明けてまでここにとどまっているわけにもいくまい。なんともぶざまな格好にちがいない」とおっしゃって、落窪の間《ま》の格子を、こっそりお叩《たた》きになる。

姫君は、少将が今晩来ないことを恨めしいと思うわけではなく、「今回のことがすべてもれたら、どんなに北の方がお叱《しか》りになるだろうか。生きていてもつらいことばかりだ」と思い悩んで、泣きながら横になっていらっしゃった。あこきが、せっかくいろいろと準備していたことが無駄になってしまいそうだと思って、姫君のおそばで横になっていると、格子を叩く音が聞こえたので、さっと起きて、「どうして、格子が音を立てるのかしら」

と言って、格子に近寄ったところ、少将が、「格子を上げよ」とおっしゃるので、その声に驚いて格子を引き上げると、少将が入っていらっしゃる。その少将の様子は、濡れて雫《しずく》が垂れるほどである。あこきは、少将殿はこんな雨の中を歩いて来てくださったのだと思うと、何よりもうれしくありがたくて、「どうして、こんなに濡れていらっしゃるのですか」とお尋ねすると、「惟成《これなり》がおまえからひどく咎《とが》められると言って嘆いているのが気の毒なので、指貫《さしぬき》の裾《すそ》の紐《ひも》を脛《はぎ》まで上げてやって来たのだが、途中で倒れて、泥だらけになってしまったのだよ」と答えて、指貫をお脱ぎになるので、あこきが、姫君のお召し物を取って着せてさしあげて、「お召し物も乾かしておきましょう」と申しあげると、少将は白い御衣もお脱ぎになった。少将は、姫君が横になっていらっしゃる所に近寄って、「こんな思いまでしてやって来たのがうれしいと言って、私をさっと抱きしめてくださったら、うれしいのだが」と言って、暗いなかを姫君を手でお捜しになると、姫君の着ている衣の袖が少し濡れているので、少将は、自分が来なかったことが悲しくて泣いていたのだと思って、姫君のことがいとしくて、

何を悲しく思って、あなたの袖がこんなに濡れているのでしょうか。

とおっしゃると、姫君が、

私が愛されているかいないかを知っている雨の雫、すなわち、涙で濡れたのでしょう。とお答えになるので、少将は、「今晩は、愛されているかいないかを知りたいなら、こうしてやって来たことでおわかりになるでしょう」と言って、姫君と一緒に横におなりになった。

三五　少将、三日夜の餅を食べる

しばらくして、あこきが、叔母《おば》から送ってもらって用意しておいた餅《もち》を箱の蓋《ふた》に見た目にも美しくととのえてさしあげて、「これを、ぜひ召しあがってください」と言うと、少将は、「とても眠たい」と言って起きていらっしゃらないので、あこきが、「やはり、今夜は、これをご覧ください」と言ってお願いする。少将が、「なんなのだ」と言って、頭をもちあげて見上げなさると、見た目にも美しく餅をととのえてあるので、「誰が、こんなにも美しく餅をととのえたのだろうか。こんな用意までして待っていたのだな」と思うと、気がきいていておもしろい。少将が、「餅なのだね。食べ方があるのだとか。どのようにして食べたらいいのか」とおっしゃるので、あこきが、「まだご存じないのですか」

とお尋ねすると、「知っているはずがないではないか。独り者の間は食べるものか」とお答えになる。あこきが、「かみ切ることなく三つ食べると聞いています」と申しあげると、「行儀が悪そうだね。女は、いくつ食べるのか」とおっしゃるので、「それは、婿君のお心次第です」と言って笑う。少将が、姫君に、「この餅を召しあがってください」と言ってさしあげなさるけれど、姫君は、恥ずかしがって召しあがらない。少将は、作法どおりにとても律儀に三つ食べて、「蔵人の少将も、同じように食べたのか」とおっしゃるので、あこきは、「そうだったのでしょう」と言ってすわっている。

夜が更けたので、少将と姫君はお休みになった。

三六　あこきと帯刀、この日のことを語る

あこきが、曹司にいる帯刀のもとに行ったところ、帯刀はまだぐっしょり濡れたままましゃがみこんでいた。あこきが、「こんなに濡れているということは、傘がなかったのですか」と言うと、帯刀は、来る途中でのできごとを小さな声で話して笑う。帯刀が、「少将殿がこれほどの愛情をお示しになったことは、昔もなかったし、今もないでしょう。比類

ない愛情だとはお思いになりませんか」と言うと、「多少は世間並みと言える程度ですね」と言うので、「まだ満足していないのですね、『多少は世間並みと言える程度だ』などと言うのは」と言って、「女は、身のほどをわきまえないのが憎らしい。ひどくつれないお心が続いたとしても、三十回ぐらいは、今夜こんな雨のなかをおいでになったことで許してさしあげてください」などと言うと、あこきは、「いつものように、自分の主人に味方するようなことばかり言う」などと言って寝た。あこきは、「ほんとうに、少将殿が今夜おいでにならなかったとしたら、とても困ったことになっていただろうに」などと言いながら寝てしまう。

三七　人々石山から帰り、少将帰る機会を失う

すっかり夜も更けてから寝たので、あっという間《ま》に夜が明けて、さらに時間がたった。少将は、「どうやってこの屋敷を出ようか。人はまだ寝静まっているのかな」などと言いながら横になっている。

その頃、あこきは、「とても困ったことになった。石山詣でをした人たちも、今日は帰

っておいでになるだろう。誰かが不意にやって来たらたいへんだ」と思うと、落ち着いていられずに、早く粥《かゆ》や手水《ちょうず》のお世話をしてさしあげなければなどと思って、その準備に歩きまわっている。帯刀が、「どうして、そんなに落ち着きなく歩きまわっておいでになるのですか」と言うので、「落ち着いてなどいられません。近い所に少将殿をお泊め申しあげているのですから、誰かが不意にやって来たらたいへんだと思って、せわしなく歩きまわっているのです」と答える。

少将が、「車を取りに人を行かせよ。そっと、すばやく帰ってしまおう」とおっしゃっているうちに、石山詣での人が大騒ぎで帰っていらっしゃった。少将は、「これで帰ることができなくなってしまった」と言って、お帰りにならずにいた。

三八　あこき、姫君と少将の食事の世話をする

姫君は、「こんなに人目につく所だから、誰かがやって来たらたいへんだ。どうしよう」と、心臓がとまる思いがして、とても恐ろしい。あこきも、まったく居ても立ってもいられない気持ちがする。おかずをとても見た目に美しくととのえて粥《かゆ》をさしあげたり、手水《ちょうず》

のお世話をしたりしようと思って、その準備に歩きまわることが気ぜわしいので、誰か一人手伝ってくれる人がいればいいなあと思っていると、ただでさえ忙しいのに、車からお下りになるや否や、北の方が、「あこき」と、大声でお呼びになるので、隔ての障子を開けて入る。その時には、ほかに閉めてくれる人がいるかどうかということにも気がまわらない。格子の狭間《はざま》隔てに、北の方のもとに参上すると、北の方は、「帰って来て疲れている私たちが、苦しくて休んでいるのに、私たちが石山詣でに出かけている間に休んでいたおまえは、どうして車を下りる所に迎えに来ないのか。まったく、おまえほど、腹立たしく、役立たずな者はいない。こんな奴《やつ》は、なんとしてでも、落窪の君にお返ししてしまいたい」とおっしゃるので、あこきが、心のなかでは、とてもうれしいことと思いながら、「汚い物を運んでいた時だったから、お迎えにうかがえなかったのです」と申しあげると、「早く、手水のお世話をいたせ」とおっしゃるので、あこきは、落ち着かない思いで立って歩きまわる。

精進落としのお食事もできたので、あこきは、御厨子《みずし》所に来て、この前の下女に、「ねえねえ、あなた」と呼んで、叔母《おば》から送られたあのたくさんの精米した米と交換して、落窪の間《ま》にお食事をさしあげに来た。

ものきり（未詳）はいつも見ていたので、少将は、「生計の手だてもないとばかり聞いていたが、いったいどうやって用意したのだろうか」とお思いになる。姫君も、どういうわけなのだろうかと思っていらっしゃる。

せっかく用意したお食事を、少将も、ほとんど召しあがらないし、姫君もまた起きていらっしゃらないので、あこきが、曹司に戻って、お食事のおさがりを、帯刀に、とても見た目に美しくして食べさせたところ、帯刀が、「長い間こちらにうかがっておりますが、こんなふうに食事のおさがりなど目にしたことはありません。やはり、少将殿がおいでになっているからなのですね」と言うので、「今後ともあなたのうれしいお心遣いを見ることができるようにと願って前途を祝う送別の宴です」と言うと、帯刀は、「そんなに期待されているとは、ああ恐ろしい」と言って、二人とも笑う。

三九　継母、落窪の間を訪れる

こうして、落窪の間《ま》で、昼まで、少将と姫君がお二人で横になっておいでになった時に、いつもはお覗きにもならない北の方がやって来て、中隔ての障子を開けようとなさると、鎖《じょう》がさしてあって固いので、「この障子を開けなさい」とおっしゃる。あこきも姫君も、どうしようと困っていらっしゃると、少将は、「かまわない、お開けになればいい。几帳《きちょう》の帷子《かたびら》を上げて、私を横にならせてくださったら、何かを頭からかぶって寝ているよ」とおっしゃるので、姫君は、北の方が中をお覗きになるかもしれないと思って途方にくれるけれど、少将を別の所に移すこともできないから、几帳のそばに身を寄せておすわりになる。北の方が、「どうして、なかなか開けないのか」とお尋ねになるので、あこきが、「今日明日は、姫君の物忌みです」と答えると、「まあたいそうな。自分の家などないからと言って、ここで物忌みをするなんてことがあるものですか」とおっしゃるので、姫君が、「ねえ、あこき、やはり障子を開けなさい」と言うので、あこきが開けると、北の方が、荒々しく障子を押し開けて入っていらっしゃる。膝《ひざ》をついてすわってあたりを見まわすと、いつもと違ってきれいに飾りつけてあって、几帳を立てて、姫君も、とても美しく身なりをととのえて、どこもかしこもとてもいい香りがしているので、北の方は、おかしいと思って、「どうして、ここの様子もあなたの身なりも、いつもとちがっているのですか。ひょっとして、私が留守をしている間に、何かあったのですか」とおっしゃるので、姫君は、顔が赤くなって、「何もございません」とお答えになる。

少将が、北の方はどんな様子なのかと知りたくて、几帳の帷子の縫い合わせていない所から、横になったままご覧になると、あまり上等な物ではないが、白い綾織りの袿《うちき》と掻練《かいねり》の表着《うわぎ》などを重ねて着て、顔がのっぺりしている人で、少将は、これが北の方なのかと思って見て、「口もとの様子は魅力があって、少し艶やかな美しさがそなわっているな。見た目には美しい感じだな。ただ、眉のあたりには、歳をとって、醜さも、少し表れている」と思っている。

四〇　継母、姫君の鏡の箱を持ち帰る

北の方は、「今日、私は、すばらしい鏡を買ったのですが、前に見た時に、あなたが持っている鏡の箱がちょうど入りそうに思ったので、しばらく貸してくださいとお願いしようと思ってうかがったのです」とおっしゃる。姫君が、「喜んでお貸しします」とおっしゃると、「こんなふうに聞き分けがよくていらっしゃると、ほんとうにかわいい。それでは、お貸しください」と言って、姫君の鏡の箱を引き寄せなさった。箱の中の鏡を外に出して、自分が持っていらっしゃった鏡をお入れになった。思っていたとおりにちょうど入

ったので、「すばらしい鏡を買ったものだな。それはそうと、当世の蒔絵《まきえ》は、この鏡の箱のように上手には、まったくできませんね」と言いながら、鏡の箱を手で撫《な》でていらっしゃるので、あこきは、見ていて、ほんとうに憎らしいと思って、「こちらの鏡の箱もないと困ります」と言うと、「すぐに、ほかに捜し求めてさしあげましょう」と言ってお立ちになる。北の方が、すっかり満足した様子で、「ところで、あの几帳《きちょう》は、どこにあった物なの。とてもきれいな物ね。見馴れない物もある。やはり何かがあったようですね」とおっしゃるので、姫君は、少将殿が聞いてどんなふうに思っているだろうかと、恥ずかしく思う。あこきが、「ないと不都合なので、取りに行かせたのです」と申しあげる。

四一　あこき、継母の行為に腹立つ

北の方は、まだ、様子を疑わしいと思っていらっしゃったが、北の方が行ってしまった後で、あこきが、「ほんとうに、あの鏡の箱はすばらしい物です。北の方が、姫君に、何かをさしあげなさることなどないでしょう。それなのに、姫君は、持っていらっしゃる調度を、何から何までこうしてお与えになってしまうのですね。これまでの婿取りの時には、

『取り替えてください』とか、『ほんのしばらくの間、お貸しください』とか言って、屏風をはじめとして何もかも持って行かれて、まるで自分の調度のようにして、あちらこちらに立てていらっしゃった。姫君の食器さえ、お願いして、たくさん持って行っておしまいになりました。北の方だけで埒《らち》があかないとなると、いずれ、中納言殿もこちらにやって来るでしょう。姫君の物は、のんびり見ているうちに、何もかもあちらの方々の物になってしまいます。姫君がこんなにも心が寛大でいらっしゃるのに、あちらの感謝のお気持ちなど少しも見えません」と言って腹を立てていると、姫君が、おかしく思って、「かまいません、どれもこれも、必要がなくなったら、きっと返してくださるでしょう」と答えるので、少将は、姫君はほんとうにお心が寛大だと思って聞いていらっしゃる。

少将が、几帳《きちよう》を押し退《の》けて出て来て、姫君を引き寄せて、「北の方がまだお若いので、驚きました。女君たちは、この北の方に似ているのですか」とおっしゃると、「そうでもありません。皆、お美しくてすばらしい方たちです。どういうわけか、今日は、見苦しいところを見ておしまいになりましたね。それはそうと、疑わしそうなご様子でしたから、私たちのことを聞きつけて、どんなにお叱《しか》りになることでしょう」と言う。少しうち解けてきた姫君の様子を見ているうちに、とてもかわいらしいので、少将は、このままにしておけまいという気持ちになって、「昨夜来ることを思いとどまったとしたら、どんなにか残念なことだったろうに」と思う。

四二　一日逗留後、少将、夜が明けて帰る

北の方は、姫君の鏡の箱の代わりを、北の方に仕えるあこ君という童を使って送ってよこした。黒い漆塗りの箱で、径は九寸ほど、深さは三寸ほどで、ひどく古くなっていて、所々はげているのをよこして、「これは、黒いけれど、漆塗りで、とてもすばらしい物です」とご伝言があるので、あこきは、「立派な感じの箱ですね」と言って笑って、姫君の鏡を入れて見ると、ひどく大きいので、「なんともまあ見苦しいこと。かえって、こんな箱に入れずに持っていらっしゃったほうがいいと思います。ほんとうにみっともない感じですね」と申しあげると、姫君は、「かまいません、そんなことを言ってはいけませんよ」と言ってたしなめて、北の方への伝言を、「鏡の箱を、確かにいただきました。お言葉どおり、とてもすばらしい物です」と言って、使いを帰らせた。少将が、取り寄せてご覧になって、「どうやって、北の方は、こんな古くさい物を見つけ出しなさったのでしょう。

北の方が、大切に取ってお置きになったようですが、こんなぶざまな格好で、この世に二つとないような代物も、これはこれで貴重な物ですね」と言ってお笑いになる。

夜が明けたので、少将はお帰りになった。

四三　姫君、あこきと語る

姫君が、起きて、あこきに、「今回は恥ずかしい思いをせずにすみましたが、いったいどんなふうにして用意したのですか。几帳《きちょう》があって、とてもうれしかった」とおっしゃる。あこきは、「叔母《おば》に頼んで借りたのです」などとお話しする。あこきが、幼いながらも、自分の判断で、思いも寄らないことをすっかりやってくれたことを、姫君は、うれしくもいじらしくも思って、「ほんとうに、『後見《うしろみ》』と名づけた効《かい》があった」と思う。あこきは、姫君に、帯刀が昨夜語ったことをいろいろと話して、少将の誠意がとてもうれしくて、「忌々《いま》しくも、この屋敷の人々が姫君のことを見下している今、少将殿のお気持ちがいつまでも変わらなかったら、どんなにうれしいことでしょう」と言う。

四四　帯刀、姫君の少将への返事を落とす

少将は、その夜は、参内したので、姫君のもとにおいでになることができない。

翌朝、少将からお手紙がある。

「昨夜は、参内したために、うかがうことができませんでした。昨夜も、私がうかがわなかったことで、どんなにあこきが惟成《これなり》を咎《とが》めただろうかと想像しましたが、それも、今思うとおかしい。『あこきの性格の悪さは、誰のを習ったのだろうか。あなたのだろう』と思うにつけても、恐ろしいことです。今夜は、歌にあるように、『昔はものを』という気持ちでいます。

あなたに逢わずにいた昔は、悲しい思いをすることなく日々を送っていたのに、あなたと逢った今は、逢えずに一夜過ごしただけでも悲しい気持ちでいっぱいです。

気がねすることばかりが多いと感じていらっしゃるようなそんな今の生活はおやめになったらどうですか。私が、気がねのいらない所を捜し求めましょう」

と、心をこめてお手紙をさしあげなさる。

帯刀が、「早くお返事を書いてもらってください」と言って、「私がその手紙を持って参上しましょう」と申しあげる。少将のお手紙を、あこきが見て笑う。あこきは、「私が言ったことを、少将殿にお話ししたのですね」と言って、「相談できる人がいないから、自然と言い争うことになるのです。それをいちいち少将殿にお話しするなんて」と言う。

「昨夜は、あなたが私のことを飽きたためでしょうか、私の衣の袖は、早くも涙で濡れてしまいました。

昔は、私のことを一途に愛するお気持ちはなかったのですね。私は、ますますつらいこの身をどうしていいのかわかりません。

ところで、『憂き世は門《かど》させりとも』と言う歌がありますが、そのとおり、私はこの屋敷を出ることは難しいと思います。あこきの性格が悪いとおっしゃいましたが、心にやましいことがある人は恐がりなさって当然ですね」

と書かれた姫君のお手紙を、帯刀が持って出る時に、「蔵人の少将が、『何はさておき来い』とお呼びです」と言うので、その手紙を落窪の間《ま》に置く余裕もなく、懐《ふところ》に入れたまま参上した。蔵人の少将は、鬢《びん》をととのえさせようと思ってお呼びになったのだった。

首の後ろの髪をととのえてさしあげるために、蔵人の少将も帯刀もうつむいている時に、懐に入れておいた手紙が落ちたのも、帯刀は気づかない。蔵人の少将は、その手紙を見つけて、さっとお取りになった。

蔵人の少将は、鬢を梳《と》かし終えて奥にお入りになった時に、とてもおもしろいので、三の君に、「この手紙をご覧なさい。惟成《これなり》が落とした物ですよ」と言ってお渡しになる。蔵人の少将が、「筆跡は、ほんとうにみごとだ」と感心なさると、三の君は、「落窪の君の筆跡です」とおっしゃる。少将が、「『落窪の君』とは、誰のことをいうのですか。人の名としては変ですね」とお尋ねになると、三の君が、「そういう名の人がいるのです。縫い物の上手な人です」と答えて、その時は、そのまま終わってしまった。三の君は、その手紙を手にして、おかしいと思いながらすわっていらっしゃる。

四五　帯刀、返事を落としたことに気づく

帯刀が、調髪の調度などを片づけて、立とうとして、懐《ふところ》を探ると、姫君のお手紙がない。気も動転して、立ったりすわったりして衣を振ったり、衣の紐《ひも》を解いたりして捜したけれど、どこにもないので、どうなってしまったのだろうかと思って、赤い顔をしてすわって

いる。「肌身離さず持ち歩いていたのだから、たとえ落ちたとしても、ここにあるだろう」と思って、蔵人の少将の敷物をまず持ち上げて振ってみるけれども、そこにもない。帯刀が、「誰かが取ったのだろうか。どんな事態が起こるだろうか」と心を痛めて、頰杖《ほおづえ》をついて茫然《ぼうぜん》としているのを、出かけようとした蔵人の少将がご覧になって、「どうして、惟《これ》成《なり》は、そんなにしょんぼりしているのか。何かなくしたのか」と言ってお笑いになるので、この蔵人の少将殿が取ってお隠しになったのだと思うと、生きた心地がしない。帯刀が、とても困りはてた表情で、「ぜひ返していただきたいのです」と申しあげると、「私は知らない。三の君が、『末の松山』と言っているようだ」と言ってお出かけになった。

四六　帯刀とあこき、手紙の紛失を心配する

帯刀は、なんとも言いようもなくて、蔵人の少将が自分と姫君との仲を疑っていると思うと恥ずかしいけれど、今さらどうしようもないと思って、あこきのもとに行って、「先ほどの姫君のお返事は、私自身がうかがう時に持って参上しようと思って出たのですが、蔵人の少将殿が、鬢をととのえるためにお呼びになって、鬢を梳かせなさっている間に取

られてしまいました。とても困ったことになりました」と、途方にくれた様子で言うと、あこきは、「とても困ったことになりましたね。どんな騒動が起こることになるのでしょう。北の方が何か様子が変だとお疑いになっていましたから、姫君は、ますます、どんなに騒ぎたてられなさることになるでしょう」と言って、帯刀と二人で、冷や汗をかいて、姫君のことを気の毒に思っている。

四七　継母、紛失した姫君の手紙を見る

三の君は、姫君の手紙を、北の方に、「帯刀が落とした手紙を、蔵人の少将殿が見つけなさった物です」と言ってお見せになると、北の方は、「思ったとおりだ。見ていて、何か様子が変だと思った。手紙の相手は誰だろう。帯刀が持っていたということは、そいつが夫として通って来ているのだろうか。『屋敷を出ることが難しい』などと書いてあるということは、『迎えたい』と言っているようだ。結婚はさせまいと思っていたのに、ほんとうに残念なことだ。夫ができてしまったら、今までどおりに、この屋敷にいることは、決してないだろう。夫がきっと迎えることになろう。あの子がいなくなったらたいへんだ。

子どもたちの使用人としてちょうどいいと思って見ていたのに。どんな奴《やつ》が、こんなことをしでかしたのだろう。まだ事が起こっていないのに騒ぎたてたら、男が、慌てて、あの子をどこかに隠してしまうだろう」とお思いになる。

北の方は、姫君の手紙を持っていることを言いふらすことなく、様子をうかがっている。あこきと帯刀は、誰も騒ぎたてないので、不思議に思う。

姫君には、あこきが、「お手紙は、帯刀がなくしてしまいました。面目ない次第ですが、前と同じように、お手紙を書いて、私にいただけませんか」と言うので、姫君は、言葉で表現できないほど、とてもつらいとお思いになる。北の方もあの手紙をご覧になっているのだろうと思うと、姫君は、とてもつらい気持ちになって、「もう一度お手紙をお書きすることなどできそうもありません」と言って、ひどくお嘆きになる。

帯刀も、とても申しわけない気持ちで、少将の前にも参上することができずに籠《こも》っている。

四八　少将訪れて、姫君を連れ出す決意をする

日が暮れてしまうと、少将がおいでになった。少将が、「どうして、お返事をくださらなかったのですか」とお尋ねになると、姫君は、「北の方がおいでになっていた時でしたので、書けなかったのです」とお答えになって、一緒におやすみになった。

ほどなく夜が明けたので、お帰りになろうとしているうちに、時間がたって、屋敷の者たちが起きて騒々しくなったので、少将は、帰ることができなくなって、ふたたび落窪の間《ま》に戻って横におなりになった。あこきは、いつものように、お二人の朝のお食事のお世話のために忙しく歩きまわる。

少将が、のんびりと横になって、いろいろとお話をなさって、「四の君は、どれほど大きくおなりになりましたか」とお尋ねになるので、姫君が、「十三、四歳ぐらいで、かわいらしい方です」と答えると、少将が、「ほんとうのことなのでしょうか。私と結婚させようなどと、中納言殿がおっしゃっているそうだと聞きました。四の君の乳母《めのと》が、私の父左大将邸の侍女を知っていて、中納言殿のお手紙を持ち出して、『北の方も、ぜひにとお

っしゃっています』と言って、私の乳母が、突然にせきたてたのです。あなたとこういう関係になっていることをうち明けるつもりですよ。どうお思いになりますか」とお尋ねになると、姫君は、「つらい思いをすることになるでしょう」とお答えする。そんな姫君が、子どもっぽいので、かわいいと思って、少将が、「こちらには、おうかがいするのも、なんとも人並みな感じもせず肩身の狭い気持ちがするので、ある所にお渡ししたいと思うのですが、そこにおいでくださいませんか」とおっしゃると、「少将殿のお気持ちに従います」とお答えするので、少将は、「それならば、そうしましょう」などと言って横におなりになった。

四九　継母、姫君に上の袴を縫わせる

時は、十一月二十三日の頃であった。三の君の夫の蔵人の少将が、急に賀茂の臨時の祭りの舞人に任命されたので、北の方は、何も手につかないほど慌てふためきなさる。あこきが、言うまでもなく縫い物の仕事がきっとあるだろうと心配していたとおりに、使いの者が、上の袴《はかま》を裁断して持って来て、「北の方が、『これを、今すぐに縫ってください。

このほかにも、縫い物の仕事がきっとあるでしょう』と申しあげていらっしゃいます」と言う。姫君は、几帳《きちょう》の奥で横になっていらっしゃったので、代わって、あこきが返事をする。「どうなさったのでしょうか、姫君は、昨夜からご気分が悪くなって、おやすみになっています。じきにお起きになるでしょうから、その時にお話ししましょう」と言うので、使いの者は帰った。

姫君は、縫い物をしようと思って起きようとなさる。少将は、「私一人、何もせずにぼんやりと横になっているわけにはいかないではないですか」と言ってお起こしなさらない。北の方が、使いの者に、「どうですか。姫君は縫い物をなさっていましたか」とお尋ねになると、使いの者が、「いいえ。あこきが、『姫君は、まだおやすみになっている』と申していました」と言うので、北の方は、「『おやすみになっている』だなんて、なんて言い方をするのだ。言葉遣いに気をつけよ。どうして、私たちに対するのと同等の言い方をするのか。耳障りだ。それにしても、昼寝をしているなんて、なんて子どもっぽいこと。自分自身の置かれた状況が理解できないとは、ほんとうに情けない」と言って、ばかにして笑っていらっしゃる。

五〇　継母、さらに下襲を追加する

北の方が、下襲《したがさね》を裁断して、ご自分で持っていらっしゃったので、姫君は、驚いて、几《き》帳《ちょう》の外に出た。北の方が見ると、上の袴《はかま》も縫わずに置いてある。北の方は、不機嫌になって、「上の袴に手も触れずにいたとは。もう縫いあがっているだろうと思ったのに。私が言うことなどどうでもいいと思っておいでだとは、けしからんことだ。近頃、ほかのことにばかりかまけていて、着飾ることにうつつをぬかしていらっしゃるようだね」とおっしゃると、姫君は、とても困って、どのようにお答えしようかと思って、気も動転して、「気分がすぐれなかったので、縫わずにいたのです。しばらく心を静めてから縫います」と言って、「この上の袴は、すぐに縫いあがりますから」と言って引き寄せるので、「突然に目を覚ました馬のように、慌てて起きて、上の袴に手をお触れになるな。こんなに嫌がりながら仕事をする人にばかり頼むのは、仕事を頼める人がほかにいないからですよ。この下襲も、今すぐにお縫いにならなかったら、もう、この家から出て行っておしまいなさい」と言って、腹を立てて、下襲の生地を投げつけるようにしてお立ちになろうとした時に、少将の直衣《のうし》が姫君の後の方から出ているのをすばやく見つけて、「おや、この直衣は、どこの物か」と、立ちどまっておっしゃるので、あこきは、とても困ったと思って、「ある人が、縫ってもらうために、姫君に送ってこられた物です」と申しあげると、「よそから頼まれた物を先に縫って、私が頼んだ物をどうでもいいと思っていらっしゃる。こうしてこの家においでになっても、まったくその意味がない。ああ嫌になってしまうわ」と、ぶつぶつ言いながら行く後ろ姿を見ると、髪は、子どもを多く生んだために抜け落ちて、わずかに十筋ほどで、腰のあたりまでしかない。少将は、「体つきは太っていて、まことにみっともない」と思いながら、横になったまま、隙間《すきま》からじっと覗いている。

姫君は、無我夢中で、生地に折り目をつける。少将が、姫君の衣の裾をつかまえて、「そんな物はほっといて、まずこちらへおいでください」と言って、強引に引っ張るので、

姫君は、困りながら、几帳の内に入った。「憎らしい。縫い物などなさいますな。もう少し怒らせて慌てさせたらどうです。北の方は今の言いぐさはなんです。ここ何年も、こんなふうに申しあげていたのですか。私だったら我慢できません」とおっしゃるので、姫君は、「どこにも身を隠すことなどできませんので」と答える。

五一　少将、落窪の君の名を耳にする

暗くなったので、姫君が、あこきに、格子を下ろさせて、灯台に火を灯《とも》させて、なんとかして縫いあげようと思っているうちに、北の方は、縫い物をしているかと見るために、こっそりとおいでになった。ご覧になると、縫い物は散らかして、火は灯したまま、誰もいない。奥に入って横になってしまったのだと思うと、北の方は、ひどく腹を立てて、「中納言殿。ここにいる落窪の君が、かわいげがなくて、世話をしきれないので、ここにおいでになってお叱《しか》りください。私がこんなにも急いでいるのに、どこにあった几帳《きちょう》なのでしょうか、ふだんは持っていない物を用意して、衝立《ついたて》として立てて、その奥に入って横になってばかりいるのです」などとおっしゃると、耳の遠い中納言は、「もっとそばにいらしてお話しください」とおっしゃるので、北の方は中納言のもとに行かれる。北の方の返事が遠くなってゆくので、終わりのほうの言葉は聞こえない。

少将は、「落窪の君」という名は聞いたことがなかったので、「『落窪』とは、誰の名ですか」と言うと、姫君は、ひどく恥ずかしくて、「さあ知りません」と答える。少将は、

「なんでまた、人の名に、そんな名をつけたのですか。さぞかし、不幸な境遇の人の名なのでしょう。ぱっとしない人の名ですね。北の方が、あんなにもお咎《とが》めになっている。北の方は、きっと性格の悪い方なのでしょうね」と言って横におなりになった。

五二　少将、落窪の君が姫君のことだと知る

北の方は、今度は、袍《うえのきぬ》を裁断して送ってよこした。またなかなか縫いあがらないと困るとお思いになって、中納言に、姫君に対する中傷をあれやこれやと申しあげて、「行ってお叱《しか》りになってください、お叱りになってください」と責めるので、中納言が、落窪の間《ま》にやって来て、遣戸《やりど》を引き開けなさるやいなや、「どういうことなのだ。落窪の君よ、あなたが、あちらの母上がおっしゃることに従わず、わがままだと聞いたが、どうしてなのだ。あなたには母親がいないのだから、あちらの母上にぜひかわいいと思ってもらいたいと思いなさい。あちらの母上がこんなにも急いでいるのに、よそから頼まれた物を縫って、こちらの物に手を触れずにいるのは、どういうつもりなのか」と言って、「今夜中に縫いあげないと、母上から、子どもだとも思ってもらえなくなるぞ」とおっしゃるので、

姫君は、返事もせずに、ぽろぽろと泣いた。中納言は、そう言葉をあびせかけてお帰りになった。

少将が聞いているので恥ずかしく、「これ以上ないほど恥ずかしいことを言われたうえに、北の方が言った『落窪の君』という名を、中納言殿の言葉によって、私のことだと知られてしまった」と思うと、姫君は、今すぐにでも死んでしまいたくて、縫い物はしばらく押しやって、灯《あか》りの暗いほうを向いて激しく泣く。少将は、かわいそうで、姫君が泣くのも当然だと思って、「あんなに泣いているのだから、さぞかし恥ずかしいと思っているのだろう」と思って、自分も泣いて、「しばらくこちらに来て横になっていらっしゃい」と言って、姫君を無理やり引き入れて、あれこれと言葉を尽くして慰めなさる。少将は、「『落窪の君』とは、この人の名を言ったのだった。私が言ったことを、どんなに恥ずかしいと思っているだろうか」と、かわいそうに思う。「継母《ままはは》はともかくとして、実の父親の中納言殿まで憎らしくも言ったものだな。中納言殿は、姫君のことをあまりかわいいと思っていないようだ。なんとしてでも、姫君を幸せにして、北の方たちを見返したいものだ」と、心のなかでお思いになる。

五三　継母、少納言を手伝いによこす

北の方が、「多くの縫い物を、一人で縫いあげることができずにいるだろう。落窪の君は一人だし、縫いあがらないと腹立たしい思いをするだろう」と思って、少納言といって、きれいな感じでかためなる（未詳）人を、「落窪の君のもとに行って、一緒に縫いなさい」と言ってよこしたので、落窪の間《ま》にやって来て、「どこを縫ったらいいのでしょうか。それはそうと、どうして、おやすみになっていたのですか。北の方が、あんなに、『なかなか縫いあがりそうもない』と申しあげなさっているのに」と言うと、姫君が、「気分が悪いので、やすんでいたのです。そこにある縫いかけた物は、あなたが縫ってくださいと言うので、少納言は、手もとに引き寄せて縫って、「やはり、ご気分がよろしいなら、起きていらしてください。ここの襞《ひだ》の縫い方がわからないのです」と言うので、「もうしばらく待ってください。縫い方を教えましょう」と言って、やっとのことで起きて、膝《ひざ》をついたまま進み出て来た。少将は、「少納言は、灯台の火で見ると、とてもきれいな感じだな」と思い、こんなすばらしい侍女もいたのだとご覧になる。

五四　少納言、四の君と少将との縁談を語る

少納言が、姫君に目を向けると、頰《ほお》が涙でたいそう光っているのに気づいて、かわいそうだと思ったのだろうか、「こんなことを申しあげると、口が上手なようです。でも、だからと言って申しあげずにいると、私がこのような気持ちを持っているとさえもわかっていただけないだろうと残念に思うので、申しあげます。やむを得ずお仕えしているお方よりも、お気だてをここ何年も見ていて、あなたさまにお仕えしたいと思っているのですが、まわりの目が厭《いと》わしくやっかいなので、憚《はばか》られて、人に気づかれぬようにお仕えしようと思っても、それができずにいるのです」と申しあげると、姫君が、「私に好意を寄せてくれて当然の人も、格別に誠意をもって接してくれるような様子も見えないので、あなたのお気持ちをうれしく思っておりましたよ」とお答えになるので、少納言は、「ほんとうに、けしからんことです。継母《ままはは》である北の方が、姫君のことをけしからんと思うのは世の習いとしても、ご姉妹の女君たちまで、みずからお言葉をおかけしようとしないのは、とても納得できません。姫君はこんなにお美しいのに、こうしてぼんやりと寂しそうにしていら

っしゃるのは、おかしいと思います。三の君に続いて、今度は四の君に婿をお迎えになろうと、いろいろと準備をなさっているようです。北の方のお心のままに、年上の姫君の結婚を後回しにしておいて、年下の四の君の結婚を先になさるのです」と言う。姫君が、「すばらしいことですね。どなたを婿君としてお迎えになるのですか」とおっしゃると、「左大将殿のご子息の左近少将だとか聞いています。『ご器量がたいそうすばらしいうえに、今すぐにでもきっとご出世なさるだろう』と、人々が褒めています。帝もご信任なさっています。まだ北の方はいらっしゃいません。婿君としてお迎えになるのに、とてもすばらしい方です。『中納言殿も、「ぜひ当家の婿になっていただきたいと思う」と、いつもおっしゃっています』と言って、北の方が、とてもお急ぎになって、四の君の乳母《めのと》があちらのお屋敷に仕えている人を知っていたのでお喜びになって、盛んにひそひそと相談して、手紙を送らせなさったようです」と言うので、姫君は、「とてもうれしく思います。それで、どうなったのですか」と言って、ほんとうににこにことほほ笑んでいる。その目もとや口もとの様子は、明るい火の光に映えて、匂わんばかりの美しさで、とても上品な感じである。姫君が、「少将殿は、どう言っているのですか」とおっしゃると、少納言は、「わかりません。『すばらしい話だ』とおっしゃっているのでしょうか。北の方は、内々に準備を進めていらっしゃいます」と言うので、それを聞いていた少将は、「嘘《うそ》だ」と返事をしたかったけれど、思い直して我慢して横になっていらっしゃる。

五五　少納言、交野の少将のことを語る

少納言が、「婿君がもう一人お加わりになると、縫い物の仕事がふえて、姫君のお体がとてもつらいことにおなりになるに決まっています。いい縁談があるなら、ご結婚なさったらどうですか」と言うと、姫君が、「私のような、こんな見苦しい者は、結婚など期待していません」と言うので、「なんともまあおかしなことを。どうして、そんなふうにおっしゃるのですか。こちらで大切にされていらっしゃる女君たちは、かえって」と言って、最後の言葉を濁して、「ところで、この世の中ですばらしい方と思われていらっしゃる弁の少将殿、世間の人は、交野《かたの》の少将と申しあげているようですが、その方のお屋敷で、弁の少将殿のもとに、少将という名でお仕えしている人は、私のいとこです。お屋敷の少将の局《つぼね》に出かけましたところ、弁の少将殿も、私をこちらの屋敷の侍女だと知って、いろいろと心遣いをしてくださいました。お顔のしっとりとした美しさは、噂《うわさ》どおり、見ていて、

こんな方はほかにいないだろうと思われました。弁の少将殿が、『中納言殿には女君が大勢いると聞いたが、どんな方々か』と言って、大君《おおいぎみ》のことをはじめとして、くわしくお尋ねになりましたので、一人ずつお答えいたしましたが、その時に、姫君のことをお話ししましたところ、心の底からご同情なさって、『私にとってまことに思いどおりの方でいらっしゃるようだから、必ずお手紙を渡してくれないか』とおっしゃったので、『こんなふうに、中納言殿には女君が大勢いらっしゃいますが、そのなかでも、姫君は、母君などがおいでにならないので、心細く思っておいでで、結婚などに関することはお考えにもなっていません』と申しあげましたところ、『その、姫君が、実の母上ではなく、継母《ままはは》に育てられていらっしゃることが、とてもお気の毒ですが、いっそう心が惹《ひ》かれるのです。私のもとには、あまり親に大切に育てられていない女性で、情趣を解していて、顔の美しい女性を集めたい。そんな女性がいたら、唐土《もろこし》や新羅《しらぎ》まで捜したいと思う。こちらにいらっしゃる御息所をお除きすると、父母が揃っていらっしゃる人などいません。そんなふうに、思いどおりにならぬ生活をなさっているよりは、私の大切な方として、私の所に住まわせてさしあげたい』などと、とても心をこめて、夜が更けるまでお話しなさいましたよ。私がこちらに帰って来ましてからも、弁の少将殿からは、『例の件はどうなったのか。お手紙をさしあげても大丈夫か』とご伝言がありました。でも、私は、『よい機会がなくて、まだお話ししていません。近いうちに、姫君にお手紙をお目にかけましょう』とお答えいたしました」と言うけれど、姫君は、返事もなさらずにいる。そのうちに、曹司から、使いの者が尋ねて来て、「急な用事でお話ししたいことがあります」と言うので、少納言は落窪の間《ま》を出た。

使いの者が、「お客さまがおいでになりました。何はともあれお戻りください。申しあげたいことがあります」と言うので、少納言は、「しばらく待ちなさい。姫君にその旨お断りいたしましょう」と言って、また、落窪の間に入った。

少納言は、姫君に、「お相手をしようと思っていましたのに、『急な用事だ』と言って、使いの者がやって参りましたので、いったん戻ります。お話ししていないことも、まだとてもたくさんあります。いずれ、また、洗練されてはなやかで美しかった弁の少将殿のことを、じっくりとお話ししましょう。北の方には、私がこうして曹司に下がったことを申しあげなさらないでください。北の方は、びっくりしてお怒りになるに決まっています。また来られるようになったら、おうかがいします」と言って、曹司に下がった。

五六　少将、交野の少将のことを噂する

少将が、几帳《きちょう》を押し退《の》けて、「ものごとを、上手に、聞いていて感じよく話す人ですね。顔もきれいな感じだと思って見ていましたが、そのうちに、交野《かたの》の少将のことを、顔が美しいと褒めてお聞かせしたので、顔を見るのも嫌になってしまいましたよ。あなたはお返事することもできず、私の方を気にしてちらちら見て、じれったそうにしながらも、下手《へた》なことを言わずにすませなさったものですね。私がここにいなかったら、色よいお返事もいろいろとなさったでしょうに。手紙なりと持って来始めたら、私たちの仲はおしまいです。あの交野の少将は、まことに不思議な能力の持ち主で、たった一行女性に手紙を贈っただけでも、し損じることがないので、人の妻も、帝の妃《ひ》も愛人にしているのです。そのために身を持ちくずしたようになってしまったのですよ。そんな愛人たちのなかで、あなたのことを大切なものにしたいと申しあげているということですから、あなたは、なんとも格別に愛されておいでなのですね」と、ほんとうにおもしろくなく不愉快に思っておっしゃるので、姫君は、どうしてこんなことをおっしゃるのだろうと思って、お返事もなさ

らない。少将が、「どうして何もおっしゃらないのですか。あなたが興味深く思っていらっしゃることを、私が不愉快そうにお話しするので、返事をしにくく思っておいでなのですか。都の内で、女性は、誰もかれも、交野の少将のことを褒めてばかりいるのが、ほんとうにうらやましい」とおっしゃると、姫君が、「私は、都の内の女性の数に入らないからでしょうか、なんとも思いません」と、小さな声でおっしゃるので、少将は、「いや、あなたのお血筋はとても高貴だから、帝の目にとまったら、きっと中宮というこのうえない身にだっておなりになりますよ」とおっしゃるけれど、姫君は、まったく、そんなこともご存じではないことだから、返事をしない。縫い物をしていらっしゃる姫君の手つきは、とても白くて美しい感じである。

五七　継母、落窪の間を覗き、少将を見る

あこきは、姫君のもとに少納言がいると思って安心して、帯刀が気分がすぐれずにいたので、しばらくの間と思って、自分の曹司に籠《こも》っていた。

姫君が、下襲《したがさね》は縫いあげて、今度は袍《うえのきぬ》を縫うために折り目をつけようと思って、「なん

としてでも、あこきを起こしましょう」とおっしゃると、少将が、「私が代わって引っ張りましょう」とおっしゃるので、姫君は、「殿方がそんなことをなさるのはみっともないでしょう」と辞退なさるけれど、少将は、几帳《きちょう》を戸のほうに立てて、起きてすわって、「やはり、私に引っ張らせてください。私は、何をやっても上手なのですよ。まず私にやらせてみてください」と言って、姫君と向かい合って折り目をつけさせなさる。少将は、まったくなんでもないかのように振る舞ってはいるが、失敗しないように気をくばり過ぎて、まことにぎこちない感じである。姫君は、笑いながら、折り目をつける。姫君が、「四の君とのご結婚のことは、ほんとうだったのですね」と言って、「中納言家の婿となるご許可を得ているのに、知らないふりをしていたのですね」とおっしゃると、少将は、「ばかげたこと。交野《かたの》の少将があなたを大切なものとして住まわせた時には、私も誰憚《はばか》ることなく婿として迎えてもらいましょう」と言って笑う。

少将が、「もうすっかり夜が更けてしまった。縫い物は、まだまだ終わりそうにない。もう寝ておしまいになったらどうですか」とせきたてると、姫君は、「もう少しで終わりそうです。少将殿こそ、早く寝ておしまいになったらいかがですか。私は縫い終えてしまいます」と言うので、少将は、「一人で起きているおつもりなのですね」と言って横におなりになっている。

そんな時に、北の方が、縫わずに寝てしまっているのではないだろうかと心配して、落窪の間《ま》が寝静まっている感じがするので、この前と同じように、垣間見《かいまみ》の穴から覗くと、少納言はいない。こちらのほうに几帳を立ててあるけれど、脇のほうから覗きこむと、姫君が、こちらのほうに背を向けて、手にした物に折り目をつけている。姫君に向かって、横になりながら一緒に引っ張っている男がいる。眠たかった目も覚め、驚いて見ると、とてもさっぱりとした白い袿《うちき》の上に、とても艶やかな掻練《かいねり》の袙《あこめ》を一襲《ひとかさね》と、山吹襲の直衣《のうし》を着ていて、ほかにも衣があるが、それは、女の裳《も》を身につけているように、腰から下に懸けている。その男は、とても明るい灯台の灯《あか》りに照らされて、そのままずっと見ていたいほど美しく、魅力があっていかにもすばらしい。このうえもなく大切に思って世話をしている蔵人の少将よりも、ほんとうに美しい感じなので、北の方は、気も動転してしまう。北の方は、「男を通わせている様子は見てわかっていたけれど、たいした男ではないだろうと思っていた。まったく、この人はただ者ではない。こんなにも寄り添っていて、まるで女みたいに、折り目をつけるのを一緒に手伝っているということは、並々の愛情ではあるまい。まったくたいへんなことになったな。幸せになって、私の思いどおりにできなくなってしまいそうだ」などと思うと、縫い物のことも忘れて、忌々《いま》しくて、そのまましばらく立っている。すると、その男が、「馴れないことをして、私も疲れてしまいました。あなたも、眠たそうに思っておいでのようだ。やはり、縫うのをやめて、横におなりになって、北の方に、いつものように腹を立てさせておやりなさい」と言うので、姫君が、「北の方が腹をお立てになるのを見るのは、とてもつらいのです」と言って、引き続き縫おうとすると、その男は、思いどおりにならないことを不満に思って、灯台の火を扇で扇《あお》いで消してしまった。姫君が、「まったくむちゃなことをなさいますね。片づけてもいないのに」と言って、ひどく困っていると、「ただ、几帳に懸けておおきになればいい」と言って、縫いかけの袍をご自分の手でくるくると丸めて几帳に懸けて、姫君を抱いて横になってしまった。

五八　継母、姫君と典薬助を逢わせようと謀る

北の方は、二人の会話をすっかり聞いて、ひどく忌々《いま》しいと思う。「あの男が、『いつものように腹を立てさせよ』と言ったのは、これまでに私が腹を立てたのを聞いたのだろ

うか。それとも、落窪の君が話して聞かせたのだろうか。いずれにせよ、ひどく忌々しい」と思う。

北の方は、居所に戻って、何もせずにぼんやりと横になって考えていたが、心がむしゃくしゃするので、やはり中納言殿に申しあげてしまおうかと思うけれど、「あの男は、顔は美しいし、以前にも直衣《のうし》などを見たが、もし身分の高い人だったら、中納言殿が表沙汰《おもてざた》にして婿になさってしまうかもしれない」と思うと心配で、「やはり、強引に、帯刀と関係を持ったということにしてしまおう。落窪の間《ま》に放して置いておくから、こんなことになるのだ。部屋に閉じ込めてしまおう。もう絶対に、『腹を立てさせよ』などとは言わせるものか」と、とても忌々しく思いながら計略をめぐらせる。「部屋に閉じ込めて逢わせずにいたら、そのうちに、男は落窪の君のことを忘れてしまうだろう。この屋敷に曹司を持って住んでいる貧しい典薬助《てんやくのすけ》で、六十歳ほどになってもまだ好色な、私の伯父《おじ》にまとわりつかせておいてやろう」と、一晩中考えながら夜を明かす。

そんなことも知らずに、少将は、姫君ととても親密に話をして、夜が明けたのでお帰りになった。

五九　翌朝、姫君、縫い物を縫い終える

姫君は、少将が帰るとすぐに、急いで、残っていた縫い物を縫い始めた。そのうちに、北の方が、起きて、「昨夜見た時にはまだ途中までしか縫っていなかったから、まだ縫い終わっていないだろう。それなら、血が流れんばかりに、思いきり叱《しか》りつけてやろう」とお思いになって、「縫い物をこちらにお渡しください。きっともうできあがっているでしょう」と、使いの者に言わせなさったところ、姫君が、とても美しい感じに縫いあげて重ねてお出しになったので、北の方は、あてがはずれた気持ちがして、残念に思って、「いつの間《ま》に縫ったのだろう。できあがっていたよ」と言って、その時はそのまま終わってしまった。

六〇　姫君、帰った少将と贈答する

少将のもとから、お手紙がある。

「途中でやめた昨夜の縫い物は、どうしましたか。北の方は、まだ腹を立ててどなり散らしていませんか。北の方がどなるのを、ほんとうに聞いてみたいと思っています。ところで、笛を忘れて来てしまいました。取って、こちらにお送りください。私は、これから、内裏の管絃《かんげん》の宴に参上するのです」

と書いてある。実際に、まことに深く香を薫《た》きしめた笛がある。その笛を包んで送る。そのお手紙に、

「『腹を立ててどなり散らしているか』などとは、ひどいおっしゃりようです。誰かが聞いたらたいへんです。こんなことは、もうお忘れください。北の方は、縫い物ができたので、とても機嫌よくにこにこしているようです。笛をお送りします。こんな大切な笛までお忘れになったのですから、

あなたは使い馴れていらっしゃる笛も忘れておしまいになる方だと思うと、私とのことも、やはり、いいかげんに思っていらっしゃるのではないかと案ぜられます」

と書いてあるので、少将は、姫君のことを、いとしいと思って、

竹の根がいつまでも絶えないように、私の気持ちもいつまでも変わる時がないだろうと思っていますのに、私のあなたに対する気持ちをいいかげんだとお思いになったと

は、心外です。

と書いて贈った。

六一　継母、中納言に姫君のことを讒言する

この少将が左大将邸から参内したちょうどその頃、中納言邸では、北の方が、中納言に、「いつかきっとこんなことが起こるだろうと心配していたとおり、この落窪の君が、ああみっともない、たいへんなことをしでかしてしまいました。このことは、ほんとうに困ったことです。そうは言っても、相手が私たちと無縁の人ならばどうにでもできますが、そうではないので、なんとも始末が悪いのです」と申しあげなさると、中納言が、ひどく驚いて、「いったい何があったのだ」とお尋ねになるので、「三の君の婿の蔵人の少将殿に仕えている小帯刀という者が、ここ何か月か、落窪の君を慕うあこきのもとに通っていると聞いて、そうかと思っていたのですが、なんと、落窪の君本人に対して無理やり関係を持っていたのです。帯刀は、ばかな奴《やつ》で、懐《ふところ》に入れて持っていた落窪の君からもらった返事を、蔵人の少将殿の前に落としたので、蔵人の少将殿がそれを見つけて、詮索《せんさく》好きな心

を持った方なので、『誰の手紙なのだ』と、帯刀に厳しく問い詰めなさったところ、帯刀が、隠すことなく、落窪の君からの手紙だと白状したので、蔵人の少将殿は、三の君に、『私という婿がいながら、妹君に、なんとも立派な婿をお迎えになったものですね。ああ、世間で評判になりそうだ。世間の人がどんなふうに思うかと考えると、とても恥ずかしい。こんな者を婿として通わせなさらないでください』と、ほんとうに恥ずかしそうにおっしゃったということです」と、事細かに申しあげなさったところ、中納言は、歳老いていらっしゃるわりには、爪弾《つまはじ》きをまことに力強くなさって、「まったく取り返しのつかないことをしたものだな。こうしてこの屋敷に住んでいるから、誰もが、私の娘の一人だと知っているのに、六位とはいっても、蔵人でさえないし、まだ二十歳程度の地下《じげ》の帯刀で、背丈は一寸ほどしかない、そんな者を相手にこんなことをしでかしていいものか。あの子にふさわしい受領がいたら、身分違いは不問にしてくれてやろうと思っていたのに」と言う。北の方が、「そのことが、とても残念なのです。私は、『今回の不始末を広く世間の人が知る前に、部屋に閉じ込めて見張らせよう』と思っているのです。落窪の君は相手の帯刀のことを愛しているから、きっと屋敷を出て逢おうとするでしょう。部屋に閉じ込めておいて、しばらくたって、ほとぼりを冷ましてから、落窪の君の処遇はどのようにもなさればいいと思います」と申しあげなさると、中納言が、「それがいい。今すぐに追いたてて連れて行って、この北の部屋に閉じ込めてしまえ。食べ物など与えなくていい。責め殺してしまえ」と、耄碌《もうろく》して正常な判断ができないままにおっしゃるので、北の方は、とてもうれしく思って、衣の裾《すそ》を高々と引き上げて落窪の間《ま》に来て、すわりこんで、「まったく取り返しのつかないことをなさったこと。子どもたちの面汚《つらよご》しだと言って、父上がひどく腹を立てて、『もう、この落窪の間に住まわせるな。早くどこかに閉じ込めてしまえ。私が見張っていよう。追いたてて連れて来い』とおっしゃっています。さあいらっしゃい」と言うので、姫君は、びっくりして、つらく悲しくて、ただ泣かれるばかりで、北の方の言葉をどんなお気持ちでお聞きになっているのだろうか、悲しいなどという言葉では表現できない。

六二　継母、姫君を引き立てて連れて行く

あこきが、慌てて曹司から出て来て、「どんな噂《うわさ》を耳になさったのですか。姫君は、少しも過ちを犯したりなどなさっていませんのに」と申しあげると、北の方は、あこきに、

「おい、突然現れて、さしでがましいことを言うな。どうしてこんなことをしでかしたのだろうか、私にはこっそりと隠しておいでだったけれど、中納言殿が、外から聞いてお命じになったのだよ。何もかも、善悪の判断がまったくつかない主人を持って、それを、私が特別に大切に思っている三の君以上に幸せにしようと思ったおまえのせいだ。おまえなんか、もう、この屋敷の内にいるな。出て行ってしまえ」と言って、姫君に、「さあ、一緒にいらっしゃい」と言い、「中納言殿があなたにお話があるのです」と言って、衣の肩を引っ張って立たせて出て行こうとなさるので、あこきは激しく泣く。姫君も、また、茫《ぼう》然《ぜん》として何がなんだかわからずにいる。北の方は、いろいろな物を散らかしながら、逃げようとする罪人を捕らえるかのように、姫君の袖をしっかりつかんで、前に押し立てて行かれる。柔らかくなった紫苑《しおん》色の綾織りの衣と、白い袷《あわせ》、さらに、少将が脱いで置いたあの綾の単衣《ひとえ》を着て、最近は梳《と》かしてあるのでとても美しく、背丈に五寸ほどあまった髪がゆらめきながら行く姫君の後ろ姿は、ほんとうに美しい感じである。

あこきは、姫君の後ろ姿を見送って、北の方は姫君をどのようになさるつもりなのだろうかと思うと、目の前が真っ暗になる気持ちがして、足摺《ず》りをして、思わず涙があふれてくるが、その心を静めて、北の方が散らかしなさった物を皆片づける。

六三　継母、姫君を部屋に閉じ込める

姫君は、茫然《ぼうぜん》としたまま、北の方が中納言の前に引っ張り出して来たので、ぱたりとすわらされる。北の方が、「やっとのことで連れて来ました。私自身が行かなければ、おいでになりそうもありませんでした」とおっしゃると、中納言が、「早く閉じ込めてしまってください。私は顔も見たくない」とおっしゃるので、北の方が、また引っ張って立たせて、姫君を部屋に閉じ込めなさる。北の方のなさりようは、とても女性らしい心とは思われなかった。姫君は、恐ろしい北の方の形相に、生きた心地がしなかったことだろう。

北の廂《ひさし》の間《ま》にある、東西二間の、酢・酒・魚などを雑然と置いてある、樞戸《くるるど》がついた部屋に、入り口の所に薄縁《うすべり》を一枚だけ敷いて、北の方が、「自分勝手なことばかりしている者は、こんな目にあうのだよ」と言って、姫君をひどく荒々しく押し込めて、自分の手で樞戸をしっかり閉めて、鎖《じょう》を強くさして行ってしまう。

姫君は、部屋中にいろいろな臭い匂いがただよっているのがつらいので、あまりのことにびっくりして、流れ出ていた涙もとまってしまった。何が原因で北の方がこんなふうに

お咎《とが》めになるのかも知らないので、わけが分からずに変だと思う。「せめてあこきにだけでも、なんとかして会いたい」と思うけれど、あこきの姿は見えない。自分はなんとも情けない身だったのだと嘆いて、姫君はうつ伏せになって泣いている。

六四　継母、落窪の間を封鎖する

北の方が、落窪の間《ま》においでになって、「ここにあった櫛《くし》の箱は、どこにいったのか。あこきという奴《やつ》が、さしでがましいことをして、とっくに隠してしまったのだ」とおっしゃると、果たしてそのとおり、あこきが、「こちらにしまってあります」と言うので、自分の物にしようとした北の方も、やはり、「よこせ」と言って奪うことはできない。北の方は、「この落窪の間は、私が開けない限りは開けるな」と言って、鎖《じょう》をしっかりさして行っておしまいになった。

北の方は、うまくいったと思って、「早く、このことを、典薬助《てんやくのすけ》に話そう」と思って、人目のない時を待っている。

六五　あこき、三の君に救いを求める

あこきは、この屋敷を追い出されることになって、たいそう悲しいので、「どうしてこんな目にあうのだろうか。こんな屋敷は出て行ってしまおうか」と思うけれど、「姫君はどうなってしまわれるのか、そのありさまを見とどけよう」と思って、「今、姫君はどんなご様子でいらっしゃるのだろうか」と知りたいので、三の君のもとに、

「ひたすらあなたさまをお頼みいたしております。ほんとうにびっくりしたことに、私の身におぼえのないことで、北の方がお叱《しか》りになって、『この屋敷を出て行ってしまえ』とおっしゃるので、あなたさまへのご奉公を途中でやめてしまうことになると思いますと、とても悲しくてなりません。ぜひ、やはり、せめてもう一度だけでも、お顔を拝見したいと思います。やはり、北の方に、あなたさまから上手に申しあげて、今回のお叱りを許していただけるようにお取りなしください。私は、落窪の君には、小さい頃からお仕えしてきました。しかし、今では、落窪の君のもとを離れ、あなたさまにお仕えするようになっていますので、この落窪の君のことは、あまりよく存じてはおりません。

やさしく召し使ってくださり、お仕えしてまいりましたあなたさまのもとを離れて出て行くことになりましたら、とてもつろうございます」

などと、言葉巧みに、これからもお仕えしたい旨を伝える手紙を、ひそかにお贈りしたので、三の君は、ほんとうのことだと思って、あこきのことがかわいそうで、母北の方に、「どうしてあこきまでお叱りになるのですか。いつも身近に召し使っていますので、あこきがいないと、ほんとうに困ります。ぜひ、あこきをお呼び戻しください」とおっしゃると、北の方は、「不思議なことに、あなたまでが大切にお思い申しあげている童なのですね。まるで盗人のような童で、あいつが、落窪の君を幸せにしようと考えて、今回のことをしでかしたのでしょう。落窪は、絶対に、自分の意志であんなことをしようとは思わないでしょう。男性に関心を持っているようには見えませんでした」とおっしゃる。三の君が、「やはり、今回だけはあこきをお許しください。いじらしくも、許しを乞う手紙をよこしたのです」と申しあげなさると、「どうなさるのも、あなたのお心次第です。でも、あこきのことを、『使いいい』などとはおっしゃいますな。まったくばかばかしい」と、不満そうにおっしゃるので、三の君も、北の方の了承は取りつけたもののやはり面倒なので、あこきをすぐには呼び寄せることはできずに、あこきに、「しばらく我慢しなさい。

母上には、いずれ、上手にお頼みするから」とおっしゃった。

六六　姫君とあこき、ともども嘆く

あこきは、いくら考えても、悲しみは尽きることもないし、一方、部屋に籠《こも》っていらっしゃる姫君は、ただ茫然《ぼうぜん》としていらっしゃる。

あこきは、また、姫君のことをあれやこれやと心配して嘆く。「姫君にお食事さえさしあげずに閉じ込めてしまった。あの憎らしい北の方は、まさか、姫君にお食事をさしあげたりしないだろう。姫君のあんなにもいたわしいご様子を見るとは」と嘆き、姫君を落窪の間《ま》から引きずり出し申しあげた時の北の方の形相を思い出すと、とても悲しい。「私は、今すぐにでも、人並みの身になりたい。もしそうなったら、北の方にしかえしをしてやろう」と思うと、胸がどきどきする。「少将殿は、夜になったらおいでになることだろう。姫君が部屋に閉じ込められたことを知ったら、どうお思いになることだろうか」と思う。あたかも、亡くなった人のことを言うように、不吉で悲しくて、ずっといらいらして泣いてばかりいるので、あこきに仕えているつゆも心配して見ている。

姫君は、時がたつにつれて、いろいろな物が臭く匂う部屋で横になって、「死んでしまったら、少将殿にもう話をできなくなってしまうわ。末長くと言ってあんなに契りを交わしたのに」と思うと、とても悲しく、昨夜、縫い物を引っ張ってくれたことばかりが思い出されて、少将のことがとてもいとしく思われるので、「どんな罪を犯したために、私はこんな目にあうのだろうか。継母《ままはは》が継子を憎むのはよくあることだと、人も同じようなことを語るので聞いて知っている。でも、父上のお心までがこんなふうだとは」と、ひどく悲しく思う。

六七　少将訪れ、あこきに姫君への伝言を頼む

例の少将が、やって来て、事情を聞いて、とてもきまりが悪く、「姫君は、どんなお気持ちでいらっしゃるのだろう。とにもかくにも、私のことが原因でこんな目におあいになること」と、このうえなく嘆く。少将は、あこきに、「人が見ていない間に、姫君のそばに行って、こう申しあげてくれ」とおっしゃって、姫君への伝言として、

「一刻も早くお逢いしたいと思ってやって参りましたのに、言葉にならないほどびっく

りして、夢のような、信じられないことをいろいろとうかがって、どうしていいかわからずに途方にくれています。どんな思いでいらっしゃるのだろうかとお察しするにつけても、あなたのお苦しみ以上に苦しい思いをしています。どうやったらお目にかかることができるのだろうかと思うと、とてもつらくてなりません」

とおっしゃった。

六八　あこき、姫君に、少将の伝言を伝える

あこきは、衣擦《きぬず》れの音を立てる衣を脱いで置いて、袴《はかま》の裾《すそ》をたくし上げて、下廂《しもびさし》からまわって、姫君のもとに行く。人も寝静まってしまったので、「もしもし」と言って、こっそりと近寄って、戸をそっと叩《たた》く。姫君は、音もお立てにならない。「お眠りになってしまったのですか。あこきです」と言う声がかすかに聞こえるので、姫君が、そっと近寄って、「どうしてここに来たのです」と言って、泣きながら、「ひどいことになりました。何が原因で、北の方はこんなふうになさるのでしょうか」と言おうにも、最後まで言うことができずにお泣きになると、あこきも、泣きながら、「今朝からこの部屋のあたりを駆

けずりまわっていたのですが、おそばにうかがうことができませんでした。ほんとうにひどいことになりました。北の方が、中納言殿に、姫君と帯刀が通じているなどと、ありもしないことを話して聞かせたのです」と申しあげるので、姫君は、ますます激しくお泣きになる。あこきが、「少将殿がおいでになっています。このことをお聞きになって、ただ泣いてばかりいらっしゃいます。こんなご伝言がありました」と申しあげると、姫君は、とてもうれしいとお思いになって、「少将殿には、『まったく何も考えられない状態で、お返事を申しあげることができません。お目にかかることは、

　すっかり消えてしまったかのようになって、生きていても生きている気持ちもしない
　わが身ですから、ふたたびお逢いすることはできそうもありません』

と申しあげてください。とても臭い物がいくつも並んでいるのが、ひどく不快で苦しいのです。生きているから、こんな目にもあうものなのですね。もう死んでしまいたい」と言って、泣くなどという言葉では表現できないほど激しくお泣きになった。あこきもどんなに悲しい思いをしているか、ただ想像してみてください。誰かが目を覚ますだろうか。そう思って、あこきは、こっそりと、少将のもとに戻った。

六九　あこき、ふたたび、少将の伝言を伝える

あこきが、少将に、姫君からの伝言をお伝えすると、少将は、とても悲しくなって、姫君への思いがつのって、次から次へと涙があふれてくる。少将が、直衣《のうし》の袖を顔に押し当ててすわっていらっしゃるので、あこきは、とても気の毒だと思う。少将が、しばらくの間心を静めて、「あこきよ。やはり、もう一度、姫君にお伝えしてくれ」とおっしゃって、姫君への伝言として、

「私の大切な姫君、まったくどんな言葉もおかけすることができない気持ちです。今夜、逢うことができなくなったと聞くと、私も、生きて明日を迎えることができそうな気持ちがしません。

いやいや、こんな不吉なことは思いますまい」

とおっしゃるので、あこきは、また姫君のもとに参上する。その途中で、不覚にも足音を立ててしまったので、北の方が、はっと目を覚まして、「どうして、この部屋のほうで、誰かの足音がするのか」と言うので、あこきが、少将の伝言を伝えて、泣きながら、姫君

に、「すぐに帰ります」と申しあげると、姫君は、

「私も、
長続きせずすぐに心変わりする方だと、あなたのお気持ちを疑っていた私の心のほうが、この世に長く生きることなく、あなたより先に消えてしまうのですね」

とおっしゃるが、あこきは、そのお言葉を最後まで聞くことができない。

あこきが、少将に、「北の方が、目を覚まして、姫君の部屋のほうで足音がするとおっしゃったので、姫君のお言葉を最後までうかがうことができないまま戻って来てしまいました」と言うと、少将は、「今すぐにでも忍び込んで、北の方をなぐり殺したい」と思う。

七〇　翌朝、少将、姫君の救出を決意して帰る

誰もかれも嘆いたまま夜を明かして、夜が明けたので、少将は、お帰りになる時に、「姫君を連れ出してさしあげることのできる機会があったら知らせてくれ。姫君は、どんなにつらい思いをしていらっしゃるだろうか」と、並々ならぬ愛情をこめた言葉を言い残してお帰りになった。帯刀は、こんなにきまりの悪いことを、中納言もお聞きになってい

るだろうから、この屋敷にいることも具合が悪いので、少将のお車の後ろのほうに乗って帰ってしまった。

七一　あこき、姫君に手紙と食事を渡す

あこきは、「なんとかして姫君に食べ物をさしあげたい。どんなにご気分がお悪いことだろう」と思って、あれこれ思いめぐらして、強飯《こわいい》を、それとわからないように用意して、ぜひお渡ししたいと思うけれど、どうしていいかわからないので、あこきが親しくしていた三郎君に、「姫君が、こんなふうに部屋に閉じ込められておいでなのを、どうお思いになりますか。気の毒にお思いになりませんか」と尋ねると、三郎君は、「気の毒に思わないはずがないではないか」と答える。あこきが、「それなら、誰にも様子を知られずに、このお手紙をお渡しください」と言うと、三郎君は、「わかった」と言って受け取って、姫君が閉じ込められた部屋に行って、「ここを開けたい、開けたい。どうしても、どうしても」と、だだをこねて言うので、北の方は、ひどくお叱《しか》りになって、「なんのために開けたいのか」とおっしゃる。すると、三郎君が、「沓《くつ》を、この部屋の中に置いてあるんだ、

取りたい」と騒いで、戸を叩《たた》いて、ごとごとと音を立てて騒ぐので、中納言は、末っ子でかわいく思っていらっしゃるから、「沓を履いて得意顔で歩きまわろうと思っているのだろう。早く開けてあげてください」とおっしゃる。しかし、北の方が、三郎君をひどくお怒りになって、「もうしばらくしたら開けるから、その時に取りなさい」とおっしゃるので、三郎君は、調子に乗って、「こんな戸は、僕がぶちこわしてやる」と腹を立てて騒ぐ。そこで、中納言が、おいでになって、ご自分の手で戸を開けて、ふたたび居所にお戻りになると、三郎君は、部屋へ入ると、沓も取らずに、膝《ひざ》をついてしゃがみこんで、姫君に手紙を渡して、「おかしいな。沓はなかった」と言って部屋を出てしまったので、北の方が、「おまえが気のきいたことなどするはずがない。何か魂胆があったのだろう」と言って、追いかけて行って、三郎君をお叩きになる。

姫君が、渡された手紙を、隙間《すきま》からさし込む日の光で見ると、あこきが、いろいろなことを書いて、目立たないように包んで強飯をよこしたのであった。けれども、姫君は、何も食べようという気持ちにもなれずに、下に置いてしまった。

七二　継母、典薬助を語らう

北の方は、中納言が、「食べ物を与えるな」とは言ったもののやはり、「一日に一度何か食べさせてやろう。縫い物の仕事があるのだから、殺しはすまい」と思って、典薬助《てんやくのすけ》を、人目のない時に呼んで、「伯父上《おじ》に落窪の君と結婚してもらおうと思っています。落窪の君は、帯刀と通じて、中納言殿の逆鱗《げきりん》に触れたので、部屋に閉じ込めておきましたから、その心づもりでいてください」とお話しになると、典薬助は、「とてもとてもうれしい。なんともすばらしい話だ」と思って、口を耳もとまで開けて笑みを浮かべてすわっていた。北の方が、「今夜、落窪の君がいる部屋へお行きなさい」などと約束してその気にさせていらっしゃるところに、人が来たので、典薬助はその場を立ち去った。

七三　少将から手紙が届く

あこきのもとに、少将からのお手紙が届く。そのお手紙には、

「どうなっていますか。姫君が閉じ込められた部屋の戸は開くのかと、とても気がかりです。やはり、いい機会があったら、知らせてください。また、できたら、必ず必ず、この私の手紙を姫君にお渡しください。お返事をいただいたら、私の気持ちも慰まるでしょう。姫君がとてもいたましい状態でいることを思うと、かわいそうでなりません」

と書いてある。

姫君本人には、並々ならぬ愛情のこもったことをお書きになって、

「とても心細そうだったご伝言のことを思い出すと、ひどくつらい気持ちです。せめて生きてさえいればと、ふたたびお逢いすることをあてにしていますのに、あなたが、命が絶えて逢うことができなくなるとおっしゃるので、とても悲しく思っています。

私の大切な姫君、気を強く持って、心をお慰めください。せめて私も一緒に閉じ込めてほしいものです」

とお書きになった。

帯刀も、あこきに、

「今回のことを思うと、ますます気分も悪くなって臥せっています。『姫君が、どんな

お気持ちでいらっしゃるのだろうか』と思うと、きまりが悪く、お気の毒で、私は法師にでもなってしまいたい気持ちです」

と書いてよこした。

あこきは、少将へのお返事を、

「お手紙をいただいて恐縮しています。少将殿のお手紙を、姫君に、どうやって見ていただけばいいのでしょうか。部屋の戸は、まだ開きません。ますます、とても困難な状況です。どうしましょうか。姫君からのお返事も、少将殿に、どうやって見ていただけばいいのでしょうか。姫君からのお返事は、私の方から、ご伝言としてお伝えしましょう」

と申しあげる。あこきは、帯刀のもとにも、同じように、たいへんな事態になっていることを書いて贈った。

これから先のことは、二巻目にいろいろと書いてあるようだと、もとの本にある。

巻二

一　少将と帯刀、姫君を連れ出す相談をする

あこきは、少将から贈られたお手紙を手に握りしめて、なんとかして姫君にお渡ししたいと思ってうろうろしているが、部屋の戸がまったく開かないので、がっかりする。

少将は、帯刀と一緒に、どうやって姫君をひそかに連れ出そうかと、ただひたすら計略をめぐらせていらっしゃる。自分のせいで姫君がこんなにつらい目にもあうのだと思うと、少将は、ますます姫君のことが不憫《ふびん》になって、「なんとかして、姫君を連れ出して、後で、中納言の北の方に、うろたえるほど悔しい思いをさせてやろう」と思いもし、また、口にもする。その時の少将は、執念深く、強くその思いにかられていらっしゃった。

二　姫君に、交野の少将から手紙が贈られる

以前に親しく話をしたあの少納言が、交野《かたの》の少将の手紙を持って来たが、姫君がこうして部屋に籠《こも》っているのを知って、とても驚いて、残念にも気の毒にも思って、あこきと、「姫君は、どんなお気持ちでおいででしょう。どうして、こんな目におあいになるのでしょう」と話しながら、声を立てないようにこっそりと泣く。

三　継母、姫君に、笛の袋を縫わせる

日が暮れるにつれて、あこきは、少将殿のお手紙をなんとかしてお渡ししたいと思う。北の方は、侍女たちに蔵人の少将の笛の袋を縫わせようとするが、誰もどう縫っていいかわからないので、すぐに手もつけられずにいた。しばらくやらせてみた後で、北の方は、姫君が閉じ込められた部屋の遣戸《やりど》を開けて入って来て、「これを縫ってください。今すぐに必要な物です」とおっしゃると、「とても気分が悪いのです」と言って、姫君は横にな

っているので、「これをお縫いにならないならば、下部屋《しもべや》に行かせて閉じ込めますよ。こういう仕事をお頼みしようと思って、この部屋に置いているのですから」と言う。姫君は、北の方なら実際にそうしかねないだろうと思うとつらくて、茫然《ぼうぜん》としたまま、苦しいけれど、起き上って縫う。

四　姫君、少将の手紙に返事を書く

あこきは、部屋の戸が開いているのを見て、この前と同じように、三郎君を呼んで、「この前、あなたさまがおっしゃってくれたことがとてもうれしかったので、またお願いします。この手紙を、北の方が見ていらっしゃらない隙《すき》に、姫君にお渡しください。決して北の方にその様子を気づかれないようになさってください」と言うので、三郎君は、「いいよ」と言って受け取った。

三郎君は、姫君が閉じ込められた部屋に行き、姫君のそばにすわって、笛を手に取って見たりなどして遊んでいるふりをして、隙を見て、姫君の衣の中に少将の手紙をさし入れた。

姫君は、この手紙をぜひ見たいと思うが、それもできずに、先に袋を縫い終えて、北の方がそれを蔵人の少将に見せに行っている間に、ようやく見て、とてもうれしく思う。手もとに硯も筆もなかったので、ちょうどそこにあった針の先で、ただ、

「人知れずお慕いしている私の思いもお伝えしないまま、それでは、はかなく消える露と同じように、私は死んでしまう宿縁なのですね。

と思うと、とても悲しくてなりません」

とだけ書いて、少将に渡すすべもないまま、それを見ている。

北の方がおいでになって、「先ほどの袋は、とても上手に縫ってありましたよ。『遣戸《やりど》を開けたままにしている』と言って、父上が怒っておいでです」と言いながら、戸を閉めて鎖《じょう》をさそうとするので、姫君は、「ぜひ、『あちらの部屋にあった櫛箱《くしばこ》を持って来てほしい』と、あこきに伝えたいのです」と言う。北の方が、閉める手をとめて、「『あの櫛の箱をほしい』と言っているようだよ」とおっしゃると、あこきは、慌てて、櫛の箱を持って来てさし入れる。その時、姫君が、先ほどのお返事をこっそりとあこきに渡したので、あこきは懐《ふところ》に隠して立ち去った。

あこきは、少将に、

「お手紙は、笛の袋を縫わせようとなさって、北の方が戸をお開けになった時に、やっとのことで、こっそりとお渡ししました」

と伝える。少将は、姫君のことを、ますます、とても気の毒に思う。

五　あこき、典薬助のことを知る

日が暮れたので、典薬助《てんやくのすけ》は、早く姫君のもとに行きたいと思って、そわそわとうろつきまわり、あこきのいる所に近寄って来て、とても下品な感じでにやにや笑って、「おまえは、これからは、この私のことを大切にお思いになることになるのだろうね」と言うので、あこきが、とても気味悪く思って、「どうして、そんなことになるのですか」と言うと、「北の方が、落窪の君を、この私にくださったのだからね。おまえは落窪の君に仕える童ではないのか」と言うので、あこきは、ひどく驚いて、忌まわしくて、涙も隠すこともできないほど流れ出るが、なんでもないかのように振る舞って、「婿君がおいでにならないと思って、私ももの足りなく寂しい思いをしておりましたから、心強いことです。ところで、姫君とのご結婚は、中納言殿がお許しなさったのですか、それとも、北の方がそう言っておいでなのですか」と言うと、「中納言殿も私に情けをかけてくださる。まして、私の大切な北の方は、言うまでもないことだ」と言って、とても喜んでいる。あこきは、ほかのどんなことよりも、「どうしたらいいのだろう。北の方たちが典薬助《てんやくのすけ》と結婚させようとしていることだけでも、なんとかして姫君にお知らせしたい」と思うと、居ても立ってもいられなくて、「ところで、姫君とのご結婚はいつですか」と尋ねると、「今晩だよ」と答えるので、「今日は姫君の忌日《きにち》ですのに。嘘《うそ》ではありませんよ」と言うと、「けれども、姫君は別に通っている人をお持ちだそうだから、心配でしかたがないのだ、早く結婚してしまわなければ」と言って、典薬助はその場を立った。

あこきは、どうしていいかわからずに困りはてている。

六　あこき、姫君に典薬助のことを知らせる

北の方が中納言のお食事の世話をしてさしあげている間に、あこきは、姫君が閉じ込められている部屋にそっと近寄って、戸をとんとんと叩く。姫君が、「誰ですか」と言うので、「あこきです。北の方たちが姫君を典薬助と結婚させようとしているそうです。その

心づもりをなさっておいてください。典薬助には、『姫君の忌日だ』と申しあげておきました。たいへんなことになりました。どうなさいますか」と言うのが精一杯で、それ以上言葉を続けることができずに、その場を立ち去った。

姫君は、あこきの話を聞いて、心臓がとまる思いがして、どうしていいのかまったくわからずにいる。今までもつらい思いをしてきたが、そんなこととは比べられないほどつらく感じられて、「もうどこにも逃げ隠れることなどできそうもない。なんとしてでも今すぐに死んでしまいたい」と思い詰めると、急に胸が痛くなるので、胸を押さえて、うつ伏せになって激しく泣く。

七　継母、典薬助を姫君のもとに導く

火を灯《とも》す頃になると、中納言は、すぐに眠気をもよおして、横におなりになった。

北の方は、例の典薬助《てんやくのすけ》のことが気にかかって、起きて来て、姫君を閉じ込めてある部屋の戸を引き開けてご覧になる。すると、姫君がうつ伏せになって、激しく泣いて、ひどく苦しんでいた。北の方が、「どうして、こんなに泣いていらっしゃるのですか」と尋ねる

と、「胸が痛うございますので」と、息の音に消されてしまうほどのかすかな声で答える。北の方が、「まあ気の毒なこと。何かの罰があたったのかもしれませんね。典薬助さんは医者です。診《み》ておもらいになったらいかがですか」と言うので、比べるもののないほど憎らしい。姫君が、「その必要はありません。風邪《かぜ》でしょう。医者に診てもらわなければならないほどだとは思いません」と言うと、「そうは言っても、胸の病いは、恐ろしいものですから」と言う。二人で話をしているところに、ちょうど典薬助がやって来たので、北の方が、「こちらへおいでください」とお呼びになると、典薬助はさっと近寄って来た。

北の方が、「こちらの方が、胸の病いにかかっていらっしゃるようです。何かの罰があたったのかもしれません。診て、薬なども飲ませてさしあげてください」と言って、そのまま姫君を典薬助にまかせて立ち去る。典薬助が、「私は医者です。あなたの病いも、あっという間に治してさしあげましょう。今晩からは、ひたすら私のことを頼りにお思いください」と言って、姫君の胸を診ようとして、手を触れるので、姫君は、激しく泣くけれど、どんなにおおげさに泣いたとしても、典薬助に言葉をかけてとめることのできる人もいない。姫君は、典薬助をなだめることができずに、どうしようもなくつらく思いながら、泣く泣く、「とても頼もしく思いますけれど、苦しくて、今は、まったく何も考えられません」と答えるので、典薬助は、「頼もしく思ってくださるのですか。どうしてそんなに苦しまれるのでしょう。今は、あなたの代わりに、この私のほうが病いになりましょう」と言って、姫君を抱きかかえている。

北の方は、典薬助がいることで安心して、いつものように鎖《じょう》などもしっかりささないまま寝てしまった。

八　あこき、典薬助に焼石を所望する

あこきは、典薬助《てんやくのすけ》が姫君の閉じ込められている部屋に入ってしまっただろうかと心配で慌ててやって来て見ると、遣戸《やりど》が細めに開いている。心臓がとまる思いがするものの、遣戸が開いていたことがうれしくて、戸を引き開けて部屋に入ったところ、典薬助が姫君を抱きかかえてしゃがみこんでいる。部屋に入ってしまったのだと思うと、気が気でなくて、「今日は姫君の忌日《きにち》だと申しあげましたのに、部屋にお入りになったとは、ひどいではありませんか」と文句を言うと、典薬助は、「そういうわけではない。男と女の関係になったのならともかく、そうではないのだからかまわないだろう。『姫君の胸の病いを治療し

ろ』と、北の方が私にお預けになったのだ」と言って、まだ装束の帯紐も解かずにすわっている。

ひどくお苦しみになっていた姫君は、さらに、とても激しくお泣きになる。あこきは、「どうして、姫君は、ことさらに、こんなに悲しい思いばかりなさるのだろう。こんな状態では、これから先、どんなことになるのだろうか」と思って、心細く悲しく思う。あこきが、「焼石《やきいし》をお当てになったらいかがですか」と申しあげると、姫君が、「それはいいですね」とおっしゃるので、あこきは、典薬助《てんやくのすけ》に、「あなたさまを、これからはお頼りします。焼石を捜して姫君にさしあげてください。屋敷の人も、皆寝静まって、私などが言っても、よもやくれないでしょう。あなたさまが焼石を捜して持って来てくださるかどうかで、姫君への愛情があるかないかを見てもらう最初の機会になさったらいかがですか」と言う。すると、典薬助は、笑って、「そのとおりだね。私は、もうそういつまでも生きてはいられないが、姫君が私のことを一途《いちず》に頼りにしてくださるならば、お世話しよう。姫君がお望みになるならば、岩山であってもさしあげたいと思っているのだから、ましてや、焼石など、とてもたやすいことだ。姫君に対する私の思いの火で、石を焼いて見せよう」と言うので、あこきが、「同じことなら、早く」と催促すると、典薬助は、「こんなことを言うからと言って、もう逃げることはないだろう。親しみを感じてくれたようなので、もう安心だ。姫君に対する愛情も誠意も見てもらおう」と思って、焼石を捜すために立ち去った。

九　典薬助、姫君が嘆く間に焼石を持って来る

あこきが、「ここ何年も、ひどくつらいことがありましたが、そのなかでも、今回のことほど、情けなくひどいことはありませんね。どうなさるおつもりですか。なんの罪で、姫君はこんな目におあいになるのでしょう。それにしても、北の方は、死後にどんな身に生まれ変わろうとして、こんなことをなさるのでしょう」と言うと、姫君は、「私は、まったく何も考えられません。今までこうして死なずに生きていることがつらいのです」と言い、「気分がとても悪い。この翁《おきな》が近づいて来るので、ほんとうに困ってしまいます。私を部屋に入れたまま、その遣戸《やりど》の鎖《じょう》をさして、典薬助を入れないようにしてください」とおっしゃるので、「それでは、典薬助がきっと腹を立てるでしょう。今日のところは、やはり機嫌を取っておきなさいませ。助けを期待できる人がいるのなら、『今夜のとこ

ろは部屋を閉めきっておいて、明日になったら、その人に相談しよう』と考えることもできましょうが、そんな人もいません。少将殿は嘆き悲しんではいらっしゃいますが、頼りになりそうもありません。今は、姫君がこんな状態になっていることを想像して、この部屋のそばにお近寄りになることさえ、きっと難しいでしょう。姫君も、私と一緒に、お心のなかで、仏神にお祈りください」と言うと、姫君は、あこきの言うとおり、頼みにできる人もいないし、兄弟姉妹と言っても、親しく思ってくれることはない、やさしくしてくれそうもない人たちばかりだから、この人になら相談できるという相手も思い浮かばずに、悲しくてしかたがない。ただ、頼みにできて、自分の心をわかってくれるものと言ったら涙とあこきだけで、そのうえ、ここに、今晩は、そのあこきがそばにいるので、二人して泣いていると、そのうちに、典薬助《てんやくのすけ》が焼石《やきいし》を布にくるんで持って来たので、困って、姫君自身の手でそれを受け取った。その時の姫君は、恐ろしく切ない気持ちでいっぱいだった。

一〇　典薬助、姫君に添い寝をする

典薬助は、装束の帯紐《おびひも》を解いて横になって、姫君を抱き寄せようとするので、姫君は、

「典薬助さま、こんなことをなさらないでください。ひどく胸が痛いのです。今は、起きて押さえているほうが、少し休まる気持ちがします。後々のことをお思いになるなら、今夜は、ただ何もしないで横になっていてください」と言う。姫君は、とてもつらく思って、ひどく苦しんでいる。あこきも、「今夜だけのことです。今日は姫君の忌日《きにち》ですから、そのまま何もしないで横になったままでいてください」と言うと、それももっともなことだと思ったのだろうか、典薬助は、「そういうことならば、この私に寄りかかってください」と言って、姫君のおそばで横になるので、困りきってしまう。姫君は、典薬助にもたれかかって泣いている。あこきも、同じ所にすわっていて、典薬助を憎らしく思うけれど、この翁《おきな》のおかげで、今夜は姫君のおそばに参上できたのだから、それだけはうれしいと思う。典薬助は、じきに寝込んで、横になったままいびきをかきだす。姫君は、横で寝ていた時の少将の様子が思い合わせられて、ますます不快で憎らしくなる。一方、あこきは、なんとかして姫君と一緒にこの屋敷を出ようと計略をめぐらせている。

典薬助が目を覚ますと、姫君は前にもましてひどく苦しがって痛がりなさるので、典薬助は、「ああかわいそうなこと。私がおそばにいる夜に限ってこんなふうに痛がりなさるのがつらい」と言っては、また寝込んでしまう。

一一　夜が明けて、典薬助帰る

夜が明けたので、姫君もあこきも、とてもうれしく思う。あこきが、典薬助《てんやくのすけ》を突《つ》いて起こして、「すっかり明るくなりました。もうこの部屋をお出になってください。しばらくの間、昨夜のことは、誰にも知らせないでおきましょう。姫君のことを末長くお思いになるなら、姫君のおっしゃるとおりになさってください」と言うと、典薬助は、「そのとおりだな。私も、そう思う」と言って、まだ眠たかったので、目脂《めやに》がふさいで合わさっている目を手でぬぐって開けて、腰はまだ折れ曲がったままの姿勢で、部屋を出て行ってしまった。

一二　姫君、少将からの手紙に返事を書く

あこきが、遣戸《やりど》を閉めて、北の方に自分がここにいたと見られないようにしようと思って、急いで自分の曹司に戻ると、帯刀からの手紙がある。見ると、

「やっとのことでそちらにうかがったのですが、お屋敷の門を閉ざして、まったく開けてくれなかったので、つらく思って、少将殿のもとに戻って来てしまいましたよ。昨夜顔を見せなかったことで、私のことを、愛情が薄いと思っておいででしょうね。少将殿が心配なさっている様子を見ていますと、私も心の休まる間《ま》がありません。これは、少将殿のお手紙です。なんとかして、夜になってからでもおうかがいします」

と書いてある。

今は少将殿のお手紙を姫君にお渡しするのにちょうどいい機会だと思って、急いで行って見ると、北の方が部屋に鎖《じょう》をさしていらっしゃる。ああ残念だと思って帰る途中で、典《てん》薬助《やくのすけ》が出会って、手紙をくれたので、それを受け取って走って戻って、北の方に、「ここに典薬助さまからの手紙があります。ぜひ姫君にお渡ししたい」と言うと、北の方は、ここにこしながら、「姫君の気分をお尋ねになっているのか。それはそれは結構なことだ。真剣な気持ちでおたがいに愛し合うのはいいことだ」と言って、しっかりと鎖をさした戸口を引き開けたので、あこきは、うまくいったとうれしくなって、少将殿のお手紙を、典薬助からの手紙と一緒にさし入れた。

姫君が、少将殿からの手紙をご覧になると、

「どうなさっていますか。私のほうでは、逢えない日が続くにつれて、悲しい思いがつのっています。つらい思いをしているあなたのことを遠く離れて思い嘆く私は、あなたと一緒に泣きたいが、それもかなわずに、一人で涙に袖を濡らすことしかできずにいます。私たちの仲は、どうしたらいいのでしょうか」

と書いてある。姫君は、とても悲しくてならない。

「私のことを遠く離れて思ってくださるあなたでさえ、そうなのですね。ですから、まして、私は、

嘆くことが絶えることなく、ひっきりなしに落ちる涙に浮くようなつらいわが身でありながらも生き続けていることは悲しいことです」

と書いて、典薬助《てんやくのすけ》の手紙を見るのも気味悪くて、あこきに、「この手紙の返事は、あなたがしてください」と言って、書いた少将殿への手紙を添えてさし出したので、あこきは、さっと受け取ってその場を立ち去った。

一三　あこき、典薬助からの手紙に返事を書く

あこきが、典薬助の手紙を見ると、

「ほんとうにほんとうにお気の毒なことだと思って心配しています。でも、一晩中お苦しみになったことは、この翁《おきな》の運が悪い気がします。私の大切な君、私の大切な君、せめて今夜だけでも、うれしい思いをさせてください。私は、あなたのおそば近くにいるだけでも、寿命が延びて、気持ちも若返りそうです。私の大切な君、私の大切な君。

私のことを老木だと人は思って見ているとしても、花が美しく咲いて実をつけるように、ぜひ、昔と同じように私も若返って、あなたと仲むつまじく暮らしたいものです。どうか、私のことを疎《うと》ましくお思いにならないでください」

と書いてある。あこきは、ほんとうに不快だと思いながら、返事を書く。

「姫君は、とても苦しんでいらっしゃって、ご自身ではお返事をすることがおできになりませんので、私が代わってお返事します。

すっかり枯れてしまって、もうこれが最後の老木には、いつになっても美しい花など

咲くはずがありません。ですから、うれしい思いをさせてくれとおっしゃっても、そんなことなどできるはずがありません」

と書いて、典薬助《てんやくのすけ》が腹を立てるだろうかと思うと恐ろしい気がするけれど、やはりこのまま渡してしまえと思って、そのまま渡したところ、典薬助は、にこにこして受け取った。

あこきは、帯刀へのお返事を、

「昨夜は、私のほうでも、どう言っていいかわからない今回のひどいできごとについて、せめてご相談して、心を慰めることができたら、どんなにいいかと思っておりましたのに、お待ちしていた効《かい》もなくて、残念に思っています。少将殿のお手紙は、やっとのことで、姫君にお渡しいたしました。とてもたいへんなことがいろいろと起こって、困っています。くわしいことはお目にかかってお話しいたします」

と書いて贈った。

一四　あこき、姫君の部屋の遣戸口を固める

北の方は、典薬助《てんやくのすけ》に預けたと思って、これまでのようにしっかりとは遣戸《やりど》の鎖《じよう》をささせ

ないので、あこきは、うれしいと思う。

日が暮れてゆくにつれて、あこきは、どうしたらいいのだろうかと思い悩む。部屋の内側から鎖をさして籠《こも》ることはできないだろうと思って、開けられないようにいろいろと工夫する。

典薬助がやって来て、「あこきよ。姫君のご気分はどうなのか」と言うので、「ひどく苦しんでいらっしゃいますので」と言うと、「このままでは、姫君はどんなふうにおなりになることだろう」と、まるで姫君が自分の妻であるかのように嘆くのを、あこきは、憎らしいと思って見る。

北の方が、「明日の臨時の祭りに、婿君の蔵人の少将が舞人として行列に加わりなさるから、三の君にお見せしよう」と言って、忙しく立ち振る舞っているのを、あこきが聞いて、とても好都合な機会がありそうだと、胸がどきどきして期待する。せめて今夜だけでも姫君が典薬助からのがれなさったらと思って、遣戸の後部を閉ざすことのできる物を捜して、脇に挟んで歩く。「灯《あか》りを灯《とも》せ」などと言っているのに紛れてそっと近寄って、遣戸のほうの敷居の溝に、持って来た物を添えて、典薬助が探りあてることができないように、しっかりと左右の戸を繋ぎ合わせておいた。

部屋の中にいる姫君は、どうしたらいいのだろうかと思って、部屋にあった大きな杉の唐櫃《からびつ》を、後ろを持ち上げて遣戸口に置き、あれこれ工夫して押さえて、震えながらすわったまま、「この戸を、典薬助に開けさせなさらないでください」と、神仏に願を立てる。

一五　典薬助、部屋に入れずに帰る

北の方は、鍵を典薬助《てんやくのすけ》に渡して、「人が寝静まった時に部屋にお入りなさい」と言って、寝ておしまいになった。

屋敷の人々が皆寝静まった頃、典薬助が、鍵を手に持ってやって来て、鎖《じよう》をさした戸を開けようとする。姫君は、どうなることだろうかと心臓がとまる思いでいる。典薬助は、鎖を開けて遣戸《やりど》を開けようとするが、ひどく固いので、立ったりすわったりしながら手を広げてもだえているうちに、あこきが聞きつけて、少し遠くからその様子を隠れて見ていると、典薬助は、鎖は探りあてたものの、あこきが左右の戸を繋ぎ合わせた所を探りあてられずに、「おかしい、おかしい」と言って、姫君に、「内で鎖をさしたのですか。この翁《おきな》を、こうして苦しめなさるのですね。お屋敷の方々も、皆、あなたとの仲を認めてくださっているのですから、のがれることなどおできになりませんのに」と言うが、誰が返事などするだろうか。遣戸を叩《たた》いたり、強く引いたりするけれど、内も外も物で固めてあったので、動きもしない。今開くか今開くかと思って、夜が更けるまで板の上にいて、冬の夜なので、身もすくむ思いをする。ちょうどその頃、腹をこわしているうえに、着ている着物もとても薄い。板の冷たさが上ってきて、腹がごろごろと音を立てるので、典薬助が、「ああ困ったことになった。体がすっかり冷えてしまった」と言っていると、腹がむしょうにごろごろと鳴って、びちびちと音がする。典薬助は、どうなっているのだろうかと気になってしかたがない。手で探って、糞《くそ》が漏れ出たらどうしようと思って、尻をかかえて帰って行く時に、慌てながらも、鍵を押し込んで鎖をさして、鍵は手に持って行ってしまう。

あこきは、鍵を置いたままにしなかったことよと、不満で憎らしく思うけれど、遣戸が開かずに終わったことをこのうえなくうれしく思って、遣戸のもとに近寄って、姫君に、「典薬助は、糞を漏らして衣にかけて行ってしまいましたから、いくらなんでももうやって参りますまい。おやすみください。曹司に帯刀がやって来ていますので、少将殿へのお返事も申しあげましょう」と言葉をかけて、自分の曹司に下がった。

一六　あこきと帯刀、姫君救出を計画する

帯刀は、「いったいどうして、今まで戻って来られなかったのですか。少将殿が、『姫君のご様子は、いかがですか』と言って心配しておいでですよ」と言い、「まだ姫君を部屋からお出ししていないのですか。とてももどかしい気持ちです。少将殿は、ひどく悲しんで心を痛めていらっしゃいます。『夜など、こっそりと連れ出してさしあげることができるだろうか。それを確かめて来い』とおっしゃっていました」と言うので、あこきは、「今まで以上に、とても難しい状況なのです。たいへんなことになりました。一日に一度、お食事をさしあげるために戸をお開けになるだけです。北の方が、姫君をこの屋敷に住んでいるひどく歳老いた伯父《おじ》の翁《おきな》と結婚させようとして、今夜も、その翁を部屋に入れるために鍵をお与えになりました。けれども、私が、姫君と一緒に、部屋の内と外で、双方で工夫して厳重に閉ざしたので、翁は、立ったりすわったりして手を広げてもだえながら戸を開けようとしているうちに、体が冷えて、糞《くそ》を漏らして衣にかけて行ってしまいました。姫君は、この翁との結婚のことをお聞きになった時から、胸をひどくわずらってお苦しみ

になりました」と、泣きながら言う。帯刀は、姫君が置かれたひどい状況に心を痛めると同時に、典薬助《てんやくのすけ》が糞を漏らして衣にかけた時のことを我慢できずに笑う。帯刀が、「少将殿が、『早く、姫君を連れ出してさしあげて、この北の方へのしかえしをしてやろう』とおっしゃっています」と言うので、あこきが、「明日、賀茂の臨時の祭りを見にお出かけになることになっているようです。その隙《すき》においでください」と言うと、帯刀は、「確かにまことに好都合な機会ですね。早く夜も明けてほしい」と言って、待ち遠しく思いながら夜を明かす。

典薬助は、袴《はかま》に糞をとてもたくさんかけてしまったので、姫君への懸想の気持ちも忘れて、まず、汚れた袴をあれやこれやと洗っているうちに、うつ伏せになって寝てしまった。

一七　少将、二条殿に姫君を迎える準備をする

夜が明けたので、帯刀は、急いで少将のもとに参上した。

少将が、「あこきは、どう言っていたか」とおっしゃるので、帯刀が、「こんなふうに言っていました」と申しあげると、少将は、典薬助のことを聞いて、「あきれたことだ。

忌々《いま》しい。姫君は、ほんとうに、どんなにかつらい思いをしていることだろう」と想像するにつけても、不憫《ふびん》でしかたがない。少将は、「この屋敷には、しばらくの間は住むまい。二条殿に住もう。二条殿に行って、格子を上げさせよ、掃除しておいてくれ」と言って、帯刀を行かせなさった。帯刀は、胸がおどって、とてもうれしく思う。

あこきは、人知れず心がはずんで、その準備に余念がない。

一八　中納言家の人々、祭り見物に出かける

午《うま》の時頃、車二輛《りよう》で、三の君と四の君、それに、北の方自身などが乗ってお出かけになる騒ぎのさなかに、北の方は、典薬助《てんやくのすけ》のもとに鍵をもらうために人を行かせて、「心配だ。私の留守中に、誰かが開けるかもしれない」と言って、鍵を持って車にお乗りになった。

そのことを、あこきは、とても憎らしいと思う。

中納言も、婿の蔵人の少将を舞人として送り出して、自分も見たいと思ってお出かけになった。

一九　少将、姫君を救出する

中納言家の人々が、皆、大騒ぎで、がやがやと音を立てて出発なさるとすぐに、あこきが、それを告げるために、少将のもとまで使いを走らせたので、少将は、逸《はや》る気持ちになって、いつもお乗りになっているのとは別の車に、朽葉《くちば》色の下簾《したすだれ》を懸けて、お供の者を大勢連れてお出かけになった。帯刀が馬で先導して、中納言邸に車をおよこしになった。

中納言邸には、婿の蔵人の少将のお供と、中納言と北の方のお供との三方に男の召し使いたちを分けて出かけたから、誰もいない。門の所で、しばらくの間立っていて、帯刀が、人目につかない所から屋敷の中に入って、あこきに、「少将殿が車でおいでになりました。どこに寄せたらいいのでしょうか」と言うと、「何はともあれ、姫君の閉じ込められている部屋の近くの、寝殿の北の廂《ひさし》の間《ま》に寄せてください」と言うので、車を引いて入って寄せる。その頃になって、ようやくこの屋敷の男が一人出て来て、「誰の車か。お屋敷の方々が皆お出かけになっている所にやって来るとはあやしい」と言って咎《とが》めるので、「あやしい車ではない。御達《ごたち》が参上なさったのだよ」と言って、どんどん車を寄せる。居残った御達も、それぞれ皆自分の曹司に下がっていたので、この時には寝殿には誰もいなかった。

あこきが、「早く、車から下りてください」と言うと、少将は、車から下りてお走りになる。姫君が閉じ込められている部屋には鎖《じょう》をさしてある。この部屋の中に姫君がいたのだと思って見ていると、胸が張り裂けそうになって、たまらない気持ちでいっぱいになる。少将は、そっと近寄って、鎖を捻《ひね》ってごらんになるが、まったく動かないので、帯刀を呼び入れて、打ち立てを二人で叩き壊してはずして、遣戸《やりど》の戸を引き離して中にお入りになった。それを見とどけると、帯刀は、そっとその場を離れた。姫君がとてもいたわしい様子ですわっているので、少将は、かわいそうに思って、手でしっかりと抱いて、一緒に車にお乗りになった。

少将が、「あこきも乗れ」とおっしゃると、あこきは、あの典薬助《てんやくのすけ》が姫君と男女の関係になったのだろうと、北の方がお思いになることがしゃくにさわってひどく忌々《いまいま》しいので、典薬助がよこした手紙を二通とも一緒に巻き結んで、すぐに北の方の目に見つくように置いて、姫君の櫛《くし》の箱を手に下げて持って車に乗った。晴れやかな気持ちで車に乗って、まるで飛ぶように、中納言邸をお出になる。誰もが皆、とてもうれしい気持ちでいる。

屋敷の門をさえ出ればと、急いで車を引いて出したところ、その後は、とても多くの供の者たちとともに、二条殿においでになった。

二〇　姫君たち、二条殿に着く

二条殿には誰も住んでいないので、まったく気がねがいらないと思って、少将は、姫君を車から下ろして、横におなりになった。ここ数日間のいろいろなできごとを、たがいに話して、泣いたり笑ったりなさる。少将は、あの典薬助が糞《くそ》を漏らして衣にかけた時のことを、ひどくお笑いになった。「運の悪い懸想人ですね。北の方は、それを知ったら、どんなにかあきれてがっかりなさるでしょう」と、くつろいで話をしながら横になっておいでになる。

帯刀は、あこきと横になって、今はもうなんの心配もなくなったと話し合い、日が暮れると、お食事をさしあげたりなどして、この屋敷の主人気取りで忙しそうに振る舞う。

二一　中納言家の人々、姫君の失踪を騒ぐ

中納言邸では、祭り見物を終えてお帰りになって、車から下りてすぐにご覧になると、姫君を閉じ込めておいた部屋の戸を倒して、打ち立てもはずしてあたりにほうり出してあったので、誰もかれも、ひどく驚く。部屋の中を見ると、誰もいない。とてもびっくりして、「これは、いったいどうしたことか」と、屋敷中で騒ぎたてる。中納言は、「何者かが、こんなふうに寝殿にまで入り込んで、打ち立てを叩《たた》き破《わ》ったり、戸を引き離したりしたのを咎《とが》めなかったようだが、この家には、誰も人はいなかったのか」と言って腹を立てて、「誰が残っていたのか」と言って、大騒ぎで捜す。

北の方は、どう言っていいのかわからない思いで、ひどく忌々《いま》しく腹立たしく思う。あこきを捜し求めるけれど、どこにもいるはずがない。落窪の間《ま》を開けてご覧になると、前に見た時にあった几帳《きちょう》も屏風も、一つもない。北の方が、「あこきというとんでもない奴《やつ》が、こうして人もいない時を見はからってしでかしたのだ。私は、あの時、すぐにでも追い出してやろうと思ったのに、三の君が、『使いいい』とおっしゃったために、こうして、

結局はしてやられたことよ」と言い、「童としてしっかり仕える気持ちもなく、あなたのことを主人としてお慕いすることもなかったあんな奴を、どうしてもと言ってお使いになって」と言って、三の君をひどくお叱《しか》りになる。

中納言が、残っていた男を一人捜し出してお尋ねになると、「まったくわかりません。ただ、下簾《したすだれ》を懸けたとても美しい網代車《あじろぐるま》が、皆さまがお出かけになった後すぐに入って来たかと思うと、また、すぐに車を引いてお屋敷を出て行ってしまいました」と申しあげる。中納言が、「まさしく、その車だろう。女の力では、あんなにも打ち立てを叩き破って出て行くことはできないだろう。男がしたのだろう。どんな奴が、こうして私の屋敷に真っ昼間に入り込んで、こんなにひどいことをして出て行ったのだろうか」と、ひどく忌々しくお思いになるが、今さらしかたがない。

二二　継母、典薬助を責める

北の方は、あこきが残しておいた典薬助《てんやくのすけ》の手紙をご覧になって、姫君と典薬助はまだ男女の関係になっていなかったのだと思うと、忌々《いまいま》しさがつのって、典薬助を呼びつけてすわらせなさって、「落窪の君は、こんなふうにして逃げてしまった。あなたに預けておいたのに、その効《かい》もなく、こうして逃がしなさってしまったとは。男女の関係にはなっていらっしゃらなかったのか」とおっしゃって、「ここにある、あなたの二通の手紙を見るとわかるのだよ」と言うと、典薬助は、「なんとも道理にあわないお言葉です。胸を病んでいらっしゃったあの夜は、ひどくお苦しみになって、姫君は私をおそばに近寄らせてもくださいませんでした。あこきも、ぴったりとそばについていて、姫君ご自身も、『今日は忌日《きにち》です。今夜は何もせずにいてください』とおっしゃったのですよ。ひどく苦んでいらっしゃったので、私は何もせずにそっと静かに姫君のおそばで横になっていました。その翌日の夜は、今夜こそは言うことをきかせようと思って、部屋に参って、戸を開けようとすると、部屋の内側から鎖《じょう》をさして、まったく開けてくれないので、夜中まで板の上で立ったりすわったりして、開けようとしました。そうしているうちに、風邪《かぜ》をひいて、腹がごろごろと音を立てましたけれど、一、二度は気にとめずに聞き流して、それでもしつこく開けようとしたのです。でも、そのうちに見苦しい事態が起こりましたので、気も動転して、何はともあれおそばを下がって、衣の中にしてしまった物を洗っている間に、夜が明けてしまったのです。ですから、私の落ち度ではありません」と弁明してすわっているので、北の方は、腹を立てて叱《しか》りながらも、思わず笑ってしまう。まして、ほのかに聞いている若い侍女たちは、死なんばかりに笑う。北の方が、「もういい。わかりました。行っておしまいなさい。まったくなんとも言いようもなく忌々《いま》しい。別の人に預ければよかった」とおっしゃると、典薬助は、「道理にあわないひどいことをおっしゃる。心のなかでは、ぜひともぜひともと思いはするものの、老いの身は不運なもので、粗相しやすく、思いがけずうっかり糞《くそ》を漏らして衣にかけてしまいました。でも、それはしかたのないことです。この私ですから、開けよう開けようと努力したのです」と、腹を立てながら言って、立って行くので、侍女たちは、ますます死にそうなほど笑う。

二三　三郎君、母を批判する

まだ子どもの三郎君が、「とにもかくにも、母上がひどいことをなさったのです。どうして、姫君を部屋に閉じ込めて、こんな愚かな者と結婚させようとなさったのですか。姫君は、どんなにつらくお思いになったことでしょう。娘たちが多く、私たちにも将来がありますから、どこかで偶然出会って、身分の高くなった姫君に言葉をおかけすることがあるかもしれません。ひどく困ったことです」と、大人ぶって言うと、北の方は、「あんな子は、どこへ行ったって、身分が高くなどなるはずがない。どこかで出会ったとしても、私たちの子どもたちをどうすることができようか」とお答えになる。北の方は、男君を三人持っていらっしゃった。太郎は越前守で任国に、二郎は法師、三郎がこの子であった。こんなふうに騒ぎたてているけれど、今さらどうしようもないので、皆横になってしまった。

二四　少将、あこきに侍女を集めさせる

二条殿では、灯《あか》りを灯《とも》して、少将が、横になられて、あこきに、「ここ数日間のできごとを、くわしく話してくれ。こちらの姫君は、何も話してくださらないのだよ」とおっしゃるので、あこきが、中納言の北の方の計略をありのままに話すと、少将は、あきれはてたことだなあと、横になったままお思いになる。少将が、「この屋敷は、侍女が少なくて、とても具合が悪い。あこきよ、侍女を捜し求めよ。父上の屋敷にいる人々も、よこしてくれるようにお願いしようと思うけれども、見知った者たちばかりでは心が惹《ひ》かれない。あ

こきよ、一人前の侍女になったらどうか。もう充分に大人としての思慮分別があると見えるよ」と、横になったままおっしゃるので、あこきは、「こんなふうにうれしいことを言ってくださってありがたく思います」と答える。

少将は、夜が明けると、とてものんびりとした気持ちで、巳《み》の時か午《うま》の時まで横になって、昼頃、左大将邸に参上なさる時には、帯刀に、「姫君のおそばにいてくれ。すぐに帰って来るよ」と言ってお出かけになった。

二五　あこき、叔母に侍女を求める

あこきは、叔母《おば》のもとに、

「急を要することがありまして、昨日今日、ご連絡をさしあげませんでした。今日明日のうちに、美しそうな童と大人を求めて、こちらにおよこしください。そちらにも、すばらしい童がいたら、一人か二人、しばらくの間お貸しください。理由は、お目にかかってお話しします。ほんのしばらくの間で結構ですから、こちらにおいでください」

と、手紙を書いて贈る。

二六　少将に、四の君との縁談が進む

少将が、左大将邸においでになると、例の、中納言の四の君と少将との縁談の仲立ちをしている侍女が現れて、「おうかがいしたいことがあります。四の君との縁談のことで、先日も、中納言殿からご連絡がありました。少将殿からお手紙をいただけるように進めたいと思っているのだが、それには理由があるのだ。『年が返る前に進めたいと思っているのだが、と、強く私に催促しました」と言うので、左大将の北の方が、「女性の方から手紙を催促するとは、逆さまな言い分に聞こえますね。でも、こんなふうに強く言うのですから、それを聞きとどけてあげたらどうですか。あちらの四の君が気の毒です。今まで独身でいるのは、みっともないことですよ」とおっしゃると、少将は、「あちらがそう思うならば、早く私を婿に迎えればいい。手紙は、もう通い始めたという時になってから贈ろう。今時のやり方は、特に事前に手紙を贈ったりしなくても結婚すると聞いている」と言って、ほほ笑んでお立ちになった。

ご自分の居所においでになって、少将は、いつもお使いになっている調度や厨子《ずし》などを、

二条殿にお送りになる。姫君へ、お手紙を、

「今は、どうなさっていますか。気がかりです。これから参内して、じきにそちらに帰ります。

家に帰ってあなたに逢うことができると思うと、そのあふれるほどのうれしい気持ちを、もし袖に包んだならば、その袖は綻《ほころ》んでしまうにちがいありません。

今日は、かえって気恥ずかしい気持ちがします」

と書いて贈る。

姫君が、お返事を、

「私は、
つらいことを嘆いていた間に、流した涙で、私の衣の袖は朽ち果ててしまいました。

私のほうのうれしい気持ちは、何に包んだらいいのでしょうか」

と申しあげなさったので、少将は、いとおしくお思いになる。

帯刀が、心細やかに心遣いをしてお世話する。

二七　叔母から返事が届く

和泉守《いずみのかみ》の妻から返事が来て、

「事情がわからずに気になって、私の方から、昨日お手紙をさしあげたところ、『すでに、とんでもないことをしでかして逃げて行ってしまった』と言って、もう少しのところで使いの者をなぐっておしまいになりそうだったので、やっとのことで逃げて来ました。そこで、どういうことなのだろうと嘆いていましたが、無事でいらっしゃったことを知って、うれしく思います。侍女は、今、あちらこちらに尋ねてからご連絡をさしあげます。私どものもとにいる者のなかには、しっかりした者はいません。和泉守殿のいとこで、ここにいらっしゃる方が、ふさわしいと思います」

と書いてある。

二八　少将、継母への復讐を誓う

日が暮れると、少将が二条殿にお戻りになった。

少将が、「この前の四の君の件は、『私を早く婿に迎えればいい』と言っておきました。私だと言うことにして、別の人を捜して結婚させましょう」とおっしゃると、姫君は、「それは、とてもよくないことです。嫌だとお思いになるならば、率直にそうおっしゃればいいのに。そんなことをなさるのは不本意で、四の君は、さぞかし、ひどくつらい思いをなさるでしょう」とおっしゃる。少将が、「あの北の方に、なんとかして悔しい思いをさせてやろうと思うからです」とおっしゃると、姫君は、「そのことは、早く忘れておしまいください。四の君が憎かったわけではありません」とおっしゃるので、少将は、「ほんとうに意志が弱くていらっしゃるのですね。どんなに人がひどいことをしても、それを憎らしく思う気持ちを、いつまでも心にとどめておかない方だったのですね」と言い、「それはそれで、私にとって、とても気が楽です」とおっしゃって、横におなりになった。

二九　少将と四の君の結婚の準備が進む

あの中納言邸では、仲立ちの侍女が、「少将殿は、『すばらしい話だ』とおっしゃっています」と伝えたので、喜んで、大騒ぎでその準備をするにつけても、「落窪の君がいたら、預けて縫わせることができたのに。それができたら、どんなにかよかっただろう。仏が生けしは、くるをし（未詳）□」と思う。蔵人の少将の君も、「この頃の装束は、どれもこれも仕立てが悪い」と言って、来るにつけ帰るにつけ、腹を立ててお召しにならなかったりするので、困りはてて、縫い物の上手な人がいてほしいと思って、あちらこちらに、手分けしてお捜しになる。

中納言は、「少将殿が、『すばらしい話だ』とおっしゃっている間に、婿として迎えてしまおう。少将殿の気が変わったらたいへんだ」と言って、その準備を心をこめてなさる。十二月五日と日取りを決めたのは、十一月の下旬で、その頃から準備をお始めになる。

三の君の婿の蔵人の少将が、「どなたを婿にお迎えになるのですか」とお尋ねになると、三の君が、「左大将殿の左近少将殿とかおっしゃっていましたから、その方でしょう」とお答えになる。「とてもすばらしい方ですよ。親しくおつきあいして同じ婿としてこのお屋敷に出入りするとなるとは、まことにすばらしいことだなあ」と言って高く評価したので、北の方は、面目があってうれしいと思う。

その左近少将は、継母《ままはは》のことが、とても忌々《いま》しく憎らしくて、なんとかしてつらい思いをさせたいと、強く心に決めていたので、心のうちにある計略があって、仲立ちの侍女が、「少将殿は、『すばらしい話だ』と言っています」と伝えたのだった。

三〇　あこき、大人になって、衛門となる

　こうして、二条殿では、十一月の三十日頃になると、新参の侍女たちが十人以上参上して、とてもはなやかでにぎわっている。和泉守《いずみのかみ》のいとこは、和泉守が、少将殿の屋敷で侍女を求めていると聞いて、参上させて、名を□兵庫という。あこきは、一人前の侍女になって、衛門《えもん》と名づけられた。小さくかわいらしい若人で、なんの不安もなさそうに動きまわっている。少将も姫君も、あこきのことをとても大切にお思いになっているのも、もっともなことである。

三一　少将、母北の方に、姫君のことを告げる

　少将の母北の方が、「二条殿に女性を住まわせていると聞きましたが、それはほんとう

ですか。ほんとうなら、今でも、中納言殿に、四の君との縁談を、『すばらしい話だ』などとおっしゃっているのは、どうしてなのですか」とお尋ねになると、少将は、「母上にご連絡をさしあげてからと思っていましたが、二条殿には誰も住んでいらっしゃらないし、ほんのしばらくの間だけだと思いましたので、ご連絡が遅れました。母上からも手紙をお贈りください。中納言殿は、とりわけ年内の結婚を急いでいると聞きましたので、特に断りの連絡をしていません。男は、妻が一人だけというわけにはいかないでしょう。二人の妻が親しくつきあうようになってほしいものです」と言ってお笑いになるので、母北の方は、「まあなんて憎らしいこと。妻をたくさん持った人は、妻の嘆きを負うといいます。本人も苦しい思いをするものです。そんなことはなさいますな。二条殿に住まわせた方に好意をお持ちになったのなら、その方一人と心に決めて、四の君との縁談はお断りなさい。二条殿にいる方のもとには、近いうちにお手紙をさしあげましょう」と言って、その後は、すばらしい贈り物をさしあげて、親しく手紙のやり取りをなさる。

北の方が、「この方は、すばらしい人のようですね。お手紙の書きぶりも筆跡も、とてもみごとです。どなたのお嬢さまですか。この方に決めておしまいなさい。私にも娘がいますから、二条殿にいる方がどんなお気持ちでいらっしゃるかと思うと、気の毒で、心が痛みます」と申しあげなさると、少将は、ほほ笑んで、「この方のことも、決して忘れたりなどしません。でも、ほかの女性にも興味がありますI」とお答えになるので、母北の方は、「どうしてそんなことをおっしゃるのですか。とんでもないことです。わが子としてまったくかわいく思うことができそうもないお考えですね」と言ってお笑いになる。この母北の方は、お心もとてもやさしく、お顔も美しくていらっしゃった。

三二　少将、面白の駒を身代わりに立てる

こうして、十二月になって、母北の方が、「四の君のもとにお通いになるのは、明後日です。そのことは二条の方もご存じなのですか」と、少将におっしゃって、気の毒に思っていらっしゃると、仲立ちの侍女も、四の君のもとに通うのが明後日だと申しあげるので、少将は、「ちゃんとわかっている。中納言邸にうかがおう」とお答えになって、心のなかでは、とてもおかしく思っている。少将には、あるお考えがあったのだった。母北の方の叔父上《おじ》で、治部卿の地位にいる人がいた。世間からは、性格のひねくれた愚か者に思われていて、宮仕えもしていない。その人の太郎君は、兵部少輔になっていた。

少将が、治部卿の屋敷を訪れて、「兵部少輔殿は、こちらですか」とおっしゃると、治部卿は、「曹司のほうにいると思います。人が笑うと言って、宮仕えもできずにいます。少将殿がお世話してくださって、少輔を宮仕えに馴れさせてください。私も、昔はそうでした。世間から笑われても、その時分さえ過ぎてしまえば、宮仕えにも馴れてしまうものです」と申しあげるので、少将は、笑って、「どうしてお世話せずにいましょうか。しっかりとお世話いたします」と言って、立って、兵部少輔の曹司においでになって、ご覧になると、兵部少輔はまだ横になっていらっしゃった。この兵部少輔もまた、いかにも愚かな感じなので、おかしく思って、少将が、「もしもし、起きてくださいませんか。申しあげたいことがあって参りました。父上には、今、ご挨拶《あいさつ》申しあげました」とおっしゃると、両手足を合わせて思いきり伸びをして、やっとのことで起きて出て来て、手を洗ってすわった。

少将が、「どうして、私どもの所にも、まったく来てくださらないのですか」とおっしゃると、兵部少輔が、「人が、ほほと笑うので、恥ずかしくてうかがえないのです」と言うので、「気の置ける所ならばともかく、そうではないのですから、恥ずかしいことなどないでしょう」と言って、「あなたは、どうして今まで結婚なさらないのですか。いい男が一人寝をしていては、とてもつらいものですのに」とおっしゃると、「こんな私に結婚の世話をしてくれる人もいないので、結婚できずにいるのです。一人寝をしていても、少しもつらくありません」と答える。少将が、「それでは、一人寝がつらくないからと言う理由で、結婚しないままお過ごしになるおつもりですか」とお尋ねになると、「いつか誰かが私に結婚の世話をしてくれるのではないかと思って待っているのです」と答える。「それでは、私が結婚のお世話をしましょう。とてもすばらしい人がいるのです」とおっしゃると、ああは言ったもののやはりうれしそうにほほ笑んでいる顔は雪のように色が白く、首がひどく長くて、顔つきはまるで馬のようで、鼻は見たことのないほど大きくふくれあがっている。ヒンといいなないて、この場を離れてどこかに行ってしまいそうな顔である。向かい合ってすわった人は、兵部少輔自身が言うように、笑わずにいられそうもない。

兵部少輔が、「とてもうれしいお話です。どなたのお嬢さんですか」と言うと、少将は、「源中納言殿の四の君です。先方では、私と結婚させたいと言っているのですが、私には見捨てることのできない人がおりますので、あなたにお譲りしようと思ってお話しするのです。結婚の日取りは、明後日と決めてあります。その心づもりをなさってください」とおっしゃる。兵部少輔が、「私などでは不本意だと言って、中納言方は、私のことを笑うのではないでしょうか」と返事をすると、少将は、こんな顔をしていても、人が自分のことを笑うのはけしからんことだと考えているのだなと思って、なんともおかしいけれど、そんなそぶりも見せずに、「まさか笑いはしないでしょう。中納言方には、『私が、人目を忍んで、この秋から通っているのに、少将を婿としてお迎えなさると聞きました。少将と私は縁続きなので、「四の君は私が通っていた女性です。それなのに、あなたはどうして四の君と結婚なさるのですか」と恨み言を言ったところ、少将は、「お恨みになるのももっともなことですね。そういうことなら、私が婿になることはできません。あちらの親たちはそのことをご存じないから、私が断ったら、私以外の人をきっと婿にお迎えになるでしょう。それもまたばからしいことです。これを機会に、表だった関係になってしまったらどうですか」と言ったので、私が代わりに来たのです』とお答えになればいい。そうしたら、何も文句を言わないでしょう。まさか笑いはしないでしょう。そうやってお通いになるようになったら、四の君もおのずとあなたに好意をもつようになってきっと慕うようになると思います」と言うので、兵部少輔は、「そのとおりですね」と言ってうなずいている。少将は、「それならば、明後日、夜遅くなってから、中納言邸にお出かけください」と言い残して、帰っておしまいになった。少将は、四の君はどんなに悲しむだろうかと気にはなるけれども、それ以上に、中納言の北の方のことを憎らしいと恨みに思っておいでになったのだった。

三三　少将と姫君の連歌

少将が二条殿にお帰りになると、姫君は、雪が降る庭を見ながら、火桶《ひおけ》にもたれかかって、火桶の灰を火箸でまさぐってすわっていらっしゃる。その姿がとてもかわいらしいので、少将が向かい合っておすわりになると、姫君が、火桶の灰に、火箸で、

あのままはかなく死んでしまったとしたら、私がどんなにあなたのことを恋い慕ったとしても……。

と書くので、少将は、いとおしく思ってご覧になる。ほんとうにそのとおりだとお思いになって、少将も、

私がどんなにあなたのことを恋い慕っても、その思いを口にすることもなく、恋の火に身を焼いてこげるような思いで、恋いこがれていたでしょうに。

と言って、すぐに、

こうして灰に埋めておいた炭の火が消えないように、あなたが消えずに生きていてくださってうれしいと思うから、私は、こうして、この灰のように、あなたを私の懐に抱いて寝るのです。

と言って、姫君をしっかり抱きしめて横におなりになった。姫君は、「とてもさしことなり——（未詳）」と言ってお笑いになる。

三四　面白の駒、四の君のもとに通う

中納言邸では、四の君の結婚の日の当日になって、屋敷の中をとても美しく飾りつけなさる。

仲立ちの侍女が、「ご婚儀は今日です」と言うので、少将が、兵部少輔のもとへ、「先日申しあげたことは、今晩です。戌《いぬ》の時頃に中納言邸にお出かけください」とお伝えになると、兵部少輔は、「私も、そのつもりでいました」とお返事を贈った。

兵部少輔が、父の治部卿に、「これから中納言殿の四の君のもとに参ります」と言ったところ、治部卿は、少将が配慮してくれたいい機会だと思っていたから、不都合だろうと

も思わずに、「婿家に誠意を見せてまわりから褒められることは、決して悪いことではありません。だから、早くお行きなさい」と言って、装束の準備をして送り出したので、兵部少輔は装束を身につけて行ってしまった。

中納言邸では、人々が着飾って待っていると、「おいでになりました」と言うので、兵部少輔をお入れした。

その夜は日ごろの愚かさも見られずに、灯《あか》りがほの暗いうえに、様体もほっそりして上品な感じなので、御達《ごたち》が、さすがに人に褒められておいでの婿君だと思って、あまりよくも考えずに、「ほっそりと優雅な感じでお入りになったわね」と言い合っているのをお聞きになって、北の方は、笑みを浮かべて、「すばらしい婿を迎えたものだ。私は、幸せ者だよ。どの娘も、皆、理想的な婿君を迎えることができた。この少将殿は、今すぐにでも大臣となるお方だ」と、盛んに言いたてなさるので、人々は、「そのとおりですね」と申しあげる。

四の君は、自分の夫がこんな愚か者だとも知らずに、一緒に横になっていらっしゃった。

夜が明けたので、兵部少輔は帰って行った。

三五　少将、面白の駒に後朝の文を書かせる

少将は、どうなっているのだろうかと想像されておかしいので、姫君に、「中納言邸では、昨夜、婿をお迎えになったそうです」とお話しになると、「婿君はどなたですか」とお尋ねになるので、「私の叔父《おじ》の治部卿が手もとに置いて大切にしている子で、兵部少輔といって、顔が美しく、鼻がまことに立派な人を、婿としてお迎えになりました」とお答えになる。姫君は、「鼻は、特に、人が取りたてて褒めない所ですよ」と言ってお笑いになるので、「なかでも、特に立派な所を申しあげたのですよ。近いうちにきっとご覧になる機会もあるでしょう」と言って、従者たちの詰め所にお出になって、兵部少輔のもとに手紙をお贈りになる。

「どうでしたか。手紙をお贈りになりましたか。まだだったら、こんなふうに書いてお贈りになったらどうです。とてもすばらしい歌ですよ」

と言って、

「世の人は、たとえ見ず知らずの関係でも、後朝《きぬぎぬ》の朝には、相手を恋しく思うとか聞い

ていましたが、聞いていたのと違って、今朝は少しも恋しい気持ちになりません。

たまたまなきの（未詳）」

と書いてお贈りになる。四の君に手紙を贈ろうと思って、歌を詠むのに苦労していた時に、こんな手紙をくださったので、兵部少輔は、とても助かったと思って、急いでその歌を書いて、四の君に贈った。

少将への返事には、

「昨夜は、うまくいきました。私のことを笑わずにすみましたので、うれしく思っています。くわしいことは、お目にかかってお話しします。手紙はまだ贈っていませんでしたので、喜んで、教えていただいた歌を書いて贈りました」

と書いてあるので、少将は、四の君に恥をかかせるのは気の毒だなどとは思うけれども、「早く、ぜひ、姫君が受けたことに対するしかえしをしよう」と思うのだった。その頃、少将は、「しかえしをやり遂げた後で、うって変わってお世話することにしよう」というお気持ちが強かった。

姫君は、四の君の結婚の件を、いまだにつらく思っている。その様子が気の毒なので、少将は、今回のことはお聞かせにならない。自分の心だけで思っていてもおかしいので、帯刀にだけは話して聞かせてお笑いになると、帯刀も、「してくださったことを、とてもうれしく思います」と言って喜ぶ。

三六　中納言家、面白の駒の文に嘆く

中納言邸では、婿君からの待ちに待ったお手紙を持って来たので、すぐに受け取って、四の君にお渡しする。

四の君は、手紙をご覧になると、あんな歌が書かれているので、とても恥ずかしく思って、その手紙を持ったまま下に置くこともできずに、こわばったようになってすわっていらっしゃる。北の方が、「ご筆跡は、どうですか」と言ってご覧になるので、四の君は死んでしまいそうな気持ちになる。その時の四の君の気持ちは、姫君があの落窪という名を少将に聞かれた時以上に恥ずかしかったにちがいない。

北の方は、この手紙を見て、不思議に思い、これまでの婿取りの際の後朝《きぬぎぬ》の文と比べてみても、歌がこんな内容なので、どういうことなのだろうと、心臓がとまる思いがした。

中納言は、手紙を遠くに離したり手もとに引き寄せたりしてご覧になるけれど、読むこと

がおできにならずに、「色好みの婿殿が、ひどく薄くお書きになったものですね。この手紙を読んでください」とおっしゃるので、北の方は、さっと手に取って、おぼえていた、蔵人の少将の後朝の文の歌を読んで、「『堪えぬは人の』とお書きになっています」と言うと、中納言は、笑って、「さすがに好き者の婿殿だから、後朝の歌の詠み方を心得ているようですね。早く、婿殿が喜ぶようなお返事をしなさい」と言ってお立ちになるのを聞くと、四の君は、いたたまれなくて、つらく思いながら物に寄りかかって横になっていた。

北の方が、三の君と、「婿殿は、どうしてこんなお手紙をくださったのでしょう」と言って嘆くと、三の君は、「どんなに嫌だと思ったとしても、こんなふうに言うはずがありません。やはり、ありきたりに、『今日は恋し』などという歌の言葉が古めかしいので、ちょっと変わった趣向でとお考えになったのでしょうか。でも、わけがわかりません。おかしなことですね」とおっしゃる。北の方は、「きっとそうなのですよ。色好みは、人がしないようなことをしようと考えるようになるものです」と言って、四の君に、「早くお返事をお書きなさい」と催促なさるけれど、四の君は、親や姉が、落ち着かない様子で、こうして不審に思いながら嘆いていらっしゃるのを聞くと、まったく起き上がることのできそうな気持ちもせずに横になっていらっしゃるので、「私が代わってお返事します」と言って、北の方がお書きになる。

「歳老いて恋のしかたも知らない人は、きっと今日の後朝《きぬぎぬ》の朝もほかの日と区別がつかないでしょう。でも、若いあなたなら、そんなことはないはずですのに。期待はずれでがっかりだと、娘は思っております」

と書いて、使いの者に被《かず》け物を与えて帰らせた。

四の君は、一日中、起き上がらずに横になっていた。

三七　新婚二日目の夜

翌日は、日が暮れると、兵部少輔は、早々においでになった。北の方は、「思ったとおりだ。四の君のことを気に入らないとお思いになったとしたら、もっと遅くなってお越しになるだろうに。三の君が言ったとおり、ちょっと変わった趣向で歌をお詠みになっただけだったのだ」と言って、喜んで迎え入れなさった。

四の君は、恥ずかしいけれど、どうにもしかたがないので、出ておいでになった。ちょっと口にする声にしろ態度にしろ、ぼうっとしていて頭が足りない感じなので、四の君は、これまで聞いたことのある蔵人の少将などの声と比べて、なんだか変な感じがして、「私のほうこそ、『恋い覚め』と言いたい」とお思いになる。

兵部少輔は、明け方近くに帰って行った。

三八　新婚三日目の所顕し

次の日、中納言邸では、新婚三日目の所顕《ところあらわ》しの宴の用意を、とても盛大になさる。婿君のお供の従者が待機する所や、雑色たちがいる所などにも、さまざまに食べ物や飲み物を置いたりして待っていらっしゃる。婿の蔵人の少将まで出て来て準備をなさる。婿君は今の帝のご寵愛《ちょうあい》がこのうえない方だから、丁重に迎え入れようと思って、中納言も出て来てすわって待っていらっしゃると、婿君がやって来たので、「まず、こちらへお入りください」と呼ばせる。すると、挨拶《あいさつ》もなく不意に上って座に着いた。

明々《あか》とした灯《あか》りのもとで見ると、首をはじめとして、体全体がとても細く小さくて、顔は、白粉《おしろい》をつけて化粧をしたかのように白く、鼻を大きくふくらませて、そっくり返ってすわっているので、人々があきれて見つめているうちに、兵部少輔だと見てわかったので、我慢できずに、ほほと笑う。なかでも、蔵人の少将は、はでに笑う性分で、大笑いなさる。「婿君というのは、面白の駒だったのですね」と、扇を叩《たた》いて笑って、その場を立ち去った。宮中の殿上の間《ま》でも、殊に、この兵部少輔が現れると、「面白の駒が群れから離れてやって来た」と言って笑うのであった。人目につかない所にすわって、「これは、いったいどうしたことだ」と言おうにも、それも言葉にならず笑う。

中納言は、あきれて、何も言えずに、今回のことは誰かがしくんだようだとお思いになると、無性に腹が立ってしかたがないけれど、人が大勢見ていると思って心を静めて、「いったい、どうして、こうして思いがけなくもあなたがおいでになったのですか。まったくわけがわからない」とおっしゃると、兵部少輔は、間《ま》の抜けた調子で、あの少将が教えた通りに答えてすわっているので、中納言は、今さら何を言ってもしかたがないと思って、盃《さかずき》もささずに奥にお入りになった。

兵部少輔のお供の人々は、自分たちの主人がこうして笑われているのを知らずに、それぞれが、食べ物や飲み物を用意しておいた所に着いて、わいわい言いながら食べて、座に並んですわっている。

所顕《ところあらわ》しの宴の席は一人残らず席を立ってしまったので、少輔は、いたたまれない思いで、いつもの所から、四の君の寝所に入った。

北の方は、婿が面白の駒だったと聞いて、何がなんだかわけがわからず、茫然《ぼうぜん》としている。中納言は、「歳をとったあげくに、ひどく恥ずかしい思いをしたことだ」と、強く爪《つま》弾《はじ》きをしてすわっていらっしゃる。

四の君が入れられていた御帳台の中に、兵部少輔が急に入って来て横になってしまったので、四の君は逃げることができない。

御達《ごたち》は、皆、気の毒に思っている。仲立ちした人にしても、敵ではなく、四の君の乳母《めのと》なのだから、文句の言いようもない。

誰もかれも嘆きながら夜を明かしたが、兵部少輔のほうは、新婚四日目からは泊まるものだと言っていたと思って、いつまでも横になっている。

三九　四の君の嘆き

蔵人の少将は、「世の中に、男なんかたくさんいる。それなのに、よりによって、こんな面白の駒をどうして引き寄せなさったのですか。まったくばかげたことをしたものだ」

と言い、「こんな奴《やつ》と一緒に婿としてこの屋敷に出入りするなんてやりきれない。殿上のまりと名づけて、人前に頭を出すこともできない愚か者が、どうしてこちらに近寄って来たのですか。あなたたちが選んでお決めになったのでしょう」とあざけり笑いなさるので、三の君は、「私たちは、まったく知りませんでした」と言って、四の君のことをかわいそうに思ってお嘆きになる。三の君は、奇妙な後朝《きぬぎぬ》の文のことを蔵人の少将には言えずに、「こんな変わり者なので、あんな男女の情けを解さないような手紙を書いて贈ってきたのだった」と思って、四の君のことをとても気の毒に思う。北の方がどんな気持ちでいたかは、ただ想像してみてください。

巳《み》の時、午《うま》の時まで、兵部少輔に、洗面もさせず、粥《かゆ》も食べさせないので、少将殿と結婚した四の君に仕えたいと思って大勢集まって来ていた人々も、誰がこんな愚か者に使われようかと言って、誰一人として出て来ない。

兵部少輔がぼんやりとして横になっている時に、四の君が見ると、顔が見苦しく、息を吐くと、その鼻の穴から人が通り抜けできそうなほど大きくふくれあがらせて横になっているので、見るのも嫌で、憎らしくなって、そっと、何か用事をするふりをして起きて、御帳台を出て来たので、北の方が待ち受けて、ひどくお叱《しか》りになる。「穏やかに、初めから、兵部少輔が通って来ているのですと言ってくれたら、こっそりと事を運ぶこともできたでしょうに。所顕《ところあらわ》しまでして、こんなに大騒ぎをして、私も家族の者たちも、ひどく恥ずかしい思いをしました。いったい誰があなたと兵部少輔の間を取り持ってこんなふうになったのですか」と言い、「答えなさい」と責めるので、四の君は、とてもびっくりして、ただ泣いてばかりいる。自分は、こんな者を通わせたおぼえなどないのに、兵部少輔があんなふうにまことしやかに言ったので、言いのがれのしようもない。「三の君の婿の蔵人の少将殿は、どんなふうに思っていらっしゃるだろうか」と思い、「女の身は情けないものだったのですね」と言って泣くので、北の方もどうしようもない思いでいる。

四〇　面白の駒、昼過ぎて帰る

兵部少輔が、いつまでも横になっているので、中納言が、「かわいそうだ。あいつに手を洗わせてやれ、何か食わせてやれ。あんな者に四の君が捨てられてしまったと、世間の人々に噂《うわさ》されたら、また、このうえなく恥ずかしい思いをするにちがいない。これも、四の君の宿縁だったのだろう。今となっては、泣きわめいてみても、この恥ずかしい事態がそそがれるならともかく、そうではないのだからしかたがない」とおっしゃると、北の方は、「大切な娘を、なんでまた、あんな奴《やつ》にくれて、婿として世話をするのですか」と言って取り乱しなさるので、「軽はずみなことをおっしゃるな。あんな者に捨てられてしまったと、世間で笑いものにされたら、どんなにみっともないことか」とおっしゃると、北の方は、「ほんとうに来ないままになった時には、私もそうも思うかもしれません。でも、今は、捨てられてしまってもかまいません」とおっしゃる。未《ひつじ》の時まで、侍女たちも世話をしないので、兵部少輔は、居づらくなって帰って行ってしまった。

四一　新婚四日目の夜

その夜、兵部少輔が来たのに、四の君は、泣いて、まったく出て行こうとなさらないので、中納言が、腹を立てて、「そんなに厭《いと》わしく思う者を、どうして、人目を忍んで呼び寄せなさったのか。所顕《ところあらわ》しをして世間の人が知ることになってしまってすぐに、こんなふうに言うとは、親にも兄弟姉妹にも、二重に恥をかかせなさるつもりか」と、そばにつきっきりでお責めになるので、四の君は、とてもつらいけれど、泣きながら兵部少輔のもとに出て行った。

兵部少輔は、四の君が泣いていらっしゃるのを変だと思ったけれど、何も言わずに横になった。

四二　四の君懐妊する

こうして、四の君も、つらいと思って悩み、北の方も、なんとしても二人を別れさせたいと思って取り乱しておいでになるけれど、中納言があんなふうにおっしゃることに遠慮して、何もできずにいる。

その後、四の君が、兵部少輔のもとにお出になる夜も、お出にならない夜もあったが、四の君の宿縁がつたなかったことに、あっという間《ま》に懐妊のきざしが表れたので、北の方が、「ぜひにと生ませたいと思う蔵人の少将の子は生まれずに、この愚か者の子孫が広まることよ」とおっしゃるので、四の君は、北の方の言うことは当然なことだと思って、なんとしてでも死んでしまいたいと思う。

四三　蔵人の少将、夜離れがちになる

蔵人の少将が思ったとおり、殿上の君たちは、「面白の駒はどうしています。近いうちに、年が返ったら、あなたのお引き立てで、手綱を引いて、白馬《あおうま》の節会の馬としてお出しになったらどうです。あなたとあいつと、どちらをより大切に思っているのですか」と言って笑うので、中納言殿は、人からどんな非難も受けたくないと思っている蔵人の少将は、とてもいたたまれない思いがする。もともと、三の君のことをさほど申し分のない妻だと思ってはいなかったが、とても大切にしてもらったので、その世話を受けていたのだったが、今回のことを口実にして離縁してしまおうと思うようになって、しだいに訪れない夜ばかりが多くなってゆくので、三の君は思い悩みなさる。

四四　帯刀、面白の駒のことを、衛門に語る

一方、二条殿では、日に日にますます申し分のない様子になってゆき、少将は姫君をこ

のうえなく大切になさる。少将が、「侍女は、何人でもいいから参上させなさい。侍女たちが大勢いる所は、心惹《ひ》かれる楽しそうな所として、世間で評判になるものだ」とおっしゃったから、侍女たちに手づるを求めて、それぞれの縁故によって参上するので、二十人以上もお仕えする。少将はもちろん、姫君のお心が穏やかでやさしいので、侍女たちもお仕えしやすい。二条殿に参上する際にも、里下がりする際にも、その都度装束を替えて、はなやかなことが多い。衛門を、第一の侍女としてお扱いになった。

帯刀が、面白の駒のことを衛門に語ったところ、衛門は、内心では、「人並みの身になって、ひどく忌《いま》々しい思いをしたしかえしをしたいと思っていた願いがかなったのだろうか」と思ってうれしいけれど、「まあお気の毒なこと。北の方は、どんなに嘆いていらっしゃることでしょう」と言い、「北の方からお叱《しか》りを受ける人も多いでしょうね」と言う。

四五　つごもり

こうして、十二月の下旬になった。少将の母北の方からは、「少将の新年の装束を、今は早くご準備なさってください。私のほうは、内裏にいる女御のことで暇がありません」

と言って、美しい絹、糸、綾、さらに、茜《あかね》、蘇芳《すおう》、紅《くれない》などの染料をたくさんお贈りになったので、姫君は、もともと縫い物を上手になさっていたから、侍女たちに準備をさせなさる。母北の方は、姫君を、少将の北の方としてお認めになったのだった。そのほかにも、地方出身の財産があった人で、少将にお仕えして右馬允《うまのじょう》になった人が、絹を五十疋《ぴき》献上したので、その絹を、侍女たちにさまざまにお与えになる。衛門が、絹を手に取って、それぞれの侍女たちに分配して指示するのを見ると、第一の侍女として安心できる感じである。

この二条殿は、左大将の北の方が伝領なさったお屋敷である。北の方は、左大将との間には、女君がお二人いて、大君《おおいぎみ》は女御、男君は、太郎君はこの少将、二郎君は侍従で、管《かん》絃《げん》の遊びに熱中していらっしゃる、三郎君は、童殿上をなさっている。左大将は、この少将を、まだ子どもでいらっしゃった時からとてもおかわいがりになっていたうえに、世間の人から褒められ、帝からも信任を受けていたので、今では、なおのこと、この少将がどんなことをなさっても、何もおっしゃらないにちがいない。この少将のこととなると、左大将が笑みを浮かべなさるので、左大将の屋敷にお仕えする人は、雑色や牛飼いにいたるまで、誰もがこの少将の意向に従っている。

四六　年が明けて、少将、三位の中将に昇進

こうして、年が返って、朝賀《ちょうが》のための少将の装束は、北の方が、染め色はもとより、何もかもとても美しくお仕立てになったので、少将は、とてもすばらしいとお思いになって、それを着て新年の挨拶《あいさつ》に左大将邸においでになる。

母北の方が、少将の装束をご覧になって、「まあなんて美しいこと。縫い物がとても上手な方でいらっしゃったのですね。内裏の女御殿などの大事があった時には、お願いすることができそうですね。縫い目など、ほんとうに申し分のない美しさです」とお褒めになる。

少将は、春の司召しの除目《じもく》で中将に昇進して、位も三位になった。世間の信望もこれまで以上にまさりなさるにちがいない。

四七　蔵人の少将と左大将の中の君との縁談

三の君の婿の蔵人の少将が、中将の妹の中の君に求婚なさったので、中将は、「とてもすばらしい人ですよ。結婚の相手を、皇族ではなく、臣下でとお考えになるならば、この人を婿にお迎えになるといいでしょう。見どころのある人です」と、何かにつけ申しあげなさる。「中納言の北の方が、この蔵人の少将をとても大切な宝物だと思って、この人の装束を次々に縫わせて、私の妻をいじめたのだ」と思うと、蔵人の少将に三の君をなんとしてでも捨てさせたいと思うのであった。

中将が、蔵人の少将のことをこんなふうに褒めるので、母北の方も、蔵人の少将は見どころがあるのだろうと思って、時々手紙の返事をさせなさると、蔵人の少将は、中の君との結婚に期待をかけて、三の君からどんどん離れてゆく。すばらしいと褒めた装束も、今では、縫い目もゆがんで下手くそに仕立ててあるので、それを口実にしてますます腹を立てて、仕立てて懸けてあったいくつもの衣もほうり投げて、「これは、どうしてこんなに下手くそに仕立ててあるのか。あんなに縫い物が上手だった人は、どこへ行ってしまったのか」と言って腹を立てるので、三の君が、「男について出て行ってしまいました」とお返事なさると、「どんな男について行ったというのか。自分で出て行ったのだろう。この屋敷には、まともな侍女などはもういないだろう」とおっしゃる。三の君が、「そうはおっしゃいますけれど、特にすぐれたことのない人だっていなくなって当然ですね、最近のあなたのお心を見ていると」と言うと、「そのとおり。いや、面白の駒がいるではないか。あんなにすばらしく立派な人も参上していたのだったと思うと、心惹《ひ》かれますね」などと、たまに来ては、嫌みを言って帰って行ってしまうので、三の君はとても憎らしく思って嘆くけれど、どうしようもない。

北の方は、落窪の君がいないのを、とても忌《いま》々しく思って、なんとしてでもあいつのためにまはししきふせむ（未詳）と取り乱していらっしゃる。かつては、「私は、幸せ者だよ。立派な婿を迎えたものだ」と言って喜んでいたのに、その効《かい》もなく、わが家の誉れだと思っていた蔵人の少将は、まったく通って来なくなってしまう。すばらしい縁談だと思って急いで迎えた婿は、世間の笑いものなので、北の方は、病気になってしまいそうに嘆く。

四八　清水詣での際の車争い

正月の下旬に吉日があったので、「この日に物詣でをする人は縁起がいいそうだ」と言って、三の君、四の君、北の方などが連れ立って、同じ車に乗って、お忍びで清水寺に参詣する。

ちょうどその日に、中将と北の方も参詣なさったが、中納言の車は、早くに清水寺に向かって出発なさっていたから、中将の車より先に行く。中納言の車は、お忍びだということで、特にご前駆もいない。ひっそりしている。一方、中将は、ご夫婦が揃《そろ》ってお出かけになるので、ご前駆がとても多くて、威勢よく先払いをして、とても盛大に参詣なさる。車を先導する者が持つ松明《たいまつ》の灯《あか》りに透けて、車の中には、人が大勢乗っているのが見える。その前を行く中納言の車は、後ろから追い越されそうになって、人々が困惑している。そのせいだろうか、車を引いている牛も苦しそうで、坂道をなかなか上ることができずにいるために、後の車が、皆、行く手を妨げられてとまってばかりいるので、その車の雑色たちが腹を立てる。中将が、従者を呼んで、「誰の車か」と尋ねさせると、「中納言殿の北の方が、お忍びで参詣なさったのです」と言うので、中将は、「同じ時に参詣したとは、ちょうどいい機会だ」と、心のなかでうれしく思いながら、「おまえたちは、『前にある車よ、早く先に行け』と言え。それができないようなら、傍らにどかせてしまえ」とおっしゃるので、ご前駆の人々が、「牛が弱そうでございますなら、先に坂道を上ることはできますまい。道の端に引き退けて、こちらのお車を先に通せ」と言うと、中将も、「牛が弱いなら、代わりに、面白の駒に車をお引かせになったらどうですか」とおっしゃる、その声は、まことに魅力的で、感じがいい。

車の中では、中納言の北の方や女君たちが、かすかに聞いて、「ああ情けない。誰なのだろう」と途方にくれる。中将のご前駆の人々からあれだけ言われたのに、まだ先に立って車を行かせようとするので、中将の従者たちが、「どうして、道の端に引き退けられないのだ」と言って、小石を投げるので、中納言の従者たちも、腹を立てて、「何かと言うと、まるで大将殿たちのように威張り散らす。こちらは中納言殿のお車だぞ。早くこちらも応戦せよ」と言うと、中将のお供の雑色たちは、「中納言殿でも恐れる人がいるだろう」と言って、雨が降るように小石を車に投げつけて、道の片側に、皆で集まって押し退けてしまった。そうしてから、中将の車を皆先に行かせた。中将方には、ご前駆の人をはじめとして従者たちがとても多くいて、応戦することなどできそうもないのに、応戦したために、結局、追い込まれて車の片側が堀にはまってしまった。中納言の従者たちは、あきれて何も言えずに、「かえってよけいなことをしたものだ」と、言い返した従者たちに対して文句を言う。

車に乗っていた北の方をはじめとして、皆、ひどく忌々《いま》しく思って、「どなたが参詣なさるのですか」と尋ねると、「左大将殿のご子息の三位の中将殿が参詣なさるのだそうです。三位の中将殿は、現在の最も権勢のある方でして。従者たちが、まずく言い返したようです」と言うのを聞くと、北の方は、「どんな恨みがあって、何かにつけ、私たちに恥をかかせなさるのでしょう。兵部少輔のことも、きっとこの中将がたくらんだのですよ。四の君との結婚の件も、穏やかに、『嫌だ』と言ってくれたら、それですんでしまっただろうに。私たちと縁のない他人でも、こんなふうに敵のような人がいたのですね。いったいどんな人なのでしょう」と言って、北の方は、両手を擦り合わせながらいぶかっていらっしゃる。

車がはまった堀はとても深いので、すぐには車を引き上げることができずに、何やかやと騒いでいるうちに、車の輪が少し折れてしまった。「とても困ったことだなあ」と言って、車を担いで持ち上げて、捜して来た縄で、折れた車の輪をゆわいたりなどしてから、「これで車がひっくり返ることはないだろう」と言って、少しずつゆっくりと坂道を上って行く。

中将一行の車は、清水寺の階殿《はしどの》に引いて来て停《と》めて、長い間ずっと停まっていらっしゃると、ずいぶんと時間がたってから、中納言の北の方たちの車がやっとのことでよろよろしながらやって来た。「あんなに頑丈だった輪が折れてしまったのですね」と言って、また笑う。

四九　清水寺での局争い

吉日ということで、階殿には人が大勢いて隙間《すきま》もないので、中納言の北の方たちは、人目のない所に車を停めてそこから下りようと思って、通り過ぎて行く。

中将は、帯刀を呼んで、「この車の者たちがどこで下りて、どの局《つぼね》に入るのかを見とどけて知らせよ。その局に前もって入って居すわってやろう」とおっしゃるので、帯刀が走って行って様子をうかがうと、北の方は、知り合いの法師を呼んで、「参詣するためにずいぶんと早くに出発したのですが、今ここに来ている三位の中将とかいう者が、参詣の途中で出会って、私どもの車に狼藉《ろうぜき》をはたらいたために、車の輪が折れて、今までかかってしまいました。お籠《こも》りする局《つぼね》はありますか」と言って、「もう車から下りてしまいたいのです。ずっと車に乗っていて、とても苦しい」と言うと、法師は、「それは、お気の毒なことでしたね。言うまでもありません。本堂の参籠の間を、前もってご依頼がありましたから、取っておきました。その中将殿は、どこにお籠りになるおつもりでしょうか。考えるまでもなく、身分の低い者が、局を襲われて奪い取られてしまうでしょうね。ああ、今夜は、まことに気の毒なことが起こりそうです」と言う。北の方が、「それでは、早く車から下りてしまいましょう。早く行かないと、空いている局だと思われて、取られてしまうでしょう」と言って急ぐので、男三人が、「前もって局を見ておこう」と言って行く後ろについて、帯刀が、局の場所を見とどけて、走って戻って来て、「こんなことを、法師が申していました。中納言の北の方たちが行く前に奪ってしまいましょう」と言って、人々を車から下ろす。中将は、北の方のためにさし几帳《きちょう》をして、ずっとつき添って、とても大切にお世話なさる。

中納言の北の方たちは、中将が車から下りる前に、皆、歩いて上る。その頃、中将の一行も、また、格別に威儀をととのえて、さらさらはらはらと衣擦《きぬず》れの音や沓《くつ》を擦る音を立てながら上る。帯刀が先頭に立って、どこに行っていいのかわからずにいる人々を払いのける。中納言の北の方の一行が大騒ぎをして歩いて行くと、中将方の人々が、道を塞《ふさ》いで、まったく行かせようとしないので、行くことも退《ひ》くこともできずに、しばらく一所にかたまって立っている。それを見て、「後ろから追っかけてばかりの物詣でですね。いつも先を行っているおつもりになっているようですけれども、遅れなさいますね」と言って、ひどく笑うので、誰もかれも、とても忌《いま》々しいと思う。中納言の北の方たちは、すぐには局に歩み寄ることができずに、やっとのことで局に歩いて行った。

中将の一行が局に着いた時には、一人でその局の番をしていた法師童子は、その局の主《ぬし》がおいでになったのだと思って出て行ってしまった。中将の一行が、皆、局にお入りになった後、中将が、帯刀を呼んで、「あちらの人々を笑いものにせよ」とささやきなさるのも知らずに、中納言の北の方たちが、自分たちの局だとあてにして、来て入ろうとすると、「無作法だ。中将殿がいらっしゃるのですよ」と言うので、あきれて立っていると、人々が笑う。「まったくけしからんことですね。確かに様子を見させてから車をお下りになればよかったのに」、「確かめもせずにこうしてやって来て、局などあるはずがないのに。

まったくお気の毒なことだな」、「仁王堂でのお勤めをなさればいい。あそこなら、人が通るだけで、誰も籠《こも》らないから、充分に場所があるそうですよ」と、そらとぼけたふりをして、自分だと知られるのはまずいと思った帯刀が、若く気の逸《はや》った者を煽動《せんどう》して言わせて笑うので、中納言の北の方たちはひどくきまりの悪い思いをする。泣くにも泣けず、その時の気持ちは、つらいなどという言葉では表現できない。中納言の北の方たちは、しばらくの間立っていたが、人々が騒がしく、突き倒してしまいそうに行ったり来たりするので、困りきって、歩いて戻って行く。その時の気持ちも、ただ想像してみてください。もし、中納言家の権勢がまさっていたら、中将方に対して言い争って、局に居すわることもできただろう。しかし、どうにもしようがない。

中納言の北の方たちは、地に足がつかない思いで、車に戻って乗って、心の底からとても忌々しく思う。「やはり、なんの恨みも懐《いだ》いていない人が、こんなことをするはずがない。中納言殿のことを憎んでいらっしゃるのだろうか。中納言殿はどんな災難を受けていらっしゃるのだろう」と、集まって嘆くなかで、四の君は、面白の駒のことを言われて、とても恥ずかしい思いでいる。

大徳を呼んで、「三位の中将殿に無理やり局《つぼね》を奪われてしまいました。ひどく恥ずかしい思いをしました。ほかに局はありそうですか」と言うと、大徳が、「まったくありません。今となっては、どこにも空《あ》いた局などあるはずがありません。前もって人が入っている局でさえ、身分の高い方々の若君たちが無理やり入り込んで居すわりなさるのですから、遅れてお下りになったのが、何よりも悪かったのです。もう、どうしようもありません。お車に乗ったまま夜を明かしなさるほかはないでしょう。相手がたいした身分でもない人ならば、ひょっとして局を返してくれるかと思って話してみることもできましょうが、相手は、左大将殿のご子息の三位の中将殿です。現在の最も権勢のある方で、太政大臣《だいじょうだいじん》も、この君に会うと、何も言えなくなってしまう方ですよ。このうえなく帝の寵愛《ちょうあい》を受けていらっしゃる妹君を持っておいでです。自分が一番帝の信任を受けているとお思いになっている人ですから、争うことなどできそうにもありません」などと言って行ってしまったので、どうにもしようがない。清水寺に着いたら下りることができると思って、車に六人も乗っていたので、とても狭くて身動きもできない。その苦しさは、落窪の君が部屋に籠っていらっしゃった時以上だったにちがいない。

五〇　継母たち、清水寺から帰る

やっとのことで夜が明けた。中納言の北の方たちは、「あの憎らしい奴《やつ》が出発する前に、早く帰ってしまおう」とお急ぎになるけれど、車の折れた輪をゆわいているうちに、中将は先に車にお乗りになった。来た時と同じように、中将の車の先に行くと不都合なことが起こりそうなので、中納言方の車が、中将の車の後から行こうと思って停《と》まっていると、中将は、「後で思い合わせよ。はっきりそれとわかることがまったくなかったら、しかえしした効《かい》がない」とお思いになったのだろうか、召し連れていた小舎人童《こどねりわらわ》を呼んで、「あの車の前のほうに近寄って、『懲りたか』と言ってこい」とおっしゃるので、小舎人童が車の前のほうのすぐ近くに寄って、そう言うと、「どなたがそんなことをおっしゃっているのですか」と言う。小舎人童が、ただ、「あちらのお車からです」とだけ言うと、「こちらの車は端に寄っているのに、わざわざ来て言うなんて。何か含むことがあって、こんなことをするのだな」と、ささやきながら不思議に思って、北の方が、車の中から、「まだ懲りてなどいるものか」と言ったので、小舎人童が、中将に、それを申しあげると、

「あの意地の悪い北の方が、忌々《いま》しい返事をしたものだ。私の北の方がこの車にこうしてお乗りになっているとも知らないだろうな」と言ってお笑いになって、また、小舎人童に、「まだ死にはしないあなただから、今にまた、同じような目におあいになるでしょう」と言わせると、北の方が、「返事は、もうしなくていい。不愉快だ」とおとめになって、従者たちに返事をさせないので、中将の一行はお帰りになった。

中将が、「懲りたか」と言わせようとなさった時に、北の方が、「ほんとうにつらく思われます。あなたがひどいことをなさったことを、中納言殿が、後でお聞きになるかもしれません。そんなふうにおっしゃらないでください」とおとめになったのだけれど、中将は、「この車には、中納言がお乗りになっているわけではありませんよ」とおっしゃって言わせたのだった。北の方が、「三の君や四の君が乗っていらっしゃるのですから、同じことです」とおっしゃるが、中将は、「いずれ、今とは逆にお世話してさしあげたら、中納言殿もきっと満足なさるでしょう。心に決めていた北の方へのしかえしはやり遂げるつもりです」とお答えになった。

五一　継母、中納言に報告する

北の方は、お帰りになって、中納言に、「あの、大将殿の子の中将は、あなたに対してひどいしうちをなさいますか」と申しあげなさると、「そんなことはない。内裏などでも、心遣いをしてくれるように見える」とおっしゃる。「不思議なことですね。こんなことがありました。こんなにも忌々《いま》しくひどい目にあったことは、これまでありません。清水寺を出発する時に、言ってよこした言葉ったらありませんでした。なんとしてでも、今回のしかえしをしてやりたい」と言って、身をよじるように動かしていらだちなさるので、中納言は、「私は、老いぼれて、世間の信望もなくなってゆく。それにひきかえ、あちらの中将殿は、今すぐにも、大臣になってしまいそうな勢いだから、それほどひどくしかえしなどできませんよ。こうなる宿縁だったのでしょう。この私の妻子たちだから、そんな恥ずかしい思いをしたり、笑われたりしたのだろうな。世間の噂《うわさ》になってしまいそうだ」と言って、爪弾《つまはじ》きをして、またお嘆きになる。

五二　蔵人の少将、左大将の中の君と結婚

こうしているうちに、六月になった。中将が、強引に勧めて、蔵人の少将を中の君と結婚させなさったので、中納言邸では、それを聞いて、いらだって死んでしまいそうなほど嘆く。北の方は、こんな目にあうために、私はあしかりをきしにこそありけれ（未詳）と思って、なんとしてでも生霊《いきりょう》となって取り憑《つ》いて苦しめてやりたいと思って、強く指をからみ合わせて、怒り悔しがっていらっしゃる。

二条殿では、中将の北の方が、「蔵人の少将をあんなに大切に思ってお世話しておいでになったのだから、どんなにか悔しく思っていらっしゃるだろうか」と想像して、気の毒に思う。

三日の所顕《ところあらわ》しの夜は、装束は、縫い物を上手になさるということで、二条殿の北の方のもとに絹や染め草をお送りになったので、北の方は、急いで染めさせて、裁断して縫い物をなさるが、その際にも、昔のことが思い出されて感無量になるので、

同じ人の着る装束を縫いながら、私は、父上の屋敷を離れた時のことが忘れることが

できずにいるのです。

と、思わず口になさった。とても上手に縫いあげた装束を重ねてお送りなさったので、左大将殿の北の方は、このうえなくお喜びになった。

中将は、ほんとうに思いどおりになったと思って、蔵人の少将に会って、「とても恐ろしい奥さまを持っておいでだと、中の君が恐れていらっしゃいましたけれど、お近くで親しくお話ししたいと、私がもともと願って、強引にお勧めしたのですから、ご無理なお願いかもしれませんが、決して、もとの北の方である中納言殿の三の君と同じようにお思いにはならないでください」と申しあげなさったところ、蔵人の少将は、「ああ縁起でもない。わかりました、聞いていてください。もう、あちらには手紙だって贈ったりなどしません。私を婿にというご意向があるとうかがってからは、中将殿のことを、何にもまして頼りにお思いいたしておりました」と言って、その言葉どおりに、三の君のことを見向きもなさりそうにない。左大将家で大切にされるし、女君も、中納言の三の君より格段にまさっているから、どうして中納言邸に通うだろうか。

こうしているうちに、中納言の北の方は、ひどくいらいらして、ろくに食事ものどを通らない状態で嘆いていた。

五三　少納言、二条殿に雇われる

三位の中将殿の二条殿に、すばらしい若い侍女たちが参上して集まっていて、その者たちを大切に扱ってくださると聞いて、あの中納言邸に仕えていた少納言が、こんなふうに落窪の君が中将殿の北の方となっているとも知らずに、弁の君のつてで参上した。

北の方が、簾越《すだれ》しにご覧になると、少納言だったので、なつかしくうれしく思って、衛門を行かせて、「ほかの人かと思いました。昔の厚情は少しも忘れてはいませんが、憚《はばか》られることばかりが多くて、ここにこうしていると連絡することもできず、気がかりに思っていましたので、こうして会えて、とてもうれしく思います。早く、こちらにおいでください」と言わせたので、少納言は、びっくりして、顔を隠していた扇も下に置いて、膝《ひざ》をついたまま進み出ながら、何がなんだかわからなくなって、「どういうことですか。誰がおっしゃるのですか」と言うと、衛門が、「ただ、こうして私がお仕えしていることでお考えになってみてください。その当時は、落窪の御方と申しあげた方ですよ。私個人としても、お会いできて、とてもうれしく思います。昔存じあげていた人が一人もいなくて、昔と様子が違っている気持ちがしていましたので」と言うと、少納言は、「なんとまあうれしいこと。私がお慕いしていた姫君がおいでになったのですね。姫君のことは、少しも忘れたことがなく、ずっと恋しく思っていましたから、仏さまが導いてくださったのですね」と言って、喜びながら、北の方の御前に参上した。

少納言は、見ているうちに、この北の方があの部屋に閉じ込められていらっしゃった時のことが、まず思い出される。北の方は、何よりも成長するとともに美しくなって、まことに立派な様子でおすわりになっているので、とても幸運がおありだったのだと思われる。北の方のまわりでは、そよそよと柔らかい音を立てる装束を着て、汗衫《かざみ》を着た女童や、とても若く美しい感じの侍女が、十人以上も話をしていて、まことに優雅な感じである。

「あの方は出仕早々に御前近くに出るのを許されたけれど、どんな事情があるのでしょう」、「私たちは、あんなこともなかったわ」と言って、皆でうらやましく思っていると、北の方が、「そのとおりですよ。この人は、それなりの理由のある人なのですよ」と言ってお笑いになる、その様子も、ほんとうに美しい。

少納言は、「こんなにすばらしい方だから、両親が大切にお世話なさっていた姉君や妹君たちよりも、はるかにお幸せになられたのだ」と思って、ほかの女童や侍女たちが聞いている間は、仕えることになってうれしいという気持ちを口にしていて、女童や侍女たちが立ち去ってから、中納言邸でのできごとをくわしく語る。あの典薬助《てんやくのすけ》が北の方に返事をしたことを語ると、衛門もひどく笑う。少納言が、「今回の四の君の婿取りは外聞が悪いことですね。これも前世からの宿縁だったのでしょうね。四の君があっという間に懐妊なさったので、あんなに満足してうれしそうにお見受けされた北の方も、ずっと悩み続けていらっしゃるようです」と言うと、北の方は、「四の君の婿君は、こちらの中将殿は、とても褒めていらっしゃったようですのに。変ですね。『鼻は、なかでも、立派なものだ』と、世間でも評判になっているようです」とおっしゃるので、少納言は、「中将殿は、姫君をおからかいになったのですね。鼻は、なかでも、とりわけ見苦しくていらっしゃいます。鼻が上を向いて大きくふくれあがって、その大きな鼻の穴に、左右に対《たい》の屋を建てて、寝殿も造ることができそうなほどです」など言うと、「なんともたいへんなことですね。ほんとうに、四の君は、どんなにつらい思いでいらっしゃるでしょうか」などとお話しになっている時に、中将殿が、内裏から、ひどく酔って退出なさった。

五四　中将、少納言と会う

中将が、とても赤い顔をして美しい様子でおいでになって、「宮中での管絃《かんげん》の遊びにお招きいただいて、いろいろな人に酒を無理に勧められたので、とても苦しい思いをしました。帝の求めで笛を吹いて、その褒美として衣をいただきました」と言って、その被《かず》け物を持っておいでになった。中将は、香を充分に薫《た》きしめた許し色の衣を、「この衣は、あなたに褒美としてあげましょう」と言って、北の方の肩にお懸けになるので、北の方は、「なんのご褒美なのでしょう」と言ってお笑いになる。

中将が、少納言を見つけて、「この人は、あの中納言邸で見かけた人ではありませんか」とお尋ねになるので、北の方は、「そのとおりです」とお答えになる。「どうして参上したのか。洗練されてはなやかでしっとりと美しい交野《かたの》の少将についての話の残りを、ぜひ聞きたいですね」とおっしゃると、少納言は、自分が言ったことを忘れて、「なんのことなのだろう。わけがわからない」と思って、緊張してすわっている。

中将は、「とても疲れた。横になりたい」と言って、御帳台の中に北の方とお二人でお入りになった。

五五　中将に右大臣の娘との縁談が進む

中将と北の方は、少納言に、「中将殿はご立派でお美しくていらっしゃる方だなあ。北の方のことをとても大切にお思いになっているようだ。幸運がある人はすばらしいものだった」と思われていらっしゃった。

そのうちに、右大臣が、一人娘のことを、「帝にさしあげようと思っていたけれど、私が死んだ後のことが気がかりだ。この三位の中将は、宮中での宮仕えの際などに様子を見ると、どことなく信頼できそうで、娘の後見を充分にしてくれそうな心の持ち主だ。この人と結婚させよう。妻が一人いるようだが、歴とした身分の人の娘ではなくて、ちゃんとした正妻もいないと聞いている。長年、そのつもりで、注意して見ているが、婿として申し分のない人だ。今すぐにも、きっと出世するだろう」とおっしゃって、知っているつてがあって、中将の乳母《めのと》のもとに、「娘と中将殿を結婚させたいと思う」と言わせなさったので、乳母が、中将に、「右大臣殿のもとから、中将殿とあちらのお嬢さまとのご結婚の件について、ご連絡がありました。ほんとうにまたとないすばらしいお話だと思います」と言うと、中将は、「まだ独身でいた時だったとしたら、とてももったいないお話だと思うだろうが、今ではこうして通う所があると、それとなくおっしゃってください」と言ってお立ちになったところ、乳母は、中将の北の方のことを、「両親がともにいない様子で、ただ中将殿にだけ頼っていらっしゃるようだ。中将殿が、右大臣殿の婿になって、はなやかに世話をお受けになったら、すばらしいことだろう」と思って、中将がおっしゃったとおりには言わずに、「とてもうれしいお話です。すぐに、吉日を選んで、中将殿のお手紙も受け取ってお贈りしましょう」などと伝えたので、右大臣邸では、結構なことだとお思いになって、「急いで結婚したいと言ったら、この四月にも婿として迎えよう」とお思いになって、姫君の身のまわりの道具類を、これまである物よりも豪華に新調して、若い侍女たちを新しく求め、結婚の準備に奔走なさる。

五六　姫君、中将の縁談を知る

ある人が、「中将殿は、右大臣殿の婿におなりになることに決まったそうですね。こちらの北の方はご存じなのでしょうか」と言うので、衛門は、意外なことだと思って、「まだそんな様子も耳にしていません。確かなことですか」と言うと、「ほんとうのことです。この四月にと言って準備をなさっておいでですから」と告げる人がいたので、衛門が、北の方に、「中将殿と右大臣殿の姫君との間にご結婚の話があるそうです。そのことはご存じなのでしょうか」と申しあげると、北の方は、ほんとうのことだろうかと、意外に思いながら、「中将殿は、まだ、そのようなこともおっしゃっていません。いったい、誰がそんなことを言ったのですか」とおっしゃるので、衛門は、「右大臣邸に仕えている人が、このことを確かに知るつてがあって、結婚の月まではっきりさせて申しました」と言うと、北の方は、心のなかでは、「中将殿の母北の方が、強くおっしゃったのだろうか。そのような方が強引におっしゃったならば、中将殿も聞かないわけにはいかないだろう」と、ひそかにお嘆きになって思い悩むけれど、平静を装って、中将殿がご自分の口からおっしゃってくださるのではないかと思って待っているのに、中将は、まったく口に出しておっしゃらない。

五七　中将、悩む姫君と贈答する

北の方が、つらいと思っている様子が、隠そうとしてもやはり少し見えたのだろうか、中将は、「何か悩んでいらっしゃることがあるのですか。あなたのご様子で、それがはっきりわかりますよ。私は、世間の人のように、『愛していますよ』とか、『死にそうです』とか、『恋しくてたまりません』などと、口に出して申しあげることもありませんが、ただ、なんとしてでもあなたに悲しい思いをおさせすまいと、初めから考えているので、最近、悩んでいらっしゃるご様子が見えるのは、とても心が痛むのです。つらいとお思いになるだろうかと思って、通い始めた頃も、あんなに激しく降っていた雨のなかを、苦しい思いをしてうかがいました。その時には、足の白い盗人だと言ってからかわれましたね。それでもまだ、あの頃は、今に比べて、あなたに対する愛情が充分ではありませんでした。やはりうち明けてください」とおっしゃると、北の方は、「何も悩んでいることなどありません」とお答えになる。「ほんとうですか。けれども、とても心を痛めているご様子です。私に心を隔てておいでなのですね」とおっしゃるので、北の方が、心を隔てているのはあなたのほうで、そんなあなたの心を見ていると、いく重にも重なっている御熊野《みくまの》の浦の浜木綿《はまゆう》の葉のように、あなたの隔て心もどれほど重なっているか案じられます。

中将は、「ああ情けない。思った通りですね。やはり、悩んでいらっしゃることがあったのですね。

真野の浦に生えている浜木綿の葉のようにいく重にも重ねてしまうことなく、私はひとえにあなたのことを愛しています。

私の本意ではありませんが、不愉快な話をこれからも耳になさることでしょう。それはそうと、やはりおうち明けください」と申しあげなさる。北の方は、はっきり決まったことではないのかもしれないと思って、それ以上何も言わないままになってしまった。

五八　あこき、縁談の件で帯刀を問い詰める

夜が明けたので、衛門が、帯刀に、「中将殿と右大臣家の姫君とのご結婚が決まったそうですのに、それを知らせてくれないとは、不愉快です。最後まで隠しおおせることでは

ありませんのに」と言ったところ、帯刀は、「まったく、そんな話は聞いていません」と答える。衛門が、「しかし、この話は、よその人まで聞いて、この屋敷の者たちのもとに、気の毒に思って、心配して連絡してくれるのですから、あなたが知らないはずがないではありませんか」と言うと、帯刀は、「おかしなことですね。今すぐにでも、中将殿のご意向をうかがってみましょう」と答える。

五九　中将、縁談が進められていることを知る

中将は、左大将邸に参上して、そこにあったとても美しい梅を折って、

「この梅の花を見てごらんなさい。ふつうの梅の花とは似ても似つかない美しさですよ。この梅を見て、ご機嫌をお直しください」

と書いて、二条殿にいる北の方に贈る。

北の方が、ただ、
この二条殿に迎えられて以来、私は、これといって、つらいことにあったことはありませんが、あなたの心が花のように移ろいやすいことがつらいのです。

とだけ書いて、花につけてお返しなさったので、中将殿は、とてもいじらしくもおもしろくもお思いになる。

中将は、やはり、私が別の女性に心を移したと聞いたのであろうかと心を痛めて、すぐに、

「思っていたとおりですね。疑っていらっしゃることがあったのですね。私にはまったく疑われなければならないようなことはないと、今は思っていますのに、私があなたをどんなに愛しているかは、これからもずっと見ていてください」

と書いて、
何が原因かわかりませんが、あなたがつらい思いをするようなことがあっても、梅の花の色が変わらないように、私のあなたに対する愛情は変わることはありません。でも、今回のことは、花が散ってしまうほどの害をなす風だったのですね。

と詠んで、「私の気持ちを推察なさってください」とおっしゃると、北の方の返事には、

「梅の花を誘って吹くという風に散ってしまうように、たとえあなたの意志ではなくても、あなたが私のもとから去ってしまったら、私はつらい身にすっかりなってしまうでしょう。

とばかり、悲しく思っています」

とあるので、中将は、どんなことを耳にしたのだろうかと思っていらっしゃるうちに、中将の乳母《めのと》が現れて、「あの右大臣の姫君とのご縁談の件は、おっしゃったように伝えましたのに、『歴とした、身分のある妻ではいらっしゃらないそうだね。その方のもとには、時々お通いになればいい。左大将殿にもお伝えして、四月にと考えている』と言って準備をしていらっしゃるそうです。そのお心づもりでいらしてください」と申しあげるので、中将は、乳母がとても気後れするような笑みを浮かべて、「男が、嫌だと思うことを、強引に進めるなんてことがあっていいものか。私は、世間並みの男でもないし、身分も高くもないから、婿に迎えたいとおっしゃる人もいないでしょう。こんなことを、私にそのまま伝えないでください。どうかしている。歴とした妻でもないそうだなどとは、どうして判断なさったのか。まったく、そんなに言いようもないほど身分の低い人でもありませんのに」とおっしゃると、乳母は、「まあわけのわからないことをおっしゃる。あんなにも、はっきりと心をお決めになって準備をしていらっしゃるのですから、もう断ることなどできません。まあ、見ていてごらんなさい。身分の高い方が、どうしてもと言って望んでいらっしゃることですから、もうどうしようもありません。お迷いになることなどありません。上流貴族のご子息は、はなやかに、ご実家のみならず、妻方も一緒になって大切に世話をなさることが、現在の風潮です。確かに大切に思っていらっしゃる人はいます、そうであっても、その方のことはそれとして、右大臣の姫君にお手紙などをさしあげなさってくださいい。二条殿にいらっしゃる方も、考えてみると、上達部《かんだちめ》の姫君だとは聞いていますが、『落窪の君』などと名づけられて、女君たちの中でも劣ったものとして、落窪の間《ま》に閉じ込められていたそうですのに、そんな方を、こんなふうに、ほかに例がないほど大切に思ってお世話なさるのは、理解できません。女性は、一方では、両親が揃《そろ》って熱心に世話を受けている人が、妻として心惹かれるのです」と言うので、中将は、顔を赤らめて、「私は、古めかしい性格だからでしょうか、はなやかで色めかしいことも望みませんし、婿家からちやほやされたいとも思いませんし、両親が揃った女性と結婚したいとも思いません。落ち窪であれ、上がり窪であれ、この人のことを生涯愛し続けようと思ったのだから、もうどうしようもありません。人はあれこれ言ったとしても、あなたまでがこんなふうにおっしゃるとは、情けない。ただ、あなたのために誠意がないとお思いになったとしても、いずれ、私もあちらもあなたにお仕えすることがきっとあるでしょう」と言って、北の方にとってまことに頼りがいがある様子でお立ちになる。

帯刀は、それをじっと聞いていて、爪弾《つまはじ》きをばちばちとして、「どうして、中将殿に、こんなことを申しあげなさるのですか。養い君と申しながらも、見ていて、いかにも立派でいらっしゃるとはお思いにならないのですか。今の中将殿と北の方の仲は、ほかの人がまわりに近づけないほど親密そうです。中将殿がおっしゃったように、母上に対して誠意の気持ちを持っていらっしゃるのはまちがいありません。それなのに、はぶりのいい右大臣家に婿として行かせて、その恩恵を受けようとお考えになったのですか。なんて情けないこと。少しでもまともな人で、そんな賤《いや》しい心を持った人などいません。どうして、落ち窪などという、失礼なことをおっしゃるのですか。耄碌《もうろく》してまともな考えができなくなってしまわれたのですね。このことを、あの二条殿にいらっしゃる当の北の方が耳になさって、どんなに心を痛めなさるでしょう。これからは、こんなことはおっしゃらないでください。中将殿が北の方をどんなに愛していらっしゃるかと思うと、わが身がとても恥ずかしく、見ていて胸がしめつけられる思いです。今回の右大臣の姫君からの恩恵を、そんなにもほしいとお思いなのですか。そんなことをしなくても、この私がいますから、母上お一人ぐらいのお世話は充分にしますのに。こんな賤しいお心を持った人は、とても罪深いと聞いています。これ以上中将殿にこんなことを申しあげなさったら、私は法師になってしまいましょう」と言い、「そうなると、母上にとってとてもお気の毒なことですね」と言う。乳母が、「返事もさせずに自分の都合のいいように言うものですね」と言うと、「そうは言っても、愛しあっている人の仲を引き離すのは、ひどいことではないのですか」と言うので、乳母は、「誰も、『今すぐに二条殿の方を離縁してください』とか、『お見捨てください』などと申しあげているわけではありません」と答える。帯刀が、「だって、二条殿の北の方とは別の方と結婚させなさるというのは、そういうことではありませんか」と言うと、乳母は、「そんなことはありません。ああやかましい。中将殿のお手紙を受け取ることのないまま終わったのに、それでも具合が悪いと言うのですか。どうして、そんなに大げさに言いたてなければならないのですか。一つには、自分の妻のことを思っているのですね」と言う。乳母が、言い過ぎて気の毒だと思いながら、だまらせようと思って言うので、帯刀は、笑って、「もうわかりました。やはり、中将殿に申しあげて、右大臣の姫君と結婚する気にさせようとお考えになっているのですね。このまま、私は、法師になってしまいましょう。母上が罪をお受けになるかと思うと、ほんとうにお気の毒です。母上が亡くなった後のことを心配しないわけにはいきません」と言って、剃刀《かみそり》を脇に挟んで持っている。「これからもこの話題を口になさるおつもりなのですね。それなら、私は、今すぐにでも髪を切り落としましょう」と言って立つと、乳母は、一人子の帯刀がこんなふうに言うのをとても困ったことだと思って、「あなたの口から、こんなにも縁起の悪いことを聞くとは。脇に挟んで持っている剃刀を、私の思いで打ち折らぬかとためしてみよ」と言うので、帯刀は、母の目につかぬように笑う。

乳母は、「中将殿はまったく心を動かしなさりそうもないし、自分の子はこんなふうに言う」と思って、右大臣には今回の縁談はまとまらない旨のお手紙をさしあげようと思う。

六〇　中将、姫君の誤解を解く

中将は、北の方がいつもと違って悩んでいたのは、右大臣の姫君との縁談のことを聞いたのだとおわかりになった。

中将は、二条殿にお帰りになって、「あなたのお心が晴れないのは、私のせいだったのだと、聞いて明らかにできてうれしく思います」とおっしゃると、北の方は、「なんのことですか」とお尋ねになる。「右大臣の姫君のことだったのですね」とおっしゃると、北の方が、「そうではありません」と言ってほほ笑んでいらっしゃるので、「ばかげた話です。帝の皇女をくださるということになったとしても、決して妻として迎えるつもりはありません。最初にも申しあげたことですが、ひとえに、あなたに悲しい思いをおさせすまいと思っていますし、女性は、夫が別に女性をつくることを嘆くそうだと聞きましたので、あなた以外の女性のことなどまったく考えなくなりました。ほかの人たちが、何やかや申しあげたとしても、そんなことは絶対にあるはずがないとお考えください」とおっしゃる。北の方が、「そう思いたくても、人の心は、下が崩れている岸のように、愛しているなどと言ってもあてにならないのではありませんか」と言うので、中将は、「あなたに、『愛している』と申しあげたなら、『下崩れしてあぶない』とおっしゃってもかまいません。しかし、『ただ、悲しい思いをおさせすまい』と申しあげているのですから、愛情があるかどうかはおわかりでしょう」などと申しあげなさる。

帯刀は、衛門に会って、「右大臣の姫君との縁談のことは、まったく事実無根です。決してお疑いにならないでください。この世で生きている限り、北の方が悲しい思いをなさることは絶対にありません」と言う。

中将の乳母《めのと》は、帯刀から、気の毒なほど言いこめられて、それ以上、右大臣の姫君との縁談のことは口にしない。右大臣邸には、中将にはこんなふうに通っていらっしゃる所があったと申しあげたので、右大臣は、中将と姫君との結婚をおあきらめになった。

六一　姫君懐妊する

こうして、思いどおりに、ゆったりと落ち着いて、愛し合ってお暮らしになっているうちに、北の方が懐妊なさったので、中将は、これまで以上に北の方を大切になさる。

六二　中将の母君、姫君との対面を望む

四月、左大将の北の方と姫宮たちが、桟敷《さじき》で賀茂祭りの行列をご覧になるので、左大将の北の方が、中将に、「二条殿の北の方に賀茂祭りの行列をお見せしたらどうですか。身分のある方は、物見をしたいとお思いになるのですから。私も、今までお会いしていないことが気がかりだったので、この機会にお会いしたいと思います」と申しあげなさると、中将は、とてもうれしいと思って、「どういうわけなのでしょうか、ほかの女性たちのように物見をすることには関心がないようです。でも、これから、勧めて、一緒に参上しま

す」と申しあげる。

中将が、二条殿にお帰りになって、「母上が、一緒に賀茂祭りの行列を見たいとおっしゃっていますよ」と申しあげなさると、北の方は、「気分がすぐれないし、それに、懐妊中で見苦しい姿になっていることも気になりますので、せっかくのお言葉ですが、遠慮したいと思います。賀茂祭りの行列を見に出たら、私の姿が見られることになりますから、とても恥ずかしい思いをするでしょう」と言って、気がすすまない様子なので、中将は、「誰も、あなたのことを見たりしません。母上と中の君だけです。それは、私が見るのと同じことです」と言って、無理にお勧めなさると、北の方は、「中将殿のご判断におまかせします」と申しあげなさる。

母北の方は、お手紙でも、

「やはりこちらにおいでください。おもしろい見物も、今は、一緒にしたいと思っています」

と申しあげなさった。

そのお手紙をご覧になるにつけても、北の方は、あの石山詣での折、中納言の北の方が自分一人だけお残しになったことも思い出されて、つらい思いをなさる。

六三　祭りの日、母君と姫君、桟敷で対面する

一条の大路に、檜皮葺《ひわだぶ》きの桟敷《さじき》をとても立派に造って、御前に一面に砂を敷かせ、前栽《せんざい》を植えさせ、長い間滞在することがおできになるほどにととのえなさる。

中将と北の方は、まだ夜が明ける前にお渡りになった。一緒に行った衛門と少納言は、西方浄土に生まれたのであろうかと感じる。中納言邸にいた時は、この北の方に少しでも好意を寄せる人を、忌々《いま》しいものとして騒ぎたてたことを見馴れていたので、対の御方の人たちが、大切に世話をし、心遣いをなさっている様子を、とてもすばらしいと思う。

乳母《めのと》は、ああは言ったものの、出て来て、心遣いをしてお世話して、「どの方が、惟成《これなり》のあるじの君ですか」と尋ねまわって、若い侍女たちに笑われる。

中将は、「誰も、あなたのことを、疎遠にお思いにならないでしょう。母上や中の君に親しみを感じて当然な仲になったのですから、親密におつきあいすることが、将来のことを考えても、不安がなく頼もしい」と言って、北の方を、母北の方や中の君などがいらっしゃる所にお入れになる。母北の方が中将の北の方をご覧になると、ご自分の女君や、孫

の姫宮にも劣らず、いかにも美しく見える。中将の北の方は、紅色の綾織りの打ち袷《あわせ》を一《ひと》襲《かさね》と、二藍《ふたあい》色の織物の袿《うちき》を着て、上から、薄い絹織物の濃い二藍色の小袿《こうちき》をお召しになって、恥ずかしがっていらっしゃる。その様子は、まことに匂わんばかりの美しさである。姫宮は、帝の血を引くだけに、臣下とは違って、高貴で気品があって、十二歳ほどでいらっしゃるので、まだとても若く子どもらしくてかわいらしい。中の君は、ご自分のお心でも、この北の方を、美しいとお思いになって、親しくお話しなさる。

六四　姫君、左大将邸に、四、五日滞在する

賀茂祭りの行列を見終わったので、桟敷《さじき》に車を寄せて、屋敷にお帰りになる。中将は、そのまま二条殿に帰ろうとお思いになるけれど、母北の方が、中将の北の方に、「慌ただしくて、思うことをお話ししないままになってしまいました。私どもの屋敷においでになりませんか。一日か二日でも、のんびりといろいろお話ししたいと思います。中将が急いで帰ろうと申しあげるのは、どうしてなのでしょう。私が申しあげるとおりになさってください。中将は、ほんとうに憎らしい性格の人ですよ。中将のことなど、お愛し

になってはいけませんよ」と言って、お笑いになってすわっていらっしゃる。

桟敷に車を寄せたので、車の前のほうには、姫宮と中の君、後ろのほうには、中将の北の方と母北の方がお乗りになる。次々の車に、皆お乗りになって、二条殿の侍女たちも、皆、車に乗って、引き続いて、左大将邸にお帰りになった。寝殿の西の廂《ひさし》の間《ま》を、急遽《きゆうきよ》飾りつけて、中将の北の方をお下ろしになった。

中将が住んでいらっしゃった西の対の端を、二条殿から来た御達《ごたち》の居所にした。とても丁重にもてなしなさる。左大将も、とてもかわいく思っている息子の妻なので、北の方の御達にいたるまで大騒ぎで丁重にもてなし、北の方は、左大将邸に、四、五日滞在なさって、「今は、とても気分がすぐれないので、この時期を過ごして、また、ゆっくりと参上します」と言って、二条殿にお帰りになった。

母北の方は、対面なさった後は、これまで以上に、中将の北の方のことをかわいい嫁だとお思いになった。

六五　年が明けて、姫君、若君を出産する

こうして、中将は、北の方のことをこのうえなく大切に思ってお世話なさる。北の方は、中将を見ていて、「中将殿のお気持ちはもう落ち着いて、しかえしをすることなどお忘れになっただろう」とお思いになったので、中将に、「今は、私がこの屋敷で無事に暮らしていることを、ぜひ中納言殿に知っていただきたい。歳老いていらっしゃるので、いつお亡くなりになるかわからないので、このままお目にかからないままで終わってしまうかと思うと、心細いのです」と申しあげなさる。中将も、「そう主張なさるのも当然だと思いますけれども、やはり、もうしばらく我慢して、中納言殿にまだお知らせなさらないでください。知られた後は、気の毒になって、北の方を懲らしめることができなくなってしまいます。もう少し懲らしめてやりたいと思っているのです。また、私も、もう少し人並みの地位に就いてから、中納言殿にお目にかかりたいと思っています。中納言殿は、決して、急にお亡くなりになることはないでしょう」とばかりいつも言っていらっしゃるので、北の方は、中納言に会いたい気持ちを抑えたままで過ごしていらっしゃるうちに、あっという間《ま》に年が返って、正月十三日に、無事に男御子をお生みになった。中将は、とてもうれしいとお思いになって、若い侍女たちばかりでは心配だと思って、ご自身の乳母《めのと》を迎えて、「私が生まれた時に、母上などがしてくださったように、何もかもお世話してさしあげてください」と言ってお預けなさる。乳湯のお世話などをしている。北の方が気を許して親しくしてくださるのを見て、中将殿がほかの女性に見向きもなさらないのはもっともなことだったと思う。

産養《うぶやしない》を、いろいろな方が我も我もとなさるけれど、くわしくは書かない。想像してみてください。調度類などは、何もかも白銀《しろがね》ばかりを使った。管絃《かんげん》の遊びも盛大になさる。

こんなふうに、北の方が幸せになったので、衛門は、ぜひ中納言の北の方にこのことを知らせてやりたいと思う。

若君の乳母は、ちょうど同じ時期に子を生んでいたので、少納言にさせなさる。中将は、この若君を、かわいがって、大切な宝物のようにお扱いになる。

六六　中将、中納言兼衛門督に昇進する

春の司召しに、上席の人々を飛び越えて、中将は中納言におなりになった。蔵人の少将は、中将におなりになった。左大将は、左大将のまま、右大臣におなりになった。

右大臣は、「こうして、子が生まれた時に、祖父の私と父のあなたが一緒に昇進をする

とは、孝行な子だ」と、中納言に申しあげなさる。

中納言は、今は、これまで以上に、世間の信望も格別で、ますます時めきなさる。さらに、衛門督《えもんのかみ》まで兼任なさった。中将は、宰相になって、上達部《かんだちめ》の列に加わりなさった。

老中納言邸では、こうして蔵人の少将が昇進なさるにつけても、三の君や北の方が、「どうして、せめて、昔の婿だった縁としてでも、時々訪れてくれないのだろうか」と、ひどく忌々《いま》しく思うけれども、今さら言ってみてもしかたがない。

衛門督は、世間の信望がまさり、わが身が時めくにつけて、老中納言に、何か事あるごとにばかにしたり懲らしめたりなさることも多いけれど、同じことのようなので、もう書かない。

六七　翌年の秋、姫君、再び男君を出産する

翌年の秋、衛門督の北の方は、また、かわいらしい男君をお生みになったので、右大臣殿の北の方は、「産屋に、かわいらしいお子さまを、次から次へと忙しいほどにお生みになるものですね。今度生まれたお子さまは、私たちがお預かりいたしましょう。乳母《めのと》と一

緒にお迎えなさってください」とおっしゃる。

帯刀は、左衛門尉《さえもんのじょう》になって、蔵人も兼ねる。

こんなふうに、申し分なく幸せに暮らしていらっしゃると、父の中納言にまだお知らせしていないことを、衛門督の北の方は物足りなくお思いになる。

六八　中納言、姫君伝領の三条殿を造営する

老中納言は、耄碌《もうろく》していらっしゃるうえに、もの思いばかりして、めったに宮中に出仕なさることもない。屋敷にぼんやりと籠《こも》っていらっしゃる。

落窪の君が伝領なさった、三条という所にある、とても風情のある家を、中納言が落窪の君に与えておいたのだが、「あの子はもう亡くなってしまったのだから、私が自分の物としてもかまわないだろう」とおっしゃるので、北の方は、「当然のことです。この世に生きていたとしても、あれほどの家を自分の家として所有する身の上でしょうか。立派な私の子どもたちと私たちが住むのに、とても広くてすばらしい家です」と言って、荘園からの二年分の所得をすべてつぎ込んで、築地《ついじ》をはじめとして、新しく築《きず》き巡らして、古い

材木一本も交じることなく、これを何よりも大事なこととして造らせなさる。

六九　賀茂祭りでの車争い

こうしているうちに、世間の人々が、「今年の賀茂の祭りは、さぞかしおもしろい見物だろう」と言うので、衛門督は、「楽しみがなくつまらないから、御達《ごたち》に物見をさせよう」と言って、前もって車を新しくととのえ、侍女たちの装束をお与えになって、「見苦しくないようにせよ」と言って準備をなさる。

当日になって、一条の大路の打ち杭を打たせなさったので、従者が、「もうお出かけの時間です」と言って催促しても、衛門督は、誰もその場所を横取りはすまいとお思いになって、のんびりとお出かけになる。

五輛《りょう》ほどの車に、大人二十人、さらに二輛の車には、四人の童と四人の下仕えが乗っている。衛門督がお連れになったので、先払いは、四位と五位の者たちがとても多い。侍従だった弟は、今は少将となり、童でいらっしゃった方は、今は兵衛佐となっていて、「一緒に見物したい」と申しあげたので、皆、一緒におでかけになった。その車まで加わったので、二十輛以上の車が引き続いて、大路に着いて、皆、それぞれの車がまだ思い思いに停《と》まっていた。衛門督《えもんのかみ》がそれを見ていらっしゃるうちに、こちらの杭を打った所の向かいに、古めかしい檳榔毛《びろうげ》の車が一輛、網代車《あじろぐるま》が一輛停まっているのが見える。

　車を停める時に、衛門督が、「男たちが乗った車も交じえての車の配置は、疎遠な人ではなく、親しい者たち同士を向かい合わせるようにして、おたがいに見通せるように、一条大路の北と南に停めよ」とおっしゃるので、従者が、「この向かいにある車を、少しどけさせよ。そこに、こちらのお車を停めさせよう」と言うが、その車がその場所にしがみついて従おうとしないので、衛門督が、「誰の車か」とお尋ねになると、「源中納言殿の車です」と申しあげる。すると、衛門督が、「中納言の車であれ、大納言の車であれ、車を停める所はこんなにたくさんあるのに、どうして、こちらの打ち杭があると見ながら停めたのか。少しどけさせよ」とおっしゃるので、雑色たちが近寄って車に手をかけると、その車の従者が現れて、「どうして、また、おまえたちはこんなことをするのか。ひどく気の逸《はや》った雑色たちだなあ。権勢があると思って威張り散らす自分たちの主人も、こちらと同じ中納言でいらっしゃるのだぞ。一条の大路も、皆、自分の物とするおつもりか」と言うので、衛門督の従者たちは、かうほう□笑う。「大路の西でも東でも、斎院さえも、恐れて、避けてお通りになるはずだとでも言うのか。そんなに偉いのか」と、口の悪い従者が、清水詣での時と同じように言うと、衛門督の従者は、「同じ中納言だからと言って、わが殿を、同列に言うな」などと言い争って、すぐに車をどけることができないので、二郎君や三郎君方の車は、まだ停めることができずにいる。そこで、衛門督が、左衛門の蔵人をお召しになって、「あの車を、おまえが指図して、少し遠くにどかせよ」とおっしゃったので、ご前駆の人々が、近寄って、どんどんどけさせる。中納言方の従者たちは少なくて、容易に引きとめることができない。ご前駆が、三、四人いたけれど、「もう無理だ。出先でのいさかいをしてしまいそうだ。今の太政大臣《だいじょうだいじん》の尻は蹴ることはできても、衛門督殿の牛飼いに手を触れることなどできるはずがない」と言って、車から離れて、よその家の門に入って立っている。体は隠して、目だけをわずかに門の外に向けて様子を見ている。

衛門督は少し気が逸《はや》って恐ろしい方だと世間で思われていらっしゃったけれど、実際のお心は、とても親しみやすく穏やかでいらっしゃった。

七〇　同じ日、典薬助も復讐される

中納言方の人々が、「まったくよけいなことをしてしまったな。もうこれ以上、言い返すことなどできまい」などと相談していると、例の典薬助《てんやくのすけ》という愚か者の翁《おきな》もお供をしていたので、「向こうの思うとおりにどけさせるものか」と言って、歩み出て、「今日のことは、絶対に、情け容赦のない仕打ちをなさってはならない。打ち杭を打ったほうに車を停《と》めたなら、どけさせなさるのもしかたがない。しかし、こちらは、大路の向かいに車を停めたのだ。その車を、こうしてどけさせるのは、どうしてなのか。後でどんな目にあうか考えてしろ。今度は、こちらもやってやるぞ」と言うので、衛門尉《えもんのじよう》は、典薬助だと見て取って、「長年、こいつに会いたいと考えていたから、うれしい」と思っていると、衛門督《えもんのかみ》も、また、典薬助だと見て取って、「惟成《これなり》よ、そんなことを、どうして言わせておくのか」とおっしゃるので、心得て、逸《はや》る雑色たちに目くばせすると、雑色たちが走り寄って、「おまえは、『後でどんな目にあうか考えてしろ』と言ったが、衛門督殿を、どのようにし申しあげるつもりか」と言って、長扇をさし出して、典薬助がかぶっていた冠を、ばしっと打ち落とした。髻《もとどり》はほんの少しだけで、額は、すっかり禿げて、てかてかと光って見えるので、物見をしている人に、大笑いをされる。

典薬助は、袖で頭を隠して、慌ててよその家の門に入ろうとするので、雑色たちが、いっせいに近寄って、一足ずつ蹴る。「後でどんな目にあうというのか、どんな目にあうというのか」と言う。そうしながら、思う存分、翁のしれぬかなりててきをともせず（未詳）。衛門督は、「やめろやめろ」と言ってとめるふりをなさる。ひどく乱暴に踏みつけて這いつくばらせて、車の屋形に上半身を乗せるようにしておいて、車をどけさせるので、中納言方の従者たちは、これまでのことを見ていて懲りて、恐れおののいて、車に近づくことができない。そうは言っても、他人のように装って、車のそばについて行くと、衛門督の雑色たちは、典薬助を乗せた車をほかの小路に引っ張って来て、道の真ん中にほうり出して行ってしまった。その時になって、従者たちがようやく寄って来て、車の轅《ながえ》を持ち上げている。その様子は、まったくみっともない。

七一　同じ日、継母の乗った車壊される

北の方をはじめ、車に乗っている人は、「もう見物なんかしたくない。帰ってしまいたい」と言って嘆く。轅《ながえ》に牛を懸けて、牛を打ってせきたてて、大慌てで走らせて帰る時には、言い争っていた間に、先頭の車の床縛《とこしば》りの縄を、ぷつんぷつんと切っておいたので、大路の真ん中で、車の屋形をばたっと引き落としてしまった。身分の低い者たちが、それを見ようと、ざわめき騒いで大笑いをする。車についていた従者たちは、足も地につかずにうろたえて倒れて、すぐには屋形を持ち上げることができない。「今日は、お出かけになってはならない日だったのだろうか、こんなにあらん限りの恥ずかしい思いをするとは」と、爪弾《つまはじ》きをしながら途方にくれている。車に乗っている人たちがどんな気持ちでいるか、皆さん、ただもう想像してみてください。皆泣くばかりである。なかでも、北の方は、女君たちを車の前のほうに乗せて、自分は車の後ろのほうに乗っていたために、ずいぶんと高い車の心棒の所から車の屋形を引き落とした時に、一緒にころげ落ちたので、屋形を残したまま轅だけが先に進み出た車に、やっとのことで這うようにして乗ったけれど、

落ちた時に肱《ひじ》をくじいて、おいおいとお泣きになる。「何の報いで、こんな目にあうのだろう」と取り乱しなさるので、女君たちは、「お静かに、お静かに」とおっしゃる。

やっとのことで、ご前駆の人々が捜し出してやって来て見ると、こんな状態なので、このままではひどいと思って、「早く、屋形を担いで車軸に載せろ」と指図していると、そこに居合わせた人たちは、皆、まったくみっともない車の主《ぬし》たちを笑う。ご前駆の人々は、とても恥ずかしくて、てきぱきと指図することもせずに、顔を見合わせながら立っている。やっとのことで屋形を担いで車軸に載せて行かせようとすると、北の方が、「あらあら」とうろたえて騒ぎなさるので、車をそろそろと動かしながら行かせる。

七二　継母たち、やっとのことで邸に帰る

やっとのことで中納言邸にお帰りになって、車を寄せたところ、屋敷を出て行ってまだ間《ま》もないのに、北の方が人に支えられて泣いて腫れた顔をして車から下りていらっしゃったので、中納言が、「いったいどうしたのだ」とお驚きになると、これこれと、今回あったできごとをお話しするので、中納言は、ひどいことだと、心底お思いになる。中納言が、

「ひどい辱めを受けたものだ。私は、法師になってしまおう」とおっしゃるけれども、そうは言っても、後に残る妻子のことがとても気にかかって、出家することはおできにならない。

七三　姫君、賀茂祭りでの車争いを知って嘆く

世間でも、このことを話題にして大笑いするので、右大臣が、それをお聞きになって、「ほんとうに、そんなことをしたのか。女性たちが乗った車に対して情け容赦のない仕打ちをしたそうではないか。とりわけひどいことをしたのは、あの二条殿の者たちだと聞いたが、どういうつもりでそんなことをしたのか」とお尋ねになると、衛門督は、「容赦のない仕打ちをしたと、世間の人が話題にするほどのこともしてはいません。こちらが物見の場所を取るために打ち杭を打って立てておきました所に、あちらが車を停《と》めましたので、従者たちが、『いくらでも場所があるのに、よりによってここに車を停めるなんて』と言いましたところ、そのままひたすら言いつのって、車の床縛《とこしば》りの縄を切ったということです。ところで、人をやっつけたと噂《うわさ》されている件ですが、それは、ある者が無礼なことを

盛んに言っていましたので、憎らしくて、冠を打ち落として、従者たちが触れた程度です。おのずと、一緒にいた少将と兵衛佐も見ていました。さほど、世間の人が、不都合だと言うほどのことなどしていません」とお答えになるので、右大臣は、「世間の人の非難を受けないようになさい。そう思う理由があるのだ」とおっしゃった。

二条殿では、北の方が今回のことを気の毒に思ってお嘆きになるので、衛門が、「それはそうですが、そんなにお嘆きにならないでください。嘆く必要などありません。中納言殿が、その時一緒にいらっしゃったならともかく、そうではないのですから。典薬助《てんやくのすけ》がやっつけられたのは、いつかしかえししたいと思っていたことがかなったのですよ」と言うと、北の方は、「争いをしかけるべきではありませんでした。あなたは、私のではなく、衛門督殿の侍女になってしまいなさい。衛門督殿は、私と違って、あなたと同じように、何ごとも、執念深く思ったり言ったりします」とおっしゃるので、衛門は、「そうおっしゃるなら、私は、これからは、衛門督殿にお仕えします。私が思ったことを、何もかもしてくださるので、おっしゃるとおり、あなたさまよりも、大切なご主人だとお思い申しあげています」と言う。

あの北の方は、くじいた肱《ひじ》が治らずにひどく苦しがる。子どもたちが集まって、神仏などに願立てなどをして、お治ししたということだ。

「落窪物語」上　本文校訂表

上に当該箇所の本文、下に底本の本文をあげた。ただし、上の本文は、本文庫の本文のままではなく、底本の本文に対応させた。たとえば、巻一の【二】1「うけかて」は、本文庫の本文では「受けがて」だが、底本の本文「うけかく」に対応させて、「受」の漢字を仮名に改め、「が」の濁点を取って、「うけかて」としてある。仮名遣いも、底本の本文にあわせた。

巻一

【二】
1うけかて—うけかく

【五】
1ゝり—しり
2ものし—ものゝ

【六】
1はゝきみ—はきみ
2かく—たく
3かゝり—からり

【七】
1はるけゝ—はるけ
2いれ—いま
3その—うの
4つかうまつるへかなり—つかうまつるへかまつるへかなり
5かし—もし
6ね—ねし

【一〇】
1いけ—つけ
2おもほし—おもし

【一三】
1か—かか

【一四】
1は—い
2に—わ
3と—め

【一五】
1やうたゐ—やうゐ

【一六】
1おまへ—たまへ
2あからさま—あかしさま
3よ—に
4さま—さまま

【一七】
1いかならん—いかなゝて
2まとひ—まとろ
3たちはき—たち花
4いは—いか

【一八】
1こゑ—うゑ
2おほせ—おほす

【一九】
1御いらへ—御いらへおもほすよろつおほくの給へと御いらへ
2からうして—かしうして
3はら—はち

【二〇】
1いかなる—いかなき
2としころ—とゝころ
3思ふ—◇（判読不能）ふ

【二一】
1たのもしけ―たれもしけ
【二二】
1そゝくり―めたへり
2おはし―おはゝ
【二三】
1しおん―しめ
【二五】
1に―かに
2ありく―ありて
3ありく―ありて
【二六】
1をくる―せくる
2なと―ると
【二七】
1もかな―とかな
2あやしき―あやらき
3たのみ―たのこ
【二九】
1たのま―たれま
2たのもしけ―たれもしけ
3いへり―侍り

4事―事に
5は―い
【三一】
1たて―ナシ
【三二】
1と―ゝ
【三三】
1給(ひ)―ふ
2ふたり―ふり
【三五】
1なる―なき
2くい―くは
【三八】
1はら―ナシ
2ゝ―く
【三九】
1は―か
【四〇】
1も―か
2ける―けり
【四一】
1の―ナシ

2みな―みれ
【四二】
1はこ―はう
2たまへ―たたまへ
【四三】
1かくす―かゝす
【四四】
1またき―また
【四五】
1ゆする―ゆすり
【四七】
1(いと)〳〵ほしく―(いと)ゝをしく
【四八】
1し―ナシ
【四九】
1いて―にて
【五〇】
1うけかて―ゝけかへ
【五一】
1さかなく―御かなく
2おはします―おはしす

【五三】
1ゐさり—ゐたり
【五五】
1なてふ—たてう
2おほせらるゝ—おほせしるゝ
【五六】
1たてまつり—てまつり
2思ひ—ナシ
3をさ〱—をた〱
【五七】
1ゝ—ら
2むけ—け
3なま—たま
4めり—め
【五八】
1はら—はし
2からみ—かゝみ
【六一】
1たり—さり
2をひ—を
3我まもらんたゝいまおいもてことなん—ナシ
4あさましく—あさまかしく
【六二】
1に—わ
2おはす—おかす
3しおん色—しめ色
4なよゝか—なよしか
【六三】
1ましかり—こしかり
2うかり—より
【六五】
1ひとへに—ひとつに
2こたひ—二たひ
【六六】
1さはかり—御はかり
2いらるれ—るれ
【六七】
1きゝ—きか
【六九】
1れ—り
2と—も
【七一】
1に—わ
2とら—とし
3みれ—これ
【七三】
1かたはらいたく—かたはらいく

巻二

【一】
1たちはき—たち
2見せ—見
【三】
1ぬは—ねは
【六】
1にけ—にせ
【七】
1きたれ—さわされ
2まゝ—たゝ
【八】
1ひき—あき
2に—ナシ
3そへに—そいに
【一〇】

1たる―なる
【一二】
1とくち―心ち
【一三】
1よさり―にさり
【一五】
1ものを―もののものを
【一六】
1ひろろき―ひろき
【一九】
1たちはき―はき
2は―い
【二二】
1なら―なし
2と―ナシ
【二三】
1む―ナシ
【二六】
1たれ―これ
2心しらひ―心しつらひ
【二九】
1うれし―うれしし

【三二】
1なら―さら
2ようい―こそい
【三五】
1に―ナシ
【三六】
1すくみ―くみ
2る―り
【三八】
1すへ―す人
【四〇】
1きよまはら―きよはら
2いま―ま
【四二】
1いて―ナシ
【四三】
1は―ナシ
【四四】
1候（ふ）―心
【四八】
1すくせ―よくせ
2からうして―からうし

【五〇】
1ひん―ゐん
2なり―より
【五一】
1と―は
2いきをひ―かきをひ
【五二】
1あらす―ナシ
【五四】
1し―ナシ
【五五】
1の―ナシ
2いは―いか
【五六】
1きたの方―きたのほう
2しひて―しして
【五七】
1みえけん―人えてん
2のたまへ―まへ
【五九】
1なけれ―なゝれ
2ちる―ちり

3けるーけり
4もたるーもた
5かうそりーかうこり
【六二】
1うへーうへの
【六三】
1よういーにうい
【六五】
1よろつーよろ
【六六】
1なりーなりに
2時々ー時ゝ
【六七】
1右大いとのー右大将との
【七一】
1うしーこし
【七三】
1さりーすさり

新版《しんぱん》

落窪物語《おちくぼものがたり》 上《じょう》

現代語訳《げんだいごやく》付《つ》き

室城秀之《むろきひでゆき》＝訳注

平成16年 2月25日　初版発行
令和7年 7月25日　18版発行

発行者●山下直久

発行●株式会社KADOKAWA
〒102-8177　東京都千代田区富士見2-13-3
電話　0570-002-301（ナビダイヤル）

角川文庫 13261

印刷所●株式会社KADOKAWA
製本所●株式会社KADOKAWA

表紙画●和田三造

ISBN978-4-04-374201-1　C0193

◆◇◇

角川文庫発刊に際して

角川源義

第二次世界大戦の敗北は、軍事力の敗北であった以上に、私たちの若い文化力の敗退であった。私たちの文化が戦争に対して如何に無力であり、単なるあだ花に過ぎなかったかを、私たちは身を以て体験し痛感した。西洋近代文化の摂取にとって、明治以後八十年の歳月は決して短かすぎたとは言えない。にもかかわらず、近代文化の伝統を確立し、自由な批判と柔軟な良識に富む文化層として自らを形成することに私たちは失敗して来た。そしてこれは、各層への文化の普及滲透を任務とする出版人の責任でもあった。

一九四五年以来、私たちは再び振出しに戻り、第一歩から踏み出すことを余儀なくされた。これは大きな不幸ではあるが、反面、これまでの混沌・未熟・歪曲の中にあった我が国の文化に秩序と確たる基礎を齎らすためには絶好の機会でもある。角川書店は、このような祖国の文化的危機にあたり、微力をも顧みず再建の礎石たるべき抱負と決意とをもって出発したが、ここに創立以来の念願を果すべく角川文庫を発刊する。これまで刊行されたあらゆる全集叢書文庫類の長所と短所とを検討し、古今東西の不朽の典籍を、良心的編集のもとに、廉価に、そして書架にふさわしい美本として、多くのひとびとに提供しようとする。しかし私たちは徒らに百科全書的な知識のジレッタントを作ることを目的とせず、あくまで祖国の文化に秩序と再建への道を示し、この文庫を角川書店の栄ある事業として、今後永久に継続発展せしめ、学芸と教養との殿堂として大成せんことを期したい。多くの読書子の愛情ある忠言と支持とによって、この希望と抱負とを完遂せしめられんことを願う。

一九四九年五月三日

角川ソフィア文庫

新版 竹取物語 現代語訳付き

室伏信助訳注

竹の中から生まれた美少女かぐや姫は、たくさんの求婚者を退けて月の世界へ帰っていく。「源氏物語」に「物語のいできはじめのおやなる竹取の翁」と評される、現存最古の物語を正確・平易に解明。

角川ソフィア文庫

和泉式部日記

現代語訳付き

近藤みゆき訳注

弾正宮為尊親王追慕に明け暮れる和泉式部へ、弟の帥宮敦道親王から便りが届き、新たな恋が始まった。一四〇首余りの歌を収める王朝女流日記の傑作を、最新の研究成果を踏まえて読む。

角川ソフィア文庫

更級日記

現代語訳付き

原岡文子訳注

作者十三歳の時、父に伴われての上京に始まる回想録。物語を読み耽った少女時代、晩い結婚、夫との死別、その後の侘しい生活と、ついに少女時代の憧れは結実しなかった。平凡な生活の中に描かれる作者の人生の輝きが魅力的な作品。

角川ソフィア文庫

新版 おくのほそ道

現代語訳／曾良随行日記付き

潁原退蔵・尾形仂訳注

江戸から大垣までの旅の実体験を基に、詩的真実の世界を描き出していった芭蕉の創作の秘密を探る。自筆本の発見により全面改訂を施した待望の新版。